U0467255

有爱的青春陪伴者

她的月亮坠落了,
她要捞月亮。

月亮坠落

甜樱 著

花山文艺出版社
河北·石家庄

图书在版编目（CIP）数据

月亮坠落 / 甜嘤著. -- 石家庄：花山文艺出版社，2023.7
ISBN 978-7-5511-6785-7

Ⅰ．①月… Ⅱ．①甜… Ⅲ．①长篇小说－中国－当代 Ⅳ．①I247.5

中国国家版本馆CIP数据核字（2023）第097376号

书　　名：	**月亮坠落**
	Yueliang Zhuiluo
著　　者：	甜　嘤
责任编辑：	贺　进
特约编辑：	廖唯佳　雪　人
责任校对：	王　磊
美术编辑：	王爱芹
封面设计：	Insect
内文设计：	唐卉婷
图片绘制：	小石头　蕙　婼　阿　翔
出版发行：	花山文艺出版社（邮政编码：050061）
	（河北省石家庄市友谊北大街330号）
销售热线：	0311-88643221
印　　刷：	长沙鸿发印务实业有限公司
经　　销：	新华书店
开　　本：	880 mm×1230 mm　1/32
印　　张：	11
字　　数：	417千字
版　　次：	2023年7月第1版
	2023年7月第1次印刷
书　　号：	ISBN 978-7-5511-6785-7
定　　价：	42.80元

（版权所有　翻印必究·印装有误　负责调换）

001 　第一章 / 回忆
　　　　怎么哪里都是江妄的名字啊

023 　第二章 / 追光
　　　　想要看一看他的世界

042 　第三章 / 末日
　　　　祝你第二人生快乐

056 　第四章 / 错觉
　　　　莫名其妙的自尊心

074 　第五章 / 少年
　　　　他啊，就像月亮一样

088 　第六章 / 告别
　　　　暗恋就是一个人的独角戏

107 　第七章 / 旧友
　　　　你有喜欢的人吗

142 　第八章 / 纠结
　　　　我为什么不能成为那个人

162 　第九章 / 恋爱
　　　　这次，换我来喜欢你，好不好

目录 Contents

193 第十章 / 过往
她脸上的心疼快要溢出来了

210 第十一章 / 嫉妒
错过的，用未来补回来

256 第十二章 / 醋意
哄女朋友哄了好久

286 第十三章 / 未来
江妄会喜欢你很多年

308 番外一
我醋我自己

318 番外二
忽然间黄昏

331 番外三
假如江妄回到以前

339 番外四
爱是天时地利的迷信

343 番外五
我的女孩

Contents

目录

第一章·回忆
怎么哪里都是江妄的名字啊

1

过了三月,南城的雨水就几乎没有断过,雨珠很细,绵绵密密地落下来,连空气里都氤氲着潮湿的气息。

盛意已经在房间里整理了一下午的东西。

黄昏的光线拢过来的时候,小姨上来叫她下去吃饭,彼时她刚打开放在书架顶端的那个木箱。

她看了一眼箱子里的东西,零零碎碎,什么乱七八糟的都有,卡带、日记本、同学录、千纸鹤……像是她读书的时候留下来的。

她应了一声"好",敲着箱子,便下了楼。

小姨陈静冉已经将菜全都端到了桌子上,许是念及盛意第一天过来,即便只有她们两个人,但今晚的菜依旧丰盛。

盛意坐到陈静冉对面,拿起筷子,刚夹起一片山药,便听陈静冉问:"这一次回来打算待多久?"

盛意动作一顿,装作漫不经心地说:"不确定。我投了一些简历,应该会在这里找工作。"

其实简历还没投,说这话是怕陈静冉赶她走,她临时瞎诌的。

说完,她也有点儿心虚,慢吞吞地扒着米饭。果然,下一秒,陈静冉就冷笑着抬眼看过来:"我没记错的话,你一直在付老的研究所里实习?"

付恩锦是盛意研究生时期的导师,盛意毕业后,就一直跟在她身边工作。

盛意叹了口气,有些无奈地坦白:"我跟老师请了假。"

"多久?"

"还没确定。"盛意斟酌着道,"小姨,我想陪陪你。"

"不需要,一时半会儿死不了。"陈静冉放下筷子,听闻这话,直接站起了身,走到门口,才淡淡嘱咐,"记得把碗洗了。"

"好。"

陈静冉又说:"明天就滚回京市去吧,好好搞你的研究。"

盛意本科是在首都美院读的,学油画,本科毕业后,她又跨考了首都艺术研究院的研究生,读戏剧戏曲学专业,主攻昆曲。

陈静冉家房子虽旧,但里面什么都有,盛意把碗筷全扔进洗碗机里,便上了楼。

天已经黑透,盛意摁开卧室的灯,拿起手机,才发现有几个未接电话和未读信息。

电话都是母亲陈静娴打来的。

母亲和父亲最近在西南考古,很久很久才会打回一个电话,最近联系得频繁了些,还是因为小姨。

她起身去把卧室的门关上,才给母亲回过去电话。

西南的天空暗得晚,此时还是一片透亮,深蓝的天空上坠满了厚重的云朵。

趁着晚饭的空当,陈静娴才抽出一点儿时间给盛意打电话,也没空多寒暄,一接电话便问:"已经到小姨家了?"

盛意蹲在那只还未来得及细看的箱子前,随意翻开一张已经有些泛黄的明信片。

"下午就到了。"

"嗯。小姨怎么样?"

"看起来还好,精神还不错。"

陈静娴顿了片刻,才说:"她这人要强,有什么事都喜欢藏在心里,你多注意点。"

盛意说:"好。"

陈静娴顿了顿,说:"我这边太忙,没空回去,只能麻烦你……"

盛意知道母亲要说什么。

她在心里无声地叹了口气,父母工作太忙,成天天南海北地跑,所以从很小的时候起,她就被放在小姨家,跟他们见面的次数少之又少。

时间久了,父女、母女之间好像有了天然的隔阂,说起话来竟然比普通朋友还要生分。

挂了电话,盛意又回了几条微信消息,主要是付恩锦的消息,问她什么时候回去,又交代她,虽然人不在京市,也别忘记自个儿的本行,又说研究所那边有什么消息,都会用邮件发给她。

其余的就是一些研究所里的师兄师姐的消息了,不过都是一些关心和寒暄。

盛意一一回过去。

将手里那张明信片翻转过来,盛意才发现那上面还写了字。

应当是一张没有送出去的明信片,依稀可以辨别,是她自己的字迹,笔锋凌厉,还有些青涩。上面写着:

祝万事顺意,前程似锦。

署名用了名字拼音的首字母缩写"SY"。

翌日天还没有亮透,盛意就醒了过来。

夜间春雷滚滚,她睡得不好,早上太阳穴突突作痛。她下楼去找了片止痛药吃下,又去厨房煮了锅咸粥,才去喊陈静冉起床。

夜里雨势浩大,楼下地面上已经积了一层水,环卫工人一上班就在不停地清理,底下闹腾一片。

吃完饭后,盛意打开她昨晚睡前下载的招聘软件,才发现有几个猎头给她发了消息。

有一家是南城剧院的,也是陈静冉工作了近三十年的地方。剧院的工作和盛意的专业多少有些关系,加上她小时候一直跟在陈静冉屁股后面跑,也约等于是在剧团长大的。

她心思微动。

虽然也不是非要找工作,但找个工作,总归能让陈静冉心安些。

她正要回复,突然,首页又跳出一条新消息。

"不玩游戏"——很特别的名字。

她的目光落在人力资源的头像上。

照片里,男人穿着极普通的白衬衫,扣子有些松散地解了两颗,应该是傍晚的光景,夕阳的光辉明亮而柔软地照射在他的脸上。

他望向镜头的目光里,不耐烦中透着两分轻慢的笑意,整个人显得格外落拓与不羁。

盛意的眼皮忽地一跳,像是牵动了什么神经,紧接着,心跳也跟着剧烈震颤起来。

有个名字在她嘴边呼之欲出。

她攥紧手机,手指在上面戳了半天,又删掉,再重新写,再删掉,最后还是鼓着勇气给对方回了消息。

不玩游戏:您好,看了您的简历,很符合我司游戏策划一职,有兴趣了解一下吗?

盛意:您好,有兴趣的。

发完之后，她才意识到自己这条回复有多傻气。她把手机丢到一边，有些懊恼地捂住了脸。

这么多年过去，自己怎么还是这么沉不住气？

先不说用这个头像的人究竟是不是江妄，但凡动动脑子，也知道江妄不可能在这种时候出现在这种地方。

更不可能在一个名不见经传的小游戏公司里做什么人力资源。

盛意叹了一口气，恰好这时林昭昭给她打来电话，问她回南城了怎么不去找自己。

盛意敛起思绪，含糊着说自己刚回来，还没来得及同她讲。

林昭昭性格直爽，风风火火说要来找盛意。盛意只好先将找工作的事情放下，匆匆去化了个淡妆。

林昭昭是开车过来的。

景德巷是旧居民区，巷子很窄，门前临河，车子开不进来，林昭昭便将车停在巷口等盛意。

近几年景德巷稍作开发，老房子全都被翻修了一遍，这边的房屋多是古式建筑，看起来倒也颇有一番古朴的韵味。

故而，比起盛意在这里读书那会儿，现在多了很多来往的游客。

这里的居民也都顺势将一楼的房子改造成了店面房，卖的全都是一些旅游纪念品。

刚开发那会儿，盛意也曾问过陈静冉要不要也开个什么店，陈静冉当时只说自己剧团的工作繁忙，没多余的精力打理，便只好作罢。

这会儿，盛意穿过熙攘的人群，一出巷口，便看到林昭昭倚着车门朝她猛招手。

盛意快步走过去，递给林昭昭两盒自己从京市带回来的糕点，林昭昭随手扔到了后座上："劳烦你还念着我。"

老友重逢，有说不完的话。

林昭昭一路都在喋喋不休，说她在城西开的那家文身店，以及店里会遇见的奇葩客人。

她直接载盛意去了她们以前经常去吃的一家日料店。店里清静，她们要了间包厢，待菜上齐，林昭昭才问盛意："对了，你还没说，怎么突然回来了？"

盛意垂着眼，解释道："小姨生病。"

"什么病？严重吗？"

盛意抿了抿唇，喉咙有些发涩："癌症。"

林昭昭动作一顿，许是觉得自己说错话了，又开始说东说西试图转移话题。

盛意有一搭没一搭地跟她聊着。

说到兴处，林昭昭不知想到了什么，突然问："说起来，你后来见过江妄吗？"

盛意喝了一口清酒，清甜的液体滚入喉咙，她不小心，被呛得咳了两声，才不动声色地朝林昭昭摇了摇头："没有。"

林昭昭说："他居然也回南城了。上次来我店里，我还以为我看错了，好半天没敢认。"

盛意又想到自己先前看到的那条招聘信息，"啊"了一声，尽量让自己的语气听起来平淡一些，说道："他之前不是在打电竞吗？"

她记得上一次听到他的消息，还是在去年夏天的职业联赛上，他带领的战队拿了冠军，全网都在为他们欢呼。

虽然比赛期间他一直戴着口罩，从未真正露过脸，但到底是校友，加上他在学校里就是风云人物，只要稍微注意一点儿，还是能了解到他的大致状况。

林昭昭说："是啊，所以我才不敢认。你不知道，他来我店里的时候，看起来……怎么说呢？感觉变了很多。"

至于如何变了、怎么变了，她也找不到词汇来形容，只好"嘁"了一声，便揭过话题。

在回去的路上，盛意才发现"不玩游戏"在两个小时前给她回了信息，只是当时她正跟林昭昭一起逛街，没有看见。

不玩游戏：方便明天来公司面试吗？

盛意点进地图看了一眼，发现这个公司离景德巷并不远。

两人加上微信，约好时间，盛意便准备洗漱洗漱去休息了。

临睡前，她刷了会儿朋友圈，看到八百年不发一次动态的江妄在两分钟前更新了一条朋友圈。

是分享的游戏链接，盛意点进去，是几年前流行的一款微信小游戏。

底下有别的同学问江妄：怎么还在玩这个？

他回：无聊。

那人又问：很久没看你打比赛了，最近忙什么呢？

这次江妄没再回。

盛意来来回回刷了好几遍，都没见他再回复那人，加上她早上起得太早，今天一整天也几乎没怎么休息，这会儿上眼皮粘着下眼皮。

她倾身关掉床前的台灯，把手机放在枕边，在窗外春日淅淅沥沥的夜雨中沉沉睡去。

2

那晚，盛意又梦到了她第一次见到江妄时的场景。

十月末,夏日燥热的余温已经尽数散去,空气里也染上了淡淡凉意。

晚自习上课前,盛意吃完晚饭,正趴在桌子上小憩,却突然被从外面跑进来的林昭昭一巴掌拍醒。

她本就睡得不沉,但困意实在太重,她揉了揉眼睛,有些含混不清地问林昭昭:"怎么了?"

林昭昭脸上的兴奋之意溢于言表:"我刚刚听老梁说,咱们要准备文理分班了!"

普通高中学生的生活素来匮乏,文理分班就是大家短暂高中生涯里动荡最大的事情之一了。

班级里的其他人显然也都听说了这个消息,教室里一时间议论不绝。

林昭昭说:"虽然说咱们学校理科比较好,但我的物理和化学成绩实在惨不忍睹,我没意外应该会选文科。你呢,盛意?"

盛意偏科也很严重。

记得高一刚入学的摸底考试,她的语文考了班级第一,英语考了年级第一,数学考了全班倒数第一。

试卷发下来之前,数学老师就在班里说:"我教了这么多年书,也是没想到像我们这样的重点班里,竟然也有人只考二十几分!"

盛意当时就有一种不好的预感,果然,当天下午她就被数学老师叫进了办公室,班主任老梁一脸笑意地在旁边看戏。

盛意抿着唇,听数学老师语气慈祥地问:"盛意同学,你是不是对我有什么意见?"

那会儿,入学还不到一个星期,盛意的脸直接红到耳后根,虽然数学老师并没有很严厉地批评她,但她看着试卷上少得可怜的分数,还是觉得羞耻得难以见人。

那之后,几乎每一节数学课,数学老师都会把盛意揪到黑板前面做题,时间久了,她的数学成绩的确有进步,但跟其他两科相比,还是有很大的差距。

听老师说,高考时,文科数学比理科数学要简单一些……

盛意搓了搓脸,有些迷茫地摇了摇头:"我还没想好。"

林昭昭说:"你还有什么可想的啊?你文科那么好,当然选文!"

盛意也明白这个道理,但十几岁的男孩女孩,面对这样的人生重大选择题时,总难免有一些茫然。

怕选错,怕后悔,怕走上一条自己并不喜欢的路。

尽管等他们长大后会发现,这样一次小小的选择,其实并不会对他们的人生起到特别大的决定作用,但那时身在其中,盛意也着实是纠结过一阵子的。

那段时间,老梁不管走到哪里,都能遇到向他寻求答案的学生,后来他索性利用一节自己的课给大家开了个会。

那时，距离分班表提交上去只剩下一天的时间，老梁站在黑板前，初秋的阳光越过窗户打在他的脸上。

他的笑容和煦，语调轻缓。

"七中是个重理的学校，相信大家看得出来，一共有十个重点班，其中九个都是理科班，包括咱们班也是。

"我当然希望咱们班所有的同学都能留下来，希望咱们能够一个不少地相互陪伴走完这三年高中生活，但是，我不能这么自私。"

他说："说实话，我其实一直都很羡慕你们，年轻，肆意，人生还有很多可能性，哪怕是此时此刻的迷茫，都透着咄咄逼人的青春气。

"我觉得，青春就是无畏，就是勇敢，是奔跑，是头破血流也不停下，是跌跌撞撞绝不回头。"

他不愧是语文老师，随便几句话，就令满场少男少女胸口激荡，微微发热。

"所以，就跟随你们心底最初的那个声音走就好了，不要考虑那么多，不要瞻前顾后——"他笑了笑，"管他呢，往前走呗！"

"热爱万岁！"

"梦想万岁！"

底下的学生也配合得很，在后面跟着起哄。老梁点了点头，弯腰拿了一支粉笔，在黑板上一笔一画地写：

"海阔凭鱼跃，天高任鸟飞。"

写完，粉笔被扔回讲台上，他双手撑着桌面："不管你们怎么选择，总之，认准自己选择的路，勇敢走下去吧！加油！"

自从认识以来，老梁一直表现得敦厚又老派，盛意还是第一次从他脸上看到这样类似于"意气风发"的神情。

隔天一大早，她就去班长那里填了自己的选班表，回到座位上时，林昭昭提了好几天的心终于落下来，抱着她的胳膊，假哭道："我还以为我们俩要分开了呢。"

林昭昭又问："怎么突然想学文了？"

"因为……"盛意脑海里突然浮现出昨天老梁的样子，她说，"可能是因为，还有一些想要完成的梦想吧。"

那是2011年的秋天，秋雨在十月的最后一天淅淅沥沥地落下来，盛意在那天的日记里写：

"如果可以，希望以后能够成为一个给大家讲故事的人。"

直到周一，分班的事情才彻底落实下来，那天的早读课，七中的学生们基本上全在轰轰隆隆地搬动桌椅的声音中度过。

因为重点班里只有一个文科班，根本盛不下这么多学生，而学校也不可能把其余九个班里的文科生分到普通班里去。

故而，经过商讨之后，学校决定把这九个班的文科生全聚集在一起，又给他们单独组了一个文科重点班，班级名字排在最末尾，是二十四班。

换班的那天，盛意和林昭昭去得早，她们搬过去时，教室里零零散散只坐了几个人。

反正一时半会儿也上不了课，盛意百无聊赖，便找了一本书读。

林昭昭则坐在她旁边好奇地盯着每一个搬进来的人看。

林昭昭自己盯还不算，时不时还会跟盛意点评几句，盛意有时会循着她的目光看过去，有时则只是低着头简单回应两句。

林昭昭终于看得无聊了，趴在桌子上，侧头去看盛意。

盛意的皮肤很白，这一点之前军训的时候林昭昭就发现了。

那会儿，所有人都被晒得黑漆漆的，就盛意一个人白得发光，以至于后来军训会演要派一个人代表七班上台去抽取表演排次的时候，同学们几乎不约而同地指向盛意。

盛意脸皮薄，又不懂该如何拒绝，只好硬着头皮往主席台走。

不知道是不是因为她实在白得突出，连镜头也偏爱她几分，她走向主席台的那一幕还被校园小记者捕捉下来，登到了校报上。

与她那张照片遥遥相对的，是江妄的一张独照。

那年，他们的军训服不是往年那种迷彩服，而是一件米黄色衬衫，搭配一件军绿色工装裤。

男生个子高，五官秀致而轮廓分明，明明是有些"高岭之花"的长相，可他站也没个正形，一手插在兜里，后背没骨头似的倚着后墙，衣领的扣子开了一颗，上衣的衣角一半扎在裤子里，一半搭在外面。

仿佛全身上下都写着几个大字——"放荡不羁爱自由"。

十几岁的女孩子，最难拒绝两种男生，一种是"高岭之花"的学霸，另一种则是样貌漂亮但性情乖张的"坏学生"。

江妄一个人直接把这两个特质全占满了。

故而，没两天，他就在学校里红了起来，从高一到高三，就没有不认识他的。

学校贴吧里几乎日日被他的名字"屠版"，每天不是谁谁谁又跟他表白了，就是谁谁谁又被他拒绝了……

对了，江妄！

林昭昭捏了捏鼻子，想到这里，眼睛忽然一亮，她哗地坐起来，说："我之前听说，江妄这次也选了文科！"

盛意翻书的动作微微一顿，又听林昭昭道："不过，我也不确定，就只是听说。仔细想想，江妄理科那么好，好像也没什么理由选文。"

林昭昭说："盛意，你觉得他会转到我们班吗？"

盛意抬头看了眼快要坐满的教室，已经很久没有新学生进来了。

她收回目光，手指无意识地停在书页上，摇了摇头："我也不知道。"

一直到早读课结束，都没有新同学再搬进来。

下课时，林昭昭要去学校门口买早餐，盛意早上过来的时候已经吃过了，但还是陪着林昭昭出了门。

早餐店前挤满了人，林昭昭在门口排队的时候，盛意走到旁边的便利店里买了两个笔记本。

便利店老板显然对她们这些小女生的心思了如指掌，货架上的笔记本花花绿绿，什么样的都有。

"我晕，江妄，你走这么快，赶着去投胎吗？"

盛意正挑选时，身后突然掠过一阵风，男生虽然瘦，但肩膀很宽阔，盛意的后背被他不小心撞了一下，她不由得趔趄了一下，转头看过去。

早秋清晨的阳光柔和而清亮。

大约也察觉到自己撞到人了，男生逆光站定，一头灰蓝色的头发在太阳下格外惹眼。

他回头朝盛意做出一个抱歉的表情，盛意抿抿唇，就见他的目光已经转向她身后的男生，笑得懒散："来得已经够晚了，还是说，你想被老徐骂？"

老徐是二十四班的班主任，也是语文老师，去年刚从镇里的学校里考上来的。

听说他教学能力很强，之前带了两个班的语文，分别是各自年级里的第一。只是这是他来到七中以来，第一次当班主任。

早上早读课快结束时，他曾来过教室一趟，简单做了个自我介绍，又讲了一些班级纪律，然后就离开了，说其他的事情等下午班会课上再讲。

盛意从货架上抽出两个本子往外走，付账时，她往外看了一眼，发现江妄和那个男生已经跑得没影了。

林昭昭提着面包和牛奶从外面走进来，垂头丧气地吐槽："包子店人太多，只好吃面包了。最近每天都是面包，我都要吃吐了。"

盛意低头看了一眼被她捏得皱巴巴的面包袋子，说："要不明天早上我帮你带早餐吧。"

林昭昭想了想："那也行。景德巷的早餐店那么多，我可得好好挑挑。"

收银员扫完盛意的本子，报了个钱数，盛意从挂在手腕上的零钱包里掏出钱递过去，和林昭昭一起往外走，这才笑着说："没得挑，我吃什么你吃什么。"

009

早读课和上午第一节课之间只有二十分钟的休息时间,等她们上去时,预备铃已经敲响。

盛意一眼就看到了坐在最后一排的江妄,实在是他那一头发色太显眼,他一只手搭在桌沿,后背靠在墙面上,微闭着眼,像是在假寐。

他旁边的男生不知在跟他说什么,手舞足蹈地比画着,可他的表情始终是淡淡的,直到对方说了什么好笑的话,他才掀起眼皮,嘴角勾出一点浅笑来。

因为他们是新组的班级,基本上每个老师上课之前,都会先进行一下自我介绍。七中老师那么多,盛意居然没看到一个熟面孔。

这一天的课,大家都上得有些心不在焉。

下午最后一节,班会课,老徐夹着保温杯走进教室,满屋人躁动了一天的心直接到顶峰。

其实班会也没什么可说的,一开始老徐想让大家分别做一下自我介绍,结果等了半天,也没一个人上去。

就坐在江妄旁边的男生,不知抽什么风,他突然站起来,一本正经地大喊:"大家好!我叫李临,二班转来的,以后请多多关照!"

他这话本来没什么毛病,奈何他语气太滑稽,语音刚落,班级里就响起一阵爆笑。

林昭昭笑得眼泪都出来了:"怎么会有这么逗的人啊,像个傻子似的。"

李临压根儿不知道自己在别人心里已经有了这样的形象,说完,还特得意地冲江妄挑挑眉,示意他:"该你了。"

江妄沉默片刻,默然转开了脸,仿佛自己从未认识过此人。

接下来,老徐又将早上说过的班规复述了一遍,说到"不可以染夸张发色"的时候,他声音一停顿,班里所有人都下意识地转头看向江妄。

盛意也跟着转过了头。

他的发色在阳光下看着很明显,到了阴影里,其实还好。

但老徐新官上任,要立威,第一把火就烧到了江妄身上。

江妄被叫了起来,明明是挨批的境遇,却半点也不显狼狈,肩膀一边高,一边低,脸上没做什么表情,却莫名透出一股闲适意味。

老徐本来就只是想杀鸡儆猴警醒一下大家,结果江妄这态度直接把他气笑了,他也没敛着气势,班里几乎所有人都感受到了他的情绪。

盛意皱了皱眉,有些担忧地看向江妄。江妄却仿佛对这一切都毫无所觉似的,懒散道:"我觉得染个头发,对我的成绩也没什么影响。"

老徐的脸直接拉了下来,所有人都小心地屏住了呼吸。

"这也太……狂了点!"林昭昭小声赞叹。

不过,人家狂也有狂的底气,毕竟以往考试排名表都是公开的,他就没下过年级前五。

然而,正当大家都担心他会继续说出什么引人发脾气的话时,他却忽然低头一笑,懒懒散散道:"不过,如果老师觉得这很重要的话,我染回来就是了。"

他坐的位置侧前方刚好有一扇窗户,黄昏的日光毫无保留地穿过窗户照进来。

橙黄光晕笼罩在他身上,为他整个人镀上一层温柔滤镜。

他的笑容浅淡,将所有人捏着一把汗的事,如此举重若轻地就解决了。

众人一时还没有回过神来,呆愣在座位上。

这一幕与早上盛意猝然转首时于晨光里望见的他巧妙重合。

她轻轻按住胸口,听见后座两个女生讨论:

"好帅好帅!"

"帅又怎么样?我不是跟你说过,我跟他一个小学的,之前他爸爸……"孟盼儿话说到一半,意识到是在教室里,收了声,"反正,没你想的那么好。"

文理分班后没多久,就又到了月考的时间,考试之前,老徐就说考完试后要按成绩排座位。

他们都是重点班转过来的学生,再差也差不到哪里去,但考试之前,林昭昭还是紧张兮兮地抱着盛意哭了半天:"呜呜呜,我们是不是要分开了?"

盛意忍不住笑道:"又不是见不到了。"

林昭昭忧伤道:"我怕你有更好的朋友了,忘记我。"

虽然才认识一年多,但林昭昭太知道盛意是什么样的人了,盛意虽然表面上看起来脾气很好,好像对谁都很友好,但你若想走近一步,就会发现,她其实把自己的心封得紧紧的,这个世上好像就没有什么能让她特别在意的事。

林昭昭一直觉得,她和盛意之间的友谊,基本上全靠她一个人在维持。倘若她们两个之后不坐在一起了,如果她不主动去找盛意,她敢打包票,过不了多久她和盛意就渐行渐远了。

年纪小一点儿的时候,会将所有东西都看得很重,那时她们还不明白,这世上所有的关系,基本上都是无限靠近,再渐行渐远。

无论当初多么要好,最终大家也只能相互陪伴着走那一段路。

但也够了。

那一段孤独又难挨的路,有几人一起分享快乐、悲伤和勇气,已经是非常非常难得的缘分了。

哪怕日后渐渐失去联系,无论何时回想,都依旧觉得感激且感念。

011

月考成绩出得很快。

不知道是不是真的得益于文科数学比理科数学要简单，盛意这一次分数居然考得还不错。

一大早，她就被老徐叫进了办公室，原本她还以为是数学分数又给她拖后腿了，没想到一进去就被老徐好一顿夸。

坐在隔壁桌的老梁瞧见，还欣慰地打趣了盛意两句，老徐最后说了几句"不要骄傲，再接再厉"的话后，就让盛意回去了。

回教室的路上，盛意看见江妄正往办公室走。

十一月的天气，温度早已转凉，盛意已经穿上毛衣，而江妄就只穿了一件薄外套。

他的头发在班会的第二天就染回来了，这会儿又长长了些，遮挡住了一点儿眼睛，有点儿像《灌篮高手》里流川枫的发型。

盛意对《灌篮高手》的内容基本上都不记得了，只记得小时候温景很喜欢看。因为陈静冉经常外出演出，便把盛意放在温景家里，她有时候在他家里一待就是两三个月，除了晚上睡觉的时候会回家一趟，其他时间基本上全跟温景待在一起。

盛意突然想到，她有好久没见到温景了。

她的思绪飘得远，江妄老远就看到她了。

"班级里的好学生，典型的乖乖女……"李临经常在江妄耳边叨她。

但李临也就敢在背后念叨，有几次人小姑娘发试卷发到他，他坐得板板正正，一句话都不敢跟她讲。

宋飞白当时还笑李临尿，结果李临耳根子都红了，特纯情地来了一句："人家跟个仙女似的，我干吗要凑上去？"

江妄这才正眼打量起盛意来——

有点儿矮，最多一米六四，瘦得一只手就能捏过来，皮肤倒是挺白，看着娇气得不行，讲话的时候声音也小，蚊子嗡嗡似的。

他挪开眼，这些词儿也就在脑子里那么过了一下，并没有放在心上。

那时的盛意于他而言，与学校里其他所有女生都并没有什么区别。

这会儿，他看着盛意从办公室里出来，本来还走得笔笔直直，然后不知道怎么回事，路线就越来越歪，眼看就要撞到旁边走廊的柱子上。

他眯着眼，原本还觉得好笑，但见她似乎对自己的境遇还毫无所觉，他摇了摇头，最终还是跨步走了过去。

然后，盛意的脑门就猝不及防撞到一只温热手掌上。

她刚刚突然想到温景，就想着晚上回去也不知道能不能给他打个电话，他高一刚念完就去当兵了，手机被收走，每次都隔好几个月才能打上一次电话。

有时温景也会给她写信，寄来一些奇奇怪怪的纪念品，每次林昭昭见了，都要质问她是谁给她寄的。

她不知道该怎么跟林昭昭描述，就说是一起长大的朋友。

林昭昭就暧昧笑道："不错哦，还是青梅竹马。"

她便懒得跟林昭昭解释了。

距离上一次温景给她打电话已经过去三个多月，他训练那么苦，也不知道吃不吃得消，现在怎么样了。

她想得入神，猝不及防被人挡住去路。

秋日空气凉爽，男生一只手插在兜里，另一只手虚抬着，掌心与盛意的额头贴在一起。

他的手也凉，手指很长，许是因为瘦，手掌也硬邦邦的。

盛意如梦初醒，回过神来，眼睛首先看到的其实是男生敞开的外衫里面突出的锁骨，再往上，便是他的喉结。

盛意一怔。

都怪林昭昭天天在她耳边乱说话，说什么喉结大的人，很性感。她当时听的时候，还能一笑置之，因为林昭昭经常跟她讲一些乱七八糟的话，时间久了，她早已免疫。

但这会儿与他离得这么近，那些平日里的细碎言语便不可遏制地从她的脑海深处冒出来。

她的耳朵倏地就红了，有些尴尬地往后退了一步。

江妄瞧着她的反应，手掌跟在她的动作后面也收了回去。

盛意看了看自己脸侧的墙面，基本上猜到江妄为什么会突然过来挡住她了。

好丢脸。

盛意有些生无可恋地闭了闭眼，半晌，才嗫嚅道："谢谢。"

不等江妄再说什么，她又迅速道："我先回教室了。"

江妄漫不经心地点了点头，等盛意走出两米远，他忽然又道："盛意。"

盛意回过头来。

江妄侧了侧头，问："老徐在不在办公室？"

后来盛意想起，那似乎是江妄第一次叫她的名字。

那阵子南城总在下雨，那天是难得的晴天，但晴得也不算特别好，厚重的白云时不时飘过来，将太阳遮挡在云层之后。

男生立在一片不算明朗的天光里，微微勾着头，声音含在喉咙里，吐字不甚清晰，显得有些慵懒。

简短的两个字硬是被他念出一阵缱绻意味。

盛意捏了捏耳朵，一直到回到教室里，她的心脏都仍旧在扑通扑通狂跳。

013

那次考试，江妄未出意外又拿到了第一名，盛意和他隔了几个名次，是第六名。

轮到盛意挑选座位时，她走进教室，看到江妄挑了倒数第三排靠窗的一个座位。前几名里，除了他，其余几人全都选择了前排中间的位置。

老徐显然也拿他没办法，在讲台上悠悠坐着，每进来一个人，他就要说一句："其实，坐在哪里不重要，重要的是你自己想要怎么做。"

盛意点了点头，手在腿边攥出一个拳头，半分钟后，她走到江妄前面的座位上坐了下来。

老徐见状，挑眉看了她一眼。

盛意轻轻呼了口气，一想到后座的人有可能正在看她，浑身就僵得不知道该怎么动弹才好。

她抬起双手捂了捂脸，心里乱得不行，一会儿觉得自己太冲动了，坐在他前面也太影响自己的情绪；一会儿又觉得，自己只是遵循本能罢了，没什么可纠结的。

等她终于给自己做好心理建设时，班级里一大半的人都已经挑好座位，林昭昭也如愿以偿地继续和她做同桌。

而不知是不是因为江妄的气场太强大，女孩们虽然一个个跃跃欲试，但竟然没有一个人直接坐到他旁边。

李临进到教室里时，还有点儿惊讶，他用肩膀撞了撞江妄："你的魅力不行啊。"

江妄似乎是哼笑了一声，不知道跟李临说了什么，后者本来还在吵嚷，突然就收了声。

没过两分钟，盛意和林昭昭的肩膀就分别被人从后边拍了一下，两人回过头去，对上李临一张笑脸。

"你们好，我是李临，以后咱们就是一个小组的了！"

语文老师老徐在课上喜欢搞讨论小组，前后四人一组，从前面数过来，盛意和林昭昭刚好和他们一组。

李临难得用如此正经的语气讲话，露出一排大白牙，笑得阳光而爽朗。

林昭昭对他印象很不错，立马也笑着回应："林昭昭。以后还请多多指教啊。"

"那当然！"李临用手肘碰了碰江妄。

后者淡瞥他一眼，漫不经心道："江妄。"

李临看向盛意："我知道你，盛意，语文课代表。"

其实他们这个自我介绍纯属多余，好歹在一起也上过一段时间的课了，总不至于不认识，但也不可否认，这样的方式的确瞬间拉近了几人的距离。

那天下午放学后，李临便提议说不如一起去吃饭，江妄拿出手机看了眼时间："我今天得去画室。"

江妄是美术生，从高二开始，每周周一和周三的晚自习他都要去画室画画。

七中的画室师资条件不好，他是在校外学的，校外的画室距离学校有一段距离，所以需要提前过去。

李临拍了拍脑门："我怎么把这一茬儿忘记了。"他想了想，又说，"不然改成周五吧？刚好周末不用上课，周五我们吃完还可以去唱歌。"

他性子活泼，把一切都安排得明明白白，林昭昭也是个人来疯，立马拍手赞同。盛意抬眼看了看江妄，男生指尖夹着一支笔，一直在漫不经心地转着，仿佛对这一切都毫不在意。

李临显然也知道他的性子，略过他直接问盛意："你那天有空吗？"

盛意想了想："有空的。"

李临说："那就这么说定了，周五一起去吃饭，然后去唱歌！"

这个约定令盛意那晚在床上辗转反侧许久都未能睡去。

后来，她索性从床上爬起来，披上外衫，坐在桌边看了会儿书。

是一本古诗集，她恰好念到朱彝尊的一首：

"思往事，渡江干，青蛾低映越山看。共眠一舸听秋雨，小簟轻衾各自寒。"

她当时读来只觉这词写得难过，尚且未能理解其中百转千回的细腻情绪。

而直到很久以后，在她与江妄分开的那么多个日夜里，她曾将这阕词反复咀嚼，心里的潮水涨了又涨，几乎要将她淹没。

那时她才明白，"共眠一舸听秋雨，小簟轻衾各自寒"，讲的究竟是怎样的一种无奈。

凌晨一点多时，客厅的门被人从外面打开。

最近陈静冉演出密集，常常到深夜才结束，今天回来得还算早的。

盛意踩着拖鞋打开门，瞧见陈静冉眉眼间有淡淡醉意溢出，空气里也被夜风送来一阵酒气。

陈静冉看了盛意一眼，脸上露出些许疲惫神色："怎么还不睡？"

"失眠。"盛意小声道。

陈静冉像是笑了一声："小小年纪，有什么可失眠的。"

她换完鞋，便瘫坐在沙发上。

客厅里没有开灯，只有沙发边开了一盏落地灯，是盛意专门为陈静冉留的。

陈静冉闭着眼揉了会儿自己的太阳穴，察觉到盛意还没离开，侧眸看她一眼："明天不用上课？"

盛意说："小姨，你今天是不是心情不好？"

盛意和陈静冉一起生活的时间太久了，太知道陈静冉不同情绪时分别都是怎样的表现，陈静冉也不瞒她，淡淡"嗯"了声。

盛意便叹了口气，也不多问，转身走到厨房给陈静冉冲了一杯热蜂蜜水，放到茶几上，才转身回卧室。

3

周五转眼就到来。

那天一大早，林昭昭就开始兴奋，早读课也不好好背书，跟李临两个人不停地在那儿讨论哪家的菜好吃。

盛意耳朵里塞着耳塞，把那一单元的单词表从头背到尾，又从尾背到头。

然而，那天他们计划好的四人活动最终还是没能实现，因为江妄缺席了。

他经常迟到，故而早读课上没看到他的时候，谁都没有把这件事放在心上。

结果第一节课的预备铃都敲响了，他还是没来。李临给他打电话，那边没人接，停了会儿，他才潦草地回了条短信：家里有事，已经请假了。

李临问：那晚上的活动？

这次江妄就没有再回了。

为了不扫兴，那天下午放学后，盛意、李临和林昭昭三个人还是一起去吃了一顿日料，结束后，他们就在附近玩了会儿。

盛意本来对这种活动就不感兴趣，当初答应，一是为了不让自己显得特别不合群，二是因为江妄要过来。

这会儿江妄也没来，她便拿着一瓶饮料在那儿听李临和林昭昭两个人唱歌。

到中间时，"消失"很久的温景突然给她打来电话。

温景一听声音就知道她在哪儿："跟同学一起出去玩呢？"

盛意无意识地踩着脚下地板上的方格，轻轻"嗯"了一声，说："跟林昭昭一起。"

温景说："别玩太晚，女孩子在外面不安全。"

自从入伍之后，温景同她讲话，一次比一次像个小大人。

盛意忍不住吐槽："我又不是小孩儿了。"

温景说："反正比我小。"

盛意就问："你最近在那边怎么样啦？"

"还是那样吧，每天就是训练、训练……"他讲起自己的日常，话便多了起来，盛意索性坐在旁边一个石墩上，有一搭没一搭地应着他的话。

到了十二月，夜间空气凉得不像话。

盛意刚刚出来得匆忙，忘记穿上外套，这会儿手都被冻得有些僵了。她往自己手上呵了口气,思索着要不要回去把外套穿上。

正犹豫间,她眼睛往旁边一瞥,忽地看见一道熟悉的人影拐进了旁边一条破旧巷弄里。

这巷子后面就是酒吧一条街,酒吧街再后面,则是南城有名的灰色地带。

那一块是南城的老城区之一,但因为种种原因尚未拆掉,也没有进行过任何翻新,房子都很老了,路也是砖路,巷弄里连路灯都没有。

住在里面的人大多都搬去了其他的地方,而这里的房子主要用来出租,也因此,这边到了晚上就格外混乱——打架斗殴的、聚众闹事的……鱼龙混杂,以至于每次周一开大会的时候,校长都会千叮咛万嘱咐,让大家尽量不要在晚上单独去那边。

所以,江妄这个时候来这里干什么?

等脑子反应过来的时候,盛意已经不自觉地跟在江妄后面走到了巷子口。

巷子里面一片漆黑,碍于那些"传说"的渲染,盛意莫名觉得自己宛如站在一只张着血盆大口的野兽面前,她的脚步不由得有些犹疑。

温景没察觉出她这边的异样,还在那头喋喋不休地分享:"有一天,我们凌晨两点才开始休息,结果刚刚睡下半个小时,警报突然拉响……"

盛意看到江妄走进了巷弄尽头一个略显破败的院子里。

虽然没有路灯,但由于两边都住着人家,每家每户门前都点着廊灯,里面倒也不算太黑。

盛意站在巷子与外界的交界处那里,一半脸藏匿在黑暗里,她身上就只有一件单薄毛衣,毛衣不挡风,她被吹得全身都在轻微哆嗦。

从巷子里走出几个少年,染着五颜六色的头发。

盛意望见,默不作声地侧身给他们让开了路。

其中一个红毛扭头仔细打量了盛意一眼。

盛意低着头,声音软糯地接着电话那头温景的话:

"那你们岂不是相当于连着三天没睡觉?"

"好辛苦哦。"

"是啊,但做自己喜欢的事,就不觉得辛苦了。"

说着,盛意感受到那几人的目光,心中警铃大作,下意识地想往后退,不料手腕突然被其中一个人扯住,她没提防,手机猝不及防落到地上。

红毛看了一眼,弯腰拾起盛意的手机,看了一眼上面的通话人:阿景。

他也不挂电话,流里流气地问:"小妹跟男朋友讲电话呢?"

她被几人推着到了巷弄深处,手腕因为被攥得太紧,上面已经被磨红一片。

她的心脏咚咚咚跳得飞快,想要大声喊人,又担心这些人会做出什么极端的事来,只好问:"你们想干什么?"

"不干什么，聊聊天啊。"

盛意说："我不认识你们。"

"现在不就认识咯。"红毛笑了一声，顺手挂断了温景的电话，像是觉得有意思似的，说道，"你男朋友现在急疯了吧？"

盛意顺着他的话与他周旋："他不是我男朋友。"

"那是什么？"

"朋友。"

她边说话，边观察着周围的环境。这边离刚刚江妄走进的那个院子不算远，不知道她跑过去找江妄求助的话，可不可行。

因为在思考该怎么逃走，盛意说话说得心不在焉，但聊了几句之后，也察觉到这几人并没有打算真的伤害她，她的心稍微放下来一点儿，想了想，又问了一遍："你……你们想干什么？"

红毛学着电影里古惑仔的模样摆出一个自认为很酷的表情，却因为脸长得过于青涩，令他这个动作显得有些不伦不类。

盛意嘴角不禁勾起一点笑来，又觉得好像有点不合时宜，连忙收了起来。

红毛没注意到她的表情，依旧恶狠狠地说："简单，哥们儿没有钱花了。"

他这意思就很明显了，跟盛意要钱。

盛意刚刚是临时出来的，包都没拿，现在身上干干净净，一分钱也没有。

她有些为难地说："没有。"

红毛闻言，上上下下扫视了一遍她身上的衣服，脸上的表情明晃晃写着：不信。

盛意叹了口气，也不知道自己脑子在想什么，她说："你们应该还在上学吧？"

红毛一脸警惕地看着盛意，盛意又说："你们应该就住在这附近？在这个巷子里？"

她明显就是在拖延时间，红毛有点不耐烦了，走近她，问："你要是不自个儿拿出来，我就搜身了？"

他们其实刚刚就放开盛意了，只是几个人将她围在中间，她不好跑。

红毛说着，手再一次扯住了盛意的手腕，眼看着另一只手就要去摸盛意的裤子口袋，这时，身后突然传来一阵不疾不缓的脚步声。

盛意转头看过去，沉沉夜色里，只能望见江妄一道笔直修长的身影。

他身上就只穿了一件黑色单卫衣，一只手插在裤子口袋里，走路的姿势如闲庭散步。

红毛一见是他，连忙就松了手，另外几人也秒变乖巧。

"江哥。"

"江哥今晚怎么过来了？"

江妄的目光若有似无地落在盛意身上。

盛意后背抵着墙，明明刚刚跟那几个小混混周旋时还能游刃有余，这会儿面对江妄，她反而紧张得不知道该怎么办才好。

江妄的视线从盛意又转回到那几人身上，淡声道："干什么呢？"

红毛结结巴巴地解释："在、在、在……在保护这个误闯进来的小妹妹！"他说着，猛朝盛意眨眼，大概是想让她帮他撒谎。

盛意看着江妄，脑子一抽，下意识就点了点头。

江妄似乎是笑了一声，也不知信没信，只说："别让我看见第二次。"

那几人连忙道："好、好的，江哥！"

江妄说："滚吧。"

话音落，那几人立马见了猫的老鼠般落荒而去。红毛走到一半，才想起盛意的手机还在他手里，又连忙返回来，毕恭毕敬地递给盛意。

盛意接过来，他挠了挠头，还想说什么，许是碍于江妄在场，最终还是一言未发就走了。

刚刚还闹闹哄哄的巷子瞬时安静下来。

盛意捏紧手机，心里思索着是该说"谢谢"，还是应该先解释一下自己出现在这里的原因。

不待她纠结好，江妄就直接替她做了决定。

他侧头看着她，语气浅淡："你怎么会在这里？"

手机边框把盛意的虎口硌得生疼，方才被红毛几人拽着拉进巷子里，都不如此刻与江妄单独待在这里令她心跳如擂鼓。

冬夜的风格外寒凉，她把不小心被风吹到前边的头发捋到耳后，才小声解释："跟李临还有林昭昭来唱歌，然后，出来接电话……"

对了，电话。

她心里咯噔一下，连忙低头摁亮手机，才发现刚刚被挂断电话后，温景又给她打过几个。

他平时给她打电话，都是用的部队里的座机。

她抬头看了江妄一眼，想了想，还是给温景回了过去。

一直是忙线。

估计是别人在用电话。

盛意叹了口气，看来只能下次再跟他解释了，只希望他回去后不要太过于担心才好。

江妄看着她话说到一半，就开始拿着手机在那里捣鼓，像是有什么急事，可没捣鼓两分钟，手机又被她收了起来。

女孩抬起头,这么短短一会儿时间已经连叹了好几声气。

也不知道哪来那么多发愁的东西。

他漫不经心地移开目光,手揣进兜里,往巷子口走,懒散道:"走吧,送你出去。"

盛意有些愣愣地眨了一下眼,反应了两秒后,才连忙从后面跟上去,但也没敢靠太近,她始终走在他后面,两个人保持着一段不远不近的距离。

很久以后,盛意无意间想起那晚那个场景,才恍然惊觉,她跟江妄的关系,好像从那个时候就已经注定好了。

他在前面走,她在后面跟着,两人始终离得不远,却也从未靠得更近过。

一直走到巷子口,江妄才停下来等了她一会儿。

少年身形颀长,卫衣帽子被他刚刚随手拉到了头顶,他微微侧着头,看着盛意。

盛意被他盯得浑身都不自在,加快脚步跑过去,等到车灯的光终于能晃到她的眼,他才说:"去找李临他们吧,别再乱跑了。"

他说着关心的话,语调里却并没有多少亲昵意味,就同他跟路边卖冰糖葫芦的小贩说话的语气并无二致。

但盛意仍旧被这样的交集砸得头晕眼花。

她捏了捏手里的手机,问他:"你不去吗?"

"不了,还有点儿事。"

他半个身子暴露在外界昏黄灯光下,盛意这才发现,他手上像是受了伤,血迹都没擦干净,就被风吹干了。

不只是手臂,他的嘴角也有一点点瘀青,不严重,但许是因为他皮肤白,那点青色便格外显眼。

她的心跳很快,也不知是因为紧张,还是因为担忧,又或者是别的什么她自己也搞不清楚的情绪。

江妄没注意到她的表情,说完那句话便转身走了。

夜风拢过来,刚刚在巷子里没感觉,这会儿才觉得冷。

江妄随手将领口的束衣带在胸前打了个结,没走两步,身后突然传来一阵急促的脚步声,盛意的声音里带着犹疑:"江妄?"

江妄回过头来。

盛意停顿片刻,终究还是试探着说:"你好像……受伤了。"

江妄也没避讳,低头看了一眼自己的手,说道:"嗯,受伤了。"

盛意捏了捏耳垂,也不知他这声"嗯"是什么意思,但她也没有更多的话能说了,他们的关系,再多说什么,就逾矩了。

她叹了口气,想了想,说:"刚才,谢谢。"

江妄垂目看了她一眼，像是被她过于认真的态度逗笑了，他又"嗯"了声，声音像是从鼻腔里发出来的。

盛意回去时，李临和林昭昭终于唱累了，正坐在沙发上。

见盛意进来，林昭昭眼睛一亮，问她："一个电话怎么接这么久？我都快等得睡着了。"

李临笑着问："谁的电话？"

一说到这个，林昭昭就来劲了："她的竹马！"

李临动作一顿，盛意弯腰拿起一瓶果汁拧开喝了一口："你别乱说。"

林昭昭笑嘻嘻道："好啦，知道啦。"

盛意莫名不想让李临误会什么，总怕李临万一哪天跟江妄说闲话说起这一茬，岂不是不太好。

她垂下眼睛，干巴巴地解释："就只是一起长大的哥哥。"

李临闻言"哦"了声。

因为天色也不早了，他们又在包厢里聊了会儿天，然后就散了，盛意最终也没有把自己偶遇江妄的事情告诉他们。

等盛意回到家时，已经很晚了，客厅里的灯还开着，盛意换上拖鞋走进去，发现屋里一阵酒气。

陈静冉穿着一条红色碎花吊带裙，外边裹了件毛绒披肩，已经窝在沙发上睡着了。

沙发前的地毯上散落着一只红酒杯，桌上还有半瓶没有喝完的红酒。

陈静冉最近好像经常喝酒。

盛意走过去，弯腰把地毯上的酒杯拾起来，又蹲在沙发边，小声唤道："小姨，小姨。"

连唤了好几声，陈静冉才睁开眼，但看表情，明显酒还没醒。

盛意说："回房间睡吧。"

陈静冉裹着披肩坐起来。

夜里空气凉，她刚刚穿那么少就睡着了，身上也没盖被子，她不由得咳了一声。盛意温声问："冻着了吗？"

陈静冉闭了会儿眼，头脑终于清醒一点儿，点了点头。过了一会儿，她又摇了摇头。

盛意知道让陈静冉自己回房是不可能了，她站了起来，架住陈静冉一只胳膊，说："该去睡觉了。"

陈静冉摇了摇头："不要。"

她一向冷淡，平日里，除了表演，好像多做出一个表情都是浪费，盛意很少见她这么孩子气的一面。

盛意压根儿没有跟这样的陈静冉相处的经验,只好放低了嗓音轻哄道:"再在这里坐下去,会冻病。"

陈静冉还是摇了摇头。

她看着盛意,半晌说:"我今天很开心。"

盛意便问:"为什么?"

久久未能等到陈静冉回应。

盛意低头看去,发现陈静冉再一次睡着了,盛意本想把她抱进卧室里,可惜心有余而力不足,想了会儿,只好将空调温度再打高些,然后从屋里抱了床被子给她盖上。

等一切都整理好,盛意倾身关灯时,瞥见昏沉灯光下,陈静冉眼角有眼泪溢出。

伴随着的,还有她如梦呓般缓缓哼出的旋律。

是一首粤语歌。

她唱:"明年今日,未见你一年,谁舍得改变。"

而很久以后,盛意亦将这首歌反复聆听,那时映入她脑海里最深刻的,是后面的一句——

"离开你六十年,但愿认得出你的子女。"

第二章·追光
想要看一看他的世界

1

周末两天,盛意皆在图书馆度过。

南城的市图书馆很大,距离景德巷只有两站公交车的距离,盛意每日早上七点多就开始在门口排队,然而每次进去时,自习室里依然人满为患,她只好去四楼窗边的休息区写作业。

偶尔会碰到一些考公考研的人,大家明明互不相识,却默契十足地共享一张圆桌。

他们偶尔也会说上一两句话,但不管是谁,只要听到盛意说自己还是高中生,脸上总会露出一些似怅惘似怀念的神情,最后还要嘱咐一句:"好好珍惜吧,好好珍惜。"

正处在青春里的盛意完全无法明白他们的羡慕,但还是乖巧地点了点头。

周日那天晚上,盛意从图书馆回家时,外面突然下起了大雨,她出门时没有带伞,在门口等了一会儿,雨势还是没有半点停歇的意思。

那年还没有网约车,只能凭缘分等出租车,天空越来越暗,街边灯光渐次亮起,被密集的雨珠折射出五颜六色的光点。

她等得无聊,索性站在图书馆门口念诗,是孟依依的《月出集》。

"人向红尘去几程,天台秋雨久无情。别来诗只缘君写,不敢题中道姓名。"

盛意背得慢,一字一句念得缱绻,旁边同样在等雨停的一个戴着银边眼镜的男人听到她的声音,侧头看过来,眼里一时翻涌出些许盛意读不懂的情绪。

她还以为是她的声音太大,打扰到他了,有些抱歉地朝他笑了笑,未料男人却突然问:"这是什么诗?"

盛意只好从书包里翻出那本诗集，翻到那首诗所在的那一页，递给他。

男人伸手接过，低头看得认真，眼镜片上渐渐晕开一层水雾。

盛意心里一动，无端地，她突然想起昨晚小姨于蒙眬醉意中哼唱的那首歌。她的眼眶亦有些酸涩，轻轻抬起头，男人很快将诗集还给了她，然后不知为何，他没再继续等雨停，而是冲进了重重雨雾中。

这个城市里的人，好像每个人都有自己的故事。

盛意低头从地上捡起男人刚刚不小心抖落在地上的名片，看到上面干干净净只写了一个名字：周原。

她叹了口气，转身将名片丢进了旁边的垃圾桶里。

那天，盛意终究还是淋了雨，夜里发了低烧，第二天头重脚轻地起床，到学校时，早读课的预备铃刚刚打响。

李临一脸讶异地看着她："难得啊，我们盛意竟然也会踩点了。"

林昭昭回过头，深有同感地竖了个大拇指："而且还踩这么准。"

盛意感觉自己全身软绵得难受，没有跟他们贫嘴，侧身往里走的时候，才瞥见江妄竟然难得地来上早读课了。

看见盛意，他脸上神色如常，仿佛那晚的偶遇只是盛意的一个梦。

第一节是老徐的课。

那阵子，他们刚好学到古文那一单元，接连好几首都是李清照的词。

老徐上完课后，给大家布置了一个作业，要求以小组为单位，各自交上一篇探究李清照前后期词风异同的论文。

论文最少要写三万字。

老徐话音刚落，林昭昭和李临便异口同声地说："那我们这一组就全靠盛意了。"

盛意古文好，之前老徐上课时，经常让大家模仿正在学习的那一阕词的格式，写出新的东西来，每一次他都会喊盛意起来写，而盛意也从来没有让大家失望过。

盛意抬头看了看江妄，男生的目光亦随着李临的话停留在她身上。

盛意捏了捏耳垂，因为还生着病，这会儿说话软绵绵的："你们帮我搜集一些资料就行。"

"好嘞！"李临特别狗腿地从后面帮盛意捶肩膀，"辛苦了，辛苦了。"

林昭昭说："到时候拿个第一名，然后咱们再去聚个餐！"

高中生的论文，并不要求他们输出自己的观点，只需要资料搜集齐全，然后再用自己的话将资料整合在一起就行。

那两周，盛意往图书馆跑得更勤了。

其他三个人大概觉得让盛意一个人忙碌不太好，每日午休时，也跟在她后面往图书馆跑。

那两个周末也是几个人一起度过的。

休息区的人少，不要求绝对安静，他们四个各坐在桌子的一边，唰唰翻着书。

翻到一半，李临和林昭昭就不耐烦了，头凑在一起，开始讨论那段时间新流行的歌曲，然后又说起几个月前上映的、至今还余温未减的一部青春电影。

林昭昭叹气："当时电影上映的时候，我家里有事，没去看，到现在都还没看过。"她问，"盛意，你看过吗？"

盛意正专心低头做笔记，没认真听他们讲话，她有些茫然地抬起头，问："什么？"

林昭昭说："就那个，《那些年我们一起追过的女孩》，看过吗？你要是没看过，我们四个再一起去看一遍呗。"

其实看过。

盛意垂下眼睫，目光定在自己的笔记本上，想了会儿，摇了摇头。

"那太好了！"林昭昭声音提高了些，"那我们直接去你家附近的影吧看吧，我记得景德巷就有一家。"

因为要看电影，所以那天他们就提前从图书馆离开了，下午四点的光景，公交车上人还不多，四人坐在前后两排。

林昭昭因为想要跟李临讨论电影的事儿，一上车两人就坐在了一起，江妄则是坐在了他们后面一排。

盛意最后一个上车，她犹豫了片刻，觉得自己倘若另坐一个座位，好像有点欲盖弥彰，便只好坐到了江妄旁边。

公交车座位不大，加上冬天穿得厚，坐下去后，盛意的肩膀便紧挨着江妄的。

黄昏的日光从车窗外照进来，她紧紧抱着怀里的书包，连呼吸都不由自主地放慢了一些。

江妄似也觉得无聊，从口袋里摸出耳机戴上。盛意眼神不知往哪儿放，便只好望向另一头的窗外。

公交车行驶得很慢。

她的耳畔是朋友们嬉闹的声音，目光所及之处，尽是人间百态。

很久以后，盛意都仍能回忆起那天的场景，缓慢的公交车、日落的余晖、并排而坐的少男少女，明明是那样平凡的一幕，可不知为什么，却令她记了好多年。

所谓的影吧，都是电影院还未在南城广泛推广时的产物，后来电影院越开越多,这种影吧就慢慢没落了。

但还是有那么一两家坚持开着,基本上都开在景德巷这边。

因为这一块算是半个景区,常有外地的游客来这里闲逛,可能是为了满足某种怀旧情怀,大家走累了的时候,也会选择去影吧里看个电影。

这里的影吧装饰也都很复古,很有20世纪港城的味道,除了供大家租碟片在这里看电影,也会卖一些碟片以及卡带之类的东西。

盛意他们选择了一间相对大一些的包间,包间和门面之间隔着一条很长的走廊,可能是为了营造气氛,走廊里的光线很暗,两边的墙上密密麻麻贴着很多年代久远的海报。

说是大包间,但里面空间还是很小,房间里只摆了一张沙发,和一个电视机。

现在时代发展了,其实很多影吧都换成投影机了,只有这个地方还坚持着复古。

林昭昭一进去,便拉着盛意坐了下来。

盛意坐在最左边,江妄坐在最右边,林昭昭和李临坐在中间。

他们看电影时都还算安静,一开始李临和林昭昭还会说两句话,后来剧情渐入佳境,两人就没再聊天了。

到中间好几个地方,林昭昭还抽噎出声。

李临看了林昭昭一眼,似乎想要嘲笑两句,但最终还是从旁边摸过抽纸扔到了林昭昭身上。

这间影吧的隔音效果不太好,坐在最里面的房间,也依旧能听到外面长街上吵闹的人声。

盛意的目光一眨不眨地注视着屏幕,电影正放到一场意外过后,男女主角分别在两个地方,各自拿着手机,与对方通电话。

女孩仰着头,声音里带着几分释然与怀念:"谢谢你喜欢我。"

男孩亦轻轻笑着:"我也很喜欢,那时喜欢你的我。"

盛意眨了眨眼,鼻头忽然酸得厉害。

房间里没有开灯,光线很暗,只有电视画面一明一灭的光。

盛意往后仰了仰头,用力吸了一口气。

出去时,林昭昭眼睛已经哭肿,她看着身边几人云淡风轻的模样,呜咽着说:"你们怎么都不哭啊?"

李临笑一声:"你以为谁都像你那么爱哭啊?"

盛意把自己被浸得有些湿润的袖口折进去,听林昭昭问:"好晚了,不然我们一起在这附近吃个饭?"

"可以啊!"李临说,"这边盛意熟,你应该知道哪里好吃吧?"

其实盛意也不清楚,因为她大多时间都是在家里吃的。

她想了一会儿,在心里比较了一下自己为数不多吃过的那几家饭店,选了一家浙菜馆。

这边的人大多都认识盛意,老板看她带着几个朋友进来,打招呼:"跟同学一起玩呢?"

盛意说:"刚从图书馆回来。"

老板笑得敦厚:"你小姨今天又在剧团没回来吗?"

陈静冉最近在排一个新戏,每天都很忙,常常整夜都不回家,盛意点了点头:"可能要晚一点儿。"

老板说:"行嘞。看看你们想吃什么,盛意带过来的,给你们优惠。"

他说完,就去招待别的客人去了。

林昭昭看了一眼菜单,问盛意:"这个店什么好吃啊?"

盛意挑选了几个她觉得味道还不错,几人点完单后,便找了个角落的位置坐了下来。

林昭昭还没从刚刚电影的剧情里缓过神来,跟李临又讨论起来,讲到一半,眼看眼睛又有发红的趋势,李临连忙转移了话题:"说起来,圣诞节快到了。"

圣诞节还好,顶多就是大家互相送送礼物,但元旦就比较热闹了,学校会抽出一个晚自习的时间来举办元旦晚会。

李临转头问江妄:"节目准备得怎么样了?"

江妄身子往后仰了一下,就着坐在那里的姿势从身后的小冰箱里拿出一瓶汽水,又问其余几人:"喝吗?"

盛意冬天不喜欢喝凉的,摇了摇头,李临和林昭昭分别要了一瓶雪碧和一瓶美年达。

等拿完饮料,他才懒散地道:"就那样,也没什么好排的。"

他的节目是被老徐硬逼着报上去的,因为元旦晚会基本上每个班级都出了节目,二十四班刚刚组建没多久,老徐想了半天,觉得得一鸣惊人。

一鸣惊人的结果就是让江妄去表演节目。

被点到名的时候,江妄正拿着一本毛姆的《刀锋》在读,他其实不爱看这些书,但除此之外又不知道该干什么。

李临用肩膀撞撞他:"老徐叫你。"

江妄抬起头来,老徐说:"元旦的时候你代表咱们班表演个节目呗。"

江妄把书合上,中指抵在书页之间,因为还未从书中故事里脱离出来,他脸上茫然未退。

随后,他揉了揉头发,语气淡淡:"我不会。"

老徐:"唱歌,唱歌总会吧?"

江妄说:"我五音不全。"

老徐觉得他肯定在骗人:"没关系,你人站在那儿,我们就赢了。"

老徐年龄其实不大,教学方式很新颖,平时也乐于和大家开开玩笑,以拉近彼此的关系。

班级里立刻爆发出一阵大笑,李临在旁边起哄:"对,你站在那儿,咱们就赢了!"

他的声音有点儿大,江妄眼睛下瞥,淡淡觑了他一眼,李临立马收了声,但眼角眉梢明显都是笑意。

尽管江妄不乐意,但老徐依旧自作主张给他报了名。

林昭昭此时听李临问起这个,也有点好奇,毕竟最近课余时间,江妄大多都跟他们待在一起,从未看他为节目练习过。

她看了看江妄,想问他,又不太敢问。

虽然他们四个最近天天混在一起,但林昭昭基本上就只跟盛意和李临说话,跟江妄说话的次数一只手都能数过来。

好在李临先开了口:"所以,到底怎么样了啊?"

服务员把菜端了上来,几人伸手去接。

盛意抽出一张湿纸巾擦了擦手,才发现陈静冉两分钟前给她发了短信:今晚不回去,你自己去外面随便吃点吧。

盛意停了一会儿,回了个:好。

想了想,她又说:排练中间找时间休息一下,总是熬夜不好。

陈静冉没再回她。

桌上另外三人在她发短信的时候话题不知又扩展到了哪里去,林昭昭笑得前仰后合,拽了下盛意的手臂,说:"你小姨今晚不回来吧?"

盛意说:"嗯,有排练。"

"那等下吃完饭,我们去你家,让江妄给我们唱一下怎么样?"李临挤眉弄眼地揶揄江妄,"你总该不会是打算到台上给我们班丢脸吧?"

"……"

吃完饭,才不到晚上八点,几个人晃晃悠悠往盛意家里走。

盛意走在最前面,一路脑子都浑浑噩噩的,不停地回想自己早上出门时有没有叠被子,房间里乱不乱,有没有乱扔什么东西。

又想,也不知道江妄为什么会同意。

他好像一直是这样,鲜有什么喜恶,明明不怎么感兴趣,但见李临和林昭昭兴致大,就也从善如流地点了头,不怎么会去扫别人的兴。

与她很久以前在脑子里勾勒的他的形象有一些出入。

真正认识以前,她一直以为他桀骜、叛逆、很难相处,就如同那日秋日晨光下他那头惹眼的灰蓝色头发一样,是跳脱的、张扬、特立独行的。

但真实的他好像……好像是有点温柔的。

像隐藏在巨大冰山下涌动的柔和水流,是需要细细体味才能感受到的温柔。

林昭昭从后面挽住盛意的手臂,说:"这还是我第一次来你家。"

盛意停在院子门口,从包里摸出钥匙,熟练地插入锁孔。

林昭昭说:"你小姨可是艺术家欸!我记得小时候我妈带我去剧团看过演出,感觉大家气质都好好,就一直很好奇她们生活中的样子。"

盛意在脑子里过了一遍陈静冉在剧团时与在家里时的模样,好像也没有什么不同,只是在表演时,她的情绪起伏会更大一些,全跟着角色走,生活里她其实是一个情绪相对比较平静的人。

许是在一起生活久了,这一点盛意和陈静冉很像,记得有几次难得的与父母待在一起的时间,盛淮在某个晚上与她谈心。

父女俩坐在一起,一人手里捏着一罐橘子汽水,橙色灯光从头顶倾泻下来,两人好半晌才从千百句话语中挑出一句适合做开场白的。

他们的对话生涩又客气,末了盛淮推门出去,走到门口时,低低叹了口气,问盛意:"阿意在学校里有没有什么好朋友?"

盛意想了想,点了点头。

盛淮又问:"有遇到特别开心的事吗?"

这次盛意想得久了一些,好像也没有什么特别开心的事情,她的成绩一向稳定,偶尔多考一点儿少考一点儿,并不能影响什么。

盛淮看着她,又问:"那有不开心的事吗?"

盛意叹了口气,说:"我知道爸爸在关心我,我真的很好,您不要担心。"

陈静娴端了杯热牛奶从客厅里走过来,笑问:"父女俩在这儿聊什么呢?"

盛意摇摇头,接过牛奶,陈静娴便又继续去忙自己的事了,临走时,叫了盛淮一声:"周馆长要的那份资料在你那儿吗?"

"嗯,等下我发给你。"

"好。"陈静娴点了点头,又回头看看盛意,"别熬夜了,早点儿休息。"

语毕,她便转身走了,盛淮抬步跟过去,走前,似是自言自语般叹了句:"其实我们阿意可以不这么懂事的。"

盛意收起思绪,推开门。

冬日冷寂,尤其是晚上,凉气仿佛能穿过人的骨髓渗进来。

景德巷房屋与房屋之间挨得紧,但好在附近没有高楼,可以得到充足的日晒,然而等太阳落下,屋子里便寒意深重。

林昭昭不由得打了个哆嗦。

盛意摁开门边的灯,想了想,又拿起遥控打开了空调。

门窗都被封紧。

虽然几个人早已熟悉，但来到别人家里，还是略显拘谨，盛意也不知要如何招待他们，只说："要喝点热牛奶吗？"

"要！"林昭昭点头如捣蒜。

盛意便起身去把牛奶倒进杯子里，再放进微波炉里加热。

林昭昭四处打量，发现屋子的布置果然和她想象的差不多——墙上挂了很多画，桌椅器具都是明显复古的样式。

旁边储物间的门没有关，里面摆着好些乐器，林昭昭见盛意端着牛奶出来，好奇地问："那些你都会吗？"

盛意随着她的目光看过去，摇了摇头："只会一点点。"

钢琴、小提琴什么的她都没学，只学了一点儿吉他基础，琵琶倒是也学了一点儿，还是当时剧团里的昆曲老师硬教给她的。

林昭昭眼睛很亮，盛意看她感兴趣，便抱了一把吉他出来，李临说："那刚好，让江妄唱歌，你给他伴奏。"

盛意拨弦的手微微一顿，抬头看了江妄一眼。

江妄后背靠着沙发，姿态依旧如往常一般松散，他眼皮半垂着，脸上神色有些不耐烦。

"不唱。"

李临说："你刚刚不是都答应了？"

"没答应。"

空调已经运行了一会儿，屋里空气渐渐升高，李临见江妄油盐不进，上蹿下跳地撺掇他开嗓。

平日里空荡沉闷的房子里难得透出一点儿生气来。

盛意看着他们，捏了捏耳垂，又轻轻吸了口气，鼓起勇气问："什么歌？"

"一首闽南语的歌，《好不好》，会弹吗？"

没听过。

盛意想了想，从手机里搜了一下这首歌的吉他谱，看了一会儿，手指才开始在琴弦上拨弄。

乐声响起，男孩们吵闹的声音慢慢安静下来，盛意的眼睛不断在手机屏幕和琴弦上转换。

片刻后，男生低沉而清润的声音忽地响起。

盛意听不懂闽南语，即便看着歌词，也依旧不知道那些文字排列在一起究竟是什么意思。

但少年的声音很好听，许是因为闽南语的发音问题，他的声音清淡，却又莫名透出一股软糯意味。

他依旧闭着眼,整个人还保持着先前的姿势坐着,嘴唇张开的幅度很小,若不仔细看,根本看不出来是他在唱歌。

那晚他们离开后,盛意在网上搜索了许久那首歌的普通话版,直译过来的文字读起来有些奇怪,她只能理解个大概意思。

像是一首单恋的歌。

评论里有人说:"如果我喜欢的男孩给我唱这首歌,那我立马跟他结婚。"

盛意抿唇笑了笑,给对方点了个赞。

一周后,元旦晚会上,江妄唱完这首歌后,七中的操场直接沸腾了,夜色里全是女孩们的呼声。

盛意站在人群里,抬头仰望着台上灯下的他。

夜风好冷啊,周遭的声音也好嘈杂,虽然之前就听过,但林昭昭仍旧不可遏制地在盛意耳畔尖叫。

就只有李临在吐槽:"啧,不知道又蛊惑了多少青春少女。"

盛意没有尖叫,她全程默不作声,隐没在一个个为他疯狂的黑点里。

惊艳过后,一寸又一寸的难过如涨潮的海水一般,一点点将她淹没。

好纠结啊。

想要他发光,又怕他发光。

2

元旦过去没多久,就到了寒假,今年过年盛淮和陈静娴依旧没回来,家里就只有盛意和陈静冉两个人。

年夜饭很简单,是盛意和陈静冉一起做的,其实她们两个厨艺都不怎么好,平时煮饭也都是能入口即可,然而年夜饭就不能这样随便应付了。

一开始陈静冉说不如去饭店里吃,盛意觉得她们家本来就够没有家的味道了,倘若连年夜饭都要出去吃,岂不显得更冷清了。

陈静冉对她的说辞付以冷笑,但还是翻箱倒柜找出一本菜谱来,然后两个人对着菜谱上的教程一点一点艰难行动。

晚饭过后,《春节联欢晚会》还没开始,陈静冉去洗澡了,盛意坐在沙发上,边等节目边回大家的祝福短信。

茶几上放了一些瓜子糖果,还有陈静冉单位发的坚果大礼包。

晚上七点多时,陈静娴和盛淮给她打了个电话,他们那边大概也在庆祝新年,吵闹得不行,听筒里全是人群的哄闹声,以及呼啦啦的风声。

两人找了个相对僻静的角落,有一搭没一搭地问着盛意的近况,末了又说道:"这次的项目还有差不多两个月就结束了,到时候就可以回家了。"

盛淮说:"阿意想要什么新年礼物,等我和妈妈回去时带给你。"

电视的右上角已经出现了春晚开始的倒计时，盛意从旁边扯了条毯子裹在自己身上，想了一会儿，摇了摇头："没有什么特别想要的。"

小一些的时候，她很渴望得到陈静娴和盛淮的陪伴和关心，那会儿身边的同学都跟父母生活在一起，偶尔碰上家长会之类的活动，结束后，总有人问她："怎么是你小姨过来，你爸妈呢？"

也会有大人跟她开玩笑："是不是因为你爸爸妈妈不喜欢你，所以才把你丢在小姨家？"

说者无心，听者有意。

小女孩的自尊心受到了人生里第一次重击，后来她无论如何也不让陈静冉再去参加她的家长会，甚至，家长会的时候，她自己也不在学校。

她偷偷躲进图书馆里，看书看到闭馆，回到家时，陈静冉正跟班主任通电话，看见她回来，神色未变，也一句没提她逃课的事情。

直到吃完饭，收拾餐桌的时候，陈静冉才状若无意地提了一句："人活着不是给别人看的，你要是那么在意别人怎么说，那这辈子就没什么好活的了，每天就坐那儿哭吧。"

陈静冉讲话直率，不了解的人会觉得她有些刻薄。盛意低着头，眼眶中潮气一阵漫过一阵。

这样的话对于才刚过十岁的女孩来讲，太过于深奥和复杂了，她听不懂，只能明白最表面那一层浅显的意思。

她开始想离开南城，想回京市，想像所有她眼里正常的小孩儿那样，和父母住在一起。

然而她这样的愿望在大人眼里是幼稚和不懂事，她经年累月的殷切期盼，从来没有实现过，而最终的结果是——她不想要了。

不期待了，也不想要了。

没有怨恨，也没有生气，更加没有任何乱七八糟的小情绪。

就只是单纯地接受了这件事，也接受了自己永远无法像很多小孩儿那样，同父母亲昵拥抱与撒娇。

挂了电话后，她才发现刚刚林昭昭也给她打了电话，她顺手点了回拨，林昭昭的声音听起来很兴奋："盛意，出来看烟花吗？"

那年烟花爆竹的禁令还不严格，尤其是在南城这样的小城。盛意看了一眼电视，节目已经开始，依旧是极红极绿的配色，每个人脸上都化了很浓的妆，脸上洋溢着喜气洋洋的笑容。

好像只有她这里是冷清的。

她张了张嘴，又听林昭昭说："等下李临和江妄也来，我们一起跨个年呗。"

林昭昭应该已经出门了，说话时带着轻喘，盛意停了两秒，说了声："好。"

然后起身去换衣服、吹头发，把围巾和手套圈挂在了脖子上。

她从楼上下来时，陈静冉刚从浴室里出来，看见她的装扮，挑了挑眉："要出门？"

"嗯，林昭昭说想去看烟花。"

陈静冉听过林昭昭的名字，她点点头，用毛巾擦了擦头发上的水。

盛意站在玄关处换鞋。

她们家的房子很旧了，灯也很旧，照出来的光都是昏暗的。只有她房间里的灯是新的，是当初盛淮给她换上的，说是怕她在不够明亮的灯光下看书，伤到眼睛。

这会儿陈静冉便站在那一片不甚明朗的灯光里，因为刚洗完澡，身上的衣服有些单薄，显得她整个人看起来格外瘦弱。

瘦弱又孤独。

盛意打开门，外面空调外机的轰隆响声传入耳里，她在门口站了片刻，陈静冉疑惑地问她："怎么还不走？"

盛意忽然觉得难过。

她关上门，细弱灯光从门缝里泻出来，她深吸了一口气，手指再次落到门把上，两分钟后，林昭昭收到一条新短信。

盛意：家里就我小姨一个人，我不去了，你们好好玩。

陈静冉听到开门声，回头看过来，问盛意："东西忘带了？"

"不是。"盛意摇摇头，"外面太冷了，突然不想去了。"

"德行。"陈静冉冷嗤一声，走进卫生间里，准备吹头发。

盛意从后面跟过去，放软了声音说："小姨，我今晚可以跟你睡吗？"

陈静冉把吹风机的电线拨开，狐疑地看着她："发烧了？"

盛意笑了笑，说："今天是除夕，明天就是 2012 年了，一年又过去了。"

她前言不搭后语，陈静冉却意外地听懂了她话里想要表达的意思。陈静冉收回视线，略显不耐烦地"嗯"了声，提醒盛意："给我滚去好好洗澡。"

"好哦。"

盛意弯了弯眼睛，听到外面已经放起了烟花，接二连三的爆竹声越过层层高墙传进来。

她打开一扇窗户，望见天上恰好刚炸开一束烟花，普普通通的样式，没有什么特别的花样。

盛意眯了眯眼，在心里对自己说了一句"新年快乐"，然后合上窗户，转身上楼重新换上睡衣。

那时沉浸在景德巷温柔夜色里的她，尚且不知道，自己那晚的缺席，令命运的齿轮又不经意赠予她一样她并不想要收到的礼物。

然而即便时光倒退回去,她觉得她还是会选择回去陪陈静冉。

爱情很好,但亲情与友情同样是于她而言珍贵又珍惜的东西。

她很遗憾,但不后悔。

那晚,盛意和陈静冉在连绵不绝的烟花声中守了好几个小时的岁。

屋里空调温度打得很高,陈静冉起身去酒柜里拿了瓶红酒,最后喝得醉醺醺。

晚上两人仰躺在陈静冉的卧室里,盛意转身搂住陈静冉,在她手臂上轻轻蹭了一下,含混不清地问:"小姨怎么不结婚?"

要是搁在平日,盛意万万不会问出这种话。虽然大家都是一家人,但盛意已经习惯跟所有人的关系都保持在一个恰到好处的分寸里。

所以对于陈静冉的事,她虽有好奇,但从不多问。她总觉得,如果小姨想说,自然会同她讲;如果小姨不想说,那么她即便问了,也问不出什么结果来。

话音落下,久久没等到陈静冉的回应,盛意眨了眨眼,在黑暗里无声地叹了口气,就在她以为陈静冉不会回答的时候,夜色里,突然传来女人似喟叹般的一声呢喃:"结婚啊……"

陈静冉半晌说:"我其实挺讨厌这个世界的,好像一个人的一生,从出生的那一刻起,就被按部就班地安排好了。"

"要念书,要考大学,不准早恋,但到了年纪就必须要结婚,即便心里根本就没有想要结婚的人选,硬凑也要凑一个上来。"

"可怎么才算到了年纪呢?"

陈静冉应该醉得狠了,平日里压在心底的话,终于找到一个发泄口倾倒出来。

"结完婚后,还有必须要生小孩儿的年纪,紧接着,自己的人生就算到了头,后面的人生就全围绕着小孩儿而活。"

"如果你不按照这个规则去生存,就会不停地被人问:你为什么不结婚啊?你再拖下去就嫁不出去啦?你老了以后怎么办呢?"

她的声音里压着淡淡的讽刺,盛意静静听着,直到她彻底说完以后,盛意才问:"那小姨有想要结婚的人吗?"

已经到了后半夜,零点以后,外面的爆竹声响得更厉害了。

景德巷地方不大,门外的人声越过院墙传进来,盛意听见有小孩儿大声喊:"下雪了!"

2012年的第一场雪,在年初一的第一刻落了下来。

对比外边的热闹,屋子里却静得落针可闻。

"有。"停了好久好久,陈静冉才淡淡出声,"有想要结婚的人。"

"他在哪里?"

"不知道。应该是在他自己家里吧?或许,正和他的妻子还有小孩儿在一起。"

盛意一时沉默下来,但是抱着陈静冉的手臂环抱得更紧了。

许是因为前一晚熬夜熬得太晚,第二天陈静冉和盛意都起晚了。

天光照进来,盛意抬手挡住眼睛,她摸过手机看了一眼,发现夜里林昭昭给她发了很多条短信。

林昭昭:啊,你不来实在太可惜了,今天江边有烟花表演,好美好美!

林昭昭:说起来,看完烟花后,这边有个活动,赢的人可以获得一个小龙抱枕。天哪,那个抱枕真的太可爱了,呜呜呜!我就很想要,但是必须要四个人组队才能参加比赛,都怪你不在,我们就只好找了一个不认识的女生帮忙了。

林昭昭:不过那个女生好漂亮,李临眼睛都看直了哈哈哈!这个没出息的!事后还拼命解释什么只是一时惊艳,并没有什么别的意思,谁管他有没有别的意思啊!

林昭昭:他就算有什么意思也没用啊,那个女生明显对江妄有意思,还跟江妄要手机号来着。

盛意看到这里,神色一顿。

盛意:那他给了吗?

没想到林昭昭昨晚那么折腾,今天竟然起得还挺早,她很快给盛意回拨了一个电话。

陈静冉已经起床,正在厨房里做饭,盛意接通电话,听到林昭昭说:"江妄当然没给啊。你又不是不知道他,践得要死,直接就说自己没有手机。这理由也太假了吧,根本连敷衍都不愿意敷衍了……"

许是受新年气氛的影响,林昭昭的声音听起来格外有活力,她嗓门儿大,特别夸张地同盛意描述昨晚的情形。

听到江妄没有给对方手机号,盛意提着的一颗心陡然松下来,电话挂断后,她轻轻吐了口气,望见窗外屋顶已经泛白。

后半夜里雪下得很大,院子里一棵梨树被压断了好大一根树枝,当时盛意还被惊醒了,但她实在太困了,迷迷糊糊又睡着了。

这会儿她出门,看到树枝可怜巴巴地在雪里躺着。

她拿出扫帚,准备去扫雪,院外孩童们在打雪仗,笑闹声传出很远。

盛意没提防,一个雪球陡然从外面飞进来,直直地落在了她的脚面上。若是她刚刚多往前走一步,估计就要砸到她头上了。

盛意上前去打开院门,想要嘱咐小朋友们打雪仗的时候小心一点,别伤到人,未想开门的瞬间,猝不及防看见正从巷口往这边走的江妄。

他手边搀着一个老人——宋云翊,神态小心而乖巧。

盛意眨了下眼,确定自己没看错,那几个小朋友大抵也知道自己闯祸了,一溜烟就跑了。

盛意紧紧攥住扫把的木柄,不知道自己现在应该假装没看见他比较好,还是在这里等着跟他打招呼比较好。

在意一个人时,好像就是这样,与他有交集的每一个点都被自己无限放大,任何一个无足轻重的选择,都要纠结很久才能下决定,生怕自己哪一步没走好,就令自己在对方心里大大减分。

她低头看了眼自己的脚尖,才恍然惊觉自己醒来后,只在睡衣外面套了件羽绒服,头发还没梳,脸也没洗……

她的心脏猛然一跳,下一秒,迅速关上门,一口气跑到楼上。

陈静冉还以为她又发什么疯,低骂一句什么,不待盛意听清,外面就忽然传来一阵敲门声。

盛意从卫生间的窗户往下看。

江妄穿了一件浅色羽绒服,神情淡淡,正站在她家门口。

盛意在房间里折腾了快半个小时才下去。

穿哪件衣服比较好?等下和他见面的时候,要说点什么呢?

太热络的话有点奇怪,太冷淡的话更加奇怪。

最终她还是穿了件与往常并无什么差别的衣服,从楼上走了下来。

陈静冉正在同宋云翊聊天。

老人穿着打扮很有气质,大衣里面是件旗袍,戴了一副金边眼镜,江妄坐在她旁边,手里端着一杯刚刚陈静冉递来的热水。

盛意下来时,正与他的目光对上,陈静冉跟宋云翊介绍:"这是我姐姐的女儿,她爸妈工作忙,一直住在这里。"

宋云翊看了盛意一眼,从口袋里掏出一个红包来:"这是盛意吧?都长这么大了。"

盛意看向陈静冉,陈静冉笑着说:"给你你就拿着。"

盛意这才接过红包,说了声:"谢谢奶奶。"

宋云翊和蔼道:"小意今年多大了?在哪里念书?"

"七中。"陈静冉说。

宋云翊"欸"了一声,正要说什么,忽地听江妄懒洋洋道:"别问了,是同学。"

盛意刚掰开一瓣橘子塞进嘴里,闻言差点呛到。

陈静冉显然也有点惊讶,笑道:"这么巧?"

盛意把橘子咽下去,沁凉的汁液滑过喉咙,停了两秒,她才说:"是,文理分班,我们被分到了一个班级。"

陈静冉看了她片刻,脸上露出若有所思的神色。

江妄和宋云翊并没有在这里坐多久就离开了,临走之前,宋云翊还反复叮嘱江妄,让他在学校里多照顾着点盛意。

盛意捏了捏耳垂,抬头瞧见江妄脸上笑意浅淡:"瞎操心。"

虽然是吐槽,但他语气好温柔,盛意刚平静下来的心跳又快得厉害。

宋云翊叹了口气:"你妈妈当年很受你陈阿姨照顾……"

等他们走后,盛意满脸都是好奇。

她到底年纪还小,虽然惯常会掩饰自己的情绪,但掩饰得不是很好,陈静冉打眼一看就知道她在想什么。

陈静冉把饭菜端到桌子上,随口解释道:"我跟他妈妈是好朋友,当初他爸脾气不好……"她顿了顿,许是念及江妄与盛意是同学,具体细节含糊过去了,只说,"总之,那段时间他妈妈经常住在我这里。"

她往楼上指了指:"就你睡的那个房间。"

盛意循着陈静冉的目光看过去,心中已有了一些猜测,没想到她同江妄竟然还有这样一层联系。

"那……他妈妈现在在哪里?"

"去世了。"陈静冉沉默了一会儿,说道。

盛意夹菜的手停顿了一下,喉咙里发出一个无意义的音节,又问:"那江妄的奶奶这次来是因为……"

陈静冉抬起了头,忽然道:"你对江妄的事很感兴趣?"

盛意猝不及防被说中心事,整张脸腾地就红了。

"没有,我就是有点好奇。"

陈静冉却似乎只是随口一说,片刻后解释道:"其实自从苏瑾,也就是江妄的妈妈过世之后,我跟江家就没什么来往了。今天老太太突然来找我,我也很意外。"

其实也不算突然,只是老人整理东西时,无意间发现多年前陈静冉写给苏瑾的一些信件,她思索许久,还是决定将那些信归还给陈静冉。

盛意侧头看了一眼茶几上的东西,了然地点了点头。

3

过了元宵节,学校就开学了,寒假期间林昭昭来找过盛意两次,盛意不知因何原因,并没有把江妄曾来过她家的事告诉林昭昭。

总觉得那涉及他的私事,倘若对林昭昭讲,就势必要解释一下他过来的原因,而那些东西,是她不想要散播出去的。

高二下学期伊始,七中迎来了建校以来一等一的大事情——迁校区。

七中的老校区建在市中心,面积很小,连一个像样的操场都没有。

新校区从盛意高一刚入学时就说在建了,在城西郊区,林昭昭还曾同盛意开玩笑说,不知道等她俩毕业,新校区能不能建好。

然而没想到搬校区竟然来得这么快,而且还这么突然,那两天,整个校园都沉浸在一派喜气洋洋的气氛里。

搬校区并不麻烦,因为桌椅等东西都是新置的,只是新校区离得远,他们必须要坐学校租来的大巴过去。

也因为新校区离得远,学校建议大家住校,大家以前从来没有住过宿舍,一听这话,顿时更激动了。

只有盛意在纠结。

家里只有她和小姨两个人,倘若她住校了,岂不是就留下小姨一个人。

林昭昭见她愁眉苦脸,"唉"了一声,说:"这附近太偏僻,拢共只有两个学校,一个咱们学校,旁边是一所职高。从高二下学期开始,晚自习要上到十点五十分,你觉得你自己一个人回家安全吗?那时候连公交车都没有了。"

最终盛意还是选择了住校,那天回去她同陈静冉说这件事时,陈静冉愣了一下,又看盛意目露担忧,陈静冉垂下眼睛,冷嗤道:"也不知道哪来那么多担心的事。"

盛意没管她的嘲讽,只是说:"以后能不喝酒尽量就不要喝酒,我周末就会回来。"

陈静冉说:"啰唆。"

新校区环境很好,植被环绕,绿树掩映,有亭台楼阁,还有长廊水榭。

大巴刚驶进去,就有人开玩笑说:"这里很适合约会的样子。"

引来满车人一阵爆笑。

宿舍的环境也很好,空间很大,四人一间,南北通风,每个宿舍都有一个阳台。

他们分宿舍之前,老师让他们每个人填了意向单,想跟谁一个宿舍,盛意想了想,只填了林昭昭一个人的名字。

她们两个毫无悬念被分在了同一个宿舍,宿舍在四楼,没有电梯,要爬楼梯。

等她们上来时,其他室友已经在整理东西,赵南希看见她俩一人提着一个箱子进来,热情地伸手去接,张遥性格腼腆一些,只对她们点了点头。

她们给她俩留的床位也是紧挨在一起的,盛意去了靠里面的那一张床,外面的留给了林昭昭。

林昭昭刚把东西放下,就开始吐槽:"学校好抠门,都不给装空调。"

"别做梦了,那怎么可能?"赵南希笑着接道。

女生之间的友谊建立得很快,才不到一个小时,几人就是能够一起手挽手出门的关系了。

临去班级之前,盛意去阳台上晒床单,抬头时,恰好看见对面男生宿舍的阳台上站了一个人。

瘦、高,神情冷然,只穿了一件黑色卫衣,帽子被他拉到头顶,正懒散地靠在栏杆上看手机。

不知道是不是感受到了盛意的视线,他突然看过来,盛意身子一僵,落荒而逃。

热意几乎漫过了她的全身,林昭昭看她神色仓皇地走过来,疑惑道:"你怎么啦?"

林昭昭边说,还边探头往阳台上看过去。盛意也跟着不经意一瞥,方才还在那里的人已经不见了。

搬学校的事情让大家躁动了好几天才平息下来,一直到开学一周后,大家的学习生活才终于走上正轨。

学校位置太偏,以至于门口什么商店都没有,好在学校里设施齐全,食堂、超市、医务室一应俱全。

而对于七中的高二学生来讲,他们这学期将要面临的重大事情才只完成一半。

开学一个月后,高二的班主任们就在各个班级里通知,艺术方向选择要开始了。这一般都是针对成绩可能不够念自己理想大学的人设置的,可以通过学艺术来达成目标。当然,也不排除有一些人是因为本身就喜欢,所以才会选择去做艺术生。

比如江妄。

这个消息一出来,刚从躁动里走出来的二十四班就又一次沸腾了起来。

中午,盛意和林昭昭刚吃完午饭回去,就听到张遥和赵南希在讨论这件事。

林昭昭问:"怎么,你们俩也想学吗?"

"不是我,是张遥,她想学播音主持。"

这倒令盛意有些意外,她侧头看了张遥一眼,女孩抿着唇,有些紧张的样子。

盛意说:"挺好的,有喜欢的事情就努力去做。"

许是她语气太过柔和,张遥放下一点防备,低声说:"我担心我长得不够好看,身材不好,性格也不好。"

"哪有!你这样明明很可爱啊!"赵南希接道。

盛意看了张遥一眼,对方虽然不算瘦,但是是那种很饱满匀称的身材,加上她眼睛大，皮肤好，五官很精致，其实整体还是好看的。

盛意想了想，说："虽然我并不觉得你这样的身材是不好的，因为每种身材都有每种身材特有的美，没人规定只有一种美是正确的。

"但是，如果你实在介意，又实在觉得你想要做的事情很需要你认为的那种好身材，那么就努力把身材锻炼成那样吧。

"想要做自己喜欢的事，肯定是要付出一些什么的。"

她的语气温和舒缓，娓娓道来，如春风拂面，张遥听着，犹疑不安的心仿佛倏地就安定了下来。

张遥感激地看向盛意："嗯嗯，我想明白了。"

盛意弯起眼睛笑了笑，又听张遥道："盛意，你好温柔，我如果是男生，肯定就喜欢你了。"

林昭昭在旁边大声喊："你是女生也可以喜欢她啊！"

宿舍里一时又闹成一片。

晚上熄灯后，盛意拉上床帘，点了一盏小台灯，坐在床上看毛姆的《月亮与六便士》。这书还是她当时在江妄的课桌上看到的，因着那些隐秘的原因，她也去书店里买了一本一模一样的回来。

——想要去看一看他的世界是什么样的。

这个念头划过脑海，盛意心脏突地一跳，一个新的念头陡然又从自己心里生出来。

如果她也去学画画的话……

翌日一整天，盛意都有些心不在焉，林昭昭瞧见她老是神游，不由得出声询问："你今天是不是身体不舒服？"

盛意摇了摇头，想了想又说："如果我说我想去学画画，你会觉得我疯了吗？"

话音落，林昭昭的手就落到了她的额头上："我觉得你是病了。"

盛意捂了捂脸，又听林昭昭问："你喜欢画画吗？"

说不上来喜不喜欢，就是……想疯狂一次，想为自己的喜欢疯狂一次，想为青春疯狂一次。

林昭昭说："你如果确定你喜欢这件事，也确定自己能做好的话，就去做吧，其实也没什么大不了的，顶多会被老徐唠叨一阵子。"

她看了看盛意："我说的能做好，是指，起码你考出来的学校，要比你目前的成绩能考到的学校要好，最起码也要是同等程度的。"

盛意"唔"了声："我可能需要好好想想。"

第二天就是周六，周五晚上没有晚自习，放学后，盛意她们直接被校车集体带到了老校区，然后大家再各自回自己的家。

盛意回到家时，天已经黑透了，没想到陈静冉竟然也在家里。

陈静冉大约是猜到盛意会回家，那晚桌上的饭菜很丰盛，盛意收碗拿去洗的时候，终于还是没忍住，问陈静冉："小姨，如果我说我想学画画，你觉得怎么样？"

她尽量让自己的语气显得随意一些，但发紧的喉咙还是暴露了她的紧张。

陈静冉把电视声音关小，目光狐疑地望过来："为什么突然想学画画？"

盛意含糊着解释："最近要选择要不要学艺术……"

陈静冉说："你现在成绩已经跌到需要靠学艺术加分的地步了吗？"

盛意说："学艺术也不容易的……"

不仅要过艺术联考，同时文化课分数也要过关才行。

虽然艺术生的文化课分数线相对低一些，但大家高三上学期一整学期都要去进行艺术集训，比寻常人落了那么多课，分数线低也是应该的。

陈静冉说："你知道我不是那个意思。况且，你从小就喜欢戏剧，如果非要学的话，我以为你会选编导之类的。"

盛意把餐盘放到水槽里，水龙头被拧开，水声哗啦啦响在屋里，停了一会儿，盛意才说："小姨，你喜欢过什么人吗？

"我最近很欣赏一个男孩子，他不知道我有关注他，我也不想让他知道我在关注他，我觉得我现在这样默默看着他就很好。

"但是，即便如此，我还是想做点什么，来让自己离他更近一些。可能有点傻，也许很久以后回想起来，我会觉得自己也太疯了……但是，我现在想这么做。

"想为自己的喜欢，疯狂一次。

"不是要摘月亮，就只是，想看一看，想知道他的光，能带我看到多少我不曾见过的世界。"

第三章·末日
祝你第二人生快乐

1

毛姆在《月亮与六便士》里写:"感情有所有理智所根本不能理解的理由。"

去学画画,大抵是盛意过往十几年人生里,做过的最不理智,也是离经叛道的一件事。

几乎所有人得知这个消息的时候,都觉得难以置信,赵南希的喉咙都快喊破:"天!你是不是疯了?"

老徐也觉得盛意疯了,他特地将盛意叫到办公室里,苦口婆心地规劝很久,最终见盛意态度坚定,他也只能叹口气:"那你要好好学。"

盛意想了想,点了点头,又说:"我会努力的。"

老徐眉头紧锁,"嗯"了一声,就让盛意离开了。

七中没有特地开设艺考培训班,所有的艺考学生都要报外面的培训班才可以。

盛意从办公室里回去时,李临和林昭昭也正在讨论这件事,等盛意坐好之后,李临在后面拍了拍她的肩膀,问她:"你有心仪的画室吗?"

她连学画画这事都是突然决定的,哪里还有时间去研究画室,她摇了摇头,李临说:"那不如你去江妄他们画室,那应该是南城最好的画室了。"他说着,用手肘碰了碰江妄,问道:"是吧?"

江妄点了点头,须臾又说:"高二先在艺苑学,等高三上学期集训的时候,再去浔江。"

浔江就在南城的隔壁,那里聚集了全省最好的画室。

艺苑里的老师不多,负责人刘老师,同时也是画室的素描老师。除他以外,另外就只有一个素描老师和一个水粉老师。

素描老师同时也教速写。

水粉老师穿着打扮一看就是搞艺术的——头发齐肩,中分,穿着皮衣和分不清是裤子还是裙子的下衣。

江妄带着盛意去找刘老师报名,恰好水粉老师从办公室里出来,看见他们,他就开玩笑似的"啧"了一声:"你看看你们穿的,哪里像搞艺术的?"

盛意低头看了一眼自己的衣服,规规矩矩的校服,蓝白相间的条纹,被她裹在了棉衣外套里。

三月的南城,温度渐渐回升,很多时候已经不需要再穿棉衣了,但南方春日多雨,下雨时,空气又再次变得潮湿而清凉起来。

但男生们还是穿得少,江妄甚至没穿校服,黑色外套里只有一件黑色上衣,盛意每次看到他,都特别想问他冷不冷。

江妄闻言,笑了笑,也没接水粉老师的话,显然是这话已经听习惯了。

许是念及盛意是他带过来的,刚去画室的那阵子,江妄对她格外照顾。

艺苑画室一共有两间教室,他带盛意去他上课所在的那一间,教室里每个人的座位都是长期固定的,盛意挑了个角落的空位坐下来。

高二下学期开始,他们每天的晚自习都要来画室上课,所以盛意他们进去时,里面已经坐满了人。

盛意旁边是一个别校的女生,没校服,头发染成了很夸张的灰绿色,但她皮肤白,五官精致,即便是这种难以驾驭的发色,在她头上也还是好看的。

一看江妄走过来,女生就倏地将头从画板后面抬起来,眼神格外露骨地盯着江妄,毫不掩饰自己的心思。

盛意眼皮一跳,下意识地侧头看向江妄。

江妄却仿佛根本没注意到旁边女生的眼神,他一手插在裤兜里,目光始终注视着盛意,姿态懒散地看着盛意把东西整理好放进去,说了句:"有什么需要的来问我。"

他长得好看,长得好看的人好像天生具有这种天赋,专注地看着一个人时,总给人深情缱绻的错觉。

盛意捏了捏自己发烫的耳垂,"嗯"了一声。

江妄也跟着"嗯"了一声,停了片刻,就转身走了。

这间教室不算很大,江妄的座位就在盛意正相对的拐角处。

盛意收回视线,把画板架好,又从袋子里抽出一张素描纸贴在画板上。

旁边的女生突然凑过来问她:"你是江妄的女朋友吗?"

盛意动作猛地一顿,"欸"了一声:"不是。"

"那他为什么对你这么照顾?"

043

苏离毫不掩饰自己对江妄的兴趣，盛意心里莫名生出一股不舒服的感觉，同时也因为她那句"那他为什么对你那么照顾"，而在内心生出一阵窃喜。

她敛起视线，淡声道："只是同学。"

"恐怕不是吧，这里有那么多同学，也没见他都照顾啊。"

这次二十四班一同过来学画画的人确实不少，盛意抬头看了一眼，又解释道："我们是前后桌。"

"哇哦。"苏离喉咙里发出一个短促音节，顿了顿又说，"那你应该不喜欢江妄吧？"

苏离的目光直直地盯着盛意，盛意的心跳得快要窜出嗓子眼，她抿了抿唇，一时也不知该如何藏匿自己的心事，下意识就摇了摇头。

苏离立刻笑起来："那太好了，这样我们就可以做好朋友了！"

她方才问那么多，好像真的只是为了确定能不能和盛意做朋友，甚至两人迅速交换了手机号，而在画室里的那段时间，她几乎一直跟盛意黏在一起。

而江妄除了最开始对盛意照顾一些，后来看她渐渐适应，也就没再过问她的事情。

两人的关系在短暂拉近后，又恢复了正常距离。

只有每天放学之后，从画室回学校的那一路，两人才会有些微交流，然而就连那时的交流其实也都是很少的。

因为同时回学校的人很多，浩浩荡荡十几个人，都是青春正好的年纪。

艺苑画室离七中老校区很远，距离新校区却很近，他们走路的话，只需要二十分钟就能走到。

春天之后，气温一天比一天炎热，大家身上的衣服也一件件减少。

温柔的夜风拂在脸上，盛意走在后面，看到江妄与几个男生并排走在前面，外套被他脱下来挂在了肩膀上，有时风大，他的衬衣被风吹得鼓起了一个包来。

令盛意脑海中一瞬间想起了好多她看过的青春电影里的画面。

随着高考的接近，他们的晚自习也开始不仅仅是自习，每天的一、二两节课都会有老师来给他们上课。

有老师跟老徐建议，可以把艺术生的座位全集中安排在后几排，不然老师们一进教室，看到那么多空位，很影响上课的心情。

于是盛意他们的座位就又变动了一下，盛意的座位被安排在了靠后门那边的倒数第二排，而江妄的座位正贴着门，是倒数第一排。

还是前后桌。

六月初，南城好几所高中一起举办了一个英语竞赛，那天下午放学后，盛意正准备收拾东西去画室,突然被英语老师叫进了办公室。

盛意进去时,才发现江妄也在那里。

英语老师把竞赛报名表递给他们,说道:"按道理讲,这个比赛应该是由纯文化生来参加的,但是你们俩的英语在咱们班一直是数一数二的,所以我想了想,还是想让你们过去。"

这一学期,盛意和江妄的英语,不知道怎么回事,每次考试都是差一分,有时是盛意比江妄低一分,有时是江妄比盛意低一分。

甚至有一次月考,他们两个不知道怎么回事,同时都考砸了,差点跌出及格线以外,然而即便是这样,两个人之间依然只差那一分。

这样的细节,全被盛意小心记录在了那个她某天心血来潮注册的微博里,被她以"有缘"来诠释。

在意一个人好神奇,可以因为对方一个动作一个眼神而难受很久,同时也可能会因为这样一个细枝末节的小巧合而开心半天。

甚至这中间压根儿就不需要对方怎么参与,你心里就已经悄无声息翻起一阵又一阵海啸。

那时,她那个微博账号还没有很多人关注,只有一千多个粉丝,有人给她评论:那你们真的很有缘欸,说明你们兜兜转转,总是要在一起的。

盛意把这条留言反复咂摸很久,手指在"回复评论"那里停留半天,最终还是没有说任何话。

总怕开心太过,把所剩不多的那一点儿好运气也赶走了。

英语竞赛被安排在了他们填报报名表的第二周的周六,考场在七中老校区,盛意和江妄意外被分在了同一个考场。

竞赛题目只有阅读理解和作文,盛意简单浏览了一下试卷,可能因为并不是特别正式的比赛,所以题目并不算很难。

她早早就做完了,用手托住腮看了会儿外面的飞鸟,又看了会儿江妄的后脑勺。

六月的阳光暖融融照在他身上,男生应该也已经写完,竟然直接趴在桌子上睡了起来。

监考老师估计以为他是混子,无奈地摇了摇头。

那天考完试出去以后,盛意才发现江妄竟然在门口等她,他连书包都没背,就只带了一支笔,身上惯常是一件黑色短袖,笔被他塞进了裤子口袋里。

看见盛意走过来,他朝她点点手机:"刘老师说今天晚上有外聘老师来讲座。"

盛意拿出手机看了一眼,才发现刘老师在一个小时前给大家群发了短信,她点了点头，跟在江妄身后往外走去。

下午的阳光变得好温柔，夕阳的余晖将他们的影子拉得好长好长。

盛意在他身后，身子无意识地左右晃动，正跟自己的影子玩得愉快，不料男生突然停下脚步，回头看过来。

盛意神色一顿，听他似是无意般淡淡问道："你最近跟苏离关系很好？"

盛意愣了愣，心里隐隐觉得哪里不太对，刚刚因为一起参加考试，且他们班只有他们两个人参加这场考试而生出的窃喜，忽地就消散得一干二净。但那时的盛意为了让自己内心好过，给他找了无数个理由，说服自己他也许只是随便问问。

她咬了咬唇，停顿了好久才低声说道："还好，她人很好，很热情。"

到底还是未能做到违心去说苏离的坏话，又暗暗有些期待，心想：我在他面前讲别的女生很好，他会不会因此也觉得我是一个很好很好的人？

而江妄却似乎真的只是随口一问，事后盛意并没有看到他跟苏离走得更近，她忐忑着的一颗心渐渐安定下来。

这件事也随着时间的流逝，慢慢被她抛之脑后。

英语竞赛之后没两天就到了高考的日子，因为学校要被用作考场，所以高一和高二的学生也跟着放了几天小短假。

盛意收拾东西准备回家时，透过窗户看到对面高三的教学楼里，纸片跟雪花一样从楼上飘下来，伴随着的还有男孩女孩此起彼伏的叫嚷声：

"青春万岁！"

"考试万岁！"

"高中再见……"

喊最后一句话时，说话的人像是有些哽咽了，声音破碎得厉害。

林昭昭似也被他们的情绪感染了，有些惆怅地说："还有一年，我们就也要高考了。"

盛意说："是，等这次放假回来，我们就要搬到高三教学楼了吧？"

林昭昭说："等分开的时候，我肯定会哭的。"

那年暑假，他们就只放了十几天的假，就加入了轰轰烈烈的备考大军。

而盛意、江妄他们这一批美术生，也为即将到来的艺考而开始集训。

集训的地点在浔江。

暑假刚开始，他们就跑了浔江好几趟，先是挑画室，挑完画室后，又要租房子。

画室全都集中在一片巷子里。

那片巷子在浔江大学后门处，里面全都是各种艺考培训班，画室、音乐培训班、播音主持班等等，应有尽有。

因为提前商量过，所以盛意毫无意外地和江妄选在了同一个画室，房子也租在了同一个院子里。

是巷子里的老住宅，房子呈回字形，中间有一个四四方方的小天井，盛意的房间和江妄的房间两两相对，在天井的两边。

盛意每次洗衣服，都会路过江妄的房间。

苏离不知因何原因，并没有来浔江集训，而是留在了艺苑。

房子找好后，就要开始上课了。

盛意把画具拿到画室里，趁还没开始上课，她把颜料盒里弄脏的颜料全挖了出来，重新换上新的放进去。

这其实是一个大工程，她弄了快半个小时才弄完，等她再抬起头时，才发现旁边已经坐了一个人，是一个瘦瘦小小的女孩子，马尾绑得很高，衣服也穿得很一本正经。

因为浔江的画室很有名，所以附近几个城市的人一般都会选择来这里集训。

女孩性格似乎很开朗，见盛意看她，立马就笑着跟盛意打招呼："你好，我叫贺颜，以后就一起学习了！"

盛意对她笑了笑，也简单自我介绍了一下。

没聊两句，画室老师就走了进来，他显然同贺颜早就认识，问她房子找到没有。

贺颜摇了摇头："还没有，这边房子太难找了。"

老师问："那你今晚住哪儿？"

"还不知道，实在不行我先去酒店里住一晚上。"

等老师走后，盛意才礼貌性地发问："你在找房子吗？"

"是啊，都找了好几天了，也没合适的。"

盛意想了想，说："我现在一个人住，如果你实在找不到房子的话，可以过来跟我一起住。"

很早以前林昭昭就说过，盛意特别有一种滥好人的潜质，看别人可怜一点点，就忍不住伸手去帮助。

林昭昭说这话，是因为那天盛意在去画室的路上，偶然遇见一个人，自称是外地人，钱包被偷了，问盛意能不能借钱给他买一张车票，他说等他回家就会把钱还给盛意。

盛意当时赶着上课，匆忙从包里掏出两张红票子递给他，走出一段距离之后，她又拐进路边的小超市里买了面包和牛奶，走回去递给那人。

那人显然也有些意外，脸上露出一点儿羞赧的神色："不用了。"

盛意声音温柔："你应该还没吃饭，补充一些体力吧。"

说完，她把东西往他手里一塞，便转身走了。

晚上回到宿舍，盛意不经意间提起这件事，被其余几人嘲笑了半天。

她自己回去之后，其实也意识到事情不太对了，这会儿被几个人一嘲笑，她抚了抚额头，垂死为自己辩解："但我觉得，我回去给他送面包的时候，他肯定内心是有一点儿动摇的，他肯定被我感动了。"

"是是是，但他最终还是骗了你。"

盛意："……"

这会儿，盛意冲动说出口之后，内心就开始有点后悔。

毕竟她跟贺颜刚刚认识，第一天见面，还完全不熟悉，万一相处之后，发现两个人性格不合适，住在一起岂不是很困扰。

但她话都说出去了，也不好收回，只好无奈地看着贺颜在短暂的愣怔过后，惊喜地点了头。

她们两个还是有过一段和平相处的日子的。

可能因为刚刚认识，两个人都比较迁就对方，但是这样的和平只维持了两个月，两人之间的矛盾就渐渐显露出来。

譬如，贺颜觉得自己要保持好身材，每天都要节食，午饭和晚饭就经常用水果代替，还会让盛意和她一起吃水果。

而盛意是那种典型的到了饭点就要吃饭的类型。

拒绝的次数太多以后，贺颜就开始给盛意脸色看，觉得这拒绝的行为是在针对她。

再譬如，盛意因为觉得自己基础差了点，经常在画室画到很晚才回去，经常她回去的时候，贺颜已经睡下，贺颜觉得她弄出的动静很影响睡眠。

如此日积月累，两人的矛盾最终在2012年的秋天暴发。

那时贺颜已经整整一个月没有给过盛意一个笑容，也几乎一句话都没跟她说过了。两人住在同一个屋檐下，盛意觉得一直这样下去不是办法，于是，在反复斟酌之后，她决定找贺颜聊一聊。

那时已经凌晨一点多，她们聊得并不愉快，贺颜的火气来得突然，一点一点数落着盛意的那些"罪状"。

盛意听着，免不得就要为自己辩驳，偏她嘴笨，声音又小，被贺颜压制得根本发不出声来。

她深吸了一口气，说："我觉得我们两个还是冷静一下，再来聊这些问题比较好。"

语毕，她就开门走了出去，想吹吹风冷静一下，再同贺颜细聊。

结果，她前脚刚出门，后脚就听到贺颜在里面把门反锁了，紧接着，屋里的灯被熄灭,她站在十月中旬的秋风里,愣了好半大。

她在门口又站了将近一个小时,确认贺颜是铁了心不会再给她开门,她对着夜空长长吐了口气,在敲门服软和在外面坐一夜之间犹豫了一会儿,还是觉得自己没有做错,就绝对不要妥协。

她表面看着性子软,其实骨子里倔得不行,宁愿吃点苦,也不随便向人低头。

但夜深露重,外面实在太冷,她刚刚出来得突然,身上就只穿了一件长睡裙,风一吹,她整个人都在发抖。

她闭了闭眼,想了会儿,还是站了起来往对面走去,穿过长廊,拐过两个弯,最终停在了江妄房间门口。

他的灯早就关了,里面静得要命,明明刚刚还揣了满心的勇气,可真正停在他门口后,她又下不去手去敲门了。

她叹了口气,转身准备回去,谁知步子刚刚迈开,旁边的门忽然被人从里面打开。

江妄穿着一套黑色家居服,月色下,神色惫懒而冷淡。

盛意心脏猛地一跳,听他淡声问道:"找我有事吗?"

盛意结巴得几乎说不出一句完整的话:"我、我那个……你还没睡吗?"

"睡着了,突然醒了。"

他的声音里带着几分刚睡醒时的沙哑,沉着嗓子说话时,格外撩人。

"哦。"盛意捏了捏自己发烫的耳垂,挣扎了一会儿,才小声说,"我……我被室友赶出来了,今天晚上……啊,算了。"

她有些颓然地吐了一口气,就听江妄问道:"没地方去了吗?"

盛意嗫嚅着"嗯"了一声。

江妄往她房间的方向看了一眼,又低头看了看从刚刚起就一直不敢抬头的盛意。

她身上那件睡衣领口有点大,布料一层叠着一层,外面还缀了各种不同材质的蕾丝。

与她平日沉静的样子倒是有些反差。

但是一开口就又暴露了,声音小小的,还有些微颤,耳朵红得快要滴血。

江妄不由得就想起之前李临吐槽他太凶,说什么盛意和林昭昭都很怕他,一跟他说话就开始抖。

他揉了揉自己的头发,这才想起要把门侧的灯打开。

突然而来的光亮令盛意有些不适应,她抬手挡住了一点儿脸,然后就听江妄懒散地说:"进来吧。"

2

　　江妄房间的陈设很简单,都是房东统一配置的家具和摆设,只有一张床、一套桌椅和一个衣柜,江妄自己又另外买了一个原木色的四格矮柜,用来放书。

　　房间不大,但是很干净整洁,盛意进去后,心里又是紧张又是忐忑,手都不知道该往哪里放。

　　她干巴巴地站在那里,全身肌肉都绷紧了,江妄揉了揉头发,两人都意识到了房间里只有一张床,根本没法睡。

　　盛意低头看着自己的脚尖,她脚上穿的还是拖鞋,虽然入秋已有一段时间,但她还没有将凉拖换成棉拖。她的脚不大,但是很细很长,脚趾莹润白皙,她无意识地晃了晃脚趾,耳后的红晕又不可自抑地浮了上来。

　　"要不,我还是去住酒店吧。"想了会儿,她终究还是开了口。

　　江妄摸过手机看了眼时间,没说话,径自走到衣架边取下一个外套,又把耳机线和充电器塞进自己口袋里,声音淡淡道:"我去吧。"

　　说完,没等盛意回应,他就走了出去。

　　他房间旁边就是一截楼梯,楼梯扶手是金属的材质,许是因为年代久远,表面已经生锈,他的手在扶手上搭了一下,又迅速收回。

　　晚风浮动在他发间,男生脑袋微勾,外套挂在臂弯,走路的姿势闲适而轻盈。

　　盛意看着他的背影,心里隐秘生出一阵类似于欢喜的情绪,虽然知道他只是出于礼貌好心帮忙,并非对她有什么特别的情愫,但这样的"照顾"还是令她内心怯怯又欢喜。

　　后来,这段故事被她添油加醋讲给很多人听过。

　　她同江妄认识的时间很长,但交集并不多,每一样都被她小心珍藏在心底,如数家珍般同人分享,若能得到旁人一句"好甜哦",她的心情便能好上一整天。

　　在意一个人时,那样贪婪,又那样容易知足,对方任何一个不经意间的眼神和动作,都可以在你心里翻涌起一阵惊涛骇浪。

　　那晚,盛意嗅着枕头和棉被上江妄的气息,做了一个好长好长的梦。

　　梦里是某个春日午后,她去书店买书,出门时,突然下了大雨,她没带伞,在书店门口等了好久,雨都没有停。后来,还是同在书店里看书的一个男生将自己的伞让给了她,然后自己钻进了春日厚重的雨幕里。

　　男生很瘦,身上米色衬衫瞬间被雨淋得湿透,映出他嶙峋的脊背。

　　很久以后盛意才想起,那其实才是她和江妄第一次见面。

　　是高一下学期一个普通的周末,她如往常一样出门、逛街、买书,未曾想过会突然在这天,遇见这样一个在她生命里占据巨大比重的男孩。

　　或许很多时候,当我们生命里一些重要时刻来临的时候,上帝都不会给我们警示,一直到很久以后,我们才会恍然意识到,那一刻究竟有多特别。

然而那时我们已经不知不觉间走出好远，根本来不及细细品味和安排。

第二天，盛意睡到八点多才醒，好在那天是周末，不需要上课。

她躺在床上发了会儿呆，才揉着惺忪的睡眼去开门，一眼就看到正靠在楼梯口低头玩手机的江妄。

他不知道在那里等了多久，听到开门声，他抬眼看过来，挑了挑眉，淡声问道："醒了？"

盛意点了点头，须臾，又有些不好意思地说："昨天睡太晚，今天睡过头了……"

江妄浑不在意地"嗯"了一声，两人相对着站了两分钟，盛意这才反应过来自己一直站在门口，江妄可能是不方便进来。

她抿了抿唇，侧身给他让出一点儿空来，又抬头看向自己房间的方向。

贺颜应该也已经起床，门敞开着，盛意扯了扯自己的衣角，回头对已经进屋的江妄说："那我……我先回去了。"

江妄又"嗯"了一声，顿了顿，说："一个人可以吗？"

他大抵是怕盛意和贺颜又吵起来，盛意摇了摇头："没关系。"

江妄问："之后呢，怎么打算？"

盛意昨晚在外面等着时，其实想了很久这个问题，她一直都是那种多一事不如少一事的性格，很不喜欢同别人发生矛盾。她叹了口气，说："重新找个房子吧。"

江妄停了片刻，点了点头，又说："有需要的话跟我说。"

盛意声音软软的："好。"

那几天，盛意边找房子，边在另外一个女同学那里凑合了几天。

最终，她租到了巷子最里端的一间房子，许是因为那边位置太偏，距离画室比较远，所以一直没有租出去。

房子很简陋，楼梯就在院子外面，是那种镂空的铁艺楼梯，每次盛意走在上面，都担心自己会一脚踩空掉下去。

搬家那天，江妄和班里其他几个男同学一起来帮她搬东西，从头到尾贺颜一直在椅子上坐着，脸色很不好看。

男生们护短，也未给贺颜好脸色，言语间还明里暗里讥讽几句。盛意也不是圣母，做不到在贺颜那样把她关在外面之后，还对贺颜笑脸以对，故而听到大家的话语时，虽然她心里隐约有些惭愧，却也未出言阻止。

搬完之后，天已经很晚了，盛意请大家出去吃了顿饭。

那天是周六，男生们想着第二天不用上课，饭间便兴奋许多。

盛意是他们班一起来浔江集训的人里唯一一个女生，众人聊着聊着上头了，一个个嚷嚷说:"绝不能让人欺负我们班花!"

男生说完后,还碰了碰旁边的江妄:"对吧,江妄?"

江妄也很放松,他懒散地靠在椅子上,闻言微微掀起一点儿眼皮,盛意瞬间整个人都绷紧。

她从桌子上随便端了一个杯子送到嘴边,冰凉的液体下肚,她立刻被呛得剧烈咳嗽起来,眼泪唰唰往下流。

正难受间,冷不防旁边伸来一只骨节分明的手,盛意低头一看,是一杯清水,江妄的声音依旧是漫不经心的,隐约间还带着一丝浅淡笑意:"小姑娘别乱喝东西。"

他的嗓音压得低,就宛若响在盛意耳边,震得她半边肩膀都酥酥麻麻。

她的脸一时红得厉害,眼里水汽氤氲,含糊着低低"唔"了声,嗓子也是软的,像咬了口棉花糖含在嘴里。

吃完饭,已经快到零点。男生们此时也玩得累了,等出门时,有人勾着江妄的脖子,大着舌头嘱咐:"我们几个住得近,先一起回去,江哥把盛意送回去吧,毕竟她住得比较远。"

"对对对,女孩子一个人走夜路太危险。"

巷子里住的人鱼龙混杂,大家的担心也很合理,盛意提着包站在旁边,还是觉得自己今天已经够麻烦大家。

想拒绝,又舍不得拒绝。

男生们说完之后,就勾肩搭背离开了,刚刚还吵吵嚷嚷的空间内,很快就只剩下盛意和江妄两个人。

她想了想,小声说道:"我自己回去就可以,不用那么麻烦。"

然而江妄已经径自往她租住的房子的方向走去,男生穿得很少,走路惯常懒散,见盛意迟迟没有跟上来,他停下脚步,回过头来,朝盛意勾了勾下巴。

这样流里流气的一个动作,由他做来,竟也有一股洒脱的帅气。

盛意在心里无声地叹了口气,快步跟上去,但最终还是没有站到他的旁边,而是停在了与他相隔半米的地方。

那几天难得升温,天气一片晴朗,夜间星星从云层里冒了出来,层层叠叠点缀在钻蓝色的天幕里。

盛意一会儿抬头看看星星,一会儿看看前面的少年。

那条路很长,他们一起走了好久好久,但从头到尾两人都没有说过一句话。

一直到盛意准备上楼时,江妄才朝她摆摆手,她站在楼梯上,一句"谢谢"最终还是没有说出口。

周一,盛意去到画室时,才发现贺颜换了位置,甚至连教室也一起换了,从三楼搬到了二楼。

同画室的人都看出了她们两个不对劲，上前询问她们之间发生了什么事，盛意专心练习速写，摇了摇头说什么也没发生。

进入十一月，天气就渐渐变得寒冷起来，盛意把夏秋的衣服彻底收了起来，换上了晚秋和初冬的。

因为美术统考将近，画室里的气氛也越来越紧张，大家走得也越来越晚。而每一天，江妄都会送盛意回去，两人依然一路无话，但气氛越来越松弛。

所以，虽然备考的日子忙碌而紧张，但每次旁人问她想起高中时印象最深刻的是哪一段时光，盛意总会想起那条长巷和那条她走过无数次的青石板路。

那是她短短三年高中生涯中最快乐，也最难以忘怀的记忆。

以至于后来无数次，当她觉得单恋好苦，想要放弃时，总会想起那天的星星，以及那些日夜里少年挺拔而落拓的背影。

那年冬天，五月天在很多城市都开了演唱会，演唱会以末日为主题。

盛意在新闻里看到时，才反应过来，再过不久就是传闻中的世界末日了。

十二月二十二日那天，刚过零点，盛意就收到林昭昭的短信：生日快乐！

她当时刚从画室里回去，还没来得及洗漱，看到短信时，一时间还没反应过来，回了一个问号。

林昭昭打来电话："过了零点，就相当于我们所有人都重生了一次，所以，新的人生一定不要留下遗憾哦！"

她问盛意："你有什么想做却一直没敢做的事情吗？趁着新人生的开启，快去做吧！"

她说得豪气万丈，盛意却在电话这头沉默起来。

那天晚上，班里几个同学说为了祝福大家度过末日，一定要去庆祝一下。

盛意不好不合群，就也跟了过去。

学生的聚会也就那几个项目，先是一起去吃了顿饭，然后又去唱歌。

盛意性格内敛，进去后就找了个角落坐下，专心听别人唱歌。

他们人多，就要了一个大包间，中途大家看盛意一直坐在那里发呆，便拱着让她唱一首。

她因为小时候在剧院里跟着老师学昆曲，所以唱歌其实并不差，但她不习惯在人前表现自己，就还是拒绝了。

结果这群人根本就不听她的推托之词，直接给她点了一首他们画室音响里经常放的一首歌。

盛意见实在推托不了，只好伸手去拿过话筒，她唱到一半时，余光瞥见江妄走了出去。

旁边一个跟江妄关系还不错的男生笑得暧昧："江哥这是女朋友又来查岗

了吗？"

"是的呗，电话天天响个不停，不接还一直打，真麻烦。"

盛意脑袋"嗡"的一声，拍子瞬间全乱了。

那晚她后面又唱了什么、做了什么，她已经完全不记得了，她脑袋里全是他们那一声"女朋友"，像是有很多只蚊子在她思绪里嗡嗡乱转，搅得她心乱如麻。

她浑浑噩噩地抓起桌上一杯饮料灌下去，又凉又涩，苦得她舌尖发酸。

她在沙发上僵坐了好一会儿，又担心被同学发现她情绪不对，问东问西，只好努力维持着表面的平静。

然而到底还是维持不下去了，她找了个借口出了包厢，没想到正好撞见正坐在大厅沙发上打电话的江妄。

已经到了深夜，即便是这样的夜场，也渐渐沉寂起来。

大厅里除了前台的服务员，就只有三三两两的客人坐在旁边玩游戏机，间或还有包厢里声嘶力竭的唱歌声传出来。

沙发上只坐了江妄一个人，他低着头，像在认真听电话那头的人说话，额前的头发有些长了，遮挡住眼睛，令人看不清神色。

盛意在原地站了一会儿，指甲陷入肉里，一颗心直接跌入谷底。

她木着身子从江妄后面走过去，门外夜风透过敞开的玻璃门吹进来，她拢了拢身上的衣服，侧头时，却恰好撞上江妄的目光。

她心里突地一跳，本来想对他笑一笑，可脸上表情僵得要命，最终还是颓然放弃。

她叹了口气，收回目光，拐进旁边的走廊里。

像是为了要证明什么，她的脊背挺得很直，步子迈得很快，身影很快就消失在江妄的视线中。

江妄看着她的背影，眉头微微蹙起。

那晚结束后，依旧是江妄送盛意回去的。

十二月下旬的浔江，空气凉得刺骨，风将头顶树叶吹得哗啦啦作响。

冬日少晴天，星星很少出来，头顶是一片惨淡的黑。

到了地方后，江妄单手插在裤兜里，跟盛意摆了摆手，便要离开。

盛意楼梯上到一半，突然停下来，她抿了抿唇，低声喊了一声江妄的名字。

夜里安静，男生还没走远，闻声回过头来。

盛意喉咙堵得厉害，她说："谢谢你这段时间每天送我回来，以后……就不用了。"

她知道及时止损的道理，不如趁自己还未陷得更深，及时抽身走出来。

她那天考虑到要去聚会，特地穿了自己新买的羽绒服，是一件浅粉色的羽绒服，羽绒服很宽大，包裹着她细瘦的身体。

她的头发长得很长，有些天生的卷曲，被风一吹，散乱地拂着脸颊，她伸手勾掉脸上的碎发，捋到耳朵后面。

说完那句话后，明明心里酸楚得要命，可心口又没来由地泛起一阵释然来。

她伸手打开旁边楼梯灯的开关，灯光亮起的那一瞬间，她突然弯了弯眼睛，展颜一笑。

江妄神色微顿，问她："怎么了？"

盛意想了想，说："就是觉得太麻烦了，这条路我也走了很多遍，很熟悉了，应该不会有什么问题，而且——"

而且什么，她最终也没说，江妄也没多问，他只在短暂的沉默之后，微微点了点头："行，那你多注意。"

盛意说："好。"

他又在原地站了两分钟，随后转身离开，走到一个巷口的时候，手机又响起来，他低头瞥了一眼上面的名字，点击挂断，然后把那个号码拉进了黑名单。

停了两秒，手机又重新响起来，这次是盛意发来的一条短信。

盛意：对啦，忘记说，祝你生日快乐。第二人生快乐。

第四章·错觉
莫名其妙的自尊心

1

元旦时,画室难得给他们放了几天假。

盛意回了一趟南城,正好那几天陈静冉刚结束一轮巡演回来,时隔几个月,两人终于能好好坐下来吃一顿饭。

吃完饭后,盛意非拉着陈静冉跟她一起去看电影。

陈静冉满脸不耐烦:"我现在真的什么故事都不想看了。"

盛意便抱着她撒娇:"想和小姨一起去看电影。"

自从上次跟陈静冉开诚布公地谈了一次心之后,隔在两人之间的那堵墙好像突然间就融化了,盛意有时给陈静冉打电话,也会黏糊糊讲两句撒娇的话。

陈静冉嘴里很嫌弃:"肉麻得要命,你是不是越活越回去了?"但唇边的笑意分明很深。

电影是她们随便选的,不太好看,盛意全程昏昏欲睡,等电影结束时,她一场梦都快做完了。

陈静冉推了推她把她叫醒,两人沿着马路一路走回去。

南城的冬天是湿湿的冷,连风里都带着潮湿的气息。

盛意胳膊挽着陈静冉的胳膊,半个身子都挂在她身上。

陈静冉侧头看了盛意一眼,突然问:"怎么样了?"

盛意问:"什么?"

陈静冉说:"是不是感情有什么进展?"

陈静冉一直都不是那种很传统的家长,这一点盛意早就明白,否则那次也不会直接同她坦白自己有喜欢的人这件事。

盛意脚步顿了一下，说道："欸？"

陈静冉说："你的状态看起来和之前不太一样。"

盛意叹了口气："小姨，你真的不打算考个心理医生方面的证吗？"

她就是瞎贫嘴，陈静冉白了她一眼。盛意深吸一口气，才说："其实也没什么进展，就是……嗯，小姨，你说，怎么样才可以让一个人不喜欢另一个人啊？"

陈静冉眉毛微挑，问她："怎么了？"

盛意说："就是突然觉得好累啊，我的情绪被他无限影响，而他对这一切根本毫不知情，感觉好不公平哦。"

她的嗓音轻软，说每一个字时，调子都拖得好长。

陈静冉说："喜欢一个人本来就是这样的，从你主动喜欢他的那一刻起，就已经不公平了。当你开始喜欢一个人的时候，就意味着你把自己的情绪开关交给了他。"

"但是——"她转头看向盛意，"在喜欢他的过程里，你也获得了很多不是吗？你获得了丰富的情绪体验，获得了一个感情的寄托……"

她微微眯了眯眼，像是在跟盛意说话，又像是在自言自语。

盛意半个身子始终挂在她手臂上，吸了吸鼻子，小声应道："是啊，喜欢一个人，虽然有很多不快乐，但同时也有很多快乐，所以我原本，是想要一直一直喜欢他的，一直到我不喜欢他为止。"

"那为什么突然又不想喜欢了呢？"

盛意停下脚步，脑子里浮现出那晚包厢里那两个同学的对话，以及大厅沙发上江妄坐在那里认真讲电话的场景。

她咬了咬唇，声音低了下去："他好像有喜欢的人了。我也不清楚，但别人都说他谈恋爱了。

"虽然我之前喜欢他，好像也是一个人的独角戏，但那时候还可以做梦，现在好像连梦也不能做了。

"而且，我一想到他可能会喜欢上别人，会对那个人温柔、耐心、处处照顾，就觉得好像要呼吸不过来了，心就像被刀绞一样，特别痛。

"这么说可能有点儿矫情，小姨，你懂那种感受吗？"

夜风沁凉而冷冽，盛意说完后，两人之间陷入长久的寂静。

过了很久，陈静冉才轻轻叹了口气。

陈静冉不习惯安慰别人，搜肠刮肚也找不出两句安慰人的话，最终也只能说："不管怎么样，跟随自己的心走就好了，不用强迫自己不喜欢他，也不用非要坚持去喜欢他，顺其自然就好了啊。"

她们到家时，天已经很晚了，盛意洗漱完毕，又坐在桌边练习了一会儿速写人物，刚画满两张纸，放在手边的手机突然响了起来。

盛意瞥了一眼，是温景。

自从上次之后，温景中间只给她打过一次电话，但那次也只简单说了几句话，他就被叫去集合了。

盛意把本子合上，接起电话。

想来是刚刚结束训练，温景那边还是闹哄哄一片，盛意转头看了一眼墙上的钟表，已经快到十二点。

温景像是有点儿惊讶："我还以为你已经睡着了。"

盛意说："以为我睡着了，怎么还打电话过来哦？"

温景低低笑了声："碰碰运气，不行吗？"

他们两个以前就特别喜欢贫嘴，但自从进入部队以后，温景的性子就越发沉稳了，盛意眯着眼睛笑了下，又听温景问："最近怎么样？高三生活还快乐吗？"

"很累。"盛意说，"每天都很早很早就起床去背单词，边背单词边洗漱，然后就开始去画室上课，上午画水粉，下午画素描，晚上画速写，有时顺序也会调换一下。

"衣服就没干净过，不是铅笔灰，就是各种颜料。还有哦，洗调色盘的时候，最痛苦了，冬天的水好凉，每次洗完之后，手就没有知觉了……"

她说到这里，语声忽地一顿，她的拇指无意识地蹭了一下自己肿起来的食指，这还是她长这么大以来，手上第一次生冻疮。

每日上午画完水粉之后，中午会有一段休息的时间，所以大家一般都是把调色盘扔进池子里浸泡，等下午过来的时候再洗。

有一次水粉老师给盛意改画，改得有点久，结束时，画室里的其他同学都已经走光了，盛意去涮笔时，突然看见池子里写着江妄名字的调色盘。

他这个人看起来冷淡寡言，字体却格外飞扬。

鬼使神差地，盛意突然弯腰拿起了那块调色盘，水龙头被打开，她用自己刚洗干净的毛巾在上面轻轻擦拭。

颜料一点一点被抹去，调色盘露出本来的颜色。

盛意看着干干净净的调色盘，又开始心虚起来——如果只给他一个人洗的话，会不会很奇怪？大家会不会猜出她的心思？

一番挣扎之后，她低下头，认真将池子里所有的调色盘全都拢在一起，一个一个洗起来。

很久以后，盛意手机里收到过一个软件推送的问题：暗恋一个人是什么感受？

大家的回答五花八门，盛意一一浏览下来，最后写道：想给他洗调色盘，然后把画室里所有人的调色盘都洗了。

这条回答获得了很多点赞，有人评论说：原来天下所有的暗恋都很相似啊。

其实做这件事，也并没有什么明确的目的，并非要借此得到他的垂怜，就只是——忍不住想要对他好，想要为他做点什么。

与其说是为了帮助对方，不如说是为了让自己获得某种心灵上的满足。

那段时间，每天中午放学时，盛意都会刻意晚走一会儿，后来同学们发现是她在帮忙洗调色盘，还送了她一个"田螺姑娘"的绰号。

那年是罕见的寒冬，很多从不下雪的城市竟然都意外地下了雪，盛意虽然买了很多冻疮膏、护手霜之类的东西，但终究还是没起什么作用。

温景见她突然沉默，不由得问道："怎么了？"

盛意想到江妄，心口又泛起一阵酸酸的疼。她摇了摇头，转而想到温景听不见，又轻声说："手肿了。"

她心里难受得厉害，讲话时，就难免带了一丝哽咽。怕温景多想，她深吸了一口气，想把那股突然窜出来的泪意压下去。

未料少年还是发现了她的异常。

"小盛意。"温景的嗓子沉了下来，他说，"你是不是遇到什么事了？"

盛意咬着唇，说："没有，就是手太疼了。"

温景看她不想说，沉默片刻，揭过了这个话题。

盛意也有意想要转移话题，问他："你呢，这次怎么消失这么久？"

温景还未来得及答话，那边突然响起一阵嗷嗷乱叫的男声，有人凑过来开玩笑："又在给你那个小青梅打电话呢？"

温景像是骂了一句脏话，随即不知道做了什么，男生吃痛地"哎"了一声，骂："温景，你是不是重色轻友？"

紧接着听筒便被捂住了，那边只有一些细碎模糊的声音传过来，几分钟后，温景才说："你别听他们乱说。"

盛意本来就没当真，男生之间就喜欢这样起哄，她"哦"了一声，说："你在那里人缘还不错啊。"

温景说："那是，你也不看看哥是谁。"

盛意弯着眼睛笑："臭屁。"

因为实在太晚了，所以他们并没有聊很久就挂了电话。

盛意只在家里住了一天，就匆匆忙忙又回了浔江。

临走时，是林昭昭来车站送的她。

两个女孩子很久没见面，有说不完的话，虽然大多时候都是林昭昭在说，盛意在听。

林昭昭几乎把班级里所有老师都吐槽了一遍,才假哭道:"我觉得我快要被逼疯了。"

她说:"高三怎么这么苦啊,每天有背不完的书,做不完的试卷,我每天凌晨三点睡觉,五点起床,成绩也半点没见进步。"

盛意抿唇看着她,想了会儿,说:"我们昭昭要加油啊。"

她的语调温柔,神色也温柔,林昭昭看着她,突然破涕为笑:"好苍白的一句鼓励。"

盛意摸了摸鼻子,她真的不擅长熬鸡汤。

林昭昭又说:"但是,我竟然真的觉得被治愈到了。盛意,到底是你会魔法,还是我疯了?"

盛意说:"那大概是因为我会魔法吧。"

元旦刚过,美术省考就开始了,盛意他们画室报考的考点就在浔江,考试只用一天就考完了。

素描和速写是连在一起考的,画完素描后,盛意交卷时,监考老师才发现他们之前给盛意贴条形码时贴错了。

那时速写考题都已经发下来了,旁边的同学都开始动手画了,可贴错的条形码不能用力撕,只能用吹风机慢慢一点一点吹软撕开。

盛意心里急得要命,虽然老师看时间紧急,让她先专心考试,由他们来帮她解决。但到底被这个突然的意外搅乱了心神,以至于等结束的铃声响起时,她还没有画完。

考完试后,画室里的人又要一起去聚餐,盛意因为考试发挥不好,全程都有些心不在焉。

其他同学也都听说了她的事情,安慰她说:"虽然可能考不了特别高的分了,但是过线应该没有问题,反正省考成绩只针对省内的学校,你如果不想读省内的学校,其实也没什么大影响,到时候校考的时候好好发挥就行了。"

盛意点了点头,虽然自己心里也明白这个道理,但这种事情到底还是令人有些丧气。

因为考虑到省考过后还有校考,所以统考结束后,画室里并没有给他们休息的时间,就直接无缝上课了。

盛意回到画室那天,恰好有一个包裹被寄到了画室里。

包裹不大,包得严严实实,她一层一层拆开,发现是温景寄来的冻疮膏。

旁边还有他写的一张明信片,简单又朴素的话语,说部队里的冻疮膏效果很好,今年天冷,让她好好照顾自己。

盛意把东西收好,一颗心暖烘烘的。

那几天画室里的空调坏了，老师买了一个小火炉放在中间，于是大家就如同扑火的飞蛾一般，齐齐挤在炉子旁边，还有一些调皮的男生在炉子上架了一个金属架，在上面烤橘子。

橘子也是老师买的用来画画的静物，每次画完之后，那些水果就会被他们瓜分掉。

老师看得连连叹气，但也拿他们没办法。

盛意冬天不喜欢吃凉的，所以一般不会参与他们抢水果的行动，不过有段时间他们在练习画花，老师每天都会买来好几把鲜花。

盛意看得眼馋，画水粉的时候忍不住嘀咕了一句："等一下我可以把花拿走吗？"

这种话每天都有同学会说，所以她说完后，除了旁边的同学望着她了然一笑，并没有人给出什么反应。

但每天上课实在太累，等放学的时候，她已经完全不记得这件事了，收拾好东西准备下楼时，却在楼梯口被人叫住。

那天轮到她值日，所以她走得比较晚，打扫完教室离开时，画室里就只剩下三两个改画改得比较晚的同学还在里面。

整栋楼都很安静，盛意攥着自己的包带，回过头，一眼就看见走廊里立于灯光与黑夜交接处的江妄。

自从那次她说让江妄不用送她之后，他们两个人唯一一点交集好像也被剪断了，两人平日里在画室里碰见，也只是礼貌一笑。

她与他短暂地靠近，又迅速地远离。

盛意眨了眨眼，不知道江妄这时候叫住她是要干什么。

男生却好像只是随便一喊，他侧了侧头，在盛意跳得飞快的心跳声中，慢慢踱步走到她面前。

她本就比他矮很多，加上此时自己又下了一个台阶，看他时，便只能仰起头。

他在她跟前站定，一手插在裤兜里，另一只手上捏着一把似白似粉的玫瑰。

他最近好像又长高了一点，头发也长了一些，微微盖住眼睛，整个人落拓中又透出一股文艺的气质。

完全是小姑娘会喜欢的类型。

盛意抿了抿唇，指甲将虎口掐得生疼，旋即听他漫不经心地问道："你刚刚不是说想要这个花，怎么不带走？"

楼梯里是声控灯，他们讲话声音太小，没一会儿，灯就灭了。

四周突然陷入黑暗之中，只有旁边教室里还倾泻出一点昏黄灯光。

盛意偏了偏头，垂眸看着被他握在手里的那一束花。

因为都是一次性使用的，所以，为了省钱，老师买的都是快要凋谢的花束，花束并不大,只有寥寥几朵。

经过了一整个白天的摧残,这会儿外面一圈花瓣已经有些枯萎,看起来可怜得不行。

盛意的双手垂在两侧,手指无意识地敲击了一下自己的羽绒服边角,她觉得自己的喉咙堵得难受。

其实是有一点儿雀跃的,但雀跃后,又是一阵一阵的酸楚碾压下来。

明明说好不再在意他了,这些天,她也自认为自己做得很好——她努力不去跟他讲话,努力不去看他,努力将自己的所有注意力全放在画画上。

可他此时不过一个无心举动,就令她坚持了那么久的防线全盘崩溃。

她垂下眼睫,声音有些发涩地道:"不想要了。"

江妄挑了挑眉,盛意抬头看向他,她说:"上午的时候很想要,但现在已经不想要了。"

她的声音很柔和,但话里的态度又很坚定。江妄点了点头,将递到她面前的花收回来。他发现,他好像从来都弄不懂女孩子心里在想什么。

盛意说完就转身走了,绕过门口后,她才长长地吐了一口气,刚刚强撑起来的脊背整个都松下来。

她回过头,看到江妄仍站在刚刚那条走廊里,他的双肘撑在围栏上,一只手搭在外面,玫瑰花瓣在灯光的映照下,好像在暗夜里发着光。

回去的路上,她像写日记一样,将这件事记录在微博里。

有关注她的人问:"为什么不要?"

盛意想了想,回道:"可能是因为一些莫名其妙的自尊心在作祟。"

从懂事开始,几乎每一任带过她的班主任,都评价过她——

自尊心过于强。

大概是因为从小到大父母在她成长过程中的缺失,加上一些人会有意无意地拿这件事去开她的玩笑,使她慢慢变得格外敏感。

不想让自己看起来与别人不同。

不想被人看轻。

不想因为喜欢一个人,就让自己显得很卑微。

虽然对方可能压根儿就不知道这些事,这些心情从头到尾除了她自己,根本无人知晓,但即便如此,她也要挺直了自己的脊背。

她喜欢的人很优秀,但她不想让自己始终处于一个仰望的角度去看他。

2

一月底,各省的美术统考成绩就陆陆续续出来了。

查分的那天,整个画室里都躁动得不行。

盛意为了让自己转移注意力，打开颜料盒想要临一张静物，但画了一会儿，到底状态不对。她叹了口气，索性找了个角落给陈静冉打电话。

陈静冉最近又去了外地演出，每天都在熬大夜，盛意担心她的身体，往她那儿寄了各种护肝片，还每天一个短信问她吃没吃。

陈静冉嘴上嫌弃得要命，但还是乖乖地一顿不落地吃了下去。

挂掉电话后，盛淮也给她打了一个电话。

年初的时候，他和陈静娴手头的项目终于告一段落，本来想要休息一段时间的，结果上面又有新的任务派发下来。

盛淮大抵是觉得答应了盛意要回家却没做到有些愧疚，为了弥补，那之后，他差不多每隔两个星期就会给盛意打一次电话。

因为分数快要出来了，所以教室里越来越吵闹。

盛意从教室里走出去，拿着手机往走廊另一头走，想找个僻静的地方讲电话。

结果刚转过一个弯，她就看到江妄也正在那里打电话。

最近天气越来越冷，男生也终于穿上了厚重的长款羽绒服。他后背抵着墙，头微微勾着，半张脸隐没在羽绒服的领子里。

大约心情不错，即便是这样的角度，也能看见他微微扬起的嘴角。

他说的是南城的方言，嗓音低沉而软糯，一字一句应着电话那头的人的话：

"嗯，您又瞎操什么心？"

"知道，放心。"

"还没查，查到了我会给您发短信的。"

"那个人最近没来家里找您吧？下次他再过来你就直接报警。"

他说着，许是察觉到了旁边的脚步声，抬头看过来。

四目相对。

盛意猛地收住脚步，脸上露出一点儿尴尬的神色。她捏了捏耳垂，下意识地转身想走，电话那头盛淮还在说："正好我有个同事的小孩儿也是美术生，我听他说今天出成绩，就想着给你打个电话问一下。"

他每次跟盛意讲电话都显而易见的紧张，盛意叹了口气，正要说话，手腕却突然被人从后面握住。

因为是冬天，加上刚刚一直在用手拿手机的缘故，男生的手指很凉，指节分明，冰得盛意忍不住打了个激灵。

她停住脚步。

手腕上那只手只是轻轻搭了一下就松开了。

江妄脸上神色浅淡，约是顾及她在打电话，他指了指刚刚他站的那个地方，又指了指自己的手机，示意自己已经结束，她可以去那边讲电话。

盛意眨了眨眼，一时间完全听不见电话那头盛淮的声音了，她晕晕乎乎地走过去，手腕上刚刚被他碰到的皮肤在短暂的冰冷之后，又迅速浮起一阵热意，紧接着那阵热意又顺着她的血液爬满四肢百骸。

盛淮说："不过，我觉得不管考得怎么样，都没什么关系，你不要给自己太大压力。我知道我们家盛意一直对自己要求很高，但是一次考试的结果并不能说明什么的。"

上次考完试，盛意跟盛淮说了自己发挥不理想的事，盛淮大概是怕等会儿出结果的时候她接受不了，所以这会儿想着办法安慰她。

盛意感受到了他的良苦用心，虽然她早已经将自己的心态调整好，但还是乖巧应道："我知道的，您不用担心。"

盛淮停顿了片刻，忽然说："不管怎么样，你都是我和妈妈的骄傲。"

他们之间很少说这样煽情的话，盛淮说完之后，"嘻"了一声，似乎是有点儿不好意思。

盛意鼻头也莫名酸了酸。

虽然总说自己不在意了，但亲情这种东西，好像从人出生的那一刻起就已经融进了大家的骨血里，以至于每一次盛淮和陈静娴笨拙又细小的关心都总能令盛意眼眶湿润。

她抿了抿唇，轻轻"嗯"了一声。

这时，远处突然传来一声："盛意呢？你的成绩出来了！"

那年，省内的合格线不算高，160分就算合格，过了合格线的人，才有资格参加校考。而省考分数高一些的学生，则可以直接用省考成绩去填报本省的大学。

盛意的速写不出意外地考砸了，三科总分只考到了290分，不算太低，但是离一本线还是有一些距离。

江妄的分数很高，总分375分，他考到了366分，这个成绩在全省都是数一数二的。

江妄给画室争了光，画室校长心情很好，那天直接给大家放了假。

那会儿已经到了下午，天色灰白，雾气弥漫，隐约有要下雨的趋势。

盛意收拾好东西，直接回了住处。

在路上的时候，她拿出手机，一个一个向亲朋好友汇报自己的成绩。大家听完她的分数后，总免不得要安慰几句。

这个成绩放在大多数人身上其实并不算太低，但是因为盛意实在太努力，加上从小到大她在人群里便一直是佼佼者，所以众人难免会担心她心理落差太大。

盛意知晓大家的好心，虽然已经并没有那么需要，但还是一一谢过了大家的关怀。

到了傍晚时，外面突然下了雪，起先是很小很小的如同盐粒子一般的细小颗粒，到后面，越下越大，没一会儿，屋顶便全都泛了白。

盛意本来想等雪停下来以后再去吃晚饭，奈何等到外面天都黑透了，雪还半点要停歇的意思都没有，她只好撑了一把伞，慢慢走出巷子。

雪天路滑，她走得很小心，却没想到刚出巷口，就撞见了不知何时从南城来到浔江的苏离。

苏离连伞都没打，头上身上都落满了雪，身上穿得也单薄，边走边抹眼泪，眼眶和鼻头都红通通一片。

她这个状态实在少见。

盛意脚步不由得一顿，顺着她的目光往前看，江妄走在距离她大约两米远的地方，身上穿着的还是白日里那件黑色羽绒服，正往旁边一间商店里走。

盛意的呼吸倏地一滞，伞檐不小心蹭到了旁边的墙面。

苏离闻声转过头来，见是盛意，目光微微一顿。她停下脚步，眼泪如断了线的珠子似的啪啪往下掉，张了张嘴，像是想对盛意说什么，但须臾却又转回了头，叫了一声江妄的名字。

江妄脚步微顿，但并没有回头，而是径直走进了前面的商店。

两分钟后，他拿了一把雨伞出来。

雪其实已经比盛意刚出来时小了一点儿，但还是很大，如春日飘飞的柳絮一般胡乱地往人脸上扑。

江妄抬头看见盛意，似乎有些惊讶，但也并未多言，他又继续走向苏离，将伞递到她面前。

苏离一时间哭得更厉害了，呜咽着接过雨伞。

江妄语气淡淡："好好学习，选择自己适合的路去走，别来找我了。"

说完，他又往盛意的方向看了一眼，顿了两秒，便转身离开了。

北风卷着雪花往人身上黏，盛意全身都僵得不行，她手握得太紧，伞柄在她掌心硌出一条红印来。

她心里一个念头挨着一个念头冒出来，由眼前的场景联想到无数出大戏。

苏离怎么会出现在这里？

她为什么要哭？

江妄为什么对她那么冷淡？

他们分手了吗？

苏离拿到伞后并没有撑开，她穿得真的太少了，在风里冻得全身都在发抖。

盛意摸了摸鼻子，一时也不知道自己应该上前去安慰她，还是假装什么

065

都没看见。

苏离却直接走向盛意,她的声音里带着浓浓的哭腔:"盛意,我今晚可以暂时在你那里睡吗?"

眼前的人哭得梨花带雨,盛意完全不知道该怎么应付眼前的状况,下意识便说:"可以。"

因为苏离身上的衣服都被融化的雪水浸得湿透了,盛意怕苏离冻感冒,也没敢太耽搁,匆匆去旁边买了两份炒面,便带着苏离往她的住处走去。

苏离像是已经整理好了心情,一路上都在左顾右盼,说:"这就是你们学画画的地方哦,感觉艺术气息好浓厚。"又说,"你跟江妄在同一个画室对吗?你们关系应该很好吧?"

她的问题一个接一个,盛意根本跟不上她的节奏,只挑了一些能回答的回答。

"在同一个画室。

"关系也就是普通同学的关系。"

苏离说:"真的吗?我之前听其他同学说过你们在这里的一些事情,感觉他对你很好欸!"

女孩心思敏感,其实盛意能隐约感觉得出苏离问这些话的用意,她捏了捏耳垂,说:"可能因为一起过来的只有我一个女生。"

苏离若有所思地"哦"了一声。

她们已经走到盛意的住处门口,因为下了雪,所以那个楼梯便格外难上。

盛意小心翼翼地扶着栏杆,又回头用手机去给苏离照明。

开门的时候,她问苏离:"说起来,你怎么这时候来了浔江?"

苏离脸上又恢复了以往的神采,她看起来并不是很伤心地说:"哦,我统考没过合格线。"

盛意推门的手一顿,苏离连忙说:"你可别可怜我,我根本就不喜欢画画,之前去学画画也全是为了江妄。"

她们已经进了屋,盛意把灯打开,苏离四处打量了一下,找了个椅子坐了下来。

盛意把炒面放到桌子上,打开空调,又去给苏离找了身干净的衣服换上。

因为房间不大,所以暖气很快就盈满房屋,苏离舒服地叹了口气,才说:"盛意,你喜欢过什么人吗?"

盛意一口水刚刚喝进嘴里,闻言差点儿呛到,她抽出一张纸擦了擦嘴,摇摇头:"没有。"

因为心虚,她说这句话时,全程低着头。

苏离看了她一眼,忽然说:"我喜欢江妄,你知道吧?"

女孩嗓音清脆,这话说得格外理直气壮。盛意抿了抿唇,突然有点羡慕苏离。

羡慕对方的喜欢与不喜欢都如此直白而坦荡,会大胆地向自己喜欢的人表明心意,哪怕遭受拒绝,起码能够得到一个明确的答案。

不像她,只敢将所有的情感全放在自己的心底,独自欢喜,又独自伤怀。

因为不敢奢望对方也喜欢自己,所以不敢轻易尝试,怕两人最后那一点儿交集也被她消耗掉。

苏离说:"我为了他学画画,为了他,把自己原本规划好的路线搞得一团糟,为了他,放弃掉我自己的骄傲……可为什么他还是不喜欢我?

"我今天……虽然我其实并没有很在意艺考的成绩,但还是有一点儿难过,我不过是想得到他一个安慰……"

她说到后面,声音里又有了些哽咽的意味。

盛意垂着头,苏离明明是在说她自己,但一字一句砸在盛意头上,又忍不住将自己也代入了进去。

她亦是为了他去学了自己原本并不擅长的画画,为了他打乱了自己原本规划好的人生。

只是,与苏离不同的是,她没有苏离那么勇敢,她小心翼翼呵护着自己的自尊心,希望自己在他面前,永远是骄傲的、平视的、抬得起头的。

并不想因为喜欢一个人便觉得自己是卑微的,她也从未认为他心里是这么想的。

但喜欢一个人时,越是被对方知道心意,人们就难免越将自己放低,倘若对方并不喜欢自己,那么你为他所做的每一件事情,便都像是在卑微地祈求垂怜。

她不愿自己情之所至想要为他做的事情,变成了想要向他索取什么的砝码。

她不喜欢那样卑微而被动的自己。

她希望不管是在他心里,还是在自己心里,等到日后会想起对方时,永远是轻盈的、愉悦的、美好的。

盛意在心里无声地叹了口气,面前的炒面仿佛一下子失去了吸引力,她把餐盒盖上,听苏离继续细细絮叨。

渐渐地,盛意觉得自己的心好像被分成了两半。

她一边为苏离难过,也因苏离的遭遇,而联想到类似境遇的自己,开始为自己难过。

同时,她又忍不住因为江妄不喜欢苏离,而可耻地生出一股庆幸之意。

那天晚上,她们很早就躺在了床上,但窗外雪花簌簌,她们各自怀着不同的心思,都很晚才真正睡着。

第二天一大早，苏离就离开了，临走前，她问盛意："盛意，老实说，你喜欢江妄吗？"

盛意的心脏猛然一跳："怎么突然这么问？"

苏离摇了摇头："没什么，随便问一下。"顿了顿，她又说，"盛意，你不准喜欢江妄，如果你喜欢江妄，我就诅咒你永远不会得偿所愿。"

她的目光一眨不眨地注视着盛意，眼睛里蓄着些许盛意看不懂的神色。

盛意觉得周遭空气好像都被人攥紧了，她觉得自己宛如被人架到了一个高高的楼台上，然后突然丢了下来。

失重感让她差点呼吸不过来。

她几乎是本能地回答苏离："没有，我没有喜欢的人。"

她的喉咙发干，她猜自己此时的表情一定很难看，但苏离听完这句话后，却好像陡然松了口气。

苏离弯起眼睛笑起来："我跟你开个玩笑，你不要当真，我知道你不可能会喜欢江妄的，你们两个看起来就完全不合对方的口味。"

3

不知是不是父母在做考古工作的缘故，从小时候开始，盛意就不喜欢说那种带有不吉利性质的话语。

比如她不会说"气死我了"，而是绕开那个"死"字，改说"气坏我了"。

温景曾针对这件事笑过她很久，说她是小迷信。

所以，苏离离开后，盛意后面连续做了好几晚的噩梦。

每一个梦的内容都差不多，应该是一个起雾的夏日清晨，她和江妄并肩走在一条长长的河堤上。

江妄走在前面，她在后面，明明两个人的距离并不算远，可她无论如何都追不上他的脚步。

等醒来时，枕巾已经湿透。

她叹了口气，外面将明未明的天光透过窗帘照进来。

她本来还想继续睡一会儿，可一闭上眼，脑海里就开始浮现梦里她追着江妄跑的画面，她索性从床上坐了起来。

空调夜里已经自动关掉了，这会儿空气里全是湿而凉的气息，她摸过床头柜上的遥控器重新打开空调，随即又打开手机里的单词软件，开始背单词。

那些单词她其实背了很多遍，早已经滚瓜烂熟，但她实在不知道做什么，只好靠背单词来抚平自己梦里带来的惊悸。

省考成绩出来以后，他们的课程也并没有放松，只是到底人心涣散了很多，老师虽然心里着急，但校考在即，他们临时抱佛脚几天也并不能改变什么，所以老师慢慢也就随他们去了。

二月初,全国各地的艺术校考轰轰烈烈拉开了帷幕。

各省的考点全被安排在了省会城市,所以,在正式开考的前两天,画室就统一给他们订了车票,将他们送到了长汀。

长汀距离浔江有点远,有将近九个小时的车程。

大家第一次集体出行,一个都激动得不行,在出发之前,就去附近的商店里买了些纸牌之类的桌游,一路都在吵吵嚷嚷地玩闹。

盛意对这类游戏不感兴趣,一上车就歪在窗边睡着了。

他们坐的是夜间的火车,行驶得慢,车子咣当咣当地响。

即便盛意塞了耳机,也仍旧无法彻底隔绝大家哄闹的声音,但她实在太困,没一会儿,还是睡着了。

却没想到竟然再一次做了那个梦。

她睡得不安,眉头紧紧锁在一起,坐在她附近的同学看她正在睡觉,声音小了一些,须臾又跟前面的人换了座位,把不玩游戏的人换了过来。

盛意迷迷糊糊间听到耳边的声音小了很多,她眉头舒展了一些,下一刻,身上突然一重,她于半梦半醒间,脑袋很迟钝,并未去细想那多出来的重量是什么。

等她醒来时,已是深夜,大家终于玩够了,各自倒在自己的座位上,睡得天昏地暗,车厢里的灯也关上了,只留下一盏光线昏暗的小灯。

盛意摸出手机想看一眼时间,才发现自己身上不知什么时候多了件衣服,是一件黑色的长款羽绒服,她的目光落在羽绒服的商标上,目光微微闪烁了一下。

坐在她旁边的人不知去了哪里,座椅上只留下一只黑色的帆布腰包。

很明显是男生的款式。

她心里隐隐有了一些猜测,伴随着这些猜测,她整个身子又不由自主地紧绷起来。

想来是原先坐在她旁边的同学玩游戏怕吵到她睡觉,便找了同样不玩游戏的江妄换了个座位。

她拥着他的衣服坐直了一些,弯腰从自己包里掏出一瓶牛奶。

这时,头顶突然落下一片阴影,她抬起头,一眼望到的便是江妄棱角分明的下颌。

他的目光与她的对上,倾身坐了下来。

男生虽然很瘦,但骨架很大,肩宽腰窄,他一坐下来,刚刚还宽泛的空间便显得狭窄起来。

盛意小心避着,努力让自己的肩膀不要挨到他的。她低着头,连呼吸都放缓下来，余光瞥见他胳膊上的毛衣布料，才反应过来他的羽绒服还在自己身上。

她的脸倏地就有些发热，手在衣服下面攥成一个拳头，停了片刻，才把衣服拢好推到他面前。

江妄撩起眼皮看盛意一眼，伸手接过，衣服上还残留着盛意身上的温度，还有女孩身上特有的软软甜甜的香味。

快到六点的时候，他们才到达长汀火车站，画室已经提前为他们约了一辆大巴，浩浩荡荡几十号人挤上去，兴奋压掉了困意，整个车厢里全是大家叽叽喳喳的声音。

长汀一共有两个考点，画室给他们订的酒店在其中一个考点旁边，酒店条件并不算太好，四个人一个房间。

他们去时，那附近已经被各个地方来的艺考生占满，除了美术生，同时来考试的还有音乐生、传媒生、影视生等。

他们因为夜间在车上没睡好，到地方以后匆匆吃了早餐，便分别回各自的房间休息了。

到了下午，才几人一组组团去看考场。

盛意因为省考成绩不是很理想，所以校考就多挑了几所学校，她选的基本上都是一些美院、艺院，以及一些排名较高的综合类大学。

住在同一个房间的同学看了她在艺考参考书上钩出的那些学校名字，好心提醒道："这些学校都比较难考，招生也少，你要不要再选两个保底的学校，以免……"

盛意摇了摇头："不用了。"

女孩性子软，但某种程度上又要强得不行，与其不上不下，不如不要。

并不是说读普通学校不好，只是那不是她所向往的，每个人都有自己的人生路要走，只要不觉得后悔，怎样都好。

她所求的，也不过是不留遗憾罢了。

同学看她态度坚定，便也没再多言。

年前盛意只考了三个学校就回了南城。

那时已经腊月二十八，还有三天就是除夕夜，回去的时候，她也是跟江妄以及其他几个七中的同学一起回的。

那天，陈静冉也难得地放了假，破天荒来了火车站接她。

几个男孩子虽然平日里没个正形，但见到大人，难免还是有些拘谨。

盛意给他们介绍："这是我小姨。"

几个人一句"阿姨"在舌尖辗转半天，最终对着陈静冉那张过于年轻的脸还是没能叫下去,"岔"了个辈分说:"姐姐好。"

可陈静冉完全不按套路出牌,她丝毫没有被他们取悦到,说:"别乱叫,懂不懂尊重长辈。"

男孩们一时尴尬。

盛意将目光望向唯一一个没有跟着他们起哄的江妄。

虽然这几天长汀一直在下雪,南城却全是好天气,阳光温暖地照耀着人间,好像连冬日的冷肃也被驱散了些许。

盛意看过去时,他不知因何也正好望过来,四目相对,男生眼里晕起一抹淡淡笑意。

盛意神色一顿,捏了捏耳垂,仓促地收回目光。

陈静冉也看见了江妄,随口问他:"考得怎么样?"

别的同学闻言,直接替江妄回答了:"您不用担心他,他是我们班的学神,就算校考一个不考,那些学校也随他挑!"

江妄转头淡瞥那人一眼,声音里像是带了笑:"瞎胡吹。"

"哪里胡吹了?我这是实事求是!"

陈静冉又说:"最近你奶奶还好吧?我前几天碰见她的时候……"

盛意拖着箱子走在旁边,身后的男生拍了拍她的肩膀:"你小姨认识我江哥啊?"

盛意想了想:"家里的长辈互相认识。"

"哦……还是世交呢。"男生一个字转了好几个音,声音里尽是暧昧,"那不定个娃娃亲说不过……"

话才说到一半,却被江妄打断。

"路明明。"他叫那个男生的名字,"你统考刚过合格线一分,知道这是为什么吗?"

他太知道蛇打七寸的道理,一句话就直接拿捏住了路明明的命脉。

男生瞬间哀号一声:"不提分数的事儿,你就还是我哥。"

江妄:"我没这种不成器的弟弟。"

路明明哭丧着脸。

因为过完年还要回到长汀继续艺考,所以他们只待到了年初四,就又提着行李离开了。

其间,李临和林昭昭这两个社交小达人又组了个局,说想四个人再一起聚一聚,但最终江妄因为有事,没能过来。他们三个吃完饭,一起去江边散了会儿步,林昭昭和李临叽叽喳喳说着这半年来班级里的趣事。

高中生的生活说匮乏也匮乏,来来去去也无非是谁和谁偷偷谈恋爱了,谁谁在半夜对着女生宿舍大声表白,被教导主任在周一的大会上通报批评了。

他们两个说完,又转头问盛意:"你呢?有没有发生什么好玩的事?"

盛意想了想,开始说她在画室里的生活,讲到中间,免不得又要说起她被贺颜关在门外的事情。

这事儿其实之前盛意跟林昭昭在电话里说过,李临却是第一次听。

男生护短得不行,语气特冲地说:"这人怎么这样?"

事情刚发生那会儿,盛意其实也很生气,但是过了这么久,她早就没什么感觉了。

她眯起眼睛笑了笑,反而是她来安慰李临:"可能当时吵架正上头,大家都比较冲动……"

李临说:"回去我就要说说江妄,我特地嘱咐他在那边要多照应着点你,他就是这么照应的?"

他因为生气,讲话时没注意那么多,话音落下,几个人都是一愣。

李临挠了挠头,"嗐"了一声,似是想解释,但是又不知道要怎么解释,只干巴巴说了一句:"毕竟,咱们四个可是铁四角!"

林昭昭心眼儿大,没注意到那么多,被他那句"铁四角"逗得笑得不行,半个身子都歪倒在盛意身上。

夜色沉沉,江风拂面,盛意看着她,应景地也扯出了一个笑来,但表情太僵硬,明显笑意未达眼底。

李临注意到盛意的表情,以为她察觉到自己的心思才做出这种反应,眼神微微暗了暗。

那是2013年的伊始,还未满十七岁的少男少女,第一次尝试到喜欢一个人的滋味,亦是第一次明白,原来爱情不止有甜,更多的其实是酸是涩,是欣喜地摘下一枚青果,却因为时机和方法都不对,最终被苦得心里发涩,表面却还要云淡风轻地与他人说笑。

像是为了要应景,那天晚上,南城下了一整夜的雨。

中间盛意被雨声惊醒,她望着天花板发了会儿呆,起身去楼下的客厅里倒了一杯热水。路过陈静冉的房间时,她隐约听见里面似乎有歌声传出。

应该是王菲的歌,女声清雅而空灵,一字一句唱着:

"有生之年,狭路相逢,终不能幸免。手心忽然长出纠缠的曲线。"

唱到这里,声音忽然低了下去,如同恋人间的细细絮语,温柔又惆怅,无端引人落泪。

盛意在楼梯边静默片刻,忽然就想起晚上李临的那句话——

我特地嘱咐江妄要好好照应你。

她的脑海中一瞬间浮现出很多画面——

江妄带她熟悉画室,江妄晚上送她回家,江妄在她睡着时为她盖衣服……
那些令她无限欢欣的一点一滴,她所认为的"他待她或许有那么一点儿不同",原来都只是受人所托。

亏她还因他的那些举动而悸动许久。

第五章·少年
他啊，就像月亮一样

1

年后，他们在长汀待了半个多月才回去，盛意按部就班地把她想要考的那些学校全考了一遍。

最后一场，她考的是庆大的美术学院，那是报考的所有学校里她最想要念的一所。

为了这场考试，她准备了很久，那段时间，只要是没有考试的日子，她基本上都在练习庆大往年的考题。

因为她曾无意间听江妄说起过，这是他最想去的一所学校。

但是世上的事，往往是你越想要做好，就越容易出现意外。

考试的那天早上，刚起床，盛意就觉得自己状态似乎有点不对——头晕得要命，浑身都在发冷发软，衣料摩擦着皮肤，还会泛起丝丝缕缕如针扎一般的痛感。

同住的女生察觉到她的异常，揉着困倦的双眼，皱眉问了她一句："你是不是生病了？"

盛意迷迷糊糊"欸"了一声，但也并没有将这件事放在心上，她只以为是突然降温，故而比往常多加了一件毛衣在里面，就背着画包去了考场。

到地方以后，她才发现自己竟然忘记带调色盘。

好在学校门口就有各种临时摆过来的摊贩，那时距离开考只有不到二十分钟，她匆匆跑出去买了一个新的调色盘。

回去之后，她才发现江妄竟然跟她分在了同一个考场。

他背对着门口，正在专心支画架。

因为早就知道江妄想考这所学校,所以盛意对他来参加考试这件事并不意外,但两人被分在了同一个考场,这却是她没想到的。

虽然大家都住在同一个酒店里,但因为互相之间不会特意去联系,加上大家报考的学校和出门的时间也都不同,所以,若不刻意相约,其实很难碰上。

所以,他们其实已经有很长时间没有见过面了。

盛意因为刚刚剧烈奔跑,这会儿突然停下,头一时间晕得更厉害了,眼前黑雾一阵漫过一阵。

她大口喘着气,脸也烫得不行,因为发烧,眼眶始终湿润润的。

江妄支好画架,回头看到她,眼神里微微露出一点讶异来。

目光相碰的那一刹那,盛意却突然收回了视线,虽然她一直没有奢望过能得到回应,但如若说完全没有期待,那也是不可能的。

她叹了口气,走到自己的位置坐下。

那年庆大美院的色彩考题是风景画,盛意对这个还算擅长,她强撑着精神,总算在两个半小时之内将画画完,又用了半小时把画吹干。

她去吹风机边吹画的时候,江妄正从那边离开,她瞥了一眼他手里的画纸,他画得很好,应该是雪景,天地万物都被茫茫白色覆盖住,但又莫名透出一股蓬勃生机。

下午的考试,盛意缺席了。

她从医院醒来的时候,考试已经过半,送她来医院的是一个清秀女生,约是本着帮人帮到底的心态,一直守在她的病床前没走。

盛意醒来时,女生恰好出门去买水了,回来之后,就看到盛意正拥着被子哭。

她哭起来很安静,眼泪却流得很汹涌,像丢了什么心爱的东西似的,紧抿着唇,眼睛始终望着窗外,泪水无声地往下掉。

江静好从未处理过这样的状况,一时间手忙脚乱。

盛意闻声转过头来,由于刚挂完吊针,她此时脸色苍白如纸,因为哭得太凶,一直在抽噎。

江静好温声解释:"你当时晕在路边了,我就和朋友一起把你送来医院,我朋友下午去考试了,所以我在这里看着你。"

盛意点了点头,深吸了一口气,才软声道:"谢谢。"

她的声音里带着明显的哭腔,刚一开口,泪意更甚。

她其实很少哭。

小时候很爱哭,一点儿小事也能令她眼眶红红,而不知道是不是小时候哭了太多的缘故,长大后,她的情绪就开始慢慢变得很淡。

好像没有特别开心的事,也没有特别难过的事。

有几次情之所至的时候,也不过只是鼻头一酸,离那种号啕大哭还差很远。

就连暗恋这件事，于她而言，也是酸大于痛。

像身上杵着的一块陈年旧疤，每到雨天，就隐隐作痛，她深受其苦，但也不至于到要绷不住的程度。

但此刻，那些她压抑了很久的情绪好像终于要绷不住了。

她的手握成拳头，小心抵在自己的嘴边，努力让自己不要发出声来，但到底还是没忍住，低低的呜咽声响在病房里。

第二天，盛意坐了夜间的火车回南城。

艺考过后，他们就不必再去画室上课了，而由于大家报考的学校都不一样，考试的时间也不一样，故而回去的时候大家并没有一起走，而是选择了各自行动。

盛意回去的那天恰好是周末，陈静冉不在家，屋子里黑漆漆一片。

夜间公交车都停了，出租车也不好打，等终于到家的时候，她感觉整个人都如同被抽空了一般。

她先是靠在门边休息了一会儿，才把灯打开，进房间后没有着急收拾行李，而是先去浴室里洗了个澡，就躺到了床上。

本以为自己会很快睡着，可她在床上辗转反侧将近半个小时，明明身体已经疲惫得要命，脑袋却越来越清醒。

她索性把床头的台灯拧开，侧身摸过手机，刷了会儿微博。

那天微博里的热门话题是：你十七岁时喜欢的那个人，现在怎么样了？

盛意想了想，转发了那条微博：十年后我再来回答这个问题。

她那个微博登录得不频繁，最长的一次，三个月都没有更新。

那会儿微博还不像如今这般被广泛使用，网友们对不同观点的包容度还很高，明星们也敢在里面畅所欲言。

所以即便是如盛意这般八百年才更新一次的博主，因为某两条微博可能戳中了一部分人的点，竟然也能收获到一批粉丝。

有人给她评论：

"好，等十年后我再来提醒你。"

"留一爪，我十年后也要来看看！"

虽然心里很清楚，十年以后这些人可能早就不知道散落到了哪里，但盛意还是认认真真一条一条给他们回："好哦！"

回完之后，她又在那条微博后面发了一条仅自己可见的微博。

致十年后的盛意：

那时候的你，依然还喜欢着江妄吗？那时候的江妄变成了什么样子呢？依然干净、帅气，还是如很多人讲述的那般，所有白衣翩翩的少年，最终的归宿，都是平庸和普通。

丢失了少年的锐气，被生活磨平棱角……

周一，盛意去学校时，才知道原来那天恰好是高考百日倒计时的时间。

下午校长在操场上给他们举办了一个百日誓师大会。

初春时节，空气里已经隐隐有了些许温和暖意，二十四个班级的学生按照学校给他们划分好的位置坐好。

隔了一整个学期没见面，盛意觉得自己跟大家已经有些陌生，好在有林昭昭和李临一直在旁边陪她说话。

誓师大会很无聊，但也很慷慨激昂，一个一个校领导轮流上去讲话。

虽然开会之前大家都很不耐烦，但到后面，又都明显被触动到了。

快结束时，江妄才过来。

他应该是一下火车就直接来了学校，身上还带着仆仆风尘。李临眼尖，一看到他就朝他猛招手。

江妄应声走过来。

林昭昭也跟他打招呼："你跟盛意怎么没一起回来？"

江妄看了盛意一眼，盛意低着头，说："考试时间不一样。"

林昭昭不了解他们的考试流程，刚刚也不过是随口一问，听盛意这么说，便点了点头，说："我们铁四角终于聚齐了！"

然而，没聚两天，学校里就突然下了通知，所有的艺术生都要从原来的班级脱离出去，学校给他们单独组建了新班级，分为艺文班和艺理班。

盛意他们在艺文班。

艺术班的教室跟大家也不在一起，被分到了艺术楼，整栋楼里除了各种音乐教室和画室，就只有他们两个班级。

进入新班级后，盛意和江妄唯一一点交集好像也被斩断了。

他人缘好，认识的人很多，一进教室就直接被一堆男生拉了过去，坐到了最后一排。

而盛意看了看因为自己来得太晚而所剩不多的那几个座位，最终选择了在第一排最左边坐下。

他们两个的座位刚好呈一条对角线，就像当初在画室里一样。

不同的是，画室空荡，她那时一抬头就能看到他，可这个教室挤挤攘攘，一眼望去，全是来回攒动的人头。

好在高三生活实在繁忙，并没有留给她多少伤怀的时间。

因为来学艺术的学生大多是文化课有短板，如她和江妄这样的少之又少，加上他们大半年都没有上过课,而艺术生的文化课分数线比普通的文化生低很多,所以每一个老师来给他们上课时,都会提前说明,会从比较基础的教起。

这些东西对盛意来讲太简单了,所以大多时候她都没有听课,而是自己买了试卷在刷题,只有当老师讲到一些她相对比较薄弱的地方时,她才会抬头认真听讲。

江妄就更夸张了。

有几次盛意下楼买水,迟到了几分钟,每次她路过后门时,都会下意识地往他的方向瞟一眼。

而每次她看到他,他总是正趴在桌子上睡觉。

随着温度升高,人们早已经脱掉厚重的棉衣。

少年惯常一身黑,卫衣的帽子被他拉起盖到脑袋上,那段时间他很瘦,盛意觉得自己甚至能透过衣服的布料看到他骨头的形状。

到了四月中旬,艺考结果就陆陆续续下来了。

各个学校的合格证会统一寄到一楼的第一画室里,而他们的教室恰好在二楼。

故而,每天上午第二节课下课后的大休息时间,那里便挤满了学生。

盛意也日日去查。

那些合格证基本上全是装在信封里寄来,有的学校做得精致一些,是油皮纸,有的学校的合格证则只是一张小小的、类似于发票一样的纸张。

盛意考的那些学校,她基本上都成功拿到了合格证。

庆大美院出成绩那天,盛意虽然知道不可能有自己的合格证,但她还是去了第一画室。

箱子里只有一个信封,封面上端端正正写着江妄的名字。

负责收发这些合格证的老师基本上已经能将这些日日来查找信件的学生全都认全,看盛意盯着箱子发呆,他出声道:"这个江妄是你们班的吧?你等下帮忙把他的合格证带上去吧,我今天有点事,要出门。"

见盛意仍在愣神,他又唤了一声:"同学?"

盛意怔怔然回过神来,手里捏着写着江妄名字的合格证往楼上走。

江妄又在睡觉。

两个男生分别在他的两边拿着只篮球在互相传着玩,路明明笑说:"等下如果不小心掉江哥头上,你我都得完。"

"那肯定是你弄掉的,跟我没关系。"

"你……"路明明说到一半,看到站在门口的盛意,连忙收起篮球夹在臂弯,问盛意,"来找江妄吗?"

盛意也不知道为什么他的第一反应就是她是来找江妄的。

她捏了捏耳垂，看向江妄的方向，他睡得沉，周遭这么吵闹也未能让他清醒半分。

路明明作势要去推江妄，嘴里吐槽道："也不知道他最近天天晚上都在干什么，一进教室就睡，除了吃饭的时间，就没见他清醒过。"

江妄今天穿的是一件浅色的牛仔外套，衣服没有帽子，他的头枕在手臂上，面朝里，只给盛意留下一后脑勺。

盛意制止了路明明想要叫醒江妄的动作，把那张合格证递过去："老师让我帮忙拿过来。"

路明明"嘻"了一声："我就说我今天好像忘记干什么，每天都是我去找自己合格证的时候顺便给他带过来的。今天就只有庆大出成绩，我自个儿没考，忘记了。幸好你给他拿来了，不然又得骂人。"

盛意"嗯"了声，本想再说点什么，可又不知说什么好，只好指了指自己的座位说："那我先回去了。"

"好嘞！"

盛意又低头看了江妄一眼，转身的那一刹那，余光突然瞥见江妄刚刚不小心露出的一截手臂上隐约有两块青紫的痕迹。

她神色微微一顿，上课铃声恰好在这时响起，她未来得及多想，连忙从前门走进教室。

那节课是地理课，盛意翻书的时候，突然想起他们刚分班不久那会儿，那次他们几个人相约一起去聚餐，但江妄却不知何种原因失约了。

后来她在那条巷子里遇到他，如果没记错的话，那时他的手臂上好像也有这样的痕迹。

几天后，江妄突然请了假，盛意本以为他只是临时有事，不能来上课，却没想到整整一个星期他都没有过来。

中午一起去食堂吃饭的时候，盛意佯装不经意地问起李临关于江妄的事情，没想到他比她还要惊讶："旷课吗？"

盛意摇摇头："老师没在班里提，我也不清楚。"

李临皱皱眉，像是想到了什么，看了一眼盛意和林昭昭，最终又将话吞进了肚子里。

周末的时候，盛意想了很久，还是循着记忆去了趟上次她偶遇到江妄的那条巷子。

白天这里要热闹很多，巷口有各种卖水果的小摊。

红毛跷着二郎腿坐在其中一个摊位前边，拿着一个蒲扇在扇风，一看到盛意，他瞬间睁大了眼睛，激动地朝她招手。

盛意停顿了片刻，走过去，红毛问她："来找江哥吗？"

盛意抿了抿唇，"嗯"了一声，想了想，又补充："他上个星期一直没来上课，我……"

"哦！"没等她说完，红毛就一副"这事儿我最了解了"的模样说，"他最近估计都去不了了。"

"为什么？"

红毛又坐回到椅子上，故作深沉地叹了口气："你不是他女朋友吗？你不知道啊？"

盛意脸颊突地一热："什么……女朋友？"

红毛说："就那次啊，江哥不是让我们别惹你吗？后来徐林问他你是不是他女朋友，他没否认啊，没否认不就是承认咯。"

他估计是古惑仔看多了，讲话的语气也有一股硬凹的港腔，盛意捏了捏耳垂，出于一些难以言明的小心思，没有否认他那句"女朋友"，而是问道："是什么事？"

红毛脸上露出一点为难的神色："这个……我说了怕江哥知道了来打我。"

盛意说："我不跟他说是你告诉我的。"

她是典型的南方女孩，讲话声音特温柔，软软糯糯的，一听就特别有说服力。

红毛说："那到时候如果江哥怪我，你记得帮我拦着哈，毕竟咱们也算是有过一次生死之交的人了。"

盛意猜测他说的应该是上次的事情，也没管他是不是成语乱用了，她诚恳地点点头。

红毛长长叹了口气，明明是句有些伤感的话，硬是被他说出了几分滑稽的味道来。

他说："其实，江哥也是个可怜人。"

盛意沿着巷子往里走，一路上，脑子里都在回想方才红毛传递给她的那些信息。

"其实江哥家不住这里，他一直住在苏姨家，也就是他妈妈的房子里。苏姨是个舞蹈家，她是我长这么大以来，见过的最好看最温柔的女人……"他说到这里，不知想到了什么，神色怅然了片刻。

没几秒，他接着说："但是他奶奶住在这里，所以他大多时间也是待在这里的，因为要陪奶奶，虽然我也不知道他奶奶为什么死活不愿意搬家。"

他讲话半天讲不到重点，盛意问："然后呢？"

红毛说："他还有一个爸爸。"

盛意："……"

"他爸爸是个画家,我小时候其实觉得他可厉害了。"红毛笑了笑,嘴角勾起一个类似于嘲讽的笑来,"但是身边那些大人经常嘲讽他,说他没用,后来我才知道,画不出名堂的画家不叫画家,应该叫'臭画画的'。

"其实具体的事情我也搞不清楚,反正以前只知道他爸爸经常打苏姨,好几次我奶奶也去劝来着,没用,去劝的人也被他爸打,慢慢地就没什么人管这事儿了。

"其实也报过几次警,但也没什么效果,你懂,家务事。"

他顿了一下,继续说:"那段时间我自己也一堆事,就没太注意,只知道后来苏姨自杀了,他爸天天不着家,每次回来就是跟奶奶要钱,有几次听说还对老人动手了。所以,江哥见他一次打他一次。"

"但我觉得吧,"他说,"奶奶不搬家,多半是因为苏姨那个房子在高档别墅区,安保太严格,她怕儿子进不去。

"怎么说呢,一个愿打,一个愿挨,这事儿江哥就不应该管。

"这不,前段时间他爸每天喝得醉醺醺的来闹事,江哥又动手了,结果他爸说要告他,但我觉得告他是假,讹钱是真。估计他最近没去上课就是在处理这件事吧。"

……

红毛后面又说了什么,盛意全听不见了。

她心里像被人塞了一块海绵,海绵里挤满了水,压得她一颗心沉甸甸的。

她压根儿就没法好好消化这些信息,虽然以前她也能从小姨的只言片语以及江妄的性格中窥见一星半点他的故事,但都不如此刻旁人直接同她讲述来得冲击力大。

她心里乱得要命,跟随本能往他家的方向走。其实她根本就不知道他此时在不在家,更加不知道倘若他在家,她见到他能说什么、能做什么。

可心疼和担心溢满她的胸腔,她已经没有办法冷静思考,只想快点见到他。

想知道他好不好。

她不断在心里回放着刚刚红毛同她描述的每一个画面,大抵在意一个人时,会更容易共情到他的苦,她连眼眶都酸起来。

她深吸了一口气,思绪还没回转过来,就看见了江妄。

那时正午阳光炽烈,刚刚到吃午饭的时间,巷子里渐渐安静下来。

江妄立在深巷最里端那间院子门口,他的眼眸漆黑,面如冰雪,身上只穿了一件黑色的长袖衬衫,额前头发明显未经过打理,软软地垂在眼前。

盛意心里猛烈的情绪还未退去,乍然看见本人,她本就遏制不住的泪意一时间更加汹涌了。

她的眼眶红得厉害,嘴唇也微微颤抖着,目光落在他手里的保温盒上,想也没想便问:"你要去哪里?"

江妄皱着眉没答话,盛意这才察觉到自己的问话实在唐突,她深吸了一口气,想要把自己的泪意压制下去,可越是想压制,就越是心疼得厉害。

她吸了吸鼻子,眼眶还是不由自主地湿润了。

江妄目光淡淡地看着她。

盛意低下头,软着嗓子说:"你……你很多天没去学校,我、我那个……"

她在脑中组织着措辞,江妄忽然道:"我请假了。"

空气一时静默下来,停了片刻,江妄又问:"还有事吗?"

盛意发现,这次见面,江妄的态度冷淡得吓人。虽然以前他也一直是淡淡的,但他那时的淡里裹着的是春日柔和的杨絮,可现在杨絮被换成了冰雪。

外表看起来好像没什么区别,内里却是天壤之别。

她的喉咙堵得难受,可想了很久,也不知道自己能说些什么。他们的关系始终保持在淡如水的那个程度,多一步就是逾矩,她没有那个立场,也没有那个身份去问他什么。

她最终也只能摇摇头,江妄也未再多说什么,径直从她旁边走了过去。

擦肩而过的那一瞬间,盛意没忍住,问道:"你……什么时候回去上课?"

少年脚步停住,盛意转过身,只能望见他清瘦挺拔的背影。

他似乎是笑了声,有些冷淡的、微微带了些嘲讽的笑声。

"盛意,"他说,"原初南跟你说什么了?"

"欸?"盛意心脏猛然一跳,抬起头,看到不远处的红毛正朝她做出一些奇怪手势。

江妄转过身,春风撩起他的刘海儿,露出光洁而饱满的额头。

他的目光落在盛意发红的眼眶上,脸上始终挂着一抹冷峭笑意。

他说:"你们女生,是不是都特别喜欢当救世主啊?"

他的语气冷硬得不行,脸上的表情也是冷的,盛意满腔关心瞬间被堵回了喉咙里,她张了张嘴,想要辩解两句。

她越着急,嘴就越笨拙,半晌没说出话来。

江妄像是有些疲惫了。

"回去吧。"他说,"不用管我了。"

丢下这句话后,他就转身走了。

2

一直到高考之前,江妄都没有再来过学校,而由于全市艺术生都被安排在了同一个考点,所以高考那天,盛意其实是见过他一次的。

六月的南城像被人丢在了一个巨大蒸笼里,炽热的太阳毫无保留地烘烤着大地，整个世界都宛如被蒙上了一层焦糖色的滤镜一般，浓稠而黏腻。

那时他们正排队进考场，门口站满了送考的人，耳边全是各种加油声。

盛意拿着一本小册子，正临时抱佛脚背诵地理考点时，冷不防在人群里瞥见了江妄。

江妄仍旧穿着一身黑衣，头上盖了顶鸭舌帽，一手抄在裤兜里，另一只手拿着手机，不知在跟什么人发消息。

口哨声响起，前面的大门被打开，学生们一拥而上，盛意被人群推着往前走，再回头时，已经看不到他了。

后来再见面，便是在毕业聚会那晚了。

聚会办在学校附近，由于离得近，所以整个学校的毕业聚会差不多都在那附近举行。

艺文班的聚会办得像一盘散沙，因为大家都不太熟，当初分班的时候距离高考只有不到一百天了，大家每日埋头学习，根本就没空同旁边的人深交。

故而，没一会儿，包厢里的人就都跑光了，盛意也被特地找过来的林昭昭拉到了二十四班的包厢。

盛意进门时，江妄正坐在里面同人说话。

他侧坐在椅子上，一只胳膊懒散地搭在椅背上，大多时候都是别人在说，他听，偶尔会附和两句，眼里始终晕着一点儿浅淡笑容。

林昭昭顺着她的目光看过去，"欸"了一声："难得啊，江妄这家伙居然露面了。"她说着，拉着盛意就往他们那边走。

盛意脚步顿了一下，林昭昭丝毫没察觉出她的异样，疑惑道："愣着干什么？"

盛意想了一会儿，也不知该怎么跟林昭昭说自己不想过去，因为一旦开口，就势必要解释原因。

虽然过去很久，但江妄那日的语言仍旧如刀子一般悬在她的心口，她平日里不刻意去想还好，一旦看到他，那些被尘封在心底的记忆就瞬间令她破防。

林昭昭见她发愣，直接拉着她就往那边走去。李临看到她们，先打了招呼："怎么来这么晚？"

林昭昭说："还不是为了去艺文班找盛意。"

两人对话间，其余几人也看了过来，盛意尽量让自己不要去看江妄，但余光到底还是带到了一点儿。

他也抬起了头，看向她的神色里未掺杂半点复杂意味，就仿佛那天她去找他的事情压根儿不存在一样。

盛意垂下眼帘，忽然就有些失望。

令自己纠结多日的事情，在他眼里不过是一件无足轻重的小事，甚至根本不值得他为之皱一皱眉。

她刚刚不想过来,是怕与江妄面对面会尴尬,可此时他完全抽掉了那些有可能会令他们尴尬的因素,她反而更难过了。

她心不在焉地在那边坐了会儿,就随便找了个借口,说自己想去卫生间,随后便离开了。

包间很大,错错落落坐了很多桌,她绕过人群,去卫生间里洗了把脸。

她的皮肤细白,凉水冲到脸上,也能敏感地浮出一片红色,她低头想从包里找纸巾,才发现她的包刚忘记拿出来了。

她叹了口气,转头去找卫生间提供的纸巾盒,却猝不及防地撞到一个人身上。

她本来为了防止水顺着脸颊淌到脖子里,头一直是微微勾着的,这会儿整张脸都埋进了来人臂弯里,呼吸间有淡淡的烟草味。

盛意其实不爱闻烟味儿,可是好奇怪,这个人身上的烟味却好像并不难闻,味道很淡,中间还夹杂着一些如同雨后幽林一般的香水气息。

未及盛意说话,旁边便响起一阵有些吊儿郎当的笑声:"哎,投怀送抱啊。"说话的人走近了,望见盛意惶急避开的脸,愣了一瞬,"盛意?"

盛意刚刚听出李临的声音了,脑海里也很快就反应过来被她无辜弄湿袖口的人是谁。

她干巴巴地冲李临笑了一下,脸上热意一阵漫过一阵,连浮在上面的水汽和餐厅里充盈的冷气都不能为她降下半分温度。

她捏了捏自己的耳垂,刚想说一句对不起,就见眼前男生突然从口袋里掏出一包纸巾,然后慢条斯理地撕开包装,抽出一张递给盛意。

盛意脑袋钝钝的,接过纸巾去擦脸——

好香。

而且是那种特别劣质的香味,大抵是他在门口随手买的,纸张很薄,纸的密度很小。

然后江妄就看见女孩在纸张与脸上皮肤相碰的那一瞬间,眉头猛然皱起,动作顿了两秒,像是欲言又止,但还是特别乖巧地一点一点把脸上的水迹都擦干净了。

江妄眼里难得浮起一点笑意,但也只是转瞬即逝。

盛意擦完脸,想了想,跟他说了一句:"谢谢。"

江妄语气淡淡:"客气。"

盛意又看了看李临,说:"那我先回去了。"

李临点了点头:"等会儿去找你和林昭昭玩。"

盛意说:"好。"

但是后来，回来的人却只有李临一个。

"江妄那家伙先回去了。"他说。

那晚回到家里以后，盛意才后知后觉地想起，她似乎连一句"毕业快乐"都没能和江妄说。

那晚他们玩得疯，年轻的男孩女孩们毕竟是初站在长大成人的路口，亦是第一次面对这样浩大的分别。

到后来，很多人都哭了，满室皆是令人发醉的酒气，甚至连盛意都被人灌了许多酒。

她酒量不好，后半程全都晕晕乎乎。

结束后，李临打车送她和林昭昭回家。

他们先去了林昭昭家，女孩哭得涕泗横流，抱着盛意大喊大闹："就算毕业了，以后我也是你最好的朋友，对吗？"

盛意懵懵懂懂地点点头。

林昭昭说："你说话算话吗？"

盛意好声好气地安抚她："算话的。"

林昭昭这才破涕为笑："那我们拉钩。"

"拉钩，一百年不许变。"盛意有求必应。

盛意喝醉了会出现两种比较极端的状态，一种是特别安静，虽然头脑昏昏沉沉，但是思绪很清晰；另一种则是特别疯。

今晚她就特别安静。

林昭昭一下车，车里就陷入了一片寂静之中，李临坐在副驾驶位上，眼睛时不时向后看，关注着盛意的情况。

车子开不进巷子里，他们在景德巷巷口就下了车，盛意还以为李临会直接跟着车走，未想他却一直随着她走进了巷子里。

她喝醉了，脑袋比较迟钝。

夏夜晚风温凉却燥热，旁边有卖桂花酒酿的大叔推着小推车走过。

李临低着头走在盛意旁边，两人一路上都没有说话，一直到盛意家楼下，李临才慢吞吞开了口。

"盛意，"他问，"你有什么喜欢的人吗？"

他不懂什么文艺，虽然之前查了许多言辞优美的句子，但此时话到嘴边，却一句也想不起来了。

盛意愣了愣。

那晚夜色好，一钩弯月皎洁地挂在天上，盛意眨着醉意蒙眬的双眼，抬头看了看天上的月亮，停了许久，忽然转头朝李临笑了笑。

"有的。"她说。

说完，她就又继续仰起了头。

那阵子，总有各种西装革履的人来景德巷做着各种考察，没过一段时间，河边便挂上了一盏一盏古香古色的小灯笼。

听人讲，政府打算将这里开发成旅游区，很多人已经眼光毒辣地开始联系邻居们购买地皮和房产。

此时河边灯笼暖而昏黄的光完全投射在盛意的脸上，女孩嘴角始终弯着，虽然她在笑，李临却莫名从她的表情里读出一阵怅惘之意。

他的手指在口袋里攥紧，停了好久，才状若无意地问起："这样啊，真无法想象你喜欢的人会是什么样的。"

"他啊……"盛意想了片刻，突然抬手指向天空的方向，连语气里也带上了些许温柔笑意，"喏，就像月亮一样。"

李临说："不觉得月亮太遥远了吗？"

"是啊，很遥远。"盛意说，"但是，很久以前我在书里看过一句话，说喜欢上一个不喜欢自己的人，就像是喜欢天上的月亮一样，虽然月亮很遥远，但实际上，在我喜欢上他的那一刻，我已经在开始无限地贴近他心脏了。

"因为，我能欣赏到月亮的美欤，当你能够看到一个人的美好时，你其实就已经在慢慢贴近他了。"

她的声音很轻，语声很淡，语毕，她转身看向李临。

她的眼睛很好看，直直地看着别人的时候，很容易让人觉得那里有款款的深情。

李临只敢与她对视两秒，就仓促地移开了目光。

盛意脑袋晕得不行，虽然她讲起话来好像很清醒，但她知道，自己撑不了多久了。

她揉了揉太阳穴，见李临久久没有说话，便说："我要上去了。"

李临看了看楼上她卧室的方向，她早上离开时没有关窗户，晚风掠起窗帘的一角，荡在静而深的夜色里。

他酝酿在喉咙里的万千话语好似一瞬间全堵在了那里，想开口，却无从开口，最后他只好朝她点点头。

"毕业快乐，盛意。"他说。

"毕业快乐。"盛意脚步停在院门口，回过头，展颜轻笑，"祝你很快也能遇到自己真正喜欢的人。"

她将重音放在了"真正"这两个字上。

语毕，继续转身前行。

她其实连步子都走不稳，行动轨迹歪歪扭扭，样子看起来滑稽得不行，但李临望着她的背影，却无论如何也笑不出来。

一直到李临走后,盛意才慢慢走上楼梯。

她没有开灯,就着月色的光直接上了楼,睡前去关窗户的时候,她又抬头看了看天边的月亮。

刚刚与李临的那一段对话又浮现在她的脑海。

无端地,她忽然想起很久以前她读过的,孟依依的那首诗——

"人向红尘去几程,天台秋雨久无晴。别来诗只缘君写,不敢题中道姓名。"

像什么呢?

就像她喜欢江妄,她只敢说她喜欢月亮。

第六章·告别

暗恋就是一个人的独角戏

1

七月中旬，高考结果就出来了，接下来就是填志愿和等录取通知书了。

学校里一共给他们安排了三天填志愿的时间，盛意去填志愿的那天，江妄恰好有事没去，只有她和林昭昭，以及李临过去了。

结束以后，他们三个一起吃了顿饭。

席间，林昭昭问他们接下来分别都有什么打算："不然我们一起去搞个毕业旅行吧？"

盛意摇了摇头："我爸妈刚好休息，填完志愿我就要回京市了。"

那段时间，盛淮和陈静娴终于得空休息了一阵子。

他们先是在南城住了几天，然后才带着盛意回到京市。

他们在京市的房子许久未有人居住，已经落了一层灰，陈静娴打电话叫了个阿姨来打扫了整整一天，才算收拾干净。

盛意的朋友们都在南城，她在京市其实住得并不愉快。

好在他们家附近就有图书馆，盛意白天大多是在那里度过。

有一天，盛意出门后才发现外边下了雨，她又乘坐电梯回来，到门口时，突然听见里面传来隐约的对话声。

"你看看你闺女，一点儿也不亲我们，我看比起我，她可能更想让小冉当她妈。"

"你说的这是什么话？她从小就跟在小冉身边长大，亲近小冉不是很正常吗？说到底也是我们亏欠这孩子，她性格又内向，跟我们不常见面，难免有点生疏。"

"理是这个理,我这不是看她成天往外跑,宁愿去图书馆,也不愿意跟我们待在一个屋檐下,心里难免有些不是滋味。"

"我有时候都想,是不是我做错了?这么多年,我跑事业,我追求自己所谓的梦想,我一直很排斥自己的人生被家庭和小孩儿绑架……"陈静娴顿了顿,又说,"我最近突然有些怀疑,我是不是错了,我……"

她说到一半,突然停下来,屋子里划过一声淡淡的叹息。

盛意的手停留在门把上,她低着头,最终还是收了回去。

她转身再一次走进电梯。

外面夏雨下得急,哗啦啦砸下来,盛意站在一楼的楼道口。

楼道口是开放的,没有门,雨水顺着风斜落进来,她的衣服很快就被沾湿了。

她往旁边躲了躲,摸出手机打发时间,打开微信,发现不久前林昭昭刚在群里分享过一个搞笑段子。

那个群是李临建的,群里只有四个人,她、林昭昭、李临,还有江妄。

其余两个人的微信她都有,唯有江妄的没有,她的手不断点开他的头像,又关掉,始终未能下得去手去加他。

可能是近乡情怯吧,她想。

越是珍惜的东西,就越是小心翼翼,生怕自己一个不小心,就将对方推得离自己更加远。

更怕会造成一些不可挽回的局面。

这也是她始终未敢在江妄面前表现出任何喜欢的理由之一,虽然她从未走近过她的月亮,但保持现状,好歹能被月亮的光辉照耀到。

她怕连最后这仅有的一点儿恩泽也被上帝没收走。

正思量间,手里的手机突然振动起来,盛意敛起思绪,接起。

盛淮声音里透着焦急:"我才发现外边下雨了,你出门的时候带伞了吗?有没有淋到?我这就去给你送……"

话音未落,盛意身后的电梯突然打开,她转身看去,盛淮握着手机的手还停在半空中。

父女俩尴尬地面面相觑,盛淮喉咙难得哽了一下,盛意低头扯了扯自己被雨淋湿的衣角,小声道:"我在这里等雨停。"

盛淮的声音有些发涩:"怎么不上去拿伞?"

盛意说:"本来想上去的,刚刚看到那边树上的花被雨打落了,想看看花。"

很蹩脚的一个借口,但她想不到更好的理由了。

盛淮停顿片刻,捏紧了手里的伞,亦放低了自己的声音:"那……还去吗?"

盛意回头看了一眼外面厚重的雨幕，想了想，摇摇头，走向盛淮。

她抬起手，本想挽住盛淮的胳膊，可到底还是不习惯那样亲昵，她停顿一下，又颓然地将手放了下来。

"不去了。"她说，"好久没看电影了，我们在家看个电影怎么样？"

室外暴雨如注，室内却是一片静谧。

为了烘托气氛，盛意还把窗帘给拉上了，光全被隔绝在了外面，只有淅淅沥沥的雨声不死心地透过玻璃传进来。

盛淮和陈静娴并肩靠在沙发上，盛意则盘腿坐在沙发前的地毯上，茶几上摆着各种盛淮之前给盛意买的小零食。

他们挑选的是一部日本亲情片，故事节奏缓慢，催人入睡，盛意看到一半，眼皮就撑不开了。

陈静娴的手落到她头上，带着股轻而缓的力道："困了就睡一会儿。"

陈静娴直接按着她的头，让她靠在了自己腿上，盛淮倾身将电影声音关小了一点儿。

盛意醒来时，电影已经结束有一会儿了，她中间不知被谁抱到了自己卧室的床上，屋内漆黑一片，客厅里响着轰轰的油烟机的声音。

盛意揉了揉眼睛，赤着脚走出去，陈静娴正在厨房里做饭，盛淮在旁边打下手。听见她这边的动静，陈静娴抬起头来，问："醒了？这一觉睡得可久。"

盛意抓了抓头发，软着嗓子"嗯"了声，她闻了闻空气中的香味，舒服地眯起眼睛。

盛淮问："正好，点个菜，想吃什么？"

盛意想了想，说："想喝妈做的春笋排骨汤。"

陈静娴说："这大夏天的，我上哪儿给你找春笋去。"

盛淮在旁边笑："那用别的笋代替呗，怎么这么死脑筋。"

话音落下，两个人又叽叽喳喳地争吵起来。

盛意看了他们一会儿，转身回卧室穿上鞋子，又去客厅里把自己正在充电的手机拔了下来。

正在这时，突然收到一条来自陈静冉的短信。

陈静冉：收到首都美术学院的录取通知书了，我才听你老师说，你只填了这一个学校？

盛意靠在沙发上给她回：是。

陈静冉：胆子这么大，也不怕滑档？

盛意笑了笑：我这不是成功考上了。

陈静冉：算你运气好。

停了会儿。

陈静冉：想要什么礼物？太贵的免谈。

盛意想了想，回道：想要小姨每天都开心。

她最近越来越习惯对陈静冉讲一些肉麻的话，陈静冉虽然听过很多遍，但往往还是被她酸到。

这条短信发过去后，陈静冉就没再回了，盛意想了会儿，把自己拿到录取通知书的事情发他们群里去了。

林昭昭最兴奋，秒回道：啊啊啊，恭喜！

没两分钟，李临也回了一条：挺巧，江妄昨天也收到庆大的录取通知书了，你们俩的学校都在京市，平时还可以见见面。

盛意的目光落在"还可以见见面"那几个字上，想了想，回了个激动的表情。

与此同时。

江妄：恭喜。

他进群以来，就没在里边说过话，盛意心里一跳，快要把那两个字盯出洞来。

她的身子在沙发上扭曲半天，手指在手机上敲敲打打，过了好久，才回了一句：同喜。

回完，隐约觉得好像哪里不太对，而林昭昭已经发了一大串"哈哈哈"，然后说：恭喜两位新人。

虽然明知她在开玩笑，但盛意的耳朵还是不可抑制地红了。盛意把手机屏幕摁灭，过几分钟又点开，随即再关上，再点开……

如是循环了很多遍，但江妄始终没再在里面说话了。

她有些失望地吐了口气，陈静娴那边饭已经煮好，叫她去吃饭。

盛意应了一声，正要放下手机的时候，微信里突然进入一条新消息。

江妄请求加您为好友。

盛意整根神经瞬间就绷紧了。

她盯着那条好友申请看了好久，怕同意得太快让他觉得她太猴急，思索片刻，她索性将手机搁了下来。

整个吃饭的时间，她都有些心不在焉，陈静娴看她短短十几分钟的时间脸上表情变幻莫测，不由得问："有心事？"

盛意摇了摇头，搁下筷子，说了句"我有点事"，就拿起手机回了卧室。

她打开微信，小心翼翼地点开江妄那条验证信息，逐字逐句看了好久，才点了"接受"。

加上好友之后，她又不知道该怎么办了，要不要给他发个消息？发什么好呢？既然是他先加的我，那不如等他先给我发好了。

但江妄加她为好友的动作却好像只是临时起意一般，通过好友以后，他的昵称始终没有在她的聊天列表里出现过。

开学之前，盛意回过一趟南城，而陈静娴和盛淮在短暂的休整之后，又开始了新一轮的征程。

陈静冉那段时间脚受了点伤，一直在家里休息，盛意每天逼陈静冉喝骨头汤，搞得陈静冉烦不胜烦，催她赶紧滚去上学。然而真的临近开学的日子，陈静冉却再也不肯说这些话，每日追问盛意有没有什么东西落下，该备的东西有没有备齐。

盛意便笑着说："就算有什么忘记带了也没关系，现在网络购物这么发达，从网上买就好了呀，再不济，您还可以给我寄过去。"

陈静冉便说："那多麻烦。"

盛意蹲在桌边，把她高中三年收到的零零散散的小礼物以及同学录等物件全整理好收进箱子里，听见陈静冉的话，不由得侧头看了她一眼。

陈静冉这两天脚好了一些，能走路了，但还不能做剧烈运动。

陈静冉站在楼梯边，旁侧的四方小窗照进一阵黄昏的日光，盛意突然发现陈静冉的眼角已经有细细的纹路蔓延开来。

从小到大，小姨在盛意心里，一直是年轻的、好看的，她从未想过有一天岁月亦会在小姨身上留下这样明晰的痕迹。

她的心里忽然有些泛酸，收回视线，细细嘱咐："以后不能喝酒就不要喝，直接拒绝就好了。"

"熬夜也要有个度，没有人的肝能经得起这么折腾。"

"总之，要多注意身体。"

她絮絮叨叨，唠叨个没完，陈静冉便笑她："怎么年纪轻轻，就这么婆婆妈妈？"

盛意只是低头笑，没接这话。

去学校的前一天，盛意和林昭昭一起去逛了街，林昭昭恋家，报志愿时填的全是本省的学校，她的学校就在浔江，特别巧，就在盛意他们当初学画画的那个巷子旁边。

收到录取通知书的那天，她的语气特别嘚瑟："我要去走你们走过的路了。"

盛意随口回道："可惜我们已经不在那里了。"

林昭昭就沉默下来。

虽然她们嘴上总说来日方长，但到底一起生活、学习了那么久，乍然面对分离,总归有些不习惯。

这会儿她们俩也将南城的路一条条全走了个遍,林昭昭在盛意耳边嘀咕:"要记住这里每一块砖石的纹路哦,这都是我们的青春。"

那两年特别流行青春电影,大街小巷都在唱王菲的《致青春》,林昭昭也在跟着哼:"短暂的狂欢,以为一生绵延,漫长的告别,是青春盛宴。"

哼到一半,别人还没什么感觉,她自己倒是先哽咽起来。

那时她们刚走到青年路的拐角处,路上车水马龙,盛意挽着她的胳膊,轻轻叹气。

等红绿灯的空当,盛意低头在包里找东西,再抬头时,突然望见江妄穿着一件宽松的白色短袖,头一伸钻进了马路对面一家唱片店里。

盛意以前很爱去那家唱片店,随着手机越来越智能,唱片行早就在渐渐式微,她却偏爱这些东西。

爱买纸质书,爱买卡带和碟片,林昭昭曾吐槽她过时,她也不介意。

她知道江妄也喜欢买这些东西。

有一次她值日,扫到他那里时,她发现他抽屉里塞了很多旧卡带,有的甚至是十年前发行的专辑。

当时一同与她值日的人看到,还开玩笑说没想到江妄这人还挺念旧,而盛意却因为两人又无意间撞上的共同爱好开心了许久。

这些东西她统统将它们称之为"缘分"。

但世上之人,但凡遇见,便是有缘,而她与他的缘分,大抵也只能支撑他们走到这里了。

她叹了口气,收回目光。对面绿灯亮起,林昭昭拉着她往前走,见她发愣,林昭昭不由得问道:"看什么呢?"

盛意最后一眼瞥向唱片店的方向,想了想,轻声答道:"月亮。"

江妄是她的月亮,江妄不需要知道。

2

进入大学以后,盛意进入了短暂的忙碌期。

起先她是打算住在家里的,因为她家在京市的那套房子其实离首都美院很近,但当时几乎所有的大一新生都住在学校里,她怕自己不合群,思忖之下,还是住在了学校。

没想到舍友超乎寻常的热情,拉着她报了许多奇奇怪怪的社团,她忙得像个陀螺,最终在思索之后,只留了一个话剧社。

她在电话里告知陈静冉这个消息的时候,陈静冉还嘲笑了她一番。

盛意乖乖任陈静冉吐槽。

陈静冉说:"你从小就喜欢这些,我没想到你会放弃,希望你现在选择的路真的值得。"

她很少同盛意说这种话,盛意停了一会儿,说了声:"好。"

陈静冉便挂了电话。

盛淮和陈静娴还是一年到头四处奔波,有一次他们在西北考古,每日住在帐篷里,西北风沙大,但星空特别好看,盛淮同盛意视频,镜头对准头顶的无垠星空,盛意问他:"爸,当初为什么会选择这个行业?"

盛淮坐在帐篷口,旁边有人点了篝火,一群人绕着篝火跳舞,盛淮看着他们,想了想,说:"如果我说是因为热爱,你会不会觉得太酸了。"

语毕,没等盛意答话,他自己倒先哈哈大笑起来。

他们那边气氛太好,盛意也被感染得眉梢染上浅浅笑意,盛淮说:"你不觉得考古其实是一件很浪漫的事情吗?与星辰、与黄土、与跨越千年万年的故事为伴。

"弄清楚每一样事物的来历和去路,弄清楚他们的故事,人的一生渺小如斯,但我们留下的故事却可以永恒。"

他说:"做这件事的时候,我感受到了自己的心脏的确是在跳动着的。"

大概因为说到了感兴趣的话题,那天盛淮断断续续讲了很多,挂掉电话后,盛意望着自己面前的手绘板发了很久的呆。

在她发呆的时候,她的舍友简希却在浏览京市高校论坛。

简希是典型的网瘾少女,每天泡在网络上不能自拔,梦想就是谈一场惊天地泣鬼神的网恋。这会儿她不知在论坛里看到了什么,整个人都从床上坐了起来。

"快看,快看!"她从上铺探出一只头来,把自己的手机递给盛意,"庆大竟然还有这种帅哥?!"

盛意的耳朵敏锐地捕捉到了"庆大"这两个字,她的眼皮微跳,把手机接过来,简希还在上面给她科普:"好像是咱们学校的学生跟庆大学生在帖子里吵起来了,就争哪个学校的美术系更好,先是比老师,然后比优秀学长学姐,也不知道怎么回事,最后又突然歪成了比颜值。喏,图里这个,据说跟咱们一届的,是庆大美院新系草,怎么咱们学校就没有这么好看的人?"

盛意刚刚听简希描述的时候,心里就隐隐有一些奇妙的预感,此时目光落在手机屏幕上——

果然。

图应该是偷拍的,当时江妄正在学校超市里买东西,穿得很随意,一身红底白杠的球衣,额头上勒了一条同色系的运动发带。

不知道的,还以为他是体育系的学生。

这张照片一放出来,本来还在搞辩论的大学生们立马就停下了唇枪舌剑,所有人都不约而同地开始夸:

"我的天,这个颜值是真的存在的吗?"

"是哪个小爱豆吗?我读书少,你别拿明星的图来骗我。"

"这个脸,出道都绰绰有余了吧,竟然还是庆大的学生?"

"我的愿望就简单多了,所以,有小哥哥的微信吗?"

盛意一条一条往下翻着,看到帖子底端新跳出一条楼主的回复:既然这样,不如咱们两个学校的美术学院一起搞个联谊呗?

底下有人问:图里那个小帅哥会去吗?

楼主回复:他如果不去,我就把他绑过去。

这条回复一出来,立刻引来一片"哈哈哈"的回复。

简希虽然人在上铺,但是她视力好,眼睛一直没有离开过盛意手里的帖子内容,看到这里,她又来劲了。

"不如我们去报个名怎么样?"

简希说风就是雨,语毕,未等盛意回应,就直接去报了名。

她平日里交友广泛,外联部那边直接给她开了后门,等她再同盛意说起这件事时,名单里已经有了她们俩的名字。

自从大学之后,虽然首都美院距离庆大并不算太远,但盛意和江妄其实从来都没有联系过。

以前,两人之间的纽带便是林昭昭和李临,现在大家各奔东西了,他们好像就再也没有了相见的理由。

李临大学考去了南方的海滨城市,盛意经常在朋友圈里看他发半夜和同学一起在海边露营的图。这时盛意才突然发现,她好像从来都没有见过海。

南城虽然也在南方,但地处内陆,盛意也不是那种喜欢四处乱跑的性格,到了如今她才发现,自己长到这么大,去过的地方少之又少。

旁人提起,都说很难相信她是盛淮和陈静娴的小孩儿。

盛意叹了口气,听简希在旁边叽叽喳喳地与她讨论去参加联谊会的那天穿什么好:"你说,像江妄那样的人,会喜欢什么样的女生?"

盛意垂着眼,心想:我如果知道,现在也不会还只能在这里跟你讨论他了。

她从自己脑海里搜寻过去两年江妄有没有对什么女生有过青眼,发现能跟他说上话的人都寥寥无几,遑论能令他另眼相看的了。

只有一次,盛意记得,还是她去学画画不久的一天,那日她和江妄一起参加英语竞赛,考完后,江妄突然问她最近是不是跟苏离走得很近。

当时她还以为他对苏离有什么意思,但后来苏离向他表白,又分明被拒绝了。

简希不知道她同江妄的关系,看她发愣,疑惑地伸手在她眼前晃了晃:"盛意?"

"嗯?"盛意回过神来,揉了揉自己的脸,随口道,"我也不知道,可能……可能喜欢长得好看的女孩子吧。"

"我也觉得,不好看的女生站在他面前,岂不是要自惭形秽。"

联谊会在两周后举行。

那时盛意已经念到大一下学期,冬日皑皑白雪尽数化去,枝条抽芽,春风送来一阵混杂着花朵馨香的暖意。

是四月末,京市的春天虽然比别处来得晚一些,但人们依然早早换上了春衫。

简希挑了件白色蕾丝的小礼服裙子,临出门前,又在外面罩了件外套,打算到地方以后再脱掉。

回头,看见盛意上身一件浅橘色的短款薄线衫,下边一条黑色微喇的九分裤,她皱了皱眉,走回去问盛意:"你就穿这个啊?"

其实也是好看的。

盛意皮肤白,五官和脸型都长得很精致,是非常标准的江南女孩的长相。简希在宿舍里第一次见到她时,就被她惊艳到了。

虽然往她身上套个麻袋都是好看的,但她们到底是去联谊,这样穿,未免显得太随意了。

"不行,我得给你换一换。"

简希说着,开始在盛意柜子里翻箱倒柜地找,找完了,始终没看到满意的,又去翻自己的衣服。

不知翻到了哪一件,她的眼睛亮了亮:"这件适合你!"

盛意转头看过去,是跟简希身上那件同系列的一条裙子,只不过这一件是黑色。

裙子不长,还未到膝盖处,腰那里束得很紧,裙摆自然地蓬起来,上面的图案是有点儿立体的暗纹蝴蝶结。

整个设计非常少女。

简希推着盛意去卫生间里换衣服,盛意盛情难却,只好乖乖去把裙子换上。

换完出来,简希眼睛就直了:"当时因为选择困难症,所以我把两件都买了,买回来后发现我穿黑色不好看,没想到倒是挺适合你。"

盛意顺着简希的目光看向镜子。

她早上起来时化了一点儿淡妆,为了搭配衣服,眼影和腮红都是浅粉色的,头发用卷发棒卷了卷,扎了一个高高的马尾在头上,露出了光洁而饱满的额头。

简希打量了她一会儿,又转身去自己桌子上拿来一个很大的黑色蝴蝶结发卡夹在了她的皮筋上方,旋即又打开眼影盒,认认真真地在她眼皮以及鼻头上都扫了一点闪片。

全部解决完毕之后,简希收起工具,脸上露出满意的笑来:"完美,我要是男生肯定来找你搭讪!"

她语气夸张,不等盛意说话,她又想起什么般拍了拍脑门:"哎,我把你打扮得这么好看,万一江妄看上你了怎么办?"

她嘴上说着担忧,眼里却半点担忧的意味也没有,她只是喜欢看帅哥,但并不是见一个帅哥就会想要跟这个帅哥谈感情。

盛意知道她在开玩笑,也故意说:"是哦,那我去把妆卸了吧。"

"可别,我好不容易给你弄的呢。"

盛意弯起眼睛笑,顿了两秒,她又说:"不过,你放心,江妄不可能看上我的。"

她的语气笃定得有些奇怪了,简希瞟她一眼:"你怎么知道?"

盛意想了一会儿,还是对简希说了实话:"实不相瞒,我和他是高中同学。"

简希:!!!

于是,那一路上,盛意都在被简希逼问着江妄的点点滴滴。

盛意跟她讲了许多乱七八糟的小事,譬如,江妄每次吃辣的时候,只要里面带了汤,他就很容易被呛到,被呛到的时候就抿着唇不敢说话,也不敢咳嗽,直到喉咙里那阵痒意被压下去了,他才敢开口。

又譬如,他穿校服的时候,从不肯把衬衫好好地扎在裤子里,每次都扎一半留一半,开大会的时候就会被老徐骂。但被骂了他也不改,脸上就勾着一点儿轻轻的笑,看着特招人,特好看。

惹得老徐最后也只得哭笑不得地骂一句:"行,你长得好看,你想怎么样就怎么样吧。"

然后全班同学一起哈哈大笑。

他身上好像集合着各种矛盾体,说乖也乖,说难缠也难缠,说低调也低调,但他又时不时会做一些引人侧目的事。

他们联谊的地方在两个学校中间的一间清吧里,整个清吧都被他们包下来了,里面空间很大,上下三层。

一路上,盛意就这样慢慢吞吞同简希讲了很多江妄的事,简希特别捧场,中间不时发出类似于"哇哦""天哪"这样的夸张语气词。

等盛意停下来了,她才说:"感觉跟我想象的不一样。"

盛意问:"你想象的他是什么样?"

"就是那种很标准的男神啊,长得好看,但特别不好接近,冷淡、疏离,好像对谁都挺好，但那都是他的礼貌罢了，能走进他心里的人很少。小说里都是这么写大帅哥的。"

盛意想了想："也差不多是这样吧。"

简希说："但是你描述的他，或者说你眼里的他，除了具有以上的特质，好像多了很多烟火气，也会做一些令人发笑的事情，也有很多很多可爱时刻。"

女孩心思敏感，简希斟酌着措辞，问："老实说，盛意，你喜欢他吧？"

这个世界上，喜欢一个人是藏不住的，除非你永远不提他，也不看他。

其实盛意已经非常谨慎了，只是，许是想到简希与江妄并不认识，所以她卸下了防备，那些被她独自珍藏的细枝末节，压在心里太久了，她也想要同人分享。

盛意叹了口气，停了许久，才低低应了一声："是。"

等他们到达约定好的地点时，里面已经有了很多人。

简希与主办聚会的人明显认识，一进门，她就拉着盛意直奔向对方："谢乔，江妄呢？"

简希的语气毫不客气，谢乔本来正同酒吧服务员交代着什么，听见简希的声音，他简单地又说了两句，便让服务员离开了。

简希又凑上去，眼睛四处瞟着："你不是说江妄要来吗，我怎么没看见？"

盛意猜测谢乔应该就是那个帖子的楼主。她跟在简希后面，没说话，看见谢乔随手将简希刚刚被风吹得有些杂乱的头发捋好，继而故意板起脸，有些没好气地说："你就这么想见到江妄？"

简希说："当然，谁不想看帅哥？"

谢乔似乎是被她气笑了，屈起手指在她额头上敲了一下，才说："江妄今天来不了了。"

简希听到这句话，下意识就转头去看盛意，谢乔顺着她的目光，这才发现盛意一直跟在简希旁边。

他冲盛意点了点头，算是打招呼。

简希问："来不了了是什么意思？"

"他有一些比较重要的事情要去做。"

许是念及涉及别人的隐私，谢乔没有具体说到底是什么事。

简希撇撇嘴，本想追问到底，谢乔又说："你这么喜欢江妄啊？"

男生的语气里带着毫不掩饰的酸味，偏简希这个木头还毫无所觉，盛意拍了拍自己的额头，嘴角却不自觉溢出一点儿笑来。

她趁两人吵闹的空当悄悄从他们中间退了出来，场内喧闹得不像话，她随意地坐在吧台边，冰凉液体滚入喉咙的瞬间，那一点后知后觉的失落才从她心底慢吞吞冒出来。

想见他，怕见他，更怕见不到他。

她吐了口气，旁边坐下一个男生，陌生面孔，应该不是她们学校的。

他盯盛意很久了，从她进门起就注意到她了，奈何她刚刚一直跟简希在一起，这会儿见她落单，他立马凑了上来，语气里带着暧昧："我叫周祺，小学妹一个人在这里喝酒呢。"

周祺坐得离盛意很近，盛意甚至能感觉得到从他身上传递过来的阵阵热意，她不动声色地将自己身子往后退了一些。周祺将她的动作尽收眼底，脸上露出一点不悦："学妹喜欢什么样的男生？"

盛意抿抿唇，从高脚凳上跳下来，她心里烦，不想与陌生人多周旋。

未料周祺见她要走，突然抓住了她的手腕。

他脸上依旧带着笑，说话的语气却完全不给人留有反驳的余地："我想请小学妹喝杯酒，小学妹不会这么不给面子吧？"

盛意皮肤嫩，手腕上很快就被他捏出一片红痕来，她皱了皱眉，声音不由得也冷了下来："我没有叫外校的人学长的习惯。"

她这么一说，周祺反而更来了兴趣。

屋里闹哄一片，没有人注意到他们这里的动静，大家都是高校学生，盛意本以为再怎么样也不会有人做得太过火，却没想到，素质高不高跟受教育程度并没有绝对的因果关系。

他们两人僵持不下，周祺大抵是觉得方才盛意的拒绝拂了他的面子，所以无论如何也要盛意喝下一杯酒才肯放她走。

盛意不想弄出大动作引起旁人围观，从而变成今晚论坛八卦帖的主角。她垂下眼睛，端起旁边的酒杯一饮而尽，随后看着周祺："可以了吗？"

周祺笑了笑，松开了她的手："早这样不就好了吗？"

酒很烈，盛意嗓子被辣得生疼，眼里亦被逼出一阵泪意。然后，不知是不是酒气上头，抑或是她今晚心里实在太烦躁了，路过周祺的时候，她没忍住，低声骂了句："人渣。"

那是她从小到大，说的第一句也是唯一一句脏话，大约因为不熟练，她这话说得并不狠戾，反而还透着股软软的可怜意味。

但还是成功惹怒了周祺。

有的人就是这样，自己烂事做尽，还不许别人提起，但凡对他说一句稍微不那么好听的话，他们就开始跳脚，开始大发雷霆。

酒劲儿比盛意想象中要大很多，她整颗脑袋都是蒙的，她本想找个安全的地方先坐下，然后给简希打电话，未料周祺却突然从背后狠狠推了她一把，她没有防备，整个人往前倒去。

然后,她稳稳跌进一个熟悉的怀抱里。

好奇怪,她竟然能仅凭气味就认出江妄来。

她又忍不住想,这是江妄第几次这样接住她了?在他心里,他会不会觉得她就是这样一个麻烦精,总是在惹事?

又想,为什么他总能在她万分狼狈的时候恰到好处地出现呢?像影视剧里踩着七彩祥云的大英雄。

没有人能不爱上这样的大英雄。

她醉意深重,脑袋混乱地想着一些不着边儿的事。

然后,她感觉自己被放到了一张皮椅上,再然后,耳边响起惊呼声、碰撞声,然后是周祺带着愤恨的声音:"怎么又是你?江妄,你存心跟我过不去是不是?"

盛意努力想撑开眼皮,但眼前混沌一片,隐约只能看见男生穿了件白色的夹克衫,头发好像长长了些,看不清脸,只能听见声音似乎比平时冷了好几个度。

"不好意思,请问你是谁?"

再然后,盛意就什么也不记得了。

醒来时,她正躺在宿舍自己的床上,若不是满身的酒气和过于疼的太阳穴,她几乎要以为联谊的整个过程都只是她的一场梦。

简希见她睁开眼,连忙走过来:"你终于醒了,昨晚真吓死我了!"

盛意揉了揉眉心,本想问她江妄呢,但想了想,还是改口道:"昨天怎么了?"

简希说:"你都不记得啦?"

盛意说:"好像断片了……"

简希说:"那你记得你跟周祺的事吧?然后江妄过来了。"

盛意说:"只记得这里。"

"敢情最精彩的地方你全没看到!"简希说,"反正就是昨天江妄不知道为什么突然过来了,正好撞见周祺把你推倒,然后他就跟周祺打了一架。

"妈耶,没想到他看起来斯斯文文,打架居然还蛮凶,别看周祺那么大块头,根本打不过他,最后被他按在地上嗷嗷叫。"

"活该!"

"然后呢?"盛意问。

"然后我们就回来啦。哦,对,后来是谢乔和江妄把我们送回来的,还有哦,是江妄把你抱到出租车上的呢,也是他把你抱回宿舍里的。"简希神色暧昧,"说实话,真的是你单恋江妄吗?他看起来很关心你的样子……"

盛意心脏咯噔一跳,下意识地低头检查自己的床乱不乱。

简希看穿一切，冷笑道："都睡一晚上了，能看出什么。"

盛意捏了捏耳垂，才后知后觉地从刚刚简希那句"他看起来很关心你"里咂摸出些许甜意来。

她想起以前在书里经常看到一句话，大意是讲，暗恋就是一个人的独角戏。

那时她尚且不知道这句话的具体含义，直到后来，在喜欢江妄的漫长岁月里，她几乎要把这句话嚼碎了，流散在自己血液的每一个角落。

可不就是一个人的独角戏？

压根儿不需要他参与，她已在心里独自失望又独自甜蜜了无数回。

等简希离开了，盛意才拿出自己的手机，打开微信里江妄的聊天框，手指在键盘上敲了又敲，删了又删，最后却只发去了短短一句：昨晚谢谢啦。

很快，江妄回了条语音过来，依旧是漫不经心的，他说："客气。"

"客"字拉长了一点，"气"字很短促，盛意通过语气，都能猜到他说这句话时的表情。

那是她和江妄在微信里的唯一一次对话。

对话由她开始，最后又由她来结束。

跟喜欢的人讲话，好像总会不由自主想很多，每一个字都要在心头不断掂量与斟酌，最后才敢忐忑地发过去。

她戴上耳机，将江妄那声"客气"反反复复听了很多遍，才回了一个可可爱爱的颜文字。

发完以后，她就把手机丢下，然后去洗漱了。

等一切都收拾妥当，她再拿起手机，却再也没有新消息跳进来。

3

美术生的大学生活很丰富，大二开始，他们便频繁地去各地写生。

盛意的朋友圈宛如一个旅行纪念册，这几年里，她吹过西南的风，看过极北的雪，也曾在沙漠里跋涉好几天，再次回到城市里时，仿佛又获得了一次新生。

林昭昭每条必评，每次都说好羡慕她，早知道自己也去学画画了。

李临往往只点赞，不评论。

极少数的情况下，江妄也会给她点个赞，而每次他点完之后，她都要将自己那条朋友圈从头到尾来回观看很多遍。

一字一句地读，一张图一张图地翻。

然后从中揣测究竟是哪个点打动了他。

他们那个四人小群里通常也只有李临和林昭昭在说话，盛意闲下来时会搭一腔，江妄几乎从不在里面发言。

林昭昭经常说要不是江妄几个月更新一次朋友圈，她几乎要以为江妄人间蒸发了。

但即便发朋友圈，江妄也很少会发自己的生活，他发的全是跟比赛相关的东西。

是了，盛意在很久很久以后才知道，原来那次联谊会，谢乔说的"江妄有事"，指的就是他要与"青焰"签约，成为一个职业电竞选手这件事。

刚签约的那一年，他一直在埋头训练，几乎所有人都失去了他的消息。

一直到那年年底，青焰作为一支新兴战队，竟然在当年的山海联盟职业联赛总决赛中出乎所有人预料地直接拿下了冠军，从而被人广泛讨论的时候，盛意才在一次公开课上，无意间从前座男生刷的游戏论坛迅速闪过的一张照片里看到他。

她的心跳瞬时就是一滞，她当时还以为自己看错了。

毕竟离得远，加上他又戴了口罩，几个男生并肩站在台上，穿着一模一样的队服，队服很好看，上衣红白黑三色相间，裤子是纯黑的，他个子比旁边几个人都高，大抵是为了照顾他们，所以他的身子微微弓下一点，反而更加为他增添了几分懒散不羁的味道。

这些都是盛意后来特地摸到那个论坛，用关键词搜索到的。

同天晚上，消失了整整大半年的江妄终于发了一条朋友圈，没有配文字，就只有一张奖杯的照片。

评论区瞬间就炸开了锅，全是一阵惊叹声。大概是询问这是不是江妄本人的人太多了，他有些不耐烦地挑了一个人的评论回：嗯。

那人又问：怎么突然去打电竞了，你不是在庆大学画画吗？

江妄：没意思，不想学了。

底下全是清一色的：哇哦，你这也太酷了！

江妄也没再回复这些消息。

盛意压下满心的疑问，看到他们的四人群里林昭昭也在问这个问题，江妄意外地回答了：可能是迟来的叛逆期吧。

他们在群里聊天的时候，盛意刚好在刷他的朋友圈，等她打开聊天记录时，群里已经沉寂有一会儿了。她想了半天，最终还是没有说话，只发了一个表情包。

除了从江妄的朋友圈里得知他的消息，盛意后来又注册了游戏论坛。半点游戏也不懂的女孩，每刷到一个新名词时，都要打开网页查询一遍，然后小心记录在自己的笔记本上。

简希看她如此努力，忍不住说道："这么久了，怎么还惦记着江妄呢？"

那是盛意大三那年的冬天，窗外大雪纷飞，她拥着被子坐在床上，透过窗户去看外面路灯下簌簌坠落的雪花。

闻言，她愣了愣，须臾低声说："好像已经习惯了。"

习惯了去喜欢他,习惯了每天固定有一段时间去浏览与他有关的信息,如果不去做这件事,总觉得这一天不完整。

如果不去喜欢他,她根本不知道自己无处安放的情感究竟放在哪里更合适。

她顿了顿,说:"有时候我也分不清,我到底真的还喜欢着他,还是只是习惯性地去喜欢他。"

然而,这两种喜欢在简希心里并没有什么区别。

大四刚开学不久,简希就跟谢乔在一起了,他们确定关系那天,特地请盛意吃了顿饭。

晚上回去的时候,简希跟盛意讲了一路两人从前的故事。

来来去去不过八个字,青梅竹马,两情相悦。

盛意看着简希眉眼间藏不住的笑意,不由得问道:"喜欢的人也喜欢自己是什么感觉?"

简希应该也想到了江妄,她的神色微微一顿,挽住盛意的手臂,说:"你如果放弃江妄,换个人喜欢,我想你应该很快就能知道了。"

盛意便沉默着不再说话。

简希叹了口气,说:"你有没有想过去跟江妄表白?"她说,"我知道你的顾虑,但是,人活在世上也就短短百年的时间,其他的都不重要,重要的是,不要给自己留遗憾。"

她自己的爱情完满了,便希望朋友也能得偿所愿。

盛意踩着灯下黑沉沉的沥青路面,温柔秋风拂在她的面上。

简希说完那句话后,便没有再多言了,她点到为止,剩下的路,还得盛意自己选择才行。

她们回去得晚,这个点,校园里几乎没什么行人了,只有宿舍楼那边还有窃窃的私语。

走到宿舍楼下时,盛意突然停下脚步,她说:"如果今年的国际赛他能拿到冠军的话,我就去跟他表白。"

江妄自从加入青焰以后,连续两年都是山海联盟职业联赛的总冠军,但是出国参加国际赛的时候,他的名次却始终卡在第二。

虽然对于一个新人来讲,第二名也是很好的成绩,但他横空出世,本就引人注目,长期拿不到冠军,难免被人嘲讽,临近比赛,论坛里都在打赌。

而她也想要赌一赌。

她似是下了很大的决心,说完这句话后,她目光一眨不眨地注视着简希,像是想从那里获取一些勇气。

简希亦看着她,说:"加油啊,盛意。"

然而,也是在那天晚上,盛意洗完澡躺在床上,准备刷一会儿手机就去睡觉,却意外地看见江妄久违地发了一条新的朋友圈。

依旧没什么文案,只有一个简简单单的表情。

是一颗心。

底下的配图是江妄和一个女生的合照。

女生的眉眼有些眼熟,盛意头脑发蒙地点开大图。

是苏离。

很久以后,简希同旁人提起那晚的盛意,总要大惊小怪地感叹一阵:"认识这么多年,我第一次看她哭得那么吓人。"

那时宿舍已经熄灯,黑暗里,只有盛意跟简希的手机还在彼此呼应地亮着光。然后没一会儿,盛意的手机突然熄灭了。

本来是想忍一忍的,但眼泪根本控制不住地从眼眶里涌出来,然后她开始抽泣,很小声很小声地抽泣,怕被简希发现。

她的双手紧紧攥着被角,那里很快被浸湿一片。

她哭得太凶了,身子抖动得厉害。

学校里的床用了很多年,发出嘎吱的响声,简希终于察觉到了不对劲。她打开自己手机手电筒的光,等她走过去时,盛意已经将自己的嘴唇都咬破。

盛意整张脸上都是眼泪,眼眶红通通的,鼻尖也是红的,哭声小小的,像小兽的低鸣。

看起来可怜极了。

许是盛意的哭声太有感染力,明明并不知道究竟发生了什么事,简希的眼眶也莫名跟着红起来,她走过去捋了捋粘在盛意脸上的头发。

"怎么了?"她放缓了声音问。

盛意张了张嘴,只是摇头。

那天晚上,盛意是在简希怀里睡着的,哭到后面她实在没有力气了,脑内空气宛如被抽干了一般,直接昏睡过去。

第二天醒来时,天已经大亮。

大四课程少,简希最近已经开始考虑实习的事情,盛意估摸着自己的成绩能直接保研,加上之前也有老师表示想要带她做他的研究生,她就没有计划实习的事情。

简希已经起床,正坐在桌边吃早饭,听到动静,她回过头来。

盛意头疼得厉害,揉着眼睛从床上坐起来,对上简希关心的眼神,昨晚的记忆如潮水般忽而涌来。

好不容易被压下去的泪意突然又汹涌而至,盛意垂下眼睛,轻轻吸了口气,突然说:"简希,我以后都不会再喜欢江妄了。"

说完这句话,眼睛没忍住还是红了,她连说话的声音都是颤着的。

简希看着她，没有多问，轻轻说了一句："好。"

盛意说到做到，那之后，除非偶然看到他的新闻，她真的没有再主动搜索过任何关于他的消息。

每次想要去看他时，她就去看书。

那年十二月，研究生招生考试的时候，盛意也去参加了，一开始得知她要考研时，身边的同学都说她是多此一举。

盛意摇了摇头，她考的并不是本校的研究生，而是首都艺术研究院的戏剧戏曲学。

考研是她十月份才做的决定，拢共留给她看书的时间也就两个多月，好在她公共课基础好，只用看专业课的书就够了，而专业课她亦从小就有基础。

初试出成绩的那天，已经是来年二月中旬，那时学校还没开学，她还在南城陪陈静冉过年。

陈静冉得知她跨考了戏剧戏曲学，脸上倒也没有特别惊讶。

那几天刚下过一场雪，盛意拿着扫帚，一点一点扫掉门前的积雪，临关院门的时候，邻居家的小孩儿突然砸来一个巨大雪球。

雪球团得很松散，落在盛意脚边。

小孩儿以为自己闯祸了，拔腿就跑，景德巷里响彻他的嬉笑声。

盛意看着他"逃跑"的方向，突然想起几年前某个初一的早晨，好像也发生过类似的场景。

那时巷弄的另一头，还有江妄。

是十六岁的江妄，爱穿黑色衣服，爱染一些奇奇怪怪的夸张发色，爱听歌，爱玩游戏，不爱笑。

特别讨人喜欢，也特别令人头疼。

是很多人心之所向的男孩，是大家绞尽脑汁所能描绘出的最好的少年的样子。亦是十六岁的她的一颗温热笨拙、沉甸甸的少女心，是她乏善可陈的青春里唯一一抹亮色。

她眯了眯眼，弯腰也团起一只雪球，却没扔出去，任冰凉的雪花在她手心里慢慢融化。

她想起昨晚睡前浏览到的一个话题，大意是讲：你是什么时候放弃喜欢他的？

盛意埋头打字：大抵是……大抵是，那时为了靠近他而去学了他喜欢的画画，然后，在后来的某一天，放弃学了很多年的他喜欢的画画，而去从头开始捡起自己梦想的时候。

她转过头，把手里未化完的雪球扔向了陈静冉。

陈静冉猝不及防被砸到，忍不住骂了一句脏话，回头，却望见女孩眉眼弯弯,笑容璀璨而烂漫。

她微微愣了愣,冬日清冷日光从斜上方照过来,深巷里烟火气浓重,小孩儿和老人的说话声由远及近慢慢传来。

她拂去满身雪,听见盛意软着嗓子同她畅想着一些不着边儿的未来:"小姨,等我学完以后,以后我写剧本,你来演,好不好?到时候……"

第七章·旧友
你有喜欢的人吗

1

盛意在一片汹涌的泪意中醒来。

窗外雨还未停,外面天色泛起一点青白的光,楼下已有人早早起床,细细碎碎的说话声从外边传来。

枕巾已经湿透,被春日清晨的空气浸得冰凉,她有些不舒服地将脸从那片水迹里挪开,头脑一时有些恍惚。

她做了一整夜的梦,梦里走马观花般将她过往近十年的人生全过了一遍。

不知是不是因为睡前看了江妄的朋友圈,所以整个梦好像全是围绕着他转的,那些被她尘封在心底的、喜欢他的一点一滴,又在窗外绵密而细软的春雨里冒了头。

其实,若要仔细算起来,她已经很多年没同江妄有过任何交集了。

她强迫着自己将他从心里剜除,剜不掉,她便压着自己不去想他,不去看他,不去谈论他,时间一久,她好像真的不在意他了。

可是,怎么回事呢?她做了那么久的努力,却只是昨日在旧友口中听到一嘴他的名字,那些她严防死守搭了许久的围墙,就忽然间全部倒塌。

记得是谁说过,年少时喜欢过的人,无论何时再见,都会令你再次心动。

她无奈地叹了口气,拿过手机看了一眼时间,才凌晨五点半。

她与"不玩游戏"约定的时间是上午十点,时间还充裕,她本想再继续睡一会儿的,但闭上眼,却无论如何也睡不着,她索性又拿出手机。

鬼使神差地,她点进江妄朋友圈的那条游戏链接,也开始玩起来。

结果,不知道是不是因为她实在没有游戏天赋,刚开局她就"死"掉了,看着页面上那个少得可怜的"1分",她一时间有些无言。

分数页下边有个"查看排行",她顺手点了进去。

可能因为这个游戏真的太古老了,整个朋友圈竟然只有她跟江妄的记录,两个头像一前一后挨在一起,她看着江妄头像后面明晃晃的735分,再看看自己的1分,想了想,返回来——

再玩一局。

一直等到她操纵着那个游戏小人跳到211分的时候,她才停下来,再回头看看时间,已经过去了一个多小时。

她又在床上眯了半小时,起床,等化完妆下楼时,陈静冉正在厨房里做饭。见她下来,陈静冉挑挑眉道:"怎么起这么早?"

盛意说:"等下要去面试。"

"什么面试?"

"一个游戏公司。"

盛意走进厨房,里面烟雾缭绕,全是排骨和山药的香气。陈静冉看了看盛意,欲言又止,盛意佯装无意道:"正好,想干点别的试试,整天都在研究那些戏,头都大了。"

陈静冉嗤了一声:"这话你敢跟付老说吗?"

盛意笑:"您可别害我。"

吃完饭后,盛意直接开着陈静冉的车就出门了,等红绿灯的空当,她又打开微信游戏,把排行页面截了个图,打了马赛克,上传到了她"小时不识月"那个微博账号里。

这个账号她已经很久没有登录了,没想到当年那些粉丝竟然还保留了大半。

她刚发完,立马就有很多人过来评论:

哇!失踪人口回归!

……好古老的游戏。

欸欸欸?另一个人是……你们又联系上了?

前面绿灯亮起,盛意未能回复就收起了手机,等她到达游戏公司时,九点才刚过半。

她将车子停在旁边的停车位上,先在楼下大厅里给对方发了条微信,才去摁电梯。

等电梯的时候,人力资源经理给她回了消息:您现在已经到了吗?

盛意:在楼下了。

不玩游戏:好的,您直接乘电梯上二十三楼,左转,就可以看见我们公司的牌子了。

盛意手指在屏幕上轻点,刚打完一个"好的",还没发过去,电梯就在她面前停了下来,她指尖停顿片刻,抬起头来,电梯里此时正站着一个人。

男人后背抵着电梯墙面,嘴里衔着一根棒棒糖,微勾着头,手里手机传出一阵游戏结束的声音。

盛意神色一顿,还未做出反应,对方就已经低着头径直从她身边走了过去。

擦肩而过的瞬间,盛意回过头,微凉晨光里,只来得及看见对方一抹修长挺直的背影。

走到一半,男人像是感应到了什么,突然停下脚步,回头,电梯门恰好在这时合上。

盛意带着满心的疑问上了二十三楼,出电梯时,旁边已经等了一个人。

男人很瘦,皮肤透着一股病态的苍白,墨绿色西装松松垮垮罩在身上,一见盛意出来,他眼睛便是一亮:"你好,来面试吗?"

盛意点了点头:"是。"

男人说:"你跟我来。"

这一层楼就只有"不玩游戏"这一家公司,公司在电梯左边,右边像是还未租出去的办公室。

走廊里很黑,那边灯也没开,男人顺着她的目光看过去,解释道:"右边之前也是我们租下来的,后来公司规模缩小,就没续租了,这会儿还没有人搬进来。"

他应当是活泼的性子,与盛意说话时语气很随意,并不像盛意在电视剧里看到的面试官那样严肃,还自我介绍了一番,说自己叫宋景明。

他走到门口又停下来,透过玻璃示意里边的人给他开门。靠门坐的是一个圆脸微胖的男生,弯腰按了下门旁的按钮,吐槽:"宋总,您下次出门带个门卡好吗?"

宋景明瞥男生一眼,笑骂:"开个门累死你了。"

男生孟平说:"不然您给我加薪也行,开门费!"

他说着,目光越过宋景明落到盛意身上,有些好奇地打量她片刻,"哟"了一声:"来新人了?"

宋景明踢他一脚:"滚滚滚,别把新人吓跑了。"

语音刚落,里间会议室突然一下子涌出好几个男生,他们大概正在打闹,打头的那个被后面几个人推搡出来,脚下不稳,直接仰面倒在了地上,然后后面跟上来的几个人也接二连三倒在了他的身上。

办公室里一时闹哄成一片。

"谁摸我屁股?!"

"你那屁股有什么好摸的?要肉没肉……"

"说得好像有肉了你就乐意摸似的。"

"我说,你们能不能先从我身上死开再吵?"

盛意:"……"

宋景明:"……"

宋景明摸了摸鼻子,孟平抢在他前面开口:"别闹了别闹了,来新人了,女生!"

他将重音放在"女生"这两个字上,那边叠罗汉的几个人闻言瞬间抬头看过来,办公室里倏地一静,不到半分钟,那几人便都衣着整齐地站好了。

先前被压在最底下的那个人看了盛意一眼,转头与身边几个人对视。

"我们平常不这样。"

"对,对对,这次都是徐楠太欠揍了!"

"你说清楚啊,谁欠揍?"

眼看这几个人一言不合又要闹起来,宋景明实在没眼看,他咳了一声,问:"江妄呢?"

"下去买咖啡了。"孟平说,停了两秒,又非常做作地叹了口气,"要不是咱们办公室没有咖啡机,老大用得着天天下去买咖啡吗?"

宋景明装作没听到孟平话里的暗示之意,径直带着盛意走进他的办公室,临关门时,还能听见外头男生们并未刻意压低的议论声。

"不容易啊,终于有妹子了。"

"有又怎么样,跟你也没关系,八百年没见过女人似的。"

"你见过?有本事你从咱们办公室里再找出第二个女人来?"

"……"

宋景明坐好,示意盛意坐到对面的沙发上,开门见山道:"如你所见,我们公司就是……气氛特别好。"

盛意被他刚刚那句"江妄呢"搅得有些心乱,脑子轰轰地响,一会儿是昨天林昭昭那句欲言又止的"他跟以前相比,好像变了很多",一会儿又是刚刚在楼下碰见江妄时,他冷淡的背影。

但想的更多的还是——

江妄为什么会在这里?并且,听他们的意思,他好像真的在这里工作?

他在这里干什么?

他不打比赛了吗?

她有些心不在焉地"唔"了一声,转念想到自己在面试,又努力平复了一下心情,补充道:"……看出来了。"

宋景明想到刚刚那混乱的一幕,干巴巴笑了一声,又说:"我看了你的简历,你的条件很好,为什么会想要留在南城?"

本来也没打算一直留在南城，只是暂时要在这里待一段时间……但盛意不能这么直接跟他说，她眨了眨眼，反问："这个问题很重要吗？"

宋景明："……"

宋景明发现，盛意这人还挺难聊的。看着乖得不行，皮肤很白，眼睛很大，头发很自然地卷曲着，被她扎了低马尾，用一条浅色丝巾绑在后脑勺。

妆容不浓，但明显也是用了心的，唇色和她的丝巾是同色系的浅橘。

宋景明一时被她的话噎住，停了片刻才道："那我就直说了，按理说，在面试之前，我们是要先做个笔试测试的。但我当时看你的简历，也看了你的一些作品，我个人还是挺满意的，你之前虽然没有做过游戏，但胜在会讲故事，我这儿也有人带你……"

说是来面试，但到后来，基本上是盛意听他一个人在那儿介绍。

"我们这个团队，相信你也看出来了，是个新团队，大家都是年轻人，想做点儿不一样的东西……"

他说着，摸过手机递给盛意，手机屏幕从刚刚起就一直停留在一个游戏界面上，他说："这些都是我们做的，都是一些打发时间的小游戏。"

玩了会儿，盛意才知道他说的"打发时间"，真的就是字面上的意思。

第一个游戏，是一个小和尚往寺庙里挑水，直到水缸里的水装满，游戏就算过关。

盛意玩完一关，还以为游戏就结束了，没想到界面上又出现"第二关"的字样，盛意点进去，这回变成了两个水缸……

第二个游戏，是一个换装游戏，只不过所有的服装都得玩家自己制作。自己种田、纺织、染布……每天日出而作，日落而息，时间线也跟现实中的时间线是一样的。

倒还算有点趣味性。

盛意退出去，点开第三个，她眼神微微一闪，宋景明在旁边炫耀："这是我们做过的最红的一个游戏。"

说是最红，但其实还是很小众。

盛意玩过那个游戏，还是不久前她无意间在视频网站里刷到的。

大数据时代，数据捕捉精确到令人发指。有一天，盛意从研究所回住所，沿着路边高大的梧桐树往家走，风将树叶吹得哗啦啦作响，她的手机里突然被推送来一条消息：这个游戏真的把暗恋的苦呈现得好好哦，玩的过程里，好像又重新体验了一遍当时的心情。

盛意关注这个博主很久了，每次推荐的东西都很合她心意。

她觉得好奇，就点了进去，游戏名字很文艺，叫"她是黯淡星"。

盛意顺着链接下载下来，注册用户名时，她随手填了一串乱码，结果没想

111

到这游戏还挺精致。

她刚填完昵称,屏幕里就出现一行小字:

　　大概这就是暗恋吧,你记得他名字里每一笔的横折竖钩,而你在他眼里,或许只是一串模糊不清的乱码。
　　无足轻重,无从想起。

字是白色草书,在黑色背景里一点一点消散,随即又化为漫天繁星,孜孜不倦地点缀着无垠宇宙。

游戏其实挺简单的,每个玩家都是一颗星星,每个人的目标也都不同,一直到抵达到宇宙另一头自己的目的地时,游戏才算过关。

看似简单,但盛意连着玩了两个多月都没能过关。

经常她走到一半时,就出现这样或者那样的原因不小心陨落,然后就只好再重新来一次。

后来她看到一条关于这个游戏的评论:

"和暗恋多像啊,一次次放弃,又一次次重新开始。喜欢他很痛,不喜欢更痛。"

那时她正坐在去福利院义演的大巴上。

车窗外阳光炽烈,照得她眼睛又酸又疼。

盛意并没有向宋景明坦白自己之前玩过这款游戏这件事,在宋景明的期待之下,只好硬着头皮打开游戏软件,重新注册了一个新账号。

依旧还是一串乱码,宋景明在一旁吐槽:"你这三个游戏填了三个乱码,记得住吗?"

盛意的目光注视着屏幕,老实道:"记不住。"

宋景明:"……"

盛意说:"但是,用邮箱登录不是就可以吗?"

宋景明说:"我还以为女孩对游戏昵称都特别在意呢。"

盛意没接这话,游戏已经开始,她专注拖动着手里的小小星球行动。

其实不好操作,小星球的行动轨迹很难操纵,要与另一颗星球的行动轨迹严丝合缝地合上才能顺利跳上去,否则就会坠落进一片黑暗里。

已经到了午饭时间,外面的几个男孩子探了个头过来,大约是想喊宋景明去吃饭,被宋景明挥挥手赶走了。

今天的天气好,午间的阳光越过窗户照进来,照在女孩细白的后脖颈上,几缕碎发在她脸上投射出一片温柔光影。

江妄端着咖啡从外面进来时，看到的就是这一幕。

女孩因为紧张，全身都紧绷着，呼吸也屏住了，喘息很轻。宋景明饶有兴致地看她操作，不时还发出一阵聒噪的吹捧声：

"这操作可以啊，你真是第一次玩吗？看起来很有经验。"

"难道这就是天赋吗？"

盛意专注做一件事时，完全听不到周围的声音，耳畔所有声响在这个时候都自动变成了如火车驶过山洞时那样的轰响声。

她小时候被逼着学过一段时间琵琶，手指柔软，灵活度很高，若不是脑袋反应不够快，或许精确度还要更好一些。

她注意不到周遭的动静，但宋景明瞬间就听到了江妄推门进来的动作，他脸上兴奋之意快要压制不住，眉飞色舞地朝江妄招手："快快！马上我们的小新人就要破了你的纪录了！"

江妄眉毛微挑，缓步走过来。

有些熟悉的气息顺着空气盈入盛意的呼吸间，是她刚刚在电梯里闻到过的，青柑的气味。

是江妄。

她手指忽地一顿，那个以她命名的小星球，亦在短暂的停顿之后，坠落于茫茫宇宙之间。

与此同时，屏幕里浮出一行温柔小字：没关系啊，好像又回到了原地，但其实，已经在靠近。

"啊！"

宋景明在她身后发出惋惜的叹息声，盛意的指尖在手机背面轻轻点了两下，她的大脑一瞬间有些宕机。

宋景明说："你是不是故意的？这时候跑过来，怕人打破你的纪录啊？"

他这明显就是欲加之罪，江妄懒得搭理他，淡淡问道："怎么样了？"

宋景明刚刚光顾着自己说了，还没问盛意的意见，他挠了挠自己的鼻子，讪笑道："不然我们先一起去吃个饭，然后边吃边聊？"

江妄顺着他的目光看向盛意，女孩从刚刚起就一直没有抬头，手指在屏幕上不停戳动，不知在捣鼓些什么。

室内不断回荡着游戏的背景音，是首轻音乐，琴声悠扬绵长，如泣如诉。

宋景明又说："盛意，你觉得怎么样？"

盛意耳朵里嗡嗡响，她的手指无意识地抠了下手机背面的金属扣环，深深吸了口气，才抬起头来问："什么？"

直至这时，她与江妄的目光才算真正对上。

其实江妄刚刚进门时就觉得这道背影有点眼熟，刚刚她一直专注玩游戏，

113

侧脸也是熟悉的。盛意偶尔会在朋友圈分享一两张照片，女孩变化不大，只是相比较从前成熟了一些，眉眼都长开了，多了些明艳的味道。

但胆子还是小小的，一碰上他的目光就连忙错开了，不知道的还以为他是什么吃人的猛兽。

他心里觉得好笑，眉眼间不自觉就浮现出一点笑意来。许是怕他觉得她这样不礼貌，停了片刻，她又大着胆子望回来。

她抿了抿唇，嘴里也不知该说"好久不见"，还是应该说"好巧，在这里遇见你"。

好像两句话都有点暧昧，不像是久别重逢的同学那么简单，总带着一些别样的旖旎。

好在宋景明这个人精从他们的眼神里咂摸出了一点不对劲来，他摸摸下巴，试探性地问："认识？"

盛意"欸"了一声，江妄将咖啡放到桌子上，将视线从盛意身上收回，漫不经心地"嗯"了声："旧友。"

2

后来，在去餐厅的那一路，盛意的脑袋都还是晕乎乎的。

他们虽然共处在一个小圈子里，但其实江妄是被李临硬拉进来的，无论是林昭昭，还是她，都和他的交集并不多。

宋景明"啧"了一声，目光若有所思地在盛意身上停顿片刻，笑道："这么有缘，那盛意更得留在咱们公司了。"

午饭就在公司附近吃的，他们吃的是台式小火锅，每人单独一个锅，汤底很清淡，隐约还有一股甜丝丝的味道。

盛意嗜甜，一直在吃店里免费提供的小甜点，宋景明说："带你出来吃饭太浪费了。"

江妄就坐在盛意的右手边，盛意全程都很拘谨，心里忍不住又唾弃自己，这么多年真的白长了，明明在人前已经谈吐自如、落落大方，可一碰上他，她就忍不住紧张起来，下意识便想要去注意自己的言谈举止，本能地想要在他面前留下一个好形象。

她轻轻吐了口气，平复了一下自己的情绪，才笑着回应宋景明："不要小看我们甜点。"

宋景明说："你跟江妄很适合一起吃饭，他就喜欢吃甜的。"

他可能误会了盛意与江妄的关系，言语间总是有意无意往暧昧的方向引，盛意偷眼看了看江妄。

江妄大概不怎么饿，吃得很少，这会儿已经放下了筷子，懒散地靠在椅子上，指尖夹着一根小小的牙签在把玩。

听见宋景明的话，江妄也没太大反应，冷觑了宋景明一眼，说："废话怎么这么多？"

宋景明见好就收，终于开始同盛意谈正事："你觉得我们的游戏怎么样？"

盛意想了想，说："第二个游戏还不错，但现在这种类型的游戏也比较常见了，而且这种游戏寿命比较短，大家玩一阵子就腻了。第三个游戏挺有意思的，但是有点小众，只有亲身经历过的人才会觉得好玩，其他人应该觉得很无聊，估计玩家不会很多。"

她语气温软，话却讲得很直接，且一针见血。语毕，就听旁边的江妄轻轻笑了声，宋景明从另一边踢了踢他的凳子："少得意。"又转头跟盛意解释，"那时候刚设计这两款游戏的时候，我问过他的意见，那时候他还在……"宋景明讲到这里，想到什么，忽而一顿，改口道，"反正就是还在外地没回来，当时他跟你说了一模一样的话。"

盛意转头看了江妄一眼，说："但你还是坚持做了。"

宋景明说："但我觉得我做得还行。"

盛意说："不管是什么样的游戏，肯定都有自己的受众，有自己的优点和局限性，所以我觉得那两个'但是'都不是大问题。"

一顿饭下来，她已经能够稍稍适应与江妄重逢这件事了，也慢慢能够在江妄面前自如地表达自己的观点。

宋景明一副终于遇到知己了的表情，直接绕过江妄走到盛意面前，拍了拍她肩膀，说道："你很懂我啊！"

他平日里身边都是男孩子，跟大家一起打打闹闹惯了，一时没适应过来，手上力气也不小。盛意没有提防，被他猛地一拍，整个人又有要往前倒的趋势，她心里一惊，随手往旁边一抓，触手温热而柔软。

因为事发突然，她手上力气用得大，旁边的男人闷哼一声，她脑袋也跟着嗡地一响。

宋景明的目光落在她放在江妄腿上的手上，语声顿了一秒，道："我不应该在这里。"

盛意脸红得厉害，慌忙缩回手，捏了捏自己的耳垂，她感觉自己耳朵上现在的温度可以蒸熟一个鸡蛋。

她看了看江妄身上被她拧出一道皱褶的西裤，有些尴尬地张了张嘴，小声道："抱歉，我……"

江妄突然道："你刚刚说第三个游戏只有有过类似经历的人才觉得好玩，你觉得好玩吗？"

江妄说这话，本意是为盛意解围，结果却恰好更加踩在盛意的点上。

115

宋景明就在旁边,她也不好说不好玩,但如果说好玩,他们问她是不是有暗恋的人,她要怎么回答呢?

她"唔"了声,含糊着说:"还可以。"

宋景明说:"还可以就是好玩了。"

盛意说:"算是吧……"

宋景明唯恐天下不乱,继而问道:"所以,你有过这样的经历?"

盛意顿了顿,见躲不过去,只好说:"是有过一个喜欢的人。"

她无意多说,宋景明也深谙适可而止的道理,他拿起外套,说:"不早了,我们回去吧。"

盛意几乎是没有悬念地留在了"不玩游戏"。吃完饭,她就先回家了,他们定下下周周一再来上班。

盛意毕业后就一直留在付老的研究所里,没有这样按部就班地上过班,她完全不知道自己应该准备些什么,虽然临分别时,宋景明说如果她有什么不懂的,可以问江妄,但她对着他的聊天框发了半天呆,还是不知道要如何开口。

也是在中午的聊天中,她才知道江妄现在正在这里做原画师,而她进的这个组,组长正是江妄。

盛意心里其实疑惑万分,关于江妄为什么不打比赛了,但是那会儿宋景明明显有意想要略过这个话题,盛意只好暂时将这个疑问放下。

她在聊天框里打打删删,最终还是退了出来,转而给林昭昭打了个语音电话。

林昭昭听说她面试到了江妄所在的公司,从各个不同角度惊讶了一遍,末了又问她:"你今天见了他,有没有觉得他跟以前相比,有哪里不对劲?"

其实大的气质还是没变的,还是一副又踉又冷淡的样子,不管做什么事,模样都看着特散漫,但做出的事情却没有半点散漫的意思。

但以前他整个人的精神气是往上的、积极的,今天见他,她却总觉得他好像突然没了精气神。虽然说话做事还是同以前一样,但是细微的地方还是有些差别。以前他也无所谓,但那是因为知道自己做得好,或者对那件事不在意,所以无所谓。但他现在无所谓,就是真的无所谓,不是对某一件事不在意,而是对所有的事都不怎么在意。

她简单跟林昭昭聊了两句,记录下她去新公司需要准备的东西之后,就挂了电话。

没几分钟,温景的电话又突然打了进来。

他前年直接从部队里考了军校,现在还在学校里念书,但已经能够自由使用手机了。

几乎每隔一段时间,他都会给盛意打个电话,也没有什么特别的事,就只是闲聊，他说自己在部队里遇到的趣事，盛意则是同他讲一些温叔叔和阿姨的近况。

一周的时间过得很快，盛意去报到那天，刚好是四月初。

她先前计算了一下时间，发现直接坐地铁过去比开车过去要方便很多，而且还能避开早高峰的堵车，故而一大早她就收拾好自己，走了大约半公里的路去到地铁站。

地铁上拥挤得如沙丁鱼罐头，每个人都在竭尽全力往里挤，城市里到处都是这样为了生活行色匆匆奔波的人。

盛意戴上口罩，直接在车门边站定，只坐了四站，她就到了公司楼下。

在门口时正好碰见孟平，他手里提着三明治和牛奶，手机连着耳机像是在跟人打电话。

看到盛意，他点了点头，便算是打了招呼。

两人一起进电梯，盛意听他在跟电话那头的人聊天："……别说了，我昨天看比赛看到凌晨四点。"

"晕，青焰这次输得也太难看了吧，江神禁赛到底禁到什么时候啊？没有江神的青焰简直不堪一击！"

其实也没有他说得那么夸张，任何一个战队都不是仅仅靠一个人就能决定一切的，只是可能他喜欢的战队输了，心里带着情绪，说话便夸张了些。

盛意眼皮微动，捕捉到"江神"以及"禁赛"这两个词。

江妄的圈名叫望江，据他所言，是当时乱填的，粉丝一般都直接称呼他为江神，来表示他在自己心目中很厉害。

盛意那天听宋景明的意思，她还以为公司里的人全都知道江妄的身份，如今看来，大家似乎并不知情。

但是，禁赛又是怎么一回事？

"不玩游戏"的工作氛围很轻松，工作时间也并没有非常严格的规定，加上他们现在新项目才刚刚开始，还没有一个大致的雏形，故而最近大家都散漫一些。

盛意到时，公司里还没来几个人。

她的工位已经被腾出来。许是为了照顾她这个全公司唯一的女生，她的位置比其他人的都要好，在最里面，靠着窗户，空间也大，桌子上还零零散散堆着几个礼物盒子。

孟平看她站那儿发呆，随口解释了一句："哦，那些东西是我们给你买的礼物，要欢迎新同事啊。"

估计是怕她不好意思收，大家都没有买什么贵重礼品。可惜这帮人全都是直男审美，她一个一个拆开，对着那些机械键盘、保温杯、鼠标、颈枕之类的东西，有些哭笑不得。

每个礼物盒上都写了名字，她把江妄的留在最后一个拆，发现他送的是"她是黯淡星"的周边——一个圆形的玻璃容器，里面装了一些液体，液体里浸泡着的是一个小迷宫，迷宫里有一个可移动的小小星球，迷宫的尽头则是一个固定在那里的星球。

旁边写着一行小字：谢谢你没有放弃，用力走到我面前。

孟平挂了电话，看盛意拿着那个玻璃圆体在玩，凑过来看了一眼，不禁吐槽道："老大也太抠门了，竟然直接拿周边来送人。"

盛意闻言嗯嚷了一声："我挺喜欢这个。"

孟平笑："喜欢的是礼物，还是送礼物的人？"

他只是随口一说，盛意动作却微微一顿，问："江妄……喜欢他的女生很多吗？"不然孟平也不会这么说话。

"你说呢？每次大家一起去吃饭，都有小姐姐来搭讪。"

盛意不动声色地问："他女朋友不生气？"

"啊？"孟平显得有些惊讶，"老大有女朋友？无耻！敢情他之前一直在我们跟前装纯情呢，他刚来的时候我就问过他，他还说他单身，没谈过恋爱……"

其实江妄过来并没有多久，也就这两个月的事，当时他直接空降，也没有任何相关工作经验，宋景明直接让他当组长时，孟平其实还不服来着。

说是一个新的组，但实际上由于他们公司庙小，所以每个组的人其实都差不多。

比如孟平，他不仅是"她是黯淡星"的测试工程师，也负责新游戏的测试。

江妄过来是做美术的，其实他们公司之前的美术就还不错，但是江妄一个场景画完后，之前那个美术的图瞬间就显得黯然失色起来。

当然，江妄真正打动这群直男的，还是他的游戏技术。

当时他们几个商量好了，一个挨一个去挑衅他，本来是看他斯斯文文，人又冷淡得不行，看着特清高，不像是会打游戏的样子，所以想故意为难他一下的，结果人家轻轻松松就把他们给秒杀了。

真的是人不可貌相。

虽然他的技术跟那些职业玩家相比可能还有一些差距，但是在普通玩家里，绝对算数一数二的了。

这会儿，孟平显然从刚刚盛意的话里受到了不小的冲击，毕竟，自从接纳江妄之后，江妄在他心里就一直是一个特别可靠的存在，是他心里特别仰慕的那种人。

但现在他仰慕的人疑似满嘴跑火车,欺骗了他。

他嘀嘀咕咕震惊半天,最后痛心疾首地拍了拍脑门儿:"等下我得好好问问他。"

盛意注意力全放在了"他没谈过恋爱"这几个字上,她把手里的东西放下来,摆在电脑旁边,这个周边做得很精致,哪怕只是用来当作小摆件也很好看。

她说:"他真说他没谈过恋爱?"

"嗯啊,说的时候脸都不带红的,亏我还深信不疑了,没想到!"

盛意抿了抿唇,忽然想起当初江妄发完和苏离的合照之后,第二天她忍着心里的抽痛,其实又悄悄进他主页看过。

但不知是何原因,他把那张照片删除了。当时她还以为他一时冲动公开,后来又不想过多暴露自己的私生活,所以才删掉了。

如今看来,事情好像又不是这个样子。

盛意收拾好自己的桌子,坐下后,脑海里又不由得浮现出刚刚在电梯里孟平提到的江妄禁赛的事。她想了想,打开网页输入关键词搜索了一下,首先跳出来的便是官方的一个公告。

盛意点进去仔细看了一眼,说是望江在赛后同宇宙飞船的荒原狼打架,违反了联盟的规定,所以两人均被罚款一万元,加禁赛半年。

盛意又搜索了几个帖子,发现大家对打架的原因众说纷纭,有自称是望江队友的人爆料说,似乎是因为荒原狼侮辱了望江的家人,望江才动了手。

这个公告是去年十二月发的,盛意想起来,她那段时间跟着付老出差,每天忙得脚不沾地,那半个月连喘口气的时间都少,更别提上网了。

没想到却正好错过了江妄的这个消息。

她又在那儿翻了会儿帖子,其他人就陆陆续续来上班了。大抵是觉得一个组的人终于凑齐,上午宋景明给大家开了个会,讨论新游戏的大方向。

新游戏的主体依然是女孩子,算是集合了经营与恋爱为一体的一个项目,比"不玩游戏"之前所做的所有游戏规模都大。

宋景明说:"故事内容大方向就交给盛意来把控,其余人协助她。"

盛意想了想,说:"我觉得,还得招两个女策划来。"

之前她玩"她是黯淡星"的时候就发现了,游戏虽然氛围感做得很好,但文案太少也太过于简单了,来来去去就只有那几个句子。

这也是他们的游戏留不住玩家的理由之一。

她其实不怎么懂游戏,只站在自己的角度简单分析了一下,男生们都喜欢刺激的竞技类游戏,觉得一个游戏的重点是可玩性,但是对于这种女性倾向的游戏来说,文案和故事内容其实才是至关重要的。

她觉得让女生来写女生的游戏,才更能抓住用户的心。

四月的天气，南方城市一场雨后便是透亮的晴，天空碧蓝如洗，几朵白云如棉花糖一样飘浮在天幕上。

江妄背靠在椅子上，一手搭上桌子，指间捏了支笔，漫不经心地转着。

他的目之所及之处，是侃侃而谈的女孩的侧脸。

她的声音很温柔，大约是在京市生活的时间太久了，所以讲话时不可避免地带了点京市的口音，但是又一点儿也不地道，听着显得人更软了，很好欺负的样子。

但她讲话的内容又逻辑分明，严谨而充满说服力。

江妄觉得自己一时间好像想不起她以前是什么样了，那个沉默且稍显怯懦的女孩，在岁月的浸染之下，慢慢变得自信、从容、闪闪发光。

孟平听得入神，不由得在旁边小声夸道："盛意可以啊，本以为又来了个花瓶，没想到竟然是实力派！"

他的声音小，只有坐在他右手边的江妄听到了，江妄随手转了一圈中性笔，悠悠问道："另一个花瓶是谁？"

江妄讲话的语调惯常没什么情绪，就是平铺直叙，但许是因为嗓音质感的关系，所以旁人听起来就觉得有点冷。

孟平说完就知道自己说错话了，讪笑一声："我！说我自个儿是花瓶！"

江妄睨了孟平一眼，没说话，孟平却觉得那一眼里充满了嘲讽。

原本他们打算今晚给盛意办个欢迎会的，说是欢迎会，其实不过是这几个男人又想着法子出去吃。但想到接下来还要招新，大伙儿就索性暂时作罢，想着等人齐了再一起办。

招新的任务也被宋景明交给了盛意，他们连个专门的人力资源经理都没有，上次招新，盛意还以为自己在软件上一直就只是跟一个人聊，到了才知道，他们其实是谁有空谁上一下，回复应聘者的消息。

然后现在那个账号被丢给了盛意，她登录上去，发布招聘信息，目光在江妄那张照片上逗留了片刻，状若无意问道："这上面的头像为什么是江妄啊？"

其余人都叫他"老大"，只有盛意还是习惯性地叫他"江妄"。

他平时跟他们不在同一个办公室，他在里面有个单独的办公室，里面就只有他跟宋景明两个人，宋景明大抵不止这一个产业，大部分时间其实都不在。

盛意有时候隔着玻璃往里看，就看到江妄在里边打游戏。

她猜测他应该是在打游戏，因为每次下班之后，她都发现那个微信小游戏里他的分数又更新了。

有一次他可能是看到了那上面盛意的分数，随口问了一句："你也在玩这个？"

盛意挠了下自己的鼻尖，说："无聊的时候玩了一下。"

江妄便点点头，没再说什么。

那个记录每周一都会清零，所以盛意每周都会打开玩两局，她微妙地想要与他一直维持这种共玩一个古老游戏的关系，虽然可能他心里完全没有注意到这一点。

这会儿，众人听到她的疑问，脸上皆露出一抹"这你就不懂了吧"的笑，徐楠说："老大长得好看，用他的照片比较吸引人。"

他性格相对拘谨一些，回答问题也是一板一眼的。

孟平在后面补充："对啊，出卖一下老大的色相，为公司谋福利，说不定还能给他相到一个对象，一箭双雕，多好啊。"

旁边有人笑骂："你以为是相亲呢？"

孟平说："不信你问问盛意，盛意你敢说你不是冲着老大的脸来的？"

他们天天在办公室里都是这样，一言不合就闹起来，盛意早就见怪不怪，并且已经成功让自己融入了他们。

她叹口气："你们老大这张脸，实不相瞒，我已经看了很多年了，看腻了，没感觉了。"

她其实就是口嗨一下，纯粹是为了怼孟平，谁知话音才落，对面的门就忽地被人从里面打开。

男人估计是补了会儿觉，睡眼惺忪，眼皮有些倦怠地往下搭着，他皮肤白，头发和瞳仁都很黑，懒懒往那儿一站，像是被他们吵到了，脸上神情有几分不耐烦。

盛意眨了眨眼，就听孟平在旁边故意告状："老大，盛意说她看你这张脸看腻了！"

其余的人也唯恐天下不乱地开始起哄，办公室里一时乱成一片。

近来南城温度又开始上升，花木都透着一股蓬勃的生命力，外面的风吹进来，都带着一阵微醺暖意。

其实他们办公室隔音效果特别差，但可能因为其余人很少待在里面，所以并不清楚这一点，故而，每次他们讨论八卦的时候，声音都一点儿没压着。

刚刚他们说的话江妄全听见了，他捋了一把头发，微微侧过头，目光落在盛意身上。

盛意感觉有点儿窘。

但到底不是十几岁的小女生了，这几年下来也不是空长了年龄。虽然最开始与江妄重逢的时候，她因为措手不及，有些仓皇和茫然，不过几天相处下来，她已经完全能够应对自如。

她还是会对他心动不假，但不会再像以前那样，一对上他，脑子就犹如瞬间塞满糨糊，无法好好思考。

盛意收回视线，张了张嘴，试图说点儿什么来为自己辩解。

"是在……"

"开玩笑"几个字还没说出口，江妄在短暂的停顿之后，突然抬步朝她走过来。

其余人都看着他俩，皆是一副看好戏的神情。

江妄停在她的桌边，手掌撑在桌子两侧，身子往前倾了一点儿，脸一时间靠她很近。

他的呼吸若有似无地扫过她的鼻尖。

盛意觉得自己的呼吸都被他攥住了，她嗫嚅着补充："在开玩笑……"

江妄似乎是笑了下，他的声音仍旧是淡淡的："看腻了也没办法，不然你从我脸上再找找优点？"

"！！！"

孟平先出了声："老大你这也……太骚了。"他思索片刻，总算找到一个最适合江妄的形容词。

江妄转头觑了孟平一眼，人已经从盛意桌前离开，仿佛他刚刚那个行为不过是心血来潮。

盛意压着不断上涌的血气，捏了捏自己的耳垂，一整个中午，脑子里将方才江妄靠近她的那个片段回放了好多遍。

他们公司有专门的午休区，男孩子们横七竖八地躺在里面，盛意吃完午饭后，又下楼去买了杯咖啡。

临回来时，消失了好几天的简希终于给她回了电话。

她前几天面试完后，就顺便将自己与江妄重逢的消息发给了简希，只是简希最近这几天在赶新项目，每天忙得连睡觉的时间都没有，故而当时只回了条微信，说忙完给她打电话。

盛意端着咖啡已经走到公司楼下，楼下有一片休息区，她随手将咖啡放到旁边的桌子上，坐在那儿和简希聊了会儿天。

简希声音里带着明显的疲惫："这几天累死我了，我就没见过这么磨人的甲方，终于给解决了，这辈子都不想跟这帮人合作了。"

不待盛意接话，她又接着说道："你那天说你碰见江妄了，我还没仔细问你，怎么样了？"

盛意说："也没有怎么样，就现在在一起工作。"

"你之前不是说他在打电竞吗，怎么突然又在这里遇到了？我看你发来的公司名儿，看着也不像是什么大企业啊。"

盛意"唔"了声，简单同简希讲了一下江妄被禁赛的事，简希显得很惊讶："怎么回事？他看起来也不像那么冲动的人啊。"

盛意摇了摇头："我也不是特别清楚。"

"你怎么还跟以前一样，什么都不知道。"简希笑了笑，她那边汽笛声轰轰响，大概是在拦车，等到声音安静下来，她才说，"老实说，你还喜欢他吗？"

盛意想了想："其实中间那么久没见他，也没什么他的消息，我就觉得好像也还好了，因为平时做研究也很累，没有那么多时间去想这些有的没的，我那时候真的以为我跟他的关系就只到那一步了……就是青春里的一段美好回忆。"

她的声音放缓了些，目光注视着外面万里无云的蓝天。

简希问："然后呢？"

盛意说："然后，那天突然看到他，我就……怎么说呢？好像一瞬间又回到了高中的时候，紧张、忐忑，不知道怎么办才好，我就发现，我好像还是好喜欢好喜欢他啊。

"我自以为的不喜欢了，其实只是我在潜意识里把那些情感给收起来了，但一旦遇到一个切口，它们立马就跳了出来，在我身体里乱窜。"

那些久违的、熟悉的，喜欢一个人时，怯怯又欢喜的情绪，瞬间又盈满了整个心脏。

喜欢一个人，在某种意义上，真的是一件很美好的事情，譬如，她在讲这些话时，虽然心有酸涩，但更多的还是柔软和愉悦。

简希坐进了出租车里，没形象地脱掉了高跟鞋，整个人放松下来，静静听着盛意在电话那一头娓娓叙说着她的暗恋心事。

直至盛意停下来，简希才问她："那你想过要去争取一下吗？为了你的喜欢努力一下？"

盛意愣了愣。

许是因为成长环境的影响，她懂事以后，对爱的渴求就一直不怎么大。

又也许是因为失望累积太多了，所以她在不自觉间也慢慢封闭住了自己渴求爱的感官——喜欢一个人时，就默默喜欢就好了，至于回应，有当然最好，如果没有的话，她虽然会觉得遗憾，但也不会特别失落。

遗憾是因为她毕竟凡胎肉体，难免还是会怀有一点点期待；不会特别失落是因为，她只敢怀有那一点点期待，便也不会因希望落空而让自己陷入太狼狈的境遇里。

所以，这么多年，她小心地怀揣着自己那一点儿小心翼翼的喜欢，在漫长隧道里踽踽独行，因为从未奢望过会得到他的回应，所以只敢远远看着，不愿去打扰他。

就让他安安静静做她心里那一道光就好了呀。

她一直是这么想的，也一直是这么做的。

盛意愣了太久，手边咖啡热意渐散，简希在电话那头，因为疲惫，声音听起来有些沙哑。

"我就是觉得，这么多年，你也一直没谈对象，你既然还喜欢他，不如试着去争取一下？"

"人这一生，遇到一个喜欢的人本来就是难之又难的事情，你已经错过他一次了，这是上帝给你的第二次机会，而上帝不会再给你第三次机会的。"

她说："盛意，你问问自己，你真的甘心这一辈子就和他止步于朋友的关系上吗？"

3

那一整个下午，盛意都显得有些心不在焉。

晚上下班早，她回去时，先绕到超市买了一些菜，才提着东西慢慢走回去。

春日开始，白昼渐渐拉长，她到家时，天还未完全黑透，但路灯已经早早亮了起来。

景德巷最热闹的时候其实就是晚上，大抵因为快要放清明假了，所以这两日景德巷的游客明显就多了起来。

她到家时，发现陈静冉正坐在客厅里整理一些旧物件。

陈静冉最近好像又瘦了些，往日大小正好的衣服，如今在她身上，瘦瘦一把骨头罩在里面，显得空荡荡的。她半个身子拢在客厅昏黄的灯光里，脆弱得好像随时都会破碎掉。

盛意看着她，眼眶忍不住又有泪意涌上来。盛意深吸了口气，站在玄关处换鞋，随口说道："改天重新买个灯泡，把这个灯换了。"

陈静冉轻轻地"嗯"了声，盛意把东西提进厨房，看了眼时间，寻思着做点什么才能快点吃上饭。她把外套脱下来，挂在衣架上，才看到陈静冉正专心翻着一些老相册。

都是一些很久很久以前的照片了，泛着黄，有的塑封了，保存还算良好，但大部分都没塑封，好几张照片黏在一起，有的人脸都被黏花了。

她伸头看了一眼，目光落在陈静冉手里一张照片上，是陈静冉年轻时同一个男人的合照。

照片里，男人戴了一副银边眼镜，穿着白衬衫和黑色西裤，模样清隽而儒雅，陈静冉挽着他，笑得很开心。

盛意看到底下的落款：陈静冉与周原，拍摄于南城大学，1998年春。

"周原。"盛意小声念了一声这个名字。

陈静冉像是被惊扰到了，猛然抬起了头。

盛意说："总觉得好像听过这个名字。"

陈静冉把照片收起来，闻言，嘴角惯常勾出一抹轻笑来："你才多大，听过什么？"

盛意说："他是小姨以前的男朋友吗？"

陈静冉沉默了一会儿，却是摇了摇头，她说："是我喜欢的人。"

盛意有些惊讶："他不喜欢小姨吗？照片里看起来……"

陈静冉问："看起来什么？"

盛意说："照片里，他的眼神看起来很温柔，感觉是和自己喜欢的人在一起才会露出的眼神。"

陈静冉像是被盛意这句话取悦到了，脸上终于露出一点儿真心实意的笑，她说："你真觉得他喜欢我？"

这样的小姨，不像一个年纪五十岁的女人，反而像一个情窦初开的少女，眼睛里熠熠闪着光。

盛意老实道："这张照片看起来，我直觉是这样的。"

陈静冉又低头看了眼那张照片，说："我那时候也很喜欢他。"

她说完这句，盛意本以为她会继续说下去，未料她却突然停了下来，她把相册合上，又封进了那个珍藏了很多回忆的小匣子里，她问盛意："这两天工作怎么样？"

盛意起身去厨房里淘米，往身上系了个围裙，说："还可以。"

陈静冉说："我听李主任说，剧团给你发了面试邀请，怎么没去？"

水龙头被打开，屋子里响起哗哗的水声，盛意抿了抿唇，忽然说："小姨，你还记得我高中的时候，有一个喜欢的男孩子吗？"

陈静冉靠在厨房门框上，闻言"嗯"了声，表示自己记得。

盛意说："我最近又遇见他了。"

米已经淘好，她把电饭煲的按钮打开。

陈静冉没说话，盛意又继续道："我发现我好像还是挺喜欢他的。"她皱了皱眉，像是有些纠结，"我也说不好，感觉有点理不清楚自己的思绪，身边的朋友都觉得我应该争取一下，可我又觉得保持现状也不错，但是如果真的保持现状了，我又怕我以后会后悔……就是，怎么说呢？虽然我表面上说我不奢望他也喜欢我，但是他如果真的能够喜欢我，我肯定觉得这是天大的好事。"

她是真的纠结，讲起话来明显有些语无伦次，但是她想要表达的意思，陈静冉却听懂了。

随着时间的推移，外面的游客越来越多，嘈杂人声穿过墙面传进来，伴随着的还有各种音乐声，以及小贩的叫卖声。

陈静冉顿了片刻，才说："你太压抑自己了。"

她们在一起生活太久，两人都对彼此太了解了。

盛意微微一怔,陈静冉又说:"年轻女孩子,想爱就去爱,想要就去争取,就算失败了,好歹还有一段有血有泪的回忆……"

她像是笑了声:"所以,怕什么?"

在清明放假之前,盛意总算把招新的事情给解决了。两个女孩子都是南城大学文学系的学生,还在念大四,这会儿正急着找实习工作。

是同一个宿舍的两个学生,约好一起来面试,盛意索性把两人一起招了。

孟平在旁边笑盛意偷懒,那会儿,两个女孩子均已经来报到,盛意便直接将问题丢给她俩:"孟平这是小瞧你们呢。"

孟平"哎"了一声:"姐,你学坏了,怎么还带挑拨离间的?"

前几天他们无意间讨论到年龄的事,大家忽然发现,除了江妄和宋景明,其他人竟然都比盛意要小个一两岁,于是便都开始叫她"姐"来。

盛意还开玩笑说,以前在付老的研究室里时,数她最小,是组里的老幺,到这里竟然还成了大的。

两个女孩子的座位都和盛意的在一起。

其中一个叫林小木的女孩子看了孟平一眼,没接话,停了一会儿,忽然小声问:"对了,盛意姐,公司相册里那个男生是网图吗,怎么没见到他?"

到底是年纪太小,还有点儿沉不住气,另一个女孩肖梦用手肘戳戳她,像是想提醒她说话注意点儿。

盛意却一下子没反应过来相册里的男生是谁,见她目露疑惑,林小木将手机推到她面前。林小木性子活泼一点儿,也不大会掩饰自己的情绪,许是见盛意脾气好,讲话都温温柔柔的,所以胆子也慢慢大起来:"喏,就是他。他好帅啊,我当时看到照片就被惊艳到了,他是咱们公司的吗?"

这会儿是午休时间,她们几个女生凑在一起说小话,男生们又开始围在一起复盘他们昨天看的电竞比赛,办公室里叽叽喳喳聒噪得不行。

盛意揉揉太阳穴,低头看过去,果然是江妄的照片。

江妄最近不知在干什么,连续两天都没来上班了,孟平他们都是一副见怪不怪样子,盛意便也没有多问。

她笑了笑说:"这是我们组长。"

"哇!"林小木的眼神又亮了几分,"那他是不是很厉害?"

盛意想了想:"应该是吧,我也不是很清楚,因为我也刚来没多久。"

林小木"哦"了声,坐回到自己的座位上,跟肖梦头挨着头,不知又在讨论什么。

盛意手里无意识地捏着支笔在转,看到工作群里跳出一条新消息。

宋:朋友们,为了庆祝我们人终于集齐,晚上一起去吃顿饭如何?

没两秒，里边便被一大串"同意"刷了屏，中间还夹着孟平的——
孟平：@江妄 老大来不来？
等了半天，江妄也没回话。
林小木看到孟平那条消息，又问盛意："老大就是咱们组长吗？"
盛意点了点头。
她若有所思了片刻，又低头继续捣鼓她的手机去了。
徐楠：几点，在哪里？
宋：八点，春香楼？
盛意看了眼名字，还没说话，林小木先笑出了声："这名字跟青楼似的。"
林小木应该不是南城本地人，不大了解春香楼的历史，盛意给她科普："这是南城的老招牌店，好像是说古时候就有了，房子也都是老房子翻修的，里面都是很地道的南城菜。"
盛意记得，高中的时候，她和林昭昭、江妄、李临四个人其实去过一次。
那时他们已经高三了，而江妄也"消失"有一阵子了，那天是李临的生日，许是念及再过不久大家就要各奔东西，他爸妈特地给了他钱让他带着朋友好好玩一玩。
因为联系不到江妄，所以一开始只去了他们三个，到中途时，江妄大概是收到了李临的微信，过来坐了一会儿，只喝了一杯饮料，就又离开了。
后来他们去付账时，收银员告诉他们，一个姓江的小帅哥已经帮他们付过了。
这会儿，孟平听到盛意的话，不由得在后面又补充了一句："巨贵，宋总这次怎么这么大方？"
话音刚落，就见群里又跳出一条新消息。
宋：聚餐的钱到时候从你们工资里扣@全体成员。
两分钟后。
"江妄"将"宋"移除群聊。
然后，也不知道宋景明到底怎么跟江妄软磨硬泡的，没一会儿，他又被拉了回来，但宋景明也不敢再提要扣大家工资的事儿。
第二天就是清明假期，他们特意选择在放假的前一晚去聚餐。
宋景明到快下班的时候才过来，他们一帮人里就只有宋景明开车了，他过来便说自己的车只载女孩，让孟平和徐楠他们自个儿打车去。
孟平骂骂咧咧去拦车，还不忘远远朝宋景明喊："老板，记得报销！"
林小木大概是觉得自己跟宋景明还不算熟，所以直接拉着肖梦上了后座。
盛意从善如流地坐到副驾驶座上，扣安全带的时候，听到林小木在后边问："所以，咱们组长来不来？"

127

盛意没答话，宋景明先出了声："他来不来都不重要。"

林小木沉默片刻，许是觉得宋景明在开玩笑："他是组长呢，怎么会不重要？"

宋景明哼笑一声："反正他来了也不吃东西，也不爱说话，一副别人欠他钱的样子，我寻思着他能安全长这么大，全仰仗还有一张看得过去的脸。"

林小木说："组长很好看啊。"

宋景明从后视镜里看了一眼林小木，笑了笑，旋即又转头看向盛意。盛意心里陡然有一种不好的预感，她眨了眨眼，就听宋景明悠悠地道："好看也没有用，人家已经有对象了，不然你问问盛意。"

他满脸都是揶揄，就差把"江妄和盛意有一腿"这几个大字直接写在脸上了。林小木愣了一下，脸上表情一时间变幻莫测，她看向盛意试探地问："盛意姐不是说，跟组长不……"

盛意连忙接道："对，不熟！"她说，"宋总可能有什么误会。"

她说这话时，眼睛直直盯着宋景明。宋景明还以为她是想在同事面前隐藏，轻轻咳了声，撇开眼，表示会帮他们保密。

林小木没注意到他们这边的动静，又问："真的吗？"

盛意说："真的不熟。"

林小木靠回去，若有所思地打量了盛意两眼。

盛意其实不怎么爱打扮，比起林小木和肖梦脸上过于精致的妆容，她几乎可以称得上是素淡。

但她底子好，皮肤白皙而细腻，鼻尖挺翘，眼睛大而有神，嘴角天生有一抹向上弯的弧度，即便是面无表情，也像是在笑。

林小木说："不过，盛意姐这么好看，喜欢你的人应该很多吧。"

到底比她们多长了两年年龄，林小木一开口，盛意就知道她心里在想什么。盛意轻轻叹了口气，无端被当成假想敌，心里其实有些无奈，她半闭上眼，语气不由淡了些："你也很好看。"

肖梦的心思明显要更细腻一些，察觉到盛意语声里的冷淡，她扯了扯林小木的袖子，示意不要再说话了。

偏偏林小木没有体会到肖梦的良苦用心，还咋咋呼呼地问："你扯我干什么呀？"

围观了全程的宋景明低笑着摇了摇头，等红绿灯的空当，盛意收到宋景明发来的微信。

宋：你这都是哪儿找来的人？

盛意：……

路上堵车堵得厉害，开了将近一个小时，他们才到达春香楼。

包厢是宋景明老早预订好的,孟平等人已经坐在里面了。

进去后,盛意看了一眼,并没有看到江妄的身影。

孟平也在嘀咕:"老大也太不够意思了吧,这样的聚餐他都不来?"

宋景明说:"你还没有习惯吗?"

孟平:"……"

这个店从外面看就极具古韵,里面更是复古典雅,他们预订的这个包厢是全店最好的一个位置,三面临湖,风景好得不像话。

盛意随便找了个门边的位置坐下。

等菜的过程里,温景突然给她打了个电话,她看了一眼吵嚷得过分的包厢,拿着手机走到了旁边一处观景台。

大约因为这个点大家都在里面吃东西,所以观景台上没什么人,盛意走到栏杆边站定,望着外面波光粼粼的湖面,接通电话。

温景大抵等久了,问:"干什么呢?"

盛意说:"公司聚餐。"

温景就笑:"联谊啊?"

"不是。"盛意说,"就是普通的聚餐。"

温景说:"我还以为我们小盛意要着急找男朋友了。"

他以前就喜欢叫盛意"小盛意",那会儿两个人年纪都还很小,盛意觉得不服气,明明两个人差不多大,哪里就小了?

所以,每次温景这么叫她的时候,她就扬着下颌反驳。

景德巷里其他大人见了,就故意逗她,学着温景的语气,也叫她小盛意。

盛意许久没听到这个称呼,"欸"了一声,温景又问:"你小姨不着急啊,这么大还不谈男朋友?"

盛意说:"你不也还单着?"

温景说:"我不一样。"

盛意说:"怎么不一样了?"

温景说:"我有喜欢的人啊,你有吗?"

他说这话时,语气短促地顿了一下,盛意微微愣了愣。

温柔春风掠过湖面,撩开了盛意的刘海儿,她抿了抿唇,说:"有一件事,我一直没有跟你讲,你如果听了,可不许骂我啊。"

温景问:"什么?"

盛意说:"其实,我喜欢……"

话说到一半,盛意突然瞥见角落里灯光照不到的那个地方,一点火光正忽明忽暗地闪烁着。

那一处是视线的死角,她刚刚过来时没留意到这里还有人,也不知那人坐在那里多久了。

盛意这边语声顿住，温景问："你喜欢？"

盛意眯着眼去看那边的人影，对方显然也察觉到自己被看到了，停顿片刻之后，他便从藤椅上站了起来，然后一点一点走进灯光里。

男人姿态懒散，手里夹着一支燃到一半的烟，脸上表情依旧是倦怠而不耐烦的，在与盛意视线相接时，眼里短促地晕开一点儿笑意来。

盛意呼吸不由得一滞。

温景在电话那头唤道："小盛意？"

盛意仓促地收回目光，跟温景说："我这边临时有点事，回头再跟你说。"

温景问："怎么了？"

盛意将声音压低了些："晚点我再打给你。"

温景顿了片刻，说："行。"

盛意又停了两秒才挂断电话。

江妄拿指尖蹭了一下鼻头，连声音也是懒懒的。

"不是故意听你讲电话。"他说。

刚刚他想走来着，可还没动身，就听盛意在那儿讲起电话来，电话的内容好像还比较私人，他那时再起身，怕她会觉得尴尬。于是他就想着不如多坐一会儿，等她离开了，他再出去，结果没想到那点没能及时散掉的火星子竟然会坏事。

盛意捏了下自己的耳垂，轻轻"嗯"了声，也不知道该说什么。

他们两个自从重逢以来，还没有这样单独在一起待过，之前总是跟别人一起，加上两人都不是多话的性子，所以算起来，见面以来，他们其实还没有正经讲过话。

初春的夜晚还是有些寒凉，盛意嫌冻手，把手机收起来揣进了口袋里，待适应了这里的光线，才发现这片区域其实也不算特别暗。

还是能看清一点儿轮廓的。

那边是一张桌子，两个椅子，想来是给人观夜景用的。

空气里有淡淡酒气在飘散，盛意瞥了一眼桌上的易拉罐，问："怎么一个人在这里喝酒？"

江妄随意踢开脚下一颗石子儿，像是从鼻腔里发出一声："嗯，吹吹风。"

盛意没话找话地说："还挺冷的。"

她拘谨得太明显，与方才讲电话时的态度差别太大，方才是完全放松的、自若的，但现在，江妄怀疑倘若给她一双翅膀，她能立马飞得远远的。

至于去哪里，都不重要，只要能远离他就行了。

明明他记得，自己以前挺照顾她的，也不知道哪里得罪了她，令她对他这样避如蛇蝎。

想到这里,他莫名就有点不舒服,同时,心里那点儿恶劣因子不知怎么也跟着冒出了头,他的手指在身侧轻弹了下,嘴角勾起一点浅淡弧度。

"盛意。"他忽然叫了声她的名字。

盛意本来在思考着如何跟他说自己先回包厢了,冷不丁听他叫她,有些茫然地抬起头来。

"你是不是……"

盛意问:"什么?"

江妄笑了下,眼睛直勾勾望着盛意,他说:"老实说,你是不是喜欢我?"

几只小小飞虫绕着路灯的灯罩在转,风一时停摆,不远处有游船点着灯划来,划船的阿公在扬着嗓子唱一些本地的民谣。

盛意短暂耳鸣了一下。

她觉得当初研究生复试,面试对上传闻中最严格的付老时,她都没有这么紧张过。

咚!咚!咚!

心脏几乎要跳出了嗓子眼。

夜好沉啊,钴蓝色的夜幕里一片静谧,四月还没有虫鸣,她的呼吸间全是被雨打湿的落花与树叶的气息。

这样的场景,无端令盛意又想起多年前那个紧张又沉闷的、等待艺考成绩与高考来临的春日来。

那时她也是这样悄悄喜欢着他,明明心里的感情都要溢出来了,却也只敢隔着人群远远望着他,倘若能跟他说上一句话,也够她回味好半天,可能还会忍不住去想,自己刚刚那句话有没有说得不妥的地方,当时的表情自不自然,有没有被他察觉到什么?

但怎么过去这么多年,她面对他,还是这样?

盛意性子软,但骨子里其实有点叛逆,心里那股子冲动此时噌噌往上蹿,她张了张嘴,一句故作玩笑的"对啊"刚要说出口,就见江妄忽地弯腰将落在桌子上的那只打火机拿起来,在手里转了一圈,旋即慢慢开口。

"你下句话,该不会要说'是啊'吧。"他睨着她,语声里依旧压着点漫不经心的笑,声音荡在夜色里,显得格外清冷。

于是,盛意蓄了满腔的气势就这样被堵了回去,火焰还没开始燃烧,就被掐灭。

两人视线再次接上,盛意愣了一瞬,不禁笑开,先前闷在心里的万千情绪好似忽地撞上一阵东风,面前浓雾散开,渐渐云销雨霁。

在过去的那些时间里,她实在喜欢了江妄太久,也太习惯在他面前小心隐藏和压抑自己的所有情绪，尽管这些年她早已不再是当初那个怯弱少女，但一碰见他，就下意识地又回到了以前的那个状态。

她想打破，想做出一些改变，但始终无从下手，却没想到江妄如此轻飘飘就为她解了围。

她心情变好，连眉毛梢都扬起了一阵轻松笑意。她轻轻吐了口气，说话的语气也跟着松了很多："感觉你变了很多欸。"

她的声音很好听，是那种有点儿甜美的温柔御姐音，加上她平时喜欢用语气词，这样放松了心情讲话时，就显得与人格外亲昵。

江妄手臂搭在旁边的围栏上，有些漫不经心地答："哪有人是一成不变的。"

盛意便说："是哦。"

他们俩沿着围栏一前一后往回走。

今天其实有点冷，但他穿得不多，夜风鼓荡起他的衣服，他的头发比高中时短了些，刺刺地扎在脖子里。

盛意又想起当初在浔江学画画时，很多个夜晚，她亦是这样跟在他后面。虽然同样都是一路无言，但有什么东西已在时光的洪流里悄然被改变。

盛意摸出手机，实在是忍不住，给简希发了条微信。

盛意：你说得对，我决定试试了。

过了会儿，简希回：？

盛意：试试去追求江妄。

简希：？

简希：怎么突然开窍了？

盛意低着头，慢慢打字。

夜里空气越来越凉，许是念及已经是春天，所以餐厅里没开空调，冷空气嗖嗖往身上钻。

走廊里人声细碎，盛意一点一点地同简希剖析自己的想法，写得认真，只用余光追随着江妄的身影走。

冷不防，前头那人突然停下脚步，盛意没注意，头就要撞上他的肩膀，江妄适时抬起手，盛意的额头贴上他的掌心。

这一幕与多年前的某个场景巧妙地重合在了一起。

他在外面站久了，手很凉，指间还残留着淡淡的烟味儿，她收得不及时，除了额头撞进他的掌心里，半个身子都靠在了他怀里。

他是侧站着的，另一只手垂在身侧，他微微低下头，然后就看见刚刚还眉飞色舞的女孩，突然间就在他面前僵住。

像只缩进壳里的蜗牛，死活不愿意抬起头来，但耳尖却悄悄红了，旋即那红色又在她的后脖颈间蔓延开来，没进她的衣领里。

她很瘦，骨架小，皮肤细白，脖子上戴了根黑色的细链，匿在那片红色里，莫名透出一股别样的撩人意味。

江妄移开目光。

盛意垂着头，有些懊恼地"唔"了声，拖长了调子，停了足足半分钟，才从江妄胸前撤开。她抿了抿唇，压根儿来不及跟江妄解释自己并不是故意要"投怀送抱"，就猝不及防对上包间里众人惊讶的脸。

盛意："……"

果然，上帝从不肯让任何一个笑话缺少观众。

"哇哦——"孟平他们在初时的惊讶过后已经开始起哄，数他和宋景明叫得最凶，"我说盛意怎么吃一半人不见了，敢情你俩约会去了！"

江妄跟在盛意后边走进来，顺便把包厢门关上了，防止他们嗷嗷的声音太大，打扰旁人不说，主要是丢人。

盛意的座位就在门右边，她拉开椅子刚坐下，身边就又落下一道人影。

江妄顺手把手里那支烟丢到了烟灰缸里，然后斜靠在椅背上，双腿微敞，一只手还搭到了盛意椅子上。

盛意发现，这么多年，虽然江妄成长了不少，但有些东西仿佛已经融进了他的骨子里，根本改不掉。

高一下学期的时候，有段时间盛意不知道招惹到了谁，总之班级里男生之间突然传出一些谣言，说盛意同时跟很多人在交往。

可能因为高中生活太无聊了，哪怕是这样毫无根据的流言竟然也有很多人相信。等这些话传到盛意耳朵里时，他们已经在背后悄悄议论过她不知道多少回了。

那段时间，盛意只要一进教室，就能看到有人边凑在一起聊天，边用一种意味不明的笑容看着她。

她那时到底年纪还小，时间久了，整个人都变得自闭起来，不愿意进教室，不愿意见人，一看到别人在一起说悄悄话，就觉得对方是在议论她。

后来，终于在某个晚自习，她逃了课，沿着教学楼一路走到了艺术楼后面的长廊里。

那一片区域很黑，老校区的路灯大多数都是坏的，只有临河的地方点了几盏绿油油的地灯，防止人掉下去。

盛意在长廊坐下，耳里塞了耳机，没有放音乐，里面全是英语听力。

坐了还没两分钟，她才发现长廊里还有别人，是江妄，他们两个分别坐在长廊的两头，夜色沉沉，只隐约看得清一点儿轮廓。

男生手边堆了好几个易拉罐，他看起来很颓废，背靠着柱子，一腿伸直，另一只腿随意弯曲在身前。

盛意扯下耳机,手指在椅子上点了两下,鬼使神差地朝他走了过去。

那时还没有分班,她单方面认识他,所以她只低低唤了一声:"同学。"

她说:"可以给我喝点吗?"

他面前只有一罐了,还是他喝到一半的,他大概也觉得眼前这个陌生女生的要求很稀奇,侧头看了过来。

他的眼睛很亮,嘴角轻轻扬着,明明是一副该定义为"心情不错"的表情,但盛意莫名觉得他现在心情不好。

他手里的易拉罐晃了一下,下一秒就被递到她跟前,她接过来,犹豫片刻,还是灌进了喉咙。

好难喝,她被呛到说不出话来,整个人都狼狈得剧烈咳嗽起来。

正拿纸巾抹眼泪时,一道手电筒的光猛然晃过来,伴随着的还有一声暴喝:"谁在那里?!"

随即,她的手腕倏地被人握住,男生拉着她迅速躲进旁边的草丛里。

他们面对面蹲在一起,勾着头,呼吸缠着呼吸。

盛意的心脏怦怦怦跳得厉害,躲在那里的十几分钟里,他的手一直保持着握着她手腕的姿势,直到保安离开他才松开,然后整个人直接往后一仰,躺进草丛里。

盛意还未从刚刚劫后余生的惊险里回过神来,依旧蹲在那里,低头看着他。

他将手臂垫在头底下,微微眯着眼,盛意抿了抿唇,觉得他这姿态多半是在赶人了。

她站起来,拍了拍身上粘的杂草,忽然问他:"你不害怕吗?"

男生睁开了眼,看着她:"害怕什么?"

她说:"万一被发现……"

他笑了声:"那又怎么样?"

盛意说:"你不害怕,为什么要躲?"

她平时其实没有这么咄咄逼人,可那晚不知道怎么回事,一个问题叠着一个问题,好像无论如何也要打破砂锅问到底。

他说:"如果只有我自己,我就不躲了。"

盛意愣了愣,忽然又听他说:"做好自己就行了,管别人怎么说呢。"

他这句话有所指,盛意不知道他是不是认出她了,又或者说,那些流言也传进了他的耳朵里。

夏天的夜晚,虫鸣与蛙声齐鸣,远处音乐楼里还不断有各种悠扬乐声传出。

"反正我这个人就是这样,别人越说我什么,我就越要去做这件事,总有一天他会知道,他错了。"

少年人语调轻扬,带着几分他特有的慵懒与不羁——正如此时的他。

江妄这副姿态,屋里起哄的声音瞬时更大了。就只有宋景明知道他俩以前认识,孟平他们都是不知情的,这会儿全在震惊。

"什么!你俩啥时候搭上的,这才几天?我能说不愧是我们司草吗?"孟平连"司草"这样的词都蹦出来了。

宋景明从另一边给他们倒酒:"哎,这不喝两杯说不过去吧?"

他们面前的酒杯都被倒满了,全是白酒,盛意看了一眼,估计度数还不低。

整个包间里只有林小木和肖梦没跟着起哄,林小木坐得特别周正,位置正好在江妄正对面。

她老早就对这位组长好奇,当时看照片就觉得他长得好看,如今见了真人,总算理解了旁人说的那句美人在骨不在皮是什么意思。

但组长跟盛意姐的关系好像有点不清不楚?可……

林小木理了理自己的头发,笑问:"这就是我们组长了吧?"

她说完,便作势要敬江妄酒。她站起身,酒杯已经递出,嘴里还在佯装不经意地问:"组长看起来和盛意姐关系还不错?可我记得,盛意姐不是说跟组长不熟?"

这话一出,盛意明显感觉身旁男人的动作顿了一顿。

她当时跟林小木这样说,不过是为了避开麻烦,却没想到竟然让事情变得更麻烦了。

她抿了抿唇,随手从桌上端起酒杯往嘴里灌了一小口,辛辣液体入喉,还是很难喝。

果然,不管过去多久,她都没法爱上酒的味道。

她被呛得皱了皱眉,旁边的人递来纸巾,她接过,对上江妄似笑非笑的神情。

"不熟?"

他们两个刚刚经历过真正意义上的久别重逢,很奇妙,故人再见,哪怕当初关系可能其实并没有这么好,但时光好像悄无声息给所有的回忆都镀上了一层温柔滤镜。

以至于,盛意现在面对江妄时,总有一种别样的亲昵感。

好像他在她心里,已经完完全全与别人划分开,成了"自己人"。

她不知道江妄是不是也有同样的感觉,但他面对她的态度,的的确确不一样了。

她紧张地捏着酒杯,双眼盯着江妄,生怕他下一秒说出什么惊人的话。虽然承认她和江妄是旧识也没有什么关系,但她"不熟"的话都跟林小木说过了,此时江妄如果说他们认识很多年了,林小木必然要打破砂锅,各个角度向她询问一遍。

她是真的懒得解释那么多,故而,此时看向江妄的目光里便不由得带了点祈求。

在研究院的时候,因为盛意是整个办公室里的老幺,那些师兄师姐也乐得让着她,有一些夸张的,因为家里没有弟弟妹妹,便把自己对弟弟妹妹的渴望全丢给了盛意。

她被大家的爱意包裹了太久,难免便有些恃宠而骄,时间一久,简直成了办公室里的小霸王。

大家约好一起去吃饭时,必然先问好她的意见;倘若有谁对她说了一句重话,就得挨全体人员的轮流批评。

她记得当时她说要暂时离开研究院,回南城时,付恩锦还感叹着说,感觉她和她第一次见时变了许多,性子活泼了,终于没那么懂事了,会闯祸、会撒娇——总算有了她这个年纪的女孩子该有的模样了。

"所以,等那边的事了了,我还是希望你能回来。别的不说,我觉得你在我这儿,过得很快乐。"

"我希望我的每个小孩儿都能开开心心的。"

付恩锦很少说这样煽情的话,话毕,便又转头继续忙碌去了。

盛意看着老师的背影,眼眶红红,停了片刻,脆声应了一声:"好!"

她想,那些如云朵般包裹着她的爱与温柔,的的确确改变了她很多。

譬如此时,当面前的人一旦被她列到"自己人"的行列,面对对方时,她便瞬时没了心防。

喝下去的酒在她胃里翻滚,很快便起了效用,她的双颊都晕起绯红,眼里氤氲着浅浅水汽,眸光清亮,整个人看起来格外娇憨与可爱。

江妄侧头看着她,女孩的心思全写在脸上,很好猜。他不动声色地压了压自己的嘴角,须臾淡淡说道:"的确不太熟。"

坐在旁边看戏的宋景明一脸蒙。

这对小情侣真的一个比一个能睁眼说瞎话。

江妄虽然这样说,但他方才与盛意的互动都落在了林小木眼里,林小木脸上神色僵了僵,手还举在半空中。宋景明顿了两秒,及时出来解围:"来来来,大家一起敬江妄一杯!"

话音落下,其余人便也都跟着站了起来,盛意也被宋景明扯了起来,就江妄还悠悠坐在那儿,仿佛大家嘴里的"江妄"跟他没半点儿关系似的。

他手里捏着只酒杯,觑着宋景明:"今天非要把我灌醉?"

宋景明:"必须的,难得你来参加一次聚会。"

其实江妄来之后,他们压根儿就没办过什么聚会,宋景明就只是想灌江妄喝酒。江妄笑了声，虚虚抬起酒杯，只撞到了离他最近的盛意的杯子。

但碰到就算数。

众人敬完酒坐下，宋景明又继续憋着他的坏点子，撺掇着人轮流去敬江妄酒。

江妄坐下后，一口东西还没吃，就一直在那儿喝。盛意对宋景明小声吐槽："你是老板，不应该敬你吗？"

宋景明："组长最大！"

盛意："……"

为了让别人喝酒，竟然连这种话都能说出来。

冷不丁又听宋景明问："怎么，心疼了？"

盛意假装听不懂："什么？"

宋景明就在那儿笑，盛意干脆不理他了。

男人们一旦开始喝酒，就根本停不下来，盛意晚上不喜欢多吃，吃了一点儿之后就饱了，但是又不能说自己要提前走，毕竟这欢迎会，她也是主角之一。

虽然，现在看来，江妄更像主角。

但江妄酒量是真的好，桌上已经趴下好几个，就他还一脸没事人似的坐得直直的。

他只喝酒，也不吃东西，筷子从头到尾都干干净净架在那儿，动也没动。

盛意看他喝得太凶，忍不住劝道："你……少喝点。"

她怕别人起哄，说话的声音压得很低，屋里嘈杂，江妄没听清，头微微往前倾了一点。

"嗯？"

耳朵伸到了她眼前，酒气混杂着他身上淡淡的香水味儿钻入鼻孔，盛意觉得，江妄这人，过去这么多年，怎么还是连根头发丝儿都在她的审美点上。

盛意的声音不由得又颤起来。

"少……少喝点。"她说。

她的声音又软又低，热气喷洒在他的耳朵上，男人耳朵大抵有点儿敏感，那么多酒都没能把他怎么样，却因为她这一句话，成功让他耳朵红了。

他低低"唔"了声，声音有点含不清。

"担心我啊？"须臾，他笑了，嘴角勾起来，这模样倒是有点他高中时候的样子了。

估计是喝醉了，虽然表面看不出来。

盛意被撩到的同时，还能保持理性去做出这样的总结。

等到结束时，整个包厢里的人已经倒了一大半，宋景明把喝醉的与没喝醉的两两分配好，一个一个把人塞进出租车里。

137

最后餐厅门口就只剩下他们三个人了。

盛意站在最后面,看着江妄依旧站得笔直而挺拔,大概因为热了,他把外套脱了,里面就只有一件白色短袖,他虽然瘦,但肩膀宽阔,手臂上有着很匀称的线条。

比起高中那会儿,多了些硬朗的男人味儿。

宋景明肩膀上也搭着一件外套,从马路牙子那边往回走,走一半,又不走了,远远看着他们,对盛意喊:"江妄我就交给你了啊!"

"欸,不对。"说完,他又自己否认了,"什么叫交给你了,本来就是你的。"

他上辈子估计是什么金钟罩铁布衫成精,特别油盐不进,吃饭的过程里,盛意其实不止一次跟他解释自己跟江妄就只是老同学,他嘴里说"好好好,我懂的",但根本没听进心里去。

盛意吐了口气,已经放弃挣扎。

她说:"我不知道江妄家在哪里。"

宋景明:"哎,就咱仨了,你还跟我装,就没意思了吧。"

盛意:"……我真不知道。"

"江妄没告诉你啊?"他想了想,说,"我也不知道他现在住在哪儿,我估计还是在老街,你知道老街吧?"

老街就是之前遇见红毛的那个地方,江妄奶奶的家。

盛意愣了愣,点点头。

宋景明就一脸"刚刚还骗我说不知道他家位置"的表情。

他交代完了,也没多耽搁,找了个代驾就自己先走了。

盛意有些为难地看着江妄。

他酒品还不错,喝醉了,其实看着挺乖的——就是乖,站那儿一动不动,眼睛从宋景明说把他交给盛意后,就一直注视着她。

她往东,他眼神就跟着往东,她往西,他也就跟着往西。

像幼儿园门口乖乖等着家长来接的小朋友。

盛意与江妄认识这么久,还没有见过这样的他,她觉得好笑,同时又被他这副模样成功萌到了。

她走到江妄跟前,江妄低头看她,他嘴唇抿着,没笑。盛意说:"那我送你回家?"

江妄点了点头,盛意先抬脚走到了前面,停了会儿,她回过头,发现江妄还在原地站着,春风吹过来,令他瘦长的身影显出几分萧条意味。

盛意问:"怎么不走?"

江妄依旧没动,大脑仿佛已经无法支配手脚去动作。

盛意叹了口气,拐回来,弯腰捞起他的手,握住他的手腕。

他的手腕好凉，冰块一样，他人虽然瘦，但大抵因为个子高，所以手腕并不算特别细，他皮肤很薄，盛意垂下眼，能看见很明显的青筋凸出来。

她问："怎么不穿上外套？"

意料之中没等到他的回应，盛意顿了会儿，本想给他穿上外套，但想到等下就要上车了，不如坐里面的时候再穿。

车子停在他们旁边，盛意先让江妄进去，她才跟在后面上车。

车里空间小，浓郁的酒味儿在里面不断漾开，盛意手里拿着江妄的外套，坐了一会儿才想起要给他穿衣服。

在车里面给人穿衣服算是高难度动作了，江妄个子太高，在里面根本伸展不开，右边穿上了，左边盛意又够不到。

她小声哄他："另一边袖子穿上好不好，你自己穿？"

她大学时随着社团经常在周末的时候去孤儿院帮忙，跟小孩子交流经验丰富，这会儿同江妄讲话，不由得就带出了一点儿哄的意味。

江妄垂目看着她，没动，眼神专注得不像话，就好像她是他在这个世界上最重要的人。

盛意觉得自己整张脸都发起热来，她仓促地转开目光，低声说道："还是我帮你穿吧。"

她身子往前倾了一些，手臂绕过他的身子抻到后面，就好像在抱着他一样。

她的心跳快得厉害，江妄的呼吸有一下没一下扫着她后脖颈的皮肤。

盛意觉得自己快要被他灼热的眼神盯穿。

鬼使神差地，她突然抬起头。

"江妄。"她低声唤他，因为紧张，嗓子听起来有点儿哑。

江妄闷闷"嗯"了声。

盛意说："你谈过恋爱吗？"

江妄皱了皱眉，须臾答："没有。"

盛意又问："那你有喜欢的人吗？"

她知道自己现在的行为可能有点儿乘人之危，但她太想要知道他心里的答案了，就当是今晚送他回家，所以从他那里拿回一点儿报酬吧。

她终于将他的手臂塞进了袖子里，衣服穿妥当后，她退开身子，再抬头时，却发现他已经靠着椅背睡着了。

他的眼皮也薄，睫毛很长，不翘，齐齐往下压着，在眼底扫出一片深色阴影。

等终于到老街时，已经是深夜一点钟，盛意让司机帮忙一起把江妄架进去。

司机没进门，就只把他们送到了门边，盛意从江妄上衣的口袋里摸出钥匙，打开门，摁开灯。

屋里灯光的昏暗程度比之陈静冉那里也不遑多让。

盛意把江妄先放在沙发上，站在旁边喘了口气，才来得及打量屋里的摆设。

不太像年轻男人的居所，屋里大多是一些老物件，看着很陈旧，透着沉沉的年代久远的气息。

记得之前红毛说过，这里是江妄奶奶家，奶奶呢？

盛意正思忖间，转头时，突然看见条几上摆着的一张黑白照片。

她的心狠狠往下一沉。

她下意识地转头去看江妄，他睡得很熟，呼吸已经渐渐均匀，但眉头皱得好紧，不知道做了什么梦。

她蹲下身，半跪在沙发边。

沙发边铺着绒毯，毯子看起来也很旧了，但洗得很干净，轻微泛着白。

她抬起手，想要抚平他额头上的纹路，但想了想，又放下了。

喜欢一个人时，好像连对方的苦也能共情到。虽然不知道他独自居住在已经过世的奶奶的居所的原因是什么，但左不过也就是那几个理由。

她叹了口气，陈静冉在这时突然给她打来电话，她这才想起她忘记说自己今晚不回去了。

她接通电话，声音压得低低的，唤道："小姨。"

陈静冉言简意赅："在哪儿？"

盛意说："在外面……有点晚，今晚可能不回了。"

陈静冉"嗯"了声，这时，江妄突然翻了个身子，随之而来的，还有一声听不清词句的呢喃。

屋子里很安静，她此刻待的位置本就离江妄很近，因此他的声音毫无保留地被收进了听筒里。

陈静冉静了一瞬，问："在别人家里？"

盛意有些羞窘地"欸"了声："是，但不是你想的那样。"

陈静冉也不知听没听进去，她说："行，好好保护自己，也不是小孩了。"

说完，她就挂了电话。

盛意有些无奈地捂住脸，过了一会儿，才看向罪魁祸首，罪魁祸首睡得很香，她起身去冰箱里找到蜂蜜，泡了杯蜂蜜水放到茶几上。

虽然她很想把他挪进卧室里，但她实在没有力气了。

等一切都收拾妥当后，她睡在哪里，又成了问题。

离开的话，把一个醉鬼丢这里她实在不放心，但留在这里，又真的没地方睡。毕竟，未经他允许，她也不太方便睡到他的卧室里。

她纠结了片刻，去房间里拿了床被子给他盖上，然后才走到沙发的另一头坐下，反正距离天亮也不远了，她就在这里小憩一会儿也可以。

她睡到半夜，被一阵剧烈的争吵声吵醒了。

鼻息间全是江妄身上的香水味，她迷迷蒙蒙地睁开眼，才发现自己不知道什么时候躺在了他的床上。

窗子没有关，天还没亮，外面路灯的光影影绰绰地照进来。

卧室门关上了，但隔音效果不太好，一道陌生的男声在外面骂骂咧咧，用词完全不避讳。

"你还好意思回来？要不是你，妈怎么会走得这么早，还不是被你气的？"

"你住这里干什么？老太婆是不是还瞒着我藏了什么钱，你告诉我，是不是被你拿走了？我就说她不可能只有那一点儿钱。"

"那是留给你老子的，跟你有什么关系？你这个丧家犬、扫把星……"

男人越骂越难听，而被他骂的人却始终未发一言。

盛意打开灯，在床边找了一圈没找到自己的鞋，只找到一双男士的拖鞋，她将脚伸进去，鞋子很大，她的脚在里面显得空荡荡的。

她身上还穿着先前的衣服，只有外套被脱了下来，放在了床头的椅子上。

她起身走出去，打开门，随着"嘎吱"一声响，堂屋里的两个男人一齐回过头来。

屋子里过于喧闹的声音停了片刻，随即男人突然发出一声怪笑来。

"还有女人。"他说，"这破地方，也有女人愿意跟你回来……"

盛意循着声音看过去。

江妄正立在客厅门口，身上穿得很薄，酒大概已经醒了，他站得挺直，即便只能看见他的后脑勺，盛意依旧能够感觉到他此刻大抵是厌恶且不耐烦的。

男人跟江妄有几分相像，但个子没他高，样貌其实挺儒雅的，盛意没法将说那些话的人与他的脸对上。

应该是江妄的父亲。

盛意抿住唇，觉得有点儿尴尬，毕竟这是他的家务事，她突然走出来，也太打扰。

她捏了捏耳垂，刚想说"我先进去"，就忽地听见男人唤她。

"哎，小姑娘。"男人说，"你喜欢他什么，你知道他的过去吗？"

第八章·纠结
我为什么不能成为那个人

1

江妄长这么大，一共进过两次派出所。

第一次，是在他高三下学期，他父亲江清远又一次来找宋云翊要钱时，把宋云翊推倒在地，老人家身子弱，在医院里连住了好多天，他气不过，便去报了案。

后来派出所民警去医院里向宋云翊了解情况，老人说是她自己不小心摔倒，跟她那个不成器的儿子并没有关系，是江妄误会了。

第二次，是他大一下学期的那个春天，清明假他回家给母亲扫墓，却再一次撞见江清远跟宋云翊要钱。

江清远态度恶劣，气焰嚣张，显然不是第一次了。

而宋云翊在那一次出院之后，明明答应过江妄再也不管江清远。

老人家从来不肯收江妄的钱，每一回都是他硬塞进她手里，她才肯拿着。平日里生活，她都过得很拮据，那点存款攒了又攒，却都不够江清远一天挥霍。

那天晚上江妄跟江清远打得凶，到底年轻气盛，加上江清远常年酗酒，对方几乎是被他单方面碾压。

最后还是宋云翊哭着冲上来抱着江妄，让他住手。

江清远躺在地上，难听的话不要钱似的往外蹦。宋云翊许是怕江妄再发火，哭着劝道："你少说两句。"又转头对江妄说，"他好歹是你爸……"

话音未落，被江妄一声略带嘲讽的轻笑打断，他轻轻拨开宋云翊抓着他胳膊的手。

他身上其实也受了伤，有好几处瘀青，手背上蹭出几道血印子。

他想起小的时候,经常看见苏瑾在灯下垂泪,他那时尚不知事,但对母亲的关心仿佛是油然而生的。

他仰着脸,脆着嗓子问她:"妈妈,您怎么了?"

苏瑾便叹气,抹掉脸上的水渍,抱起他,问他:"宝宝今天画得怎么样?"

江妄成功被她转移了注意力,开始掰着手指跟她讲自己今天都学了哪些东西。

苏瑾望着窗外扑闪而过的飞鸟发呆,也不知听没听进去。

然后,某一天,她也如那只飞鸟一样,纵然一跃,再也没有回来。

他那声笑冷峭得厉害,只一闪而过,然后在宋云翊的注视与江清远的谩骂声里,他绷紧了面庞,头也不回地走出了院子,走出了老街,回到了苏瑾为他留下的房子里。

他在黑暗的房间里坐了一整夜,第二天,警察突然敲响他的门。

罪名是恶意打人,证人是宋云翊。

自那以后,江妄就再也没有见过宋云翊,也再也没有回过老街,后来宋云翊给他打过好多通电话,全被他掐断了。

他休了学,把苏瑾盼望他学习的、宋云翊盼望他学习的、江清远努力想做好却永远做不出成绩的绘画封入箱底,许久未碰。

直到几年后,他收到了宋云翊的死讯。

…………

盛意在脑海里简单拼凑出一个故事的轮廓。其实江清远说得难听多了,但她自动过滤掉了那些话,目光始终注视着江妄。

男人肩膀抵着门框,他个子实在高,老房子门梁低,他的头顶快要挨到门头。

他微微垂着眸,从盛意的角度看不见他的表情,但他肩膀绷得很紧,尽管他努力做出一副不在意的样子。

盛意叹了口气,在江清远还在喋喋不休骂人的时候,她忽然开口道:"是,我喜欢他。"

她不小心窥探到他太多过往,心里像是涌上了一阵激流,奔涌着、翻腾着,一阵接一阵的心疼在她胸腔里冲撞,然后那些心疼又尽数化为对他更多更多的爱意。

好想给他很多爱,来抚平那些伤痛啊。

她的手指无意识地攥着自己的衣摆,那些被她珍藏在心底很多年的话语,好像也没有那么难讲出来。

尽管,她其实是为了顺着江清远的话去反驳他,才讲了出来。

江妄应该并不会当真。

她其实也没有当真,否则也不会这样轻易就脱口而出,但那又的的确确是她的真心。

　　她抿紧了唇，在江清远错愕的目光里，她说："很小的时候，就有人跟我讲过，喜欢一个人，不仅仅是喜欢他的优点，同时也要接纳他那些在别人看来可能并不怎么光彩的过往。"

　　说到"光彩"这两个字时，她顿了两秒，旋即又说："虽然，那些事情在我心里根本就称不上是不光彩，那不过是任何一个正常的人都会做的事情罢了。"

　　尽管江清远在讲述的过程里有意美化了自己，诋毁了江妄，但盛意将他的那些话与自己为数不多关于江妄的记忆拼凑起来，很容易就可以知道真实情况大致是什么样。

　　她说："您太不了解江妄，也太不了解爱了。也许您将这样的话讲给陌生人听，他们因为不认识江妄，会相信您的话。但我深知他是一个什么样的人，比起一个我并不熟悉的人口中描述的他，我更愿意相信我自己眼睛所看到的他。"

　　她因为刚睡醒没多久，讲话时，语声便格外软，但话语里的态度又那样坚毅。

　　江清远回回来闹，但其实江妄一般都不怎么跟他讲话。

　　江清远第一次接到这样长的反驳，且眼前女孩身形虽然瘦小，但站得笔直，在一片昏黄灯火里，亭亭而立，脸上始终挂着一抹浅淡笑意。

　　像，太像了。

　　他有一瞬间的愣神，恍惚间，像是看到了苏瑾。

　　初认识时，她脸上亦总挂着这样温煦柔和的笑。他因为她的笑而爱上她，然后亲手杀死了她的笑容。

　　江清远不知道自己是如何浑浑噩噩地走出老街的，身后，巷弄深处小小院落里的两个人，却因他的到来而陷入了短暂的尴尬中。

　　夜里又下过一场雨，空气里全是青草与泥土混杂在一起的气息，凉意顺着敞着的门飘荡进屋里。

　　盛意刚刚绷着神经还没感觉，这会儿放松下来，才后知后觉地感到冷。

　　她搓了搓自己的手臂，看着江妄在江清远走出去后，"哐"一下便把门关上了。

　　隔绝了外面的世界，屋里一时间显得更加安静了。

　　刚刚冲动之下说出的那些话这会儿轮番在盛意脑海中重播，当时说的时候，她是觉得自己挺酷的，像个脚踩祥云的大英雄，救江妄于水火之中。但那种酷只存在于特定的情境里，一旦脱离了那个情境，她的那些"豪言壮语"便显得羞耻极了。

　　尤其是她口口声声喜欢着的"当事人"还在她的面前，并且，这里只有他们两个人。

盛意羞赧得脖子都红起来,她有些不自在地捏住自己的耳垂,还不够,又去挠自己的脖子、抠手指,眼睛乱转,就是不看江妄。

但男人却忽地抬起脚步朝她走过来。

一步,两步,三步……

她低着头,只能看见他笔直的长腿,和一双和她脚上同样的拖鞋。

拖鞋的样式很简单,码数看起来是一样的,也不知道他为什么要买两双。

盛意为了让自己冷静下来,脑子里便开始想一些有的没的,可他明明已经走到了她的跟前,却还半点停下来的意思也没有。

盛意下意识往后退了一步,结果他又跟着逼近一步,她继续退,他再逼近。

盛意后背抵住墙面,退无可退。她咬了咬唇,心里思索着措辞,就见江妄忽然抬起手,身子前倾,那只手绕过她,伸到后面。

她整个身子都僵住了,他的下巴快要蹭到她的额头,她根本就不敢抬头,鸵鸟似的坚持缩在自己的羽毛里面。

江妄默默地看着她,目光落在她红得快要滴血的耳垂上,方才因为她那些话而沸腾起的血液渐渐平复了一些,但心跳仍然不平静,咚咚咚地胡乱撞着,像是有什么情绪压在里面,亟于找到一个发泄口。

可他不知道那是什么,也不知道该如何找到发泄口。

他的目光太重了,盛意有些承受不住地闭了闭眼,忽然听到头顶的人沉着嗓子道:"喜欢我?"

声音压得很低,像是从喉腔里发出来的,带了点气音。

于是盛意本就狂跳不止的心脏一时间跳得更快了,她怕倘若再继续下去,她就会因为心律失常而猝死在这里。

可无端地,在这样一片混乱的境遇里,那些被她压在内心深处的、许久都不曾被放出来的委屈,忽地就如雨时池塘里的一个个小小气泡般,咕嘟嘟冒了个头。

虽然方才说那些话是为了帮他解围,但字字句句又分明是她的真实心声。那些被她藏在心底的,经年累积起来的深刻爱意,以这样一个猝不及防的方式被说出口,可她却不能去认领。

有一个瞬间,她几乎就要承认了,想跟他说——是,我的确喜欢你,我喜欢了你很多很多年,那么,你喜欢我吗?

可她终究还是不敢冒险,她从来都不是那样敢爱敢恨的酷女孩。

她将与他相处的每一个点滴都完美拿捏好分寸,不敢越雷池半步,生怕自己一个不小心,就将他彻底推出自己的世界。

她不舍得将他推出自己的世界。

她轻轻仰起头。他们之间的距离真的很近，从这个角度，盛意觉得自己甚至都能数清楚他的睫毛有多少根。

她努力在脸上扯出一个笑来，弯起眼睛，声音一如方才那般，轻而软，她说："权宜之计，你不会当真了吧？"

话音落，身后突然传来"吧嗒"一声响，随即客厅便陷入了一片黑暗之中。江妄收回手，拉开两人之间的距离，仿佛他方才那个动作就只是为了关灯。

卧房的门还开着，闪着一条缝，里头温暖灯光流出来，盛意借着那一点儿光去看江妄的表情，却什么都看不出来。

他低着头，嘴角似乎也往上勾了一点儿。

"没当真。"他声音懒懒的，带了点笑，"我知道，你有喜欢的人。"

他这句话说得突然，盛意有点没反应过来，还想再问什么，男人却已经踩着拖鞋躺进了沙发里，被子扯过头顶，声音含糊传来："不早了，睡吧。"

盛意迟钝地"哦"了声，直到走进卧室里，她才意识到自己刚刚好像错过了最佳解释时机，这个时候再冲出去问他有喜欢的人是什么意思，好像有点奇怪。

她有些懊恼地"呜"了声，迷糊睡去，这一觉睡得久，再醒来时，已经是上午十点多。

夜里下了那么大的雨，白天竟然意外地出了太阳，刺眼的光透过窗户照进来，盛意有些不舒服地眯了下眼。

待能够适应当前光线，她才重新睁开眼睛，昨晚没仔细看，这会儿才发现，这屋子小得可爱。

只有一张床，床尾处摆着一张书桌，书桌上方打了一排架子，里面塞满了各种书籍。

靠门的那面墙边有一排衣柜，模样都是很老式的，刷了一层浅绿的油漆，床也是浅绿色的，许是这颜色不符合江妄的审美，被子和床单全是黑色。

屋里应该常年摆着香薰，是一种木调香，她在江妄身上闻到过几次，是一种很容易让人昏昏欲睡的味道。

她刚睡醒，犯了一会儿懒，脑子里各种念头交织在一起，最后又全化为了——

我此刻竟然躺在江妄的床上。

这个念头甫入脑，她又难以平静了。她将整个脑袋都埋进他的被子里，狠狠嗅了一口，又觉得自己现在的行为是不是有点变态，像个痴汉一样。但心里的雀跃却无论如何也压不下去，一边开心，一边又努力告诉自己不要这么开心。

她好不容易积攒来了一点儿好运气，总怕自己开心太过，被上帝收走。

等她出门时，已经是二十分钟后的事情了。

江妄已经醒来，正坐在沙发上逗猫。

是只很瘦很瘦的奶牛猫，身上还有湿漉漉的水迹，盛意昨晚并没发现屋里有猫，她有些疑惑地眨了下眼。

江妄听到开门声，回过头来，奶牛猫从他腿上跳了下去，瞪着大眼睛看盛意。

盛意莫名觉得有点儿尴尬，她清了清嗓子，有些没话找话地问："这是你的猫吗？"

"不是。"江妄瞥了一眼小猫咪，"早上醒来的时候就赖在门口，赶也赶不走。"

他像是心情还不错，讲起这件事时，声音里压着一点儿笑。

盛意"哦"了声："它可能喜欢你。"

江妄点点头："我也觉得。"

盛意不知道说什么了，江妄手指在茶几上敲了敲，说："洗漱用品。"

盛意顺着他的手指看过去，牙刷和毛巾都装在袋子里，应该是他早上才去买的。

两人都默契地对昨晚江清远的突然造访闭口不提，盛意拿过东西走进卫生间，简单洗漱了一下。

他这里没有护肤品，只有一管男士洗面奶和一罐面霜。

男士洗面奶清洁力度大，刚好可以卸妆，盛意洗完出来，江妄已经又出了趟门，买好早餐回来。

就是巷子里的早餐店，很简单的豆浆和油条，还有一些小菜。

盛意刚刚只用毛巾随意抹了把脸，脸上还氤氲着浅浅水汽。她平日里妆容就不重，加上皮肤状态好，这会儿用皮筋把头发全扎在了头顶，扎成一个高马尾。看起来和平日里并没有什么区别，但是又比平时多了些俏皮的青春感。

她没有跟江妄客气，看他给自己留了椅子和筷子，就直接走过去坐下。

两人吃饭都很安静，盛意小心咀嚼，注意着自己的仪态。

她吃饭很认真，腮帮子鼓鼓的，像只小仓鼠，每吃几口，就要拿起豆浆喝一口，防止被噎到。

记得以前简希就说，如果盛意去做吃播，肯定能拯救很多吃不下饭的人。

江妄倒是吃得不多，食量甚至比盛意还小。

吃完饭后，盛意觉得自己好像也没有什么理由再待下去，她就跟江妄说，自己要先回家了。

江妄点了点头。她拿好自己的东西，快走到路口的时候，才发现自己的手机没电了。

她叹了口气，只好往回走，想着借江妄的充电器再充一会儿。

江妄的院门和房门都没关，依旧保持着她离开时的样子，她走到堂屋门口，先试探性地唤了一声:"江妄?"

无人应答。

她停了两秒,自己走进去,听见卫生间里突然传来一阵干呕声,伴随着的,还有水龙头拧开后哗啦啦的水流声。

难怪他刚刚没听见她喊他,她皱了皱眉,走过去。

卫生间的门也敞着,江妄背对着门,半个身子都弓了起来,看起来难受极了的样子。

一直到大约五分钟后,他才停下来。他掬了一捧水,洗了把脸,然后透过水龙头上方的镜子,看到了身后满脸担忧的盛意。

女孩眉头皱得很紧,情绪全写在脸上。江妄停顿片刻,从旁边的架子上捞过条毛巾把脸擦干净。

擦完才发现,那条是他刚刚给盛意买的毛巾。

要是搁在平常,盛意心里的小人儿恐怕又要兴奋得跳舞了,可现在她完全没有心情去想这些。

她捏了捏自己的背包带子,斟酌着解释:"我手机没电了……"

她说一半江妄就懂了,他说:"充电器在茶几上。"

"哦。"盛意转头去找充电器。沙发旁就有插孔,她的手机连上去十秒钟后,屏幕才亮起来,盛意把手机放到沙发边,任它自己在那里充电。

江妄从卫生间里走出来,许是因为方才用了太大的力气,这会儿他脸色看起来惨白惨白的。

盛意想了想,唤道:"江妄。"

男人侧头看过来,她说:"你是不是……生病了?"

她本来不想用"生病"这个词的,但想来想去,又不知道该用什么来替代比较好。

江妄坐到旁边的贵妃榻上,半响,淡淡"嗯"了声。

盛意没想到他会承认得这么快,且态度还这样坦荡,她一时间还有些蒙,停了几秒才干巴巴问:"是……吃不下饭吗?"

她因为怕踩到他的雷点,所以每一个字都说得很慢,显得小心翼翼,好像他是什么易碎的玻璃体。

江妄不禁觉得有些好笑,转过头,正好撞上女孩来不及收回去的眼神。

她是真的很担心,全身上下每一个毛孔都写着关切,江妄到嘴边的怼人的话突然就说不出口了。

他顿了顿,又漫不经心"嗯"了一声。

盛意问:"是因为什么?"

这个问题其实有点逾矩了,江妄很久都没有答话,盛意其实也只是试探一下,他能说最好,不想说也在她的意料之中。

她叹了口气,主动转开了话题,笑了笑,故作轻松地说:"记得上一次来这里,还是高三那年,也是来找你。"

那次江妄将她拦在门口,冷着脸嘲讽她是不是特别喜欢当救世主,而现在,他们已经能够坐在房里好好讲上两句话了。

所以,还是有进步的。

盛意在心里这样给自己鼓气,突然又想到什么,她说:"对了,你昨晚说的,我有喜欢的人,是什么意思?"

盛意思维跳跃得很,每次同人聊天别人都很难跟上她的节奏,江妄亦愣了片刻,张了张嘴,想说什么,盛意的手机忽然响起来。

她做了个"抱歉"的口型,弯腰捞过手机,是温景打来的。她这才想起,她昨晚说给温景回电话的,后来忘记了。

手机里已经充了一些电了,她把充电器拔掉,接通电话,小声道:"温景。"

温景说:"在哪里呢?怎么电话一直打不通?"

盛意看了江妄一眼,男人已经起身,转身走进旁边的卧室里关上了门,像是特意为她留出空间打电话。

盛意觉得,江妄这人其实挺矛盾的,有时候看着我行我素得不像话,但有时候又特别绅士。

她继续小声道:"在朋友家里,之前手机没电了。"

"什么朋友,我认识吗?"

盛意说:"高中同学,你应该不认识。"

温景说:"哪个同学?那些名字你在我耳边都快念出茧子了,你还有朋友是我没听过的?"

盛意说:"这个我没跟你说过。"

"这么特别啊?"温景停了片刻,才说,"你昨天晚上没说完的,你说你喜欢……什么?"

盛意眨了眨眼,将两人昨晚的对话回忆了一遍,好像是那时候她刚想跟温景坦白说自己其实有个喜欢很多年的人,就忽然看见了江妄,然后对话就停止了。

她捏了捏耳垂,声音比先前放得更低了一些,吐字有些含糊:"现在不方便说,我回家之后再跟你讲。"

温景说:"是现在这个人吗?"

盛意问:"什么?"

温景说:"你喜欢的人,是现在这个人吗?你昨天在他家里过了夜?"

快到正午,窗外阳光更热烈了一些,门前树影变得越来越短,屋内空气也

149

变得燥热。

盛意听完这句,下意识转头看了一眼卧室的方向,虽然知道江妄听不见那头温景的话,但她还是觉得心虚得不行。

她低低"唔"了声,说:"是,但不是你想的那样。"

恍惚想起她昨晚也是跟陈静冉这么说的。

温景默了片刻:"行,晚点再说。"

挂了电话,盛意又在沙发上坐了会儿,估摸着电量应该能支撑她打个车,才走过去敲了敲江妄的门。

江妄开门走出来,他换掉了身上的家居服,换成了一件深绿的低领毛衣。

他皮肤本就白,被这个颜色一衬,更显得白得晃眼。

盛意抿了抿唇,说:"那我先回去了?"

江妄点了点头,将她送至门口。

巷弄狭窄而悠长,不同于景德巷的热闹,这里显得安静许多。盛意沿着青石板路往外走,边低头在打车软件里输入目的地,行至巷口时,她回过头,看到江妄仍站在原地。

门前树影将他拢在一道深沉暗影里,盛意看了片刻,忽然想走过去帮他把所有阴霾都拨开。

她叹了口气,到家时,陈静冉正在做午饭。

自从生病之后,陈静冉就基本上停了剧团那边的工作,只偶尔过去培训新人,演出之类的工作,那边也很少再安排给她。

一是怕她身体吃不消,二是怕她万一身体没撑住,他们那边来不及找人再顶上。

盛意站在玄关处换鞋,陈静冉听到开门声,头也没回,只问:"怎么这么晚?"

"昨天睡得晚。"盛意说到这里,又意识到这句话可能有点歧义,补充道,"手机没电了,所以在那边充了会儿电。"

陈静冉淘好米,打开电饭煲,回头拿了一把青椒,又问:"喜欢的男孩子?"

盛意笑:"小姨,你怎么越来越八卦。"

陈静冉说:"是作为长辈对你的合理关心。"

盛意换完鞋,把背包和外套都挂在衣架上,走进厨房洗干净手,问:"有需要我帮忙的吗?"

"帮我把那藕给切了。"陈静冉说,"还是之前那个喜欢的人?"

她打破砂锅问到底,恐怕不给她一个答案,不会罢休。

盛意无奈道:"是。"

陈静冉说:"江妄吗?"

盛意手下动作一顿，落在陈静冉眼里，她收回视线，嗤笑道："第一次见面的时候我就看出来了，只是不想拆穿你。"

盛意也不是小孩子了，不至于因为长辈猜出自己喜欢谁就羞愤得无地自容，她很快就给自己做好了心理建设，问陈静冉："很明显吗？"

"还好吧，但我很了解你。"陈静冉关掉水龙头，淡淡说道，"你从小就这样，越是喜欢一个人，就越表现得不在意。不了解你的人可能真被你骗过去了，但我不会看错的。"

说到这里，她不由得笑了笑："指不定江妄心里，还以为你多讨厌他呢。"

2

5号那天，盛意与陈静冉一起去西山给外婆扫了个墓，这个时节，西山上人挤人。

春日百花齐放，一路上铺满了樱花和梨花，盛意挽着陈静冉，沿着石阶一点儿一点儿往上走。

临回来时，陈静冉忽然拐了个弯，走到了另一处陌生墓碑前。

盛意跟在陈静冉后面走过去，看到墓前堆了很多酒瓶，陈静冉的目光落在那些瓶子上，似是冷笑了一声，她理了理衣摆，跪坐在墓碑前。

盛意见状，也走过去，依样跪坐在了她旁边。

碑上照片已经泛白，但还是能看得出是一个长得很好看的年轻女人，穿了一件碎花的衣服，头发半绾在脑后，笑容干净而明朗。

只是眉宇间，依稀有点眼熟。

陈静冉解释道："这是江妄妈妈的墓。"

盛意心里咯噔一下，陈静冉问她："还有花吗？"

花刚刚全放在外婆墓前了，盛意摇了摇头，转而想到什么，从自己耳朵上取下一枚耳钉，是她前不久逛街时随手买的，一枚纯银雕刻而成的小雏菊。

她递到陈静冉面前，语气有点赧然："这个可以吗？"

陈静冉看了一眼，弯了弯嘴角："挺巧，雏菊是她最喜欢的花。"见盛意还打算把另一枚也取下来，她伸手制止，"一枚就够了。"

陈静冉站起身，弯腰，将那枚耳钉放到苏瑾墓前，语气很轻。

"晚点见。"她说。

盛意鼻头忽然就是一酸，怕陈静冉发现不对劲，趁她回头之前，连忙深吸了口气，将泪意逼了回去。

陈静冉又在原地站了片刻，说："回去吧。"

回去的一路，盛意因为陈静冉那句话，心情沉重了很多。

虽然自从得知陈静冉生病之后，她就深知，那一天早晚会来，这么多天她也一直克制着自己不去想这件事。

可此时听见陈静冉如此坦荡地面对自己的死亡,她发现自己仍旧无法接受。

假期一共就三天,在一片哀号声中,7号大家还是不得不拖着沉重的步伐开始新一轮的辛苦生活。

盛意坐在地铁上,一打开朋友圈,就是一排的:人到底为什么要上班?

她挑了几个关系好的,插科打诨评论了两句,然后就收到了林昭昭发来的微信。

林昭昭:宝贝宝贝!

盛意:?

林昭昭:你之前是不是发朋友圈,说要给你们游戏拉赞助来着?

盛意回忆了一会儿,好像是有这么一回事,当时是宋景明逼他们往朋友圈转的。

记得研究所里的师兄们看到,还在群里对她狠狠进行了一番批斗,大意是讲:你离开咱们研究院,就是为了干这个?

盛意好声好气解释半天,他们才算放过她。

盛意:是,怎么了?

林昭昭:给你介绍一人,尽管找他要钱!

她说着,推来一个名片,盛意看了一眼,名字还挺好听:沈致。

盛意:他是不是得罪你了?

林昭昭:我是那样的人吗?

盛意:我现在做的这个游戏就是一个冒险,你应该也看得出来,宋景明就一玩咖,不过,我们肯定还是会努力做好的,但是——有风险,你懂吧?

盛意:也就是说,你朋友的钱,很可能就江上打水漂,有去无回了。

她最近跟孟平他们话讲多了,也学了个词语乱用的毛病。

林昭昭:不怕!坑的就是他!

盛意忍不住笑了笑。

盛意:真没关系?

林昭昭:当然,尽管坑!

林昭昭这么说,盛意就放心了,不过她自己没加,而是把那个人的名片又推给了宋景明。

宋景明听她说完,一副大受感动的样子:"盛意,你真是咱们公司的福音!"

他彩虹屁不要钱似的往外蹦,盛意早已免疫。

却没想到当天下午,她就再一次收到了宋景明的微信:我已经跟这个人简单聊过了,准备当面沟通一下,我这几天在外地回不来,这样,你跟江妄一起去吧。

与此同时,江妄也收到了宋景明的微信。

他靠在办公室的窗边,手里点了一根烟,刚要给宋景明回过去,手机里冷不丁又跳出一条新消息。

大款:队长,我们又要跟宇宙飞船打了。

大款:您真不回来了吗?

大款原名叫刘宽,一开始大家都叫他"大宽",后面不知道怎么回事,叫着叫着,就变成了"大款"。

江妄走到桌边,将烟灰掸进烟灰缸里,然后整个人都窝进椅子,按住语音键,凑近手机,语气淡淡道:"暂时不回,你们好好比赛。"

大款也回了条语音:"当初本来就是你给大家组起来的,你走以后,剩下这些人就像一盘散沙,最近几场比赛全输了,你看网上全是骂声。"

"虽然现在打……打不了比赛,但是你、你人来指导一下我们,也是好的啊。"他小心翼翼地问,"你该不会是打算趁此退役吧?"

他是东北人,嗓门儿大,讲话口音也特别重,言毕,尾音还在屋子里一圈圈地回荡。

江妄把手机扣在桌面上,这时,外面突然传来敲门声。

江妄把手机摁灭,没再给他回过去,对着门外说道:"进来。"

盛意刚推开门就被屋里的烟味儿呛得咳嗽了一下,江妄看了她一眼,随手把烟捻灭在烟灰缸里,又起身去打开窗户散了散味儿。

这两天又开始下雨,窗外空气湿漉漉的,江妄干脆就靠在窗边站着,他微侧过头,睨着盛意:"有事吗?"

他应该是心情不好,虽然脸上表情跟平时一样,但盛意就是觉得他此刻应该心情不好。

——眼里半点笑意都没有,看着心情烦得很。

她抿了抿唇,说:"宋景明让我们明天出个差。"

其实宋景明后面又发了几条消息来,只是江妄都没看,盛意解释:"跟沈致那边约的是后天,他们公司在海市,应该明天就要提前过去。"

江妄漫不经心听着,须臾走回桌边,捞起手机。

宋景明:特地让盛意跟你一起过去,怎么样,够意思吧?

宋景明:好好把握机会,兄弟只能帮你到这里了!

宋景明:别以为我看不出来,你喜欢盛意吧?但我看小姑娘好像不怎么中意你呢,之前我故意装作误会你们的关系,人家可一直是否认的。

宋景明:加油!爱拼就会赢!

江妄：？

江妄半靠在桌沿，目光在"喜欢盛意"这几个字上顿了几秒。

瞎扯。

他有些好笑地关上手机，不过因为是旧识，所以对她多照顾一点儿罢了，哪里就是喜欢了？

他抬头，看见盛意还站在门口等他回应。

她今天起得晚了点，早上为了赶时间，头发还没干透就出门了，故而头发没有像以往那样扎起来，而是随手将右边头发夹在了耳后，她是细软发质，头发不是很直，有种天然的卷曲。

她的长相是属于很传统的亚洲人的长相，鹅蛋脸，杏眼，鼻梁不算特别高，但鼻子精致小巧，鼻侧有一颗小痣，她没有刻意用遮瑕膏遮住，每次讲话时，那颗小痣都在人眼前晃悠。

有点可爱。

大概是等得有些不耐烦了，她站立的姿势比刚刚松了些，眼睛甚至开始往旁边瞟，应该是想找个椅子坐下来。

还没找到，江妄突然抬步朝她走了过去。

他身上有着烟草与香水夹杂在一起的气味，两个味道都不浓烈，混在一起，很像冬夜雪后在屋里点燃了一支熏香，暖而沉静。

盛意神情顿住，眼看着江妄停在她跟前，又突然伸出一只手，手指快要碰到她的脸侧时，她下意识地偏了偏头，躲过他的触碰。

她不偏还好，一偏，倒显得江妄方才那个动作别有用心似的。

她脚步也往后退了一点儿，拉开两人之间的距离，手指捏了捏自己的耳垂。

江妄的目光就落在她那只耳垂上。

耳垂上戴着一枚耳钉，银质的，是一朵小雏菊。

江妄昨天见过一枚一模一样的，在苏瑾的墓碑前。

他心里涌动着一些意味不明的情绪，两根手指随意搓了一下，倒也不显尴尬，极其自然就收了回来，揣进自己的裤兜里。

"耳环很好看。"片刻后，他说。

男人不懂女孩子那些首饰的分类，只要是戴耳朵上的，统一都称为耳环。

盛意一愣，莫名其妙"哦"了声，脸却有点发热。

"怎么就只戴一枚？"

他又问，眼睛看着她，目光沉沉。

盛意无端被烫到，连声音都放轻了些："另一枚送人了。"

江妄点点头，盛意又拐回了先前的话题："那明天早上我们车站见吗？"

海市离南城不远，乘坐高铁只用五十分钟就到了。

江妄低头看了眼时间，快下班了，他说："不用。明天我开车去接你，还是住在景德巷？"

"是。"

江妄又点点头，还欲再说什么，瞧见旁边的玻璃墙外几个男人鬼鬼祟祟扒在那里，正满脸八卦地看着他们。

盛意顺着他的目光转身，徐楠连忙直起身，后退。

江妄越过她，拧开门把走出去，那几人还没来得及逃走，讪讪笑了声，想说什么，在江妄冷得冰人的目光里，最终又收了声。

最先反应过来的还是孟平，在一片安静里，他突然大喊一声："下班了！"

于是几人瞬间作鸟兽散，等盛意开门出来时，办公室里只剩下江妄一个人了。

江妄从口袋里又摸出烟盒，倒出一根烟，靠在门口，没有要走的意思。

他不抽烟时，一根也不碰，一旦抽起来，就抽得特别凶。

以前打比赛，每次他压力大时，桌上烟灰缸都堆得满满的，大款每次见了，都皱着眉头担心他有一天会不会因为抽烟太凶而死掉。

大款年纪不大，长得也显小，一张娃娃脸白白净净的，却特别爱操着一颗老妈子的心。

江妄离开青焰那天，也数他哭得最凶，一副此生可能再也不会相见的架势。

最后还是江妄拍拍大款的手："就走半年而已，又不是要死了。"他那时是这样说的。

未料，说完后，大款哭得更凶了，呜呜呜的，说："你真的不是得了什么癌症吗，不然为什么要走？禁赛又不一定非要离开俱乐部……"

思及往事，江妄不由得低头笑了笑。

盛意回到自己工位上，收拾好自己的包，见江妄还靠在那里吞云吐雾，烟雾将他的面庞拢在后面，令他整个人看起来都有点颓废。

盛意有时候觉得，她还能在他身上看到高中时的影子，有时又觉得他已经完全不是当年那个少年。

她一直以为自己喜欢的只是记忆里的那个人，等发现他与自己想象中的模样相差太大时，就会很快失去兴趣。

可是，不知是不是她在与他重逢的那一刻，就已经预设好了"我喜欢他"这个先天条件的缘故，在与他相处的过程里，她好像又一次爱上了他。

爱少年时落拓不羁的他，也喜欢现在这个悠然散漫的他。

盛意张了张嘴，想说什么，顿了顿，最终还是叹了口气，只说："那我先回去了，明天见。"

"嗯。"江妄咬着烟蒂，抬头看过来，声音有些含混不清。

办公室里的灯早就打开，室内灯火通明，等人走远了，他才回到办公室，走到落地玻璃前，望着楼下车水马龙。

正是下班晚高峰，楼下汽笛声不绝于耳，每个人都在为自己的生活奔忙。

放在桌面上的手机突然开始不断振动，他走过去，点开，发现是孟平他们几个正在他们几人的小群里八卦。

孟平：@江妄 坦白从宽，抗拒从严！

刘彦明：孟平你胆子真大，帮你再艾特一下@江妄，希望老大知道，并不是我想要@江妄 你，这一切都是孟平的锅，我不过是作为朋友，帮他个忙，所以才@江妄你的，这一切都与我无关。

徐楠：所以你们的意思是，老大和盛意姐在谈恋爱？

孟平：我可没这么说，所以老大你觉得徐楠说得对吗？

…………

他们虽然这样说，但其实压根儿不是真的需要江妄回答他，没过两分钟，这几人话题就不知道歪哪里去了。

江妄没回他们，直接退出聊天框，看到宋景明又发了新消息过来。

宋景明：看到群消息了，你跟盛意……官宣了？

宋景明：刚刚还跟我在那儿装，转眼就官宣了？

这些人真的很喜欢管别人的闲事，江妄手边的烟燃完了，他随手把烟蒂扔进烟灰缸里，字都懒得打了，直接对着那边发了语音。

江妄："你有病？"

宋景明很快给他回了电话："没官宣，群里都在说什么？"

江妄继续开怼："你的员工，都随你，爱管闲事。"

宋景明："你也是我的员工。"

江妄："辞呈怎么写？"

宋景明："……江哥，我错了。"

宋景明认怂认得快，且毫无羞耻之心，江妄嗤笑一声，宋景明又说："你真不喜欢人家盛意吗？"

江妄懒懒地说："嗯。"

宋景明说："不喜欢人家还对人家那么好？我可从没见过你这么照顾一个人，反正没这么照顾过我。"

江妄听完，冷冷笑了声，就好像在说，你也配？

宋景明说完也知道自己是在自取其辱了，他努力给自己"挽尊"，继续质问江妄："你敢说你对她没有特别照顾？"

江妄说："就只是出于老同学的照顾。"

"屁！之前那文身店老板娘，叫林什么的，不也是你老同学，也没见你对人家多笑一点儿。"

他说的应该是林昭昭。

那几天宋景明谈了个新女朋友，年纪特小，不知道在搞什么非主流文化，非说什么两人在异地，她感受不到宋景明的爱。

宋景明就虚心求问要怎么样她才能感受得到，小姑娘就说让宋景明去文身，在自己心脏的位置文上她的名字。

宋景明一开始定制了个文身贴想忽悠过去，结果人小姑娘居然是个高手，仅仅在视频里就识破了他的小把戏。

宋景明只好拉着江妄陪他一起去文身。

之所以拉着江妄，是因为他这人天不怕地不怕，就是怕疼。

小时候打针能哭得方圆百里都是他的声音，这事儿后来江妄听宋景明的妈妈提过很多次。

宋景明说："我寻思着人文身店老板娘也是你老同学，怎么不见你对她这么照顾呢？你当时可是在那里坐了好几个小时，一句话都没跟人家多说，看着就大写的两个字：不熟！"

"哪跟你对盛意似的。你自己难道没发现，你面对盛意的时候，特别有耐心吗？"

他废话是真的多，一条一条列举江妄待盛意的与众不同之处，江妄听着，却有些出神。

他想起高中那会儿，他们在浔江学画画的时候，临去之前，李临就对他千叮咛万嘱咐，让他帮忙多照应着点盛意。

他平日里虽然看起来朋友不少，但真正交心的却不多，李临算是一个。

李临既然这么交代了，应该是真的挺喜欢盛意，反正也就是举手之劳，他便点头答应了。

这么多年，自从毕业之后，他就没怎么听李临提起盛意了，偶尔讲过两次，也无非是说她考研跨了专业，好有魄力云云。

后来李临在学校里也谈过两次恋爱，他觉得李临应该早就对盛意没有那种想法了，但讽刺的是，李临早已经从自己那段无疾而终的单恋里得到解脱，而他对盛意，却好像仍旧习惯性地去照顾。

习惯到，他身边的人竟然全误会他喜欢她。

但是，他真的对她毫无感觉吗？

他心里又浮现出那晚江清远骂骂咧咧来找事时，女孩在灯下维护他时的单薄身影。

他当时自以为自己没放在心上，在心里嗤笑她爱心泛滥，但胸腔处又分明有股陌生情绪在激荡，不难受，那股情绪透着暖意，烫着他的心脏，妥帖又温柔。

许是久久未等到他的回应，宋景明终于停歇下来，唤他："江妄？"

江妄收起思绪，心不在焉地应了声。

宋景明说："我认真在跟你说，如果你真的对人家有意思，就放手去追。说实话，我真的很讨厌你这个被动的性格，总等着别人走向你，别人凭什么要一直走向你？就算人家盛意喜欢你……"

江妄打断他："你不是说她不喜欢我？"

宋景明一噎，反问："所以你这是默认自己喜欢她了？"

江妄手指点着桌面，没说话，半分钟后，就听听筒里传来宋景明经久不息的大笑声："不是吧？你真承认了？我那是诈你呢……"

江妄将手机拿远些，望见外面暮色更重，天空越来越昏暗，他看了一眼手机屏幕，毫不留情地挂断了电话。

挂掉之后，又找到宋景明的微信。

江妄：我这辈子就不知道"被动"这两个字是怎么写的。

发完，看到盛意也发了新消息过来。

盛意：对了，把你身份证号发我，我一起订车票，酒店宋总说他来订。

江妄把这段话来回读了两遍，好像光看着字就能想象出她说这句话的语气。他压住嘴角，漫不经心地在手机上打字，打了一半，不知想到什么，又一条一条删除，改为发语音。

他勾着头，嗓音压得很低，声音像是从鼻腔里发出来的，显得低沉而酥软："我来订吧，你把身份证号发给我，免得宋景明赖账。"

盛意刚下地铁，还没出站，耳朵直接被这声音烫得一软。

她停下来，慢吞吞地输入一串数字，发过去，想了想，又发了一个昨晚简希分享给她的可爱表情包。

简希说了，跟男人聊天，就得用这种可可爱爱又纯又欲的表情包。

"你撩他，得让他能接收到信号，不然就等于撩了个寂寞。"

简希恋爱谈得不多，讲起恋爱来却一套一套的。

盛意千挑万选，最终选了个脸上被涂了两坨腮红的毛茸茸小白猫咪的表情包，不知道是什么品种的猫，眼睛很大，圆溜溜的，头上还被人用笔刷画了朵小花。

格外可爱。

3

晚上，林昭昭在她们家吃的饭。

盛意到家的时候，她已经在里面了，正在厨房里做菜，陈静冉站在厨房门口努力想搭把手。

盛意开门进来，陈静冉便说："昭昭来了，来就来，还买这么多菜。"

林昭昭在满厨房油烟味里接话："小姨，您跟我客气什么？"

这些年，盛意有时不在家，林昭昭偶尔会来坐一坐，帮盛意给陈静冉做一些家务，时间一久，她也跟着盛意一起喊起小姨来。

她边说，边把陈静冉往外赶："厨房里油烟大，您去客厅里看会儿电视。"

盛意也走过去，洗了洗自己的手，闻言赞同道："小姨你就去休息吧，这里我帮忙就行。"

未料，林昭昭连她一起也给赶了出去："你就别给我添乱了。"

林昭昭厨艺好，最开始她不了解盛意水平的时候，让盛意帮过两次忙，后来见盛意把她好好一根山药切得又厚又参差不齐之后，就彻底放弃让盛意做她的帮手了。

盛意还给自己辩解："虽然颜值不高，但也不影响吃啊。"

林昭昭说："那你找男朋友，长得不好看的，也不影响你的生活，你也能凑合？"

她讲话比以前更加口无遮拦，盛意回头看了一眼陈静冉，发现陈静冉没注意到她们的对话，才放下心来。

林昭昭看着她，笑骂："德行，都是成年人了，还这么怕跟小姨谈这种话题啊？"

盛意说："你怎么不在林叔叔和阿姨面前讲？"

"我说了啊，不就是被他们臭骂一顿。"林昭昭笑得前仰后合，顿了顿，又说，"说起来，你长这么大，有过……"她声音放低了一些。

厨房里抽油烟机轰轰响，谈到这种话题，盛意还是觉得有点儿害羞，她摇了摇头，林昭昭就"啧"了一声："怎么还不谈个男朋友？"

她今天说话全绕着男朋友转，盛意便问："你是不是有喜欢的人了？"

"是啊。"林昭昭承认得也坦荡，"等会儿拿照片给你看，正在追我，我还挺喜欢的。"

盛意说："喜欢人家，怎么还没在一起？"

林昭昭说："你以为爱情跟我们小时候过家家一样那么容易的啊？我们这个年纪，谈恋爱要考虑得太多了，家庭合不合适，三观相不相合，对方的事业、工作前景……太麻烦了。而且，被追的人也不能太快答应，太容易得到的东西，没人会珍惜的。"

盛意说："喜欢就是喜欢，考虑那么多干什么？"

说完，就见林昭昭正用着一种莫名的眼神看着自己，盛意问："怎么啦？"

林昭昭说："我有时候还挺羡慕你这种单纯的。"

盛意从林昭昭话里半点羡慕的意思也没听出来，她觉得林昭昭十有八九是在内涵她蠢。她也没反驳，只说："我觉得这个世界上，每个人都是不一样的，是不是也存在这种人，喜欢就是喜欢，没那么多算计，也不会像你说的那样——得到之后就没了新鲜感，就厌烦了。"

林昭昭说："有是有，但你知道当今社会最缺少的是什么吗？"

盛意问："什么？"

"长情啊！"林昭昭说，"你看，以前的人，动辄能喜欢一个人好几十年，一生一世一双人。而现在，追求一个人超过三个月，他们就觉得自己可牛了。"

许是因为有心事，那晚林昭昭并没有回家，而是跟盛意一起躺进了她的小阁楼里。

夜晚，两个人都辗转反侧睡不着，盛意是想着明天要跟江妄一起出差了，林昭昭不知在想什么，身子翻过来又扭过去。

江妄订的车票是下午一点的，所以明天可以睡个懒觉，盛意不着急入睡，望着黑沉沉的夜色发了会儿呆，才小声叫了一声林昭昭的名字。

她说："聊聊天吧。"

林昭昭这才想起，她忘记把自己喜欢的人的照片拿给盛意看了，但其实也没什么可看的，因为盛意明天就要去见他了。

盛意其实早就有猜测，这会儿听林昭昭主动承认，她还是觉得有点稀奇："他在海市，你们两个是怎么认识的？"

林昭昭说："我如果说是因为打游戏认识的，你会觉得我很离谱吗？"

盛意："是还挺离谱的。"

话音落下，就遭到林昭昭一阵狠捶，两个女生瞬间笑成一片。

林昭昭说："一开始是游戏里认识的，当时因为要做任务，所以结了个情缘，后来他来南城出差，我们一起吃了个饭。那之后，他又往南城跑了好几趟，每天都会往我店里送花。"

盛意说："你喜欢人家，怎么还要去坑人家？"

林昭昭沉默一会儿，说："我就是想多跟他扯上一点儿关系，总觉得牵连越多，就越有实感。"

她说："等你喜欢上什么人，你就懂了。"

说完这句，两人又陷入一片沉默之中。

不知过了多久，盛意才又一次叫了林昭昭的名字。

林昭昭应该快要睡着，迷迷蒙蒙"嗯"了声。

盛意说："我一直没有跟你说，其实我有一个喜欢的人，我喜欢了他很久很久很久。"

房间里很安静，没有人回答她，窗外又刮起大风，在玻璃外发出一阵"呜鸣"的类似于野兽怒吼的声音。

盛意像是并不在意究竟有没有听众,只继续说道:"我以前一直以为,我和他的关系,最多也就只能走到我喜欢他这一步,就不会再有更多的牵扯了。

"我甚至想象过,也许很多年后,我无意间从旁人那里得到他结婚的消息,我应该会对他的新娘很好奇。假如那人比我好,我会难过,但是也很欣慰,或许会释然,又或许不会。

"假如那个人没有我好,我应该会很后悔吧,会想:早知道这样,我当初就该奋不顾身地奔向他。

"在过去的那么多年里,我都以为,这就是我们的结局了,可是——

"可是,前不久,我又遇见了他。

"然后啊,我就想,我为什么不能成为那个人呢?"

第九章·恋爱

这次，换我来喜欢你，好不好

1

夜越来越深，楼下的游客还在长街上闲逛，偶尔有一些细碎的歌谣传上来，女人声音温柔，深情而缱绻。

盛意透过外面路灯的光线去看林昭昭，她睡得很沉，呼吸起伏剧烈，不知道又做了什么梦。

文身店不用开门那么早，隔天林昭昭一直等盛意起床了，她才慢吞吞起来。

盛意边坐在餐桌边吃饭，边笑她："没见过你这么做生意的。"

林昭昭说："不管，我是老板我做主。"她打了个哈欠，又问，"小姨呢？"

"去剧场了。"

"不是不工作了？"

"好像是说有个角色，新演员有点把握不好，让她去给指导一下。"

林昭昭"哦"了声，伸手便要拿桌子上的米糕，被盛意一筷子敲开："去刷牙。"

林昭昭吐槽："你像我妈一样。"

盛意就抿嘴笑："没有你这么大的女儿。"

吃完饭后，林昭昭就先离开了。盛意的行李前一晚就收拾好了，她看了一眼时间，已经十一点多，从景德巷去高铁站要半个小时，也就是说，她大约十二点就要出发。

她又仔细检查了一遍自己的行李箱。

其实要带的东西不多，因为最晚后天就可以回来了，她检查到一半，江妄就给她发了微信。

江妄：我到了。

盛意：我马上就来。

盛意迅速拉上行李箱的拉链，锁好门，拖着箱子就往巷口跑。

虽然已经过了清明假期，但可能因为还有一点儿假期的余韵，故而景德巷的游客还是多得不像话。被人群堵住的时候，盛意又开始后悔自己为什么没有走小路出去。

好像一旦遇到与江妄有关的事情，自己总会比平常少一分理智。

等她好不容易从人群里挤出来的时候，已经是十五分钟后的事情了。

巷子里人多，巷口倒还好，盛意刚出来就看见他了。

江妄今天穿得休闲了些，一件烟灰色的薄卫衣，下面是条很宽松的牛仔裤，半长的头发垂下来，发色是纯黑的，整个人看起来特乖。

不知道的，还以为是附近大学里的学生。

盛意在那儿看的半分钟内，已经有不少于五个女生偷看他，自己看完了还不够，还要跟小姐妹讨论，然后小姐妹也开始偷偷去看他。

女孩眼神露骨，也不会加以掩饰，大概是被她们看得有点儿不耐烦了，江妄嘴角往下压了压，随即把卫衣领子拉到了下巴处，垂下来的那两根抽绳一系，绑成了个蝴蝶结。

盛意听见刚刚路过他的女生轻叹："好可爱哦！还系蝴蝶结！"

盛意没忍住笑了，再抬头时，江妄已经看见她了。

他靠在车边，双臂抱怀，游刃有余地看着她如蜗牛爬行一般慢慢往前走。

然后，等盛意走到中间的时候，他突然直起身子，跨步走过来，接过盛意手里的行李箱。

盛意又听见旁边传来此起彼伏的哀号声："怎么帅哥都有女朋友啊？！"

盛意捏了捏耳垂，也不知江妄听到没有。

他腿长，步子迈得很大，盛意跟在后面，需要小跑才能追上他。

她连句"谢谢"都没来得及说，蹦蹦跳跳跟在他后面，没走两步，江妄莫名其妙又停了下来，她脚步没刹住，直挺挺撞到他的后背上。

春日衣裳薄，他的背上全是骨头，盛意没忍住，呜咽了一声。

她理清自己的思绪之后，整个心情好像都开阔起来，因为已经深知自己想要的究竟是什么，所以只用大步往自己想要去的方向奔跑就好了。

不就是让江妄喜欢自己吗？她盛意——可以做得到的！

明明前一秒还在心里这样给自己打气，可撞到他后，听到男人略带揶揄的轻笑声，她又怂了，小乌龟似的，把脑袋缩进壳里。

但比起以前，还是勇敢了一点儿，她轻声嘟囔："你怎么突然停下来哦？"

她讲话喜欢带语气词，嗓音又是南方人特有的软糯，以前在京市上学时，一开始总有人在背后吐槽，说她跟谁都撒娇。后来发现她真的只是口音如此，议论声就渐渐少了一些，大家转而又开始对她进行"彩虹屁"轰炸："你说话好可爱哦！"

盛意曾努力想改正，学着京市人的口音去讲话，可那种口音对他们南方人来讲实在太难了，她试过一段时间后，最终在大家的取笑声中，颓然放弃。

这会儿，晨光稀薄，融融春晖笼罩在他们身上。

江妄上下扫视了她一眼，见她鼻头都红了，才总算放缓一点声音："你太慢，怕你走丢了。"

语气像是喟叹。

盛意直觉他话里有话，但还是下意识地回怼道："我又不是小孩儿。"

江妄又笑了一声，没再接话，但接下来的步子却放慢了很多。

他之前上班就一直是自己开车过去的，盛意见过几次，但坐他的车还是头一回。他车里的气息很干净，一进去，就觉得很舒服。

盛意发现，她虽然喜欢了江妄很久，也从各个地方搜集了他很多资料，知道很多关于他的重要或不重要的信息，但对于他这个人本身，她好像又知之甚少。

譬如，他工作其实并不怎么积极，平日待人也一脸任你们在我的世界随意进出的姿态，在照顾自己这方面，他更是差得不行。

总之，就是一副对这个世界毫无留恋的模样。

但他又格外在意自己生活的品质，会点熏香、喷香水，床单被罩上全都是干燥的阳光气息，也会把湿淋淋的流浪猫抱进怀里小心安抚。

她小心扣上安全带，瞧见车子已经驶出人流，今天天气好，太阳高高挂在天际，盛意看着窗外不断闪过的风景，没话找话地给江妄介绍："小时候这边很荒，还没有进行规划，外婆会在这里种菜。

"她起很早，有时候天还没亮就起了，她自己害怕，但小姨工作忙，她就让我跟她一起去干活。我那时候小，起不来，迷迷糊糊就被她抱起来，穿好衣服，然后装进篮子里。

"你知道那种竹篮吗？我那时候真的又瘦又小，篮子就能装下，然后外婆在那边挖地种菜，我就在旁边昏昏欲睡地看着她。"

她讲着讲着，又觉得自己会不会太多话，江妄会觉得她太吵了吗？她停下来，转头去看他。

男人开车的时候跟平日里懒散的模样倒是有点不同，他坐姿很正，视线一直注视着前方路况，偶尔会回头看盛意一眼，听到有趣之处，还会勾起一点儿笑来。

笑容很淡，但莫名……令人心动。

应该是察觉到她停下来了，等红绿灯的空当，他手指敲了两下方向盘，漫不经心问："然后呢？"

盛意愣了愣，叹口气："没有然后了，然后我就长大了。"

她这话说得有点儿丧气，但唉声叹气的模样又莫名有点儿可爱。江妄嘴角不由得又往上勾了勾，透过后视镜去看她，女孩已经打开手机，不知道在手机上敲敲打打写着什么。

盛意在回复简希的微信。

她上午睡醒时，看时间还早，就玩了会儿手机。

那时，简希正好给盛意发消息，盛意于是就顺口把她即将要跟江妄一起出差的事说给了简希听。

没想到她比自己这个当事人还要激动，当即就甩过来一通电话："哇哦，那岂不是可以一起过二人世界了？"

盛意说："就只是一起出差而已。"

简希："准备好东西了吗？"

盛意："？"

简希："安全套啊、情趣内衣啊之类的，都带了吗？"

盛意："我们是去工作的。"

简希："你们住的酒店是什么？"

酒店名字之前宋景明给他们发过，盛意回忆了一下，说出个名字，简希说："行，等着。"

说完，她就以主管来查岗为由，挂了电话。

盛意盯着手机莫名其妙了半天，也不知道她说让自己等着什么。

这会儿见简希好不容易空闲下来，她发了条微信过去。

盛意：你上午说让我等着什么？

简希：我不是看你生日快到了吗，给你买了个礼物，直接寄到酒店了。给你个惊喜。

盛意：？

盛意：谢谢，我的生日在十月。

简希：差不多差不多，也就几个月而已啊。

盛意：……

两人又插科打诨了会儿就到了高铁站，江妄把车子停在了地下停车场里。

车站的停车场很空旷，里面几乎都没有什么车子，温度也很低，盛意刚下车，就被冻得打了个寒战。

江妄打开车后备厢，把她的行李提下来。

男人出门不像女孩子那么麻烦，他就只背了一个简单的黑色腰包，包的容量还挺大，里面塞了些他的换洗衣物和日常用品。

盛意看了眼时间，距离发车时间还有半个小时。

她走过去，想接过行李箱自己来拿，可男人步子迈得快，态度又十分自然。

盛意叹了口气。

拐角处有车驶来，刺目灯光照过来，盛意往后退了一步，侧身让开。

车子从他们中间穿行而过，盛意被尾气熏得皱了皱眉，本想等尾气散去再走去对面，冷不防，手腕突然被人捏住。

男人手指冰凉，搭在她的手腕上，随即拉起她大步往电梯边走去。

盛意蒙蒙地跟上去，他另一只手还拉着她的行李箱，轱辘滚在地上，发出轰轰的响声。

江妄语气淡淡："还要安检，再慢一点儿就赶不上车了。"

车站和机场永远是人流量最大的地方，盛意他们到达检票口时，他们要坐的那趟车刚好在检票。

江妄买票的时候还有选座位的余地，他选的是个两人座，靠窗，外边薄薄春光铺进来，好像为座椅也打上了一层柔焦的滤镜。

车厢里空调打得很低，两旁不停有人走动，盛意并拢着脚，坐下后，就从包里掏出一颗糖塞进自己嘴里，然后仰头去看江妄。他站在旁边，侧身让着行人，准备等他们过去了，再把她的行李箱放到行李架上。

车厢里应该有小孩儿，另一头间或有婴儿的啼哭声传来，盛意听见后座的人抱怨："带小孩儿坐车，能不能管好啊？"

另一人小声劝："别这么说。"

她轻轻用舌尖抵住嘴里的糖果，将它从左腮推到右边，蜜桃的甜味儿瞬间在她嘴里晕开。

她被甜得微微眯起了眼，身畔忽然落下一道阴影，随之而来的，还有男人身上特有的淡香。

座位不大，他的肩膀紧挨着她的。

盛意的身子本能地缩了一下，她放下小桌板，从包里掏出保温杯，见江妄落座后，朝她递来一只耳机。

他有两副耳机，一副有线的，一副无线的，平时用的都是无线的，前两天听说那副耳机在出去吃饭时弄丢了，所以今天带的是有线的。

细细的白绳连接住两个耳机头，莫名拉扯出一阵缱绻的意味来，江妄声音低沉："听歌吗？"

盛意反应特别迟钝地"欸"了一声，手却已经伸上去接过了他手里的东西。

他应该是随便点开了一个歌单，随机播放的，全是一些怀旧金曲，都是盛意初中、高中那会儿听的歌，有些旋律一入耳，当年的画面就涌入脑海。

车子已经开始行驶，盛意侧头望向窗外的站台，脑海里却无端想起，高三艺考的时候，她和江妄其实也这样同坐过一段火车。

那时她小心怀揣着自己的隐秘暗恋，在沉沉夜色里，将自己的心事藏匿又藏匿。而如今时过境迁，记忆里的那张容颜与身畔人的侧脸慢慢重叠在一起。

这些年身边的人来来去去，他们喜欢的人也换了一个又一个，很奇妙，她和她当年以为最不可能会有交集的江妄，竟然在几年之后，还能这样共乘一段火车，甚至是共听一首歌曲。

路程很短，一个打盹儿的工夫就到站了。

其实到站的十分钟之前，乘务员就在广播里播报了，但当时盛意迷迷糊糊睡得正沉，江妄就没有叫她。

等车子停下来后，他才小声唤了声她的名字。

盛意一坐车就容易睡觉，她睁开眼，眼里全是将醒未醒的迷蒙水汽，她略带茫然地唤道："江妄？"

她这副模样实在太无害，眼睛圆溜溜，和她昨晚发的表情包里那只猫倒是挺像。

软乎乎的，看着特别好欺负。

江妄眼里蓄起淡淡笑意，盛意这才清醒过来，她说："我睡着了。"又问，"到站了？"

她说着，匆匆忙忙站起来，耳机从耳蜗里脱离出去，落到江妄手边，她下意识伸手去捡，却意外与男人的手碰到一起。

她像被烫到般猛然收回，眼睛上瞥，与江妄的视线对上。

气氛微妙地暧昧起来。

江妄亦停顿了半刻，然后垂下眼，若无其事地把耳机线从手机上拔下来，胡乱一卷塞进口袋。

海市的车站很大，人也多，江妄拖着行李箱走在前面，盛意怕走丢，眼睛一刻也不敢离开他的身影。

但即便她想离开，也根本做不到，他身形太优越，丢进人群里，一眼就能被看到。

但她还是在人潮拥挤过来的时候，突然伸手扯住了他的衣襟。

她是临时起意，自己也未仔细想过这个举动的意义，就是心里想，然后就那么做了。

简希说得对，如果想要打破目前的关系模式，就势必要做出一点儿出人意料的举动来。

她以前从没刻意去撩拨过什么人，这种事情也是第一次做，她心里又紧张又忐忑，还带着几分放手一搏的决然。

江妄的衣摆被她扯得往下一坠,他感应到后面人的动作,脚步不由得一停。

她的手软软的,不小心碰到他的后腰,猫爪子一般,挠得人连心头也跟着痒起来。

他没有转身,只微微偏了一点头,然后没拿行李箱的那只手忽然握住了盛意的手腕。

他始终秉持着君子之道,半点雷池也不越。

盛意之前看她那些大学同学谈恋爱,哪个不是认识三天,对眼五天,瞬间就天雷勾地火。

偏偏她,喜欢一个人,还像个学生似的,只是碰碰手腕,心跳就如擂鼓。

只是,这次心脏狂跳的不止她一个人,若是她能冷静下来,仔细去感受,就会发现,江妄脉搏亦跳动得异于常人。

就是在刚刚那一个瞬间,江妄突然想起,昨天晚上宋景明在深更半夜其实打来过一个电话,理由是,他后来回去后,左思右想,总觉得江妄那句"我这辈子就不知道'被动'这两个字怎么写"有点奇怪。

他表达能力不太好,一句话翻来覆去讲了好几遍,最后语气终于严肃起来。

"江妄,"他说,"你是不是准备追盛意?"

他们之间,虽然平时总爱插科打诨,但面对正经事时,还是很认真的。

江妄那时刚洗完澡,室内水汽氤氲,他弯腰从桌上捞起一根烟,走到窗边站定。

窗外微风习习,晚风温柔而凉爽,老街不热闹,夜深后,便只有零星几户人家还亮着灯。

他在宋景明提起"盛意"这个名字后,脑海里一瞬间又浮起女孩的脸。

很奇怪,他想到的并不是现在的盛意,而是高中的时候,有一天晚上,他像往常一样送她回家,注视着她上楼后,女孩突然转身,在一片沉沉的夜色中,弯着眼睛跟他说,让他以后不必送她了。

那时他年纪不大,也从没把感情这种东西放在心上过,他当时只觉得女孩子的心思也太难懂,像夏日的天气,晴一阵雨一阵的,变幻莫测。

但心头那点烦躁和失落,却被他下意识地忽略了。

可最近那种烦躁和失落又时不时纠缠着他,是在与盛意重逢的那一天开始的。

总觉得有点不甘心,可到底不甘心什么,他也摸不清楚。

直到白天宋景明问他:你真的不喜欢盛意吗?

他才隐隐约约摸出一点儿头绪来。

他嘴里咬着烟,讲话便有些含混不清,宋景明问完那句话后就没再多言了,两分钟过去,他才轻轻叹了口气。

"是。"

像是无奈,又像是认命。

许是因为家庭的关系,上一辈的感情闹得太惨烈,未给他做过什么正面示范。故而,懂事以来,他对感情一事就一直没有什么憧憬,所以在很长一段时间里,他都以为自己这辈子都不会喜欢上什么人。

但也不代表,他心里便是抗拒感情的。

相反,正因为他对这世上的大多事情都没什么热情,所以倘若真遇到喜欢的人和事,便会比普通人投入更多的努力与耐心。

2

江妄提前在网上约了车,车子在他们到之前就已经等在地下车库。

他就这样拉着她,一路走到地下停车场。

找到约好的司机后,他才松开手,盛意打开车门先坐了进去,江妄在后边给她放行李箱。

司机转头看过来,热情地同她打招呼:"姑娘,跟男朋友一起来旅行啊?"

盛意小声说:"是来出差的。"

"看着很小啊,已经大学毕业了吗?"

"毕业很久了。"盛意有些心不在焉,想了想,又补充,"不是男朋友。"

话音刚落,旁边车门突然被打开,江妄倾身进来。司机又跟他们确认了一下地点,才发动车子,驶出车库。

这会儿是下午两点,外头阳光炽烈,车子里全是手机导航的提示音。

司机大约是个多话的,没停儿分钟,就又接上了之前的话题,大剌剌地笑道:"我又不是瞎子,刚刚一路牵着手恩恩爱爱走过来的,还骗我说不是男朋友。"

江妄没听见他们刚刚的对话,疑惑地看了盛意一眼,盛意"欸"了声,直接想找个地洞钻进去,她无力地解释:"您真的误会了。"

司机看她态度坚决,脑子不知道又想到了哪里,顿了片刻,斟酌着道:"我觉得吧,恋爱是自由的没错,但自由咱也得有底线,有女朋友的男人,再喜欢也不能……"

他自以为自己话说得委婉,殊不知盛意整个人都要烧起来。

江妄纵然没听到他们前面的对话,但这会儿也差不多明白过来了,他的嘴角不由得往上翘了翘,眼里笑意渐浓。

在司机蹦出更多虎狼之词之前,他及时说道:"我女朋友就只有旁边这一个,您不用担心。"

司机透过后视镜狐疑地看着江妄,估计以为江妄在骗他。

江妄深深叹了口气,像是十分无奈道:"她是学戏剧的。"

169

他点到为止,司机蒙了两秒,总算明白过来,"嗐"了一声:"真的是,你们现在的小年轻……"

盛意从刚刚江妄开口时,整个人就一直石化在那儿,江妄说的每一个字,单独听她都知道是什么意思,可连在一起,她就一句也听不懂了。

她心里一时间蹿出两个小人来。

一个小人说:"他只是怕司机继续误会,再说出什么奇奇怪怪的话来,所以才这么说的。"

另一个小人说:"你扪心自问,你真的没感觉到他其实对你有好感吗?他这就是在向你示好!"

她的脑袋一时乱成一团,各种念头在里面交织,盼他回应她,又不敢真的抱有这样的期待,因为怕期望越大,失望也跟着越大。

她叹了口气,转头,看见男人在说出那样的话后,仍能泰然自若地坐在那里,仿佛他说的不过是"吃饭了吗"这样平常得不能再平常的话一般。

她收回视线,虽然明知毫无道理,但又不可遏制地在心里怪怨起江妄来。

都怪他,为什么要说出这样似是而非的话,为什么要做出那些令人想入非非的举动。

无端害她忐忑。

又无端害她心动。

等他们到酒店已经是傍晚了,宋景明还算有点良心,给他们订的酒店一看就很贵。

盛意在群里回复大家的消息。

从下午开始,孟平他们就开始在群里哀号,说好羡慕江妄和盛意能出去玩。虽然盛意强调了很多遍,说他们是去工作的,但孟平也不听。

一进酒店大堂,便有扑鼻的香味盈来,盛意跟江妄一起去办入住,等所有手续都办完之后,前台却只递给他们一张房卡。

江妄接过房卡的同时,宋景明微信也发了过来。

宋景明:怎么样?到了吗?惊喜吗?

宋景明:特地为你们挑的,这个店最贵的一个情侣套房,听说很刺激哦~

江妄视线落在他那个欠兮兮的波浪号上,无言了片刻,转身,看了盛意一眼。

小姑娘大概是坐久了车,神情有些倦怠,乖乖站在那儿等他办手续,丝毫不知道宋景明都干了些什么事。

果真是被人卖了还要帮人数钱。

他不由得又是一笑,把房卡推回去:"抱歉,麻烦换成两个标间。"

前台脸上依然挂着十分标准的笑容:"不好意思,您是对我们的房间有什么不满吗?"

"私人原因。"他淡淡道。

前台刚刚问话的时候,就已经开始在电脑上给他们办理换房流程,两分钟后,她再次抬头。

"不好意思,房间满了。"

盛意在旁边等了会儿,看他们在这边一会儿一声"抱歉",一会儿一声"不好意思"。

"怎么了?"她问。

前台解释:"这位先生想把情侣套房换成两个标间,但是已经满房了,所以……"她脸上露出一点为难之色。

盛意眨了眨眼,从这句话里捕捉到重要信息:"情侣套房?"她用脚趾都能想到,肯定又是宋景明那家伙的自作主张。

宋景明当时挑选酒店的时候,还神秘兮兮说为他们选了个很特别的地方,盛意刚刚在来的路上已经体会到这个地方有多特别了。

酒店建在海边,方圆几十里都荒无人烟,她深深怀疑这边的酒店到底是怎么满房的。

前台像是看出了她的疑惑,解释道:"这边是一个还没有完全开发的景点,所以会有很多人过来,在这边放松心情。"

确实还蛮放松的,远离了城市的喧嚣,四周全是静谧的山峦和波澜壮阔的海。

江妄靠在旁边,拿出手机打开订酒店的软件,查询了一圈,附近的酒店竟然全部满房。

前台估计见多了这种情况,给他们提出建议:"市区离这边比较远,你们如果现在过去的话,还挺麻烦的,而且我们这边的房间是不可以退的。"

她顿了顿,又说:"其实我们的情侣套房跟你们之前见过的应该不太一样,我们这个真的是套房,虽然只有一间卧室,但还有一个外厅,所以两个人住是完全没有问题的。"

盛意看了一眼价格,3888元,真的有点儿贵……

她抿了抿唇,扯了扯江妄的胳膊,小声问:"这个酒店钱,不会是要从我们工资里扣吧?"

实在不怪她不信任宋景明,谁让他之前有"前科"呢?她问得小心翼翼,江妄的目光落在她鼻头那颗小痣上,嘴角往下压了压:"我在,他不敢。"

盛意放下心来,但两人斟酌了一会儿,最终还是没有退房。

结果他们进电梯时,另一个一直没有说话的前台忽然追过来,手里还拿着一个快递盒,她眼神奇怪地看了盛意一眼:"请问是盛意小姐吗?"她刚刚就

171

看见了盛意的入住信息,这会儿不过是礼貌一问。

盛意点了点头,前台说:"这儿有您一个包裹。"

盛意站在电梯里侧,江妄顺手把东西接了过来。

"什么快递哦……"她嘀咕一声,估计是简希给她寄来的。

电梯门合上,门边数字不断往上跳动,盛意伸头看了一眼快递盒,低声念:"超有情趣用品店……"

她的语声忽地一顿,脸瞬间爆红,整个人都石化在那儿,偏偏东西现在还在江妄手里,他一手搭在行李箱上,另一只手拿着快递盒。

"情趣用品?"他抬头看了她一眼,嗓音清冷。

"是我朋友……"盛意浑身持续发烫,有些生无可恋地解释,"朋友寄来的,故意跟我闹着玩,跟你没关系,你别多想。"

她低着头,看都不敢看他,耳朵红得快要滴出血来。

江妄垂目看着她,不知道被她哪句话惹到了,刚刚语气里还只有揶揄,这会儿却添上了几分冷意。

"跟我没关系?所以,原本是要打算跟谁用?"

哪有什么跟谁用啊?这就只是一个乌龙……

盛意本来就羞窘得不行,被他持续逼问,小性子也上来了,她抬起头,忽然伸手夺过快递盒子夹在自己臂弯里,嘟囔着说:"反正跟你没关系。"

她始终垂着眼,目光从头到尾都没有落在江妄身上。

男人闻言,舌尖轻轻抵了一下上颚。

他平日里虽然总是一副懒散姿态,但大部分时候还是温和的,这会儿气场陡然降下来,显得有点凶,盛意没看他都能感觉到周围空气里好像陡然增了几分凉意。

"叮——"

好在这时电梯到了,稍微缓解了一点儿盛意的尴尬。

江妄眼睛轻飘飘在她身上停了两秒,长腿迈出,盛意蜗牛一样跟在他后面。这酒店构造复杂,弯特别多,没走几步,盛意就发现自己找不到江妄了。

她站在原地迷茫地眨了下眼,有一个瞬间,真的开始思考要不要逃跑。

然而,没等她做好决定,前面第二个拐弯处就退回来一个人,江妄说:"你走路的时候是不是特别喜欢发呆?"

盛意现在心里的火气还没下去呢,虽然原本就只有一点儿火星子,但一点就炸。

她抿了抿唇,没接他的话。

江妄已经停在门口,门锁被刷开,他侧过身,让盛意先进屋。

外厅没有窗户,连接卧室的那扇门被关上了,屋里漆黑一片,只有走廊里的灯光倾泻进来一点。

盛意停顿片刻,抬步进去,下一秒,身后的门猛然被人关上。

行李箱从她腿边滑过去,直接在她面前挡住了路。

江妄站在她身后,没有立马开灯,门外的光线也全然被隔绝掉了,黑暗里,男人身上的热气好似能通过空气传递到她身上。

她转过身,脑袋一时还没反应过来发生了什么,只低声问他:"怎么了?怎么不开灯?"

江妄问:"你买那些东西,原本是要跟谁用?"

海市的温度比南城要高一些,两人挤在玄关处那一点狭小空间里,盛意觉得自己鼻尖都开始冒汗。

"不是我买的。"她说。

江妄说:"那是谁买的?"

"朋友?"

"什么朋友?"

"你也认识,简希。"

盛意心里生出一股奇异的感觉,有些猜测渐渐在她心底冒了个头,她不敢往那边深想,但还是试探着问他:"你问这个干什么?"

"随便问问。"江妄似是笑了笑,又问,"我记得你上次说你有喜欢的人?"

盛意有点儿茫然:"什么?"

江妄给她回忆:"在春香楼,你打电话的时候。"

盛意想了会儿,好像是当时她想跟温景说自己有个喜欢的人,结果没说完就碰见了江妄。

她没有回答这个问题,江妄又问:"你朋友为什么要买这个送到酒店?"

绕来绕去,又绕回了那个问题。

"她跟我闹着玩……"

话音未落,江妄手机突然亮了起来,是沈致打来的电话。

他借着那一点儿手机的光,看了盛意一眼,女孩大概被他刚刚那一番问话逼急了,面上有了一些情绪。

他从没见过她这副多毛的样子,很奇怪,内心的第一反应竟然是——有点可爱。

他把房卡插进门旁的卡槽内,"叮"的一声,屋内瞬间灯火通明。

江妄接起电话,盛意终于得以离开。

她应该是真的生气了,从头到尾都没有看他一眼。

"你好?"

江妄没有立马离开,顺势坐到旁边衣柜的平台上,边与沈致通电话,边看盛意推开了卧室的门，拉着行李箱走了进去。

许是因为收价实在不低，所以屋内空间很大，倒是没有她在电视里看到的那些情侣套房搞的乱七八糟的东西，整体布置还是挺简约的，色调也很干净。

盛意进门后就把窗帘拉开了。

卧室里有一个很大的落地窗，正对着西边，从他们这个位置恰好能看见外面的海，以及远处黛青色的山峰。

盛意把窗户开了一条缝，腥咸的海风吹过来，带了点又湿又黏的气息，她的手指紧紧抠住窗沿，胸口处压着的情绪好像也随着远处的海浪一般，不断地翻涌、撞击。

她的喉咙堵得厉害，心口也疼得厉害，浓烈的委屈如夏夜骤然而至的暴雨一般，猛地朝她冲击而来。

她又想到了自己喜欢江妄的那些漫长又难熬的日夜。

虽然每次回忆起暗恋，她都能讲出一大堆释然又明朗的句子来——

什么在以后回想起来，就会是很美好的记忆；不管怎么样，青春期干干净净的喜欢，都是一样很动人的东西。

骗人的。

那都是已经从当日的困境里走出来的人，或者完全没有经历过那些酸苦的人，才能讲出的风凉话。

根本就没有那么轻松，起码对于当时正在经历的人们来讲，是不轻松的。

她也曾在无数个夜晚，眼眶红了又红，在他不知道的情况下，因他而失恋了无数次，又重新爱上他无数次。

江妄刚才那一番逼问，于他而言，或许只是一个无伤大雅的玩笑，可于盛意而言，却是被逼着直面自己悄悄对他怀有的欲念。

她的难堪毫无遮挡地暴露在他面前，她避无可避。

等江妄打完电话走进来时，盛意已经调整好情绪，但眼眶的潮红却未能全部退去。江妄的目光在她眼角处停了片刻，一向游刃有余的人，脸上难得露出一些无措来。

他抬起手腕看了眼时间，想了想，说："沈致说他刚好在附近，想今晚就见面聊一聊。"

盛意低着头，从包里掏出口红和气垫，轻轻地"嗯"了声，说："我去补个妆。"

盛意从江妄面前走过去，江妄随意将手机在自己手里转了一圈，看着她的背影，若有所思。

沈致和盛意心中想的有点儿不太一样，盛意当时听林昭昭说起他时，还以为他会是宋景明那种性格——爱笑，大大咧咧，性格豪爽。

总之，不会太正经。

未想见面后，她才发现他是个斯文极了的人。

他穿烟灰色西装，戴银边眼睛，头发全都梳了上去，长相不算特别出众，但整个人的气质很舒服。

林昭昭平日性格咋咋呼呼的，盛意没想到她竟然喜欢这样的，一见面，就忍不住给她发了条微信：我见到你的心上人了。

林昭昭很快回了条：别乱说！

然后她又问：你觉得怎么样？

盛意觉得一直看手机不礼貌，故而给林昭昭发完那条之后，就把手机塞进了包里。

许是因为要谈合作，沈致并不是一个人过来的，一见到盛意，他就温和地朝她笑了笑："经常听昭昭提起你。"

沈致叫得亲昵，盛意不由得意外地看了他一眼，两人握手后，沈致转头又去跟江妄打招呼。

他订的餐厅也在海边，是个当地的私房菜馆，里面的装修是中式的，乍一进去，盛意还以为自己进入了什么艺术展馆。

其实合作的事情，之前沈致和宋景明已经谈得差不多了，他们这趟过来，也就是进一步确认一下。

这种场合避免不了要喝酒，不知是不是林昭昭提前跟沈致打了招呼的缘故，他们倒是没有劝盛意喝酒，但盛意躲得过去，江妄就躲不过去了。

男人们喝酒喝得凶，对方有好几个人，还能轮流着喝，可他们这边就只有江妄一个人。盛意怕江妄胃受不了，在沈致那边的人不知第多少次又敬酒过来时，她突然抽掉了江妄手里的酒杯，然后在众人目瞪口呆的神情里，笑道："怎么只敬我们组长？"

她这句话，无疑是把所有的火力都引到了自己身上。

江妄偏头看了她一眼。

这一路盛意都没怎么跟他说话。虽然知道他并非故意说那些话惹她难堪，况且，所谓的难堪，也只是她自己心里单方面的感受，但她还是无法控制自己，让自己不迁怒于他。

她对所有人都笑得真切，唯独对他冷面以对，然而，明明连看都不愿意看他一眼，此时却又在为他挡酒。

她虽然在大学里参加过不少聚会，也努力练过自己的酒量，但大概是因为她对酒的味道实在欣赏不起来，故而到如今，她的酒量依旧很差，才刚喝一口，脸上就染上薄红，然而，也是在辛辣酒水滚入喉咙的那一刻，她才后知后觉地意识到，她用的是江妄的杯子。

于是，她本就泛红的脸一时红得更厉害了。

她怕自己情绪暴露，不敢转头去看江妄，一杯还没喝完，就听旁边的人落下一声低不可闻的叹息：“哪能让你挡酒？”

盛意不知自己是不是被酒意壮大了胆子，她忽然转头，目光直直盯着他，问：“为什么不能？”

江妄愣了愣，眼看着盛意把那一杯酒一口气喝完了。

到了后半场的时候，众人终于舍得休息一会儿，江妄起身去了趟卫生间，见他许久未回，盛意也找了个借口出了门。

可能因为现在是旅游淡季，这种小众景点的人便更少了，整个二楼就只有他们这一个包厢里有人，服务生也不在二楼，全在一楼等候，盛意一直走到卫生间旁的抽烟区，才看到江妄。

他倚在一边，神情隐没在烟雾后面，不知道在想什么。

听见脚步声，他转过头来，盛意在距离他两米远的地方站定。

他歪了歪头，把烟捻灭了，扔进垃圾桶里。

盛意的脸热得厉害，分不清是酒导致的，还是别的什么原因导致的。

他们两个都没有说话，就隔着那么不远不近的距离对视着，走廊两边的窗户都开着，外面的海风沿着窗户吹进来。

最后还是盛意先转开了目光，她说：“怎么在这里抽烟？”

江妄笑了笑，声音低低的，敲击着盛意的耳膜。

“不生气了？”

一句话就成功地令盛意想起了他之前的恶劣行径，她又不想理他了，转身就走。

江妄依旧立在原地，灯光将盛意的影子拉得很长，她的脊背挺得很直，脚步迈得很快。

江妄看着盛意的背影，无端想起高中时有一次，他们画室学员聚会，那段时间苏离频繁给他打电话，他被弄得有点烦了，接通电话想跟她说让她以后别再打来。

那时在大厅里，盛意亦是这样走出他的视线。

然而，与当日不同的是，这次盛意才走到一半，身后就忽然响起一阵急促的脚步声，紧接着她就被人拉住，拽进了旁边一间空着的包厢。

江妄顺势把里面的灯打开，关上门，将盛意禁锢在墙壁与自己的胸膛之间，他身上的酒味好重，烟味也好重，盛意皱了皱眉，她不知道他要干什么，但心里又有一点儿隐约的猜测。

她的心跳好快，但那样的猜测浮上心头之后，委屈却大于开心。

她追着一个遥不可及的梦跑了太久，如今终于要抵达彼岸，梦想唾手可得，可她心里想起的却是自己在走向他的过程里，所经历的每一次绝望和伤心。

她的脸热得厉害，眼里的水雾又弥漫开来。江妄还未开口，就看见女孩已经一副要哭出来的神情。

她应该是想要忍着，所以紧紧咬住了自己的嘴唇。

江妄又是一声轻叹，他抬起手，捏住了下她的下巴，令她咬着下唇的牙齿不得不收了回去。

女孩被迫仰起头来。

眼泪从她眼角滑下来，她看着江妄，心里好像有很多话要说，可又一句也说不出来。

江妄的手掌是真的大，手指很长，他的食指卡在她的下巴处，拇指竟然还能伸上去抹掉她眼上的眼泪。

"怎么这么爱哭？"他轻声笑。

盛意抿着唇没说话，她眼里水雾太浓，已经看不清他的表情。

江妄说："猜到我要说什么了？"

盛意还是没说话。

江妄说："我刚刚出去，给谢乔打了个电话。"

他就是刚才福至心灵，突然想起那个快递好像是谢乔那个小女朋友寄来的，所以想给谢乔打个电话，让他帮忙问问，盛意喜欢的人究竟是谁。

未料谢乔听到他的问话后，却有些欲言又止，顿了一会儿才说："我之前听她提过两句……"

江妄静静听着。

半晌，谢乔轻轻吐出两个字来。

江妄不知道该怎样形容听到自己名字时的震撼，很多过往被他忽略的细节一点一点在他脑海中慢慢浮现，然后越来越清晰。

关于为什么盛意跟别人说话，从来都落落大方，可每次碰见他，就变得别扭起来。

关于高三那年，他因为江清远的骚扰很久没去学校，盛意为什么大老远跑来找他，毕竟，她平时看起来并非是那么喜欢管别人闲事的人。

关于那年她为什么突然不让他再送她回家了，关于下午刚到酒店时，她被他逼问一番后，为什么会那么委屈……

她其实藏得并没有她想象中那么好，很多蛛丝马迹一旦串起来，答案就昭然若揭。

但她又掩藏得很好,她待他从来都冷冷淡淡,很少有越过普通同学的举动,所以,这么多年,他从来没有往更深处想过。

谢乔说:"我听简希说,她从你们高中那会儿就喜欢你,这么多年,也从来没有谈过其他男朋友……"

都是男人,讲这种话题,大概是觉得有点无从开口,谢乔说得很慢,寥寥数语就概括了盛意长达数年的漫长暗恋。

"我不知道你为什么突然问这个,为什么突然关心她的事情,但是盛意是个不错的女孩,你要是对她有那个意思,就好好对人家,要是没有那个意思,或者只是一时兴起,还是不要招惹她了。"

毕竟,默默喜欢一个人这么久,本来就已经够辛苦了。

如果一直没有希望还好,倘若你突然给了她希望,又将希望收回,岂不是平白惹人再伤心一场。

他难得严肃,江妄沉默片刻,应了一声:"知道了。"便挂了电话。

然后,他在那片狭小的区域里,抽完了小半盒的烟。

包厢隔音效果做得很好,屋内寂静得不像话,由于两人靠得太近,彼此甚至能听见对方的呼吸声。

江妄的话音才落,盛意整个身子就绷了起来。

可她的下颌仍被他钳制着,她躲不开、避不掉,眼睛便只能直直地盯着他。

到了这种时候,她反而也不想避了,不想逃了。

她紧绷的肩膀慢慢放松下来,在他目不转睛的注视下,慢慢开口。

"是,你应该也知道了,我的确喜欢你。"她说。

明明想要让自己看起来洒脱一点儿,但她还是不可自抑地哽咽了,眼里的水汽亦一阵漫过一阵,像秋日清晨山涧里的晨雾,好像无论如何也消散不净了。

江妄的心脏一时间像悬着无数根针,他不敢用力呼吸,生怕一个松懈,那些细小的针尖便会全部掉落下来,扎在他的心上。

他看着盛意没有说话,盛意轻轻吸了一口气,才又继续说:"之所以一直没有跟你讲,是因为我觉得这跟你没有关系,喜欢你也好,讨厌你也好,都只是我一个人的事情,没有必要闹得尽人皆知,平白给别人带来困扰。

"所以,虽然你现在还是知道了,也不必有什么负担,那都是高中时候的事情,我那时候确实喜欢过你,但现在已经过去这么久了……"

她停顿片刻,甚至扬起嘴角笑了笑:"我早就往前走了,所以,你放心,也不用为难,因为我早就不喜欢你了。

"虽然,或许,你现在观察我的行为,可能还是觉得我对你有些不同,但我毕竟喜欢了你那么久啊,一些习惯,一时半会儿改不掉。"

她的声音那么温柔，可每说出一句话，江妄的脸色就沉下一分。

她说完之后便转开了目光，越过江妄的肩膀，看向外面的静谧夜色。

春日天气好，外面竟然升起了一轮月亮。

快到月中，月亮已不像初时那般锐利，但也不像月中那样圆润，月亮周围氤氲开一点儿朦胧的光圈，山海间少了些城市的灯火，周遭星星密布。

说完那些话后，盛意心里忽然前所未有的轻松，却也前所未有的难过。

可能有的人，在面对喜欢的人时，会放下身段，会屈就，会放下自己的自尊心，可她不是那样的人。

说她别扭也好，矫情也好，她的自尊心不允许她在这样的时候，苦苦祈求着他的一点儿垂怜。

与其让他看在她喜欢他的分儿上，勉强接受她，或者找个温柔的借口拒绝她，不如她自己先给自己找个台阶下。

这样的话，起码不会让自己陷入太可怜的境遇里。

不是苦苦暗恋多年却遭拒绝，而是——我以前的确喜欢过你，但我早就不喜欢你了，所以你不要得意。

是我先不要你的。

她也不知道自己究竟在执拗些什么，但这对她来讲，是很重要的东西，否则，她很担心自己将无法再面对江妄。

盛意的语声落下后，屋子里好一会儿都没有人再说话。盛意头仰久了，有点儿累，她动了动脖子，江妄顺势将捏住她下巴的手松了些，但没有完全放开。

他注视着她，眸光幽深，里面似有万千情绪翻涌。

"不喜欢了？"他问。

盛意别开脸，轻轻"嗯"了声。

半响，江妄似乎是笑了声。

"怎么办？"他说，"但我好像已经喜欢上你了。"

他说得那样坦荡，语调很轻，似有淡淡无奈。

门前有人经过，脚步声错落有致，伴随着的还有细碎人声，大约是看他们两个出来太久，而被沈致派来寻他们的人。

盛意呼吸停滞了那么一秒，她眨着眼，好半响都没有反应过来。

江妄又继续道："喜欢你，所以下午才会那样逼问你，喜欢你，所以才会跟谢乔打听你喜欢的人是谁。"

人人都说江妄双商高，但此时此刻，那些令他引以为傲的智商却好像全都消失不见了般，他只能用这样直白又简单的语言来表达自己的心意。

他的嗓音清淡，说话的声音很低沉而暗哑，目光始终在盛意身上，未挪开过半分。

温柔灯光落在两人之间。

盛意觉得自己的脸被他盯得快要发烫，许是因为刚刚用掉了太多情绪，到了这里，她反而平静下来。

平静下来后，理性也慢慢回归。

她不是完全感受不到江妄的喜欢，况且，他本也没打算去掩饰过。

但她一直不愿意往那方面想，不是不自信，而是她实在理不清自己的思绪——她无法判断江妄究竟是临时起意，还是真的动了感情。

就算是动了感情，他的喜欢能持续多久？她知道自己对他的喜欢有多重，在两个人极为不平衡的感情里，贸然去接受，未必会有好的结果。

她瞻前顾后，越是在意，越是倾注了太多的期待，反而越不敢轻飘飘地去接住他递来的手。

他们在这里拖延太久，沈致终究还是打了电话进来，两人之间的僵局总算被打破，盛意趁他接电话的时候逃离了他的钳制，她打开门走了出去。

停了两分钟，江妄才出去。他有意错开两人的时间，但一前一后还是引起了沈致的侧目，沈致的视线落在盛意微微有些凌乱的头发和江妄起皱的衣襟上，只停了一秒，就又迅速移开。

他们回去没坐一会儿，宴席就散了。

这儿离他们住的酒店并不远，沈致本来说要开车送他们回去，被他们拒绝了。

两人一路沿着海岸往回走。海风腥咸而潮湿，盛意刚刚回去后，大抵因为心里装着事，一直都有些心不在焉，故而，但凡别人来敬酒，她全都喝下了肚。虽然中间江妄帮她挡了两次，但她的酒量实在太差，这会儿，江妄在她眼里已经重成了好几道影子。

她其实已经晕得不行，但表面看起来还是很平静，她以为自己走的一直是直路，然而在江妄眼里，女孩踩着一双高跟鞋，脚下走的路线可以画出好几个"S"。

他没有去扶她，但眼睛一刻也没有离开过她。

夜里有少年结伴骑着自行车飞驰而过，江妄怕他们撞到盛意，这才走过去，握着她的手腕将她往旁边带。

盛意转头去看少年们的背影，大约都还是中学生，穿着统一的白色校服，黑色直筒裤，身影与背后湛蓝海水融在一起，莫名令盛意想起自己年少时看的那些青春电影。

她指着其中一个少年对江妄说："那时候，你也是这样。"

她醉得有些糊涂了，一句话说得没头没脑。江妄顺着她的手指看过去，男孩们已经走得更远了，小小的一群，在黑夜里一点一点消失不见。

盛意停在原地看了片刻，眼眶忽然就湿起来。这场眼泪她憋了太久，之前都只是小小的哽咽，还未来得及发酵就被她强忍了回去。然后，不知是这夜色太撩人，还是这酒意太醉人，她突然就觉得自己忍不下去了。

她哭得伤心，梨花带雨，站在那里，整张脸都埋进了自己的手掌里，眼泪又顺着她的指缝溢出来。

但她又哭得安静，只有偶尔才会泻出一点呜咽声来。

江妄又想起谢乔说，好像是他们大三那年，有一次，盛意在宿舍里似乎也这么哭过，那次也是因为他。

他不记得那天究竟发生了什么事，但他一想到自己曾在无数个这样不知情的时刻，令她如此委屈又难过，就觉得心脏一抽抽地疼。

"我以前，每一次都是这样，只能看见你的背影。"

不知过去多久，她终于停下来，脸上泪痕未干，声音里带着浓浓的鼻音。她吸了吸鼻子，在两人摊牌之后，终于再一次望向江妄，她说："江妄，你不能这么欺负我。"

她紧咬住唇，嗓音又轻又软："你不能仗着我喜欢你，就这么欺负我。"

她是真的醉得厉害，脑子里已经整理不出一段完整的措辞，一句话要颠来倒去地讲。

她清醒时明明还在跟他讲——我已经不喜欢你了，所以你不要再自作多情。

但醉时，又无法遏制地向他靠近。

但哪怕如此，她也是牢牢掌握着分寸的，她心里有一千分的委屈，也只敢对他露出一分。

她在赌，赌江妄对她的喜欢究竟有多少，赌他在她拒绝他之后，会转身走开，还是仍坚持要去喜欢她。

这段喜欢她经营了太多年，期盼了太多年，她输不起，所以不敢奋不顾身跳进去。

夜风撩起江妄衬衫的衣摆，他静静听她讲完，许久许久，才轻轻叹了一口气，他垂目看着她，神色温柔。

"好，不欺负你。"

他的声音太温柔了，盛意从来没有见过这么温柔的他，她的鼻头忍不住又酸起来，刚刚压下去的泪意又重新往上涌。

江妄见状，微微弯下腰，最终停在了一个与她平视的位置。

"所以，盛意，"他说，"给我一个机会，这次换我来喜欢你，好不好？"

3

那晚，盛意因为醉酒，在酒店的卧室里睡得天昏地暗。

隔着一道门板，江妄却辗转反侧，到深夜都未能入睡。

他的脑海里如放映电影一般，将两人过往的点点滴滴全回忆了一遍，那些被他忽略过的每一个细节，这会儿却全像是被人特意做了放大的特效，清晰又精准地撞击在他的心脏上。

他迷迷瞪瞪，很久才睡着，睡意还未深，里间的门突然被人从里面打开。

屋里的光泻出来一点，盛意便站在那一道光里，她还穿着昨天的衣服，身上酒气弥漫，她揉了揉眼睛，像是酒醒了，又像是仍醉着。

江妄从沙发上坐起来，没有立马去开灯，盛意说："我口渴……"

不知道睡前的事情她还记得多少，但不管怎样，此时的气氛都够尴尬。

江妄起身去小冰箱里拿了瓶矿泉水，想了想，又说："你等一下。"

他找到酒店的烧水壶，先是接了满满一壶水烧了一遍，才又重新灌入矿泉水，再煮开。

等待的过程里，他注意到盛意没有穿拖鞋。

她昨晚醉得厉害，后半程其实是他背她回来的。

她彻底醉过去以后，便格外放飞自我，一路上都在唱歌，唱得很好听，温柔的嗓音里还带着一点儿沙哑意味，莫名撩人心弦。

她双臂紧紧箍住他的脖子，下巴一会儿抵在他的后脖颈上，一会儿搭在他的脑袋上，呼出的热气全喷洒在他耳朵上。

挠得他哪里都痒。

后来将她放在电梯边，他去摁电梯时，她又开始大声唱歌，他怕打搅到旁人睡觉，伸手去捂她的嘴。

女孩唇瓣柔软而温热，她眨着双眼，懵懂地看着他，然后突然伸出舌尖，似是想将他的手推开，他的手指很快被她濡湿，无端令人遐想。

他心里又好气又好笑，将她拉进电梯里，然后她又语不惊人死不休地问："江妄，不然，我们睡一觉吧。"

酒精好像将她平日里隐藏在文静外表之下所有离经叛道的想法全都勾了出来，到底是血气方刚的年纪，江妄的眼神瞬间就暗了下来。

盛意还丝毫没察觉到危险，继续说："我们都是成年人了，睡一觉也没……"

话音未落，电梯停下，眼前的门打开。

有两个大约也是来旅行的女生进来，看到电梯里的他们两个，眼神一闪，旋即江妄便听到细细碎碎的："好帅！"

"他女朋友也很漂亮！"

江妄大概是被那句"女朋友"取悦到了，他眼睛眯了眯，弯腰抱起盛意，往电梯外走。刷开门卡，关门，他将她放到玄关处的矮柜上，语气沉沉："你说什么？"

他顺手打开头顶的廊灯,情侣套房的不同之处便在这个时候显露出来,灯光是很暧昧的红,光线不亮,显得昏寐而旖旎。

盛意眨了眨眼,被他眼里过剩的情绪骇到了,满腔豪言壮语瞬间就失了声势,但还是不服输,嗫嚅着说:"成年人,这不是、不是很正常吗?"

不待江妄再说什么,盛意就自己先心虚起来,她抿了抿唇,在男人的注视之下,不知怎么就烦了,她从矮柜上跳下来,推开江妄往卧室里走:"你不愿意就算了,反正也不是非找你……"

没走两步,她突然被一股大力扯了回来,手臂的关节都被扯痛了,后背直接撞到旁边的墙面上,还没站稳,江妄就欺身而来。

紧接着,男人铺天盖地的吻便压了上来。

夜的气息浓重,他们两人身上还带着外面海风的黏腻与湿凉,他将她的两只手推到一起,另一只手停留在她的腰窝上。

她的腰很敏感,盛意不禁往后缩了一下,却被他禁锢得更紧,男人的喘息剧烈,目光沉得不像话。

比起吻,他更像是在啃咬,在发泄,心里情意万千,却不知要如何表达,于是只好拥抱、亲吻,发狠似的去咬她。

盛意心脏突突跳着,她的醉意好像刹那间全散了,头脑渐渐拉回一点儿理智来,一边是悸动,一边是忐忑。

盛意全身上下红得厉害,也热得厉害。

江妄缓了一会儿,过去这么久,还不忘兴师问罪。

他说:"你还想去找谁?"

见盛意久未回答,他压低视线,还想再问,却见女孩已经在他怀里睡着,她脸上红潮还未退,整个人软得不像话,他静静注视她片刻,才低不可闻地叹了口气。

"你认识我这么久,也该知道我的性格,我这个人,要么不要,但你如果来招惹我了,我是不可能放你走的。"他的语调平淡,甚至可以称得上是波澜不惊,但话语里的态度又是那样认真。

盛意眼皮动了动,江妄讲完之后,又停了半分钟,才抱起她,将她抱进卧室,放到床上,然后自己去卫生间里冲了个冷水澡。

外面水声簌簌响起的时候,盛意于黑暗中慢慢睁开了眼,她转了个身,抱紧怀里的被子,半晌,轻轻叹了口气。

…………

这会儿,盛意站在门口,头疼得厉害。

昨晚她以为自己会睡不着,结果不知是不是用掉了太多精力的缘故,江妄一个澡还没有洗完,她就睡了过去。

到半夜,她被渴醒,想出去找水喝时,才后知后觉地反应过来她现在正在酒店里,跟江妄一起来出差。

对了,江妄——

等记忆回笼的时候,卧室的门已经打开,她有些尴尬地在那边站了一秒,本想悄悄地去拿水,未想这么一点儿小动静还是惊醒了他。

他的目光落在她光着的脚上。

春日不用开空调,但夜间温度还是很低,江妄皱了皱眉,才想起昨晚她根本没有机会换拖鞋。

他转身去拿了双新的一次性拖鞋出来,默不作声地打开包装袋,然后走过去,在她面前蹲下,捏住她的脚踝。

盛意往后退了一步,小声道:"我自己来。"

江妄便从善如流地松了手,站起来,退到一边。

洗完澡后,他身上便只穿了一身轻便的家居服,一件浅灰色套头棉上衣,和一条深一点儿的收脚裤子。

他双手揣进兜里,清清冷冷立在灯光下,令盛意无法将昨晚那个发狠亲吻她的人与眼前的人对应上。

想到这里,盛意心口不禁又是一热,她低下头,慢吞吞将脚伸进拖鞋里。

那边热水已经烧开,江妄偏头看了一眼,转身走过去。

他才走到一半,却突然被盛意叫住。

她因为太久没说话,声音微微有点儿哑,清了清嗓子,复又唤道:"江妄。"

江妄脚步顿住,却并没有回头。

盛意想了想,说:"我没有想过要找别人,都是赌气的话。"

江妄大概没想到盛意会突然说起这个,他略微诧异地回过头,盛意歪了歪头,又说:"我渴了。"

她这两句话前后跳跃幅度太大,难得江妄还能跟上,他说:"水已经烧好了。"

"是啊。"盛意说,"水已经烧好了。"

她说:"刚刚醒的时候,特别渴,好想起来去喝水啊,但又觉得很麻烦,所以在床上纠结了很久。

"但我又真的很渴,拖延只会让渴意越来越深,并且我心里会一直想着这件事,然后就很难再继续进入睡眠。

"所以,我思来想去,还是起来了。"

江妄说:"渴了就喝水,为什么要忍着呢?"

"是啊。"盛意说,"为什么要忍着呢?"她看向他,轻轻弯起眼睛,"所以,江妄,我们谈个恋爱怎么样?"

虽然她很纠结,很忐忑,怕他是因为知晓她喜欢他,所以才动了这一分恻隐之心;也怕他的喜欢不够多,会很快就厌倦;更怕自己执念太久,终于得到,倘若日后再失去,会更加承受不住——

但是,管他呢?

人生得意须尽欢。

人生这样短暂,与其纠结难过,无限延长痛苦,不如遵从本心。

想爱就爱,想恋爱就恋爱。

以后的事,以后再说吧?

她的神情柔软而松弛,声音亦柔得不像话。

他们两个的角色好像完全对调了过来,这一回,换成江妄喉咙发紧,他整个后背都绷住,灯光在他眼底落下一片萦纡的光。

良久,他才张了张嘴,可一句话在喉咙里辗转很久,却无论如何也不知要如何同她讲。

什么"我一定比你喜欢我还要喜欢你"之类的话,他突然就不想说了,反正往后岁月漫长,时间会给她答案。

他轻轻侧了侧头,须臾,说了一声:"好。"语声短促而平常,说完,便又继续往前走,把烧水壶从底座上拿下来,又用热水把两只水杯全冲洗了一遍,热水倒进其中一个杯子里,旋即又从一个水杯倒进另一个水杯里,这样来来回回循环许多遍,水终于凉了一些。

他走过去,端给她,盛意接过来,热度刚刚好。

盛意的眼眶又有些发热,当初喜欢他的时候,那么多苦她尚且能够忍受,现在这一点儿甜,她反而有点绷不住了。

她吸了吸鼻子,喝完,江妄接过空水杯,手指屈起,刮了一下她的鼻头,声音里带了点笑:"真的是小哭包了。"

盛意抿抿唇,耳朵又红起来。她想了想,说:"我继续去睡了。"

江妄说:"好。"

她转身往里走,关上门和灯,没过一会儿,外面灯光也灭了,她翻了个身,虽然刚刚的表现好像很酷,但这会儿躺回床上,心里却仍旧一点儿实感也没有。

她跟江妄谈恋爱了。

心脏在夜色里怦怦狂跳,终究还是睡不着了,盛意下了床,打开窗帘。

窗外月色遥遥,如霜华一般覆了满地。

两分钟后,江妄的手机突然响了起来。他接起来,听到女生嗓音轻软,她说:"房间里的月亮很好看,你要一起看吗?"

细小的气流响在听筒里。

盛意刚刚想到小时候看张爱玲的书,范柳原常在晚上给白流苏打电话,有一晚他问她:"从你的窗子里能看见月亮吗?"

我想从你的窗户里看月亮。

她初看时,年纪还小,没理解其中的意思,刚刚突然想起这一段,脑子一热,就给江妄打去一个电话。

男人的呼吸像是重了些,清润的嗓音响在朗朗月色里,他说:"盛意,你确定要我一起看?"

他这个回答彻底冲散了盛意营造好的浪漫氛围,但暧昧感却直线上升,盛意垂下眼,嗓音软得不像话:"你爱来不来。"

语毕,便挂了电话。

她听到外厅里的江妄似乎是轻笑了声,少顷,她的门被敲响。

江妄顺手摁开门边的开关,他靠在那里,却没动,眼里晕着一点儿笑意,遥遥看着她。

"你知道深更半夜邀请男人进屋,会发生什么吗?"

他故意调侃她,盛意便说:"可以邀请男朋友进屋的。"

她认真地看着他,小鹿似的,又乖又软。

江妄觉得自己心里那根弦,好像忽然被人很轻很轻地,撩拨了一下。

那晚,他们在窗边坐到天快透亮,盛意才想起要去卫生间里洗个澡,然后两人才回到床上呼呼大睡。

毕竟才刚刚确立关系,起先,两人是非常守礼的。被子很大,他们每人只盖一角,分别睡在床的两边。

结果,等醒来时,盛意发现自己不知什么时候钻进了江妄的怀里,她侧躺着,整张脸都埋在他的胸膛里,头还枕着他的胳膊。她个子不算特别高,人又瘦,蜷在他臂弯里,小小的一只。呼吸间全是他身上的气息,是酒店统一配置的沐浴露,橘子香味,明明和自己身上用的是同一款,但她却莫名觉得两人身上散发出的气味,是不一样的。

她觉得自己像是做了一场美梦,心里惶惑不安,又沉溺在这场梦里不愿醒来。

她动了动脑袋,本想不动声色地从他怀里离开,未料才刚想往后退,下颌就被一只修长的手捏住了。

她保持着原来的姿势,下巴不得不向上抬起,仰头看着他。

江妄不知什么时候醒来了,他的头发软软地垂在额间,眼眸漆黑,目不转睛地注视着她。

盛意被他盯得有些不好意思,她抬起一只手捂住男人的眼睛,然后他就着当前的姿势,忽地将脑袋往下一点儿,嘴唇准确无误地印在她的嘴唇上。

两人又在床上腻歪了一会儿就起床了。

已经是下午的光景,外面阳光正好,因为他们昨天已经跟沈致谈得差不多了,故而今天不需要再多加交流。

江妄拿起手机,发现沈致早上给他打过一个电话,他回过去,沈致听出他语声里明显的慵懒之意,了然地笑了笑,解释说原本想问他们要不要一起去冲浪。

江妄回头问盛意的意见,盛意是运动白痴,头摇得跟拨浪鼓似的。江妄轻轻一笑,对沈致说:"你们玩吧,我们就不过去了。"

沈致应了一声,江妄挂掉电话,盛意已经开始点开外卖软件找外卖。

本来是想出去吃的,但她想到江妄一在外面就不吃东西,所以想了想,还是决定点到酒店里吃。

想到这里,盛意不由得又看了江妄一眼,想问他的病究竟是怎么回事,可又不知道该如何开口。

等外卖的时候,她又坐那儿刷了会儿微博,然后她发现,青焰竟然上了热搜。

因着江妄的关系,她对青焰便多留意了一些,她点进去看了一眼,原来是因为青焰在昨晚的比赛里,又输了。

"绝了,青焰三连输了吧,再这样下去,不如原地解散吧。"

"青焰到底怎么回事啊?就算没了一个江神也不至于这样啊,大款啊、漠漠啊,我记得打得都挺好啊。"

"我感觉青焰最近确实挺奇怪的,说不好,你单看他们每个人其实打得都不错,但配合在一起,就怎么也不行了,好像大家的优势全被互相压制住了,没发挥出来。"

"就是人心不齐呗,话说,江神是不是快要回归了?我记得是今年六月?"

"回来了又能怎么样?他那次打架不就是因为输给宇宙飞船?青焰粉丝承认自己不行有那么难吗?整天就知道给自己找借口。"

"有句话一直不敢说,其实望江现在年纪也挺大了吧,走下坡路也正常,这次又禁赛半年,等回来的时候我估计也难回巅峰了。"

…………

盛意看到一半外卖就到了,江妄在卧室里讲电话,她站在门口敲敲门,江妄很快就收了线,走出来。

两人把饭菜摆到桌子上,盛意佯装不经意地问:"对了,之前一直很好奇,你怎么突然不打比赛了?"

她其实本来想问他跟人打架究竟是怎么回事,但又觉得这样直接问好像不太好,就拐了个弯,委婉地提了一下。

江妄挑了挑眉:"看到热搜了?"

盛意说:"刷微博的时候就看到了。"

江妄收回视线:"差不多就是那些原因吧。"

盛意咬着筷子看着他。

江妄说:"年纪大了。"

盛意才不信,她说:"你要是骗我,还不如不说。"

她待人一向礼貌有加,唯有面对亲近的人时才会有这样的小性子。江妄见得少,觉得稀奇,又觉得她这模样实在可爱。

他不由得笑了笑,说:"不是不想告诉你,事情比较复杂,以后有机会再跟你说。"

盛意点点头,想了想,又问:"那你不会手痒吗?"

"手痒什么,想打游戏吗?"

"嗯。"

"还好,一开始很不习惯,时间久了也就习惯了。"他说,"而且我私下里一直在玩。"

"玩'跳一跳'吗?"

江妄侧目看向她:"所以,你是为了我才玩的,嗯?"

他有意撩拨她,尾音往上扬了一点儿,像藏了钩子。

盛意眼神弱下来:"少自恋。"

江妄笑了笑,没有拆穿她。

吃完饭后,两人又在附近散了会儿步。

晚上,酒店服务生上来,说他们在海边办了篝火晚会,来参加的都是住在酒店里的人,还有一些附近的居民,问他们要不要一起去玩。

盛意以前写生的时候其实参加过一次这样的篝火晚会,但跟江妄一起,还是第一次。

她欣然应允,两个人简单收拾了一下就出了门。

海边已经聚集了二十多个人,卸下了繁重工作的都市人终于在这里获得片刻的放松,三三两两围在一起,谈天说地,到处充斥着一片愉悦笑声。

盛意和江妄没往里挤,他们并肩坐在人群的最外面。

大约过了半个小时后,篝火晚会才正式开始。

跟盛意以前参加的篝火晚会不太一样,她那会儿住在少数民族的村落里,篝火晚会办得也格外具有民族特色,而此时这个篝火晚会,更像是都市成年人的一场放松。

大约是为了保护环境,酒店并没有点真正的明火,而是在中间放了一个火把形状的落地灯,周围一圈摆了很多凳子和桌子,桌子上有各种饮料与甜品小食。

第一个游戏便是抢凳子的游戏，输了的人要接受惩罚，惩罚内容到时候由大家随机决定。

盛意听到这里就想跑路了，奈何来都来了，而且工作人员也已经将她的名字登记在册，最重要的是，参加活动的钱他们也已经交了上去……盛意扯了扯江妄的袖子，小声道："到时候我如果输了，你记得救救我。"

结果，也不知是他们运气好，还是别人太弱了，游戏玩到最后，场上竟然只剩下了他们两个人。

其余人早就知道他们两个的关系，全在周围起哄。

盛意跑得满头是汗，两人之间隔着不短的一段距离相对而立，中间只剩下一个凳子。玩到这时，盛意的胜负欲也上来了，她一会儿看看江妄，一会儿看看凳子。

与她严阵以待的状态不同，江妄表现得很从容，他单手插兜，仿佛自己压根儿不是在玩游戏，而是来海边散步的。

旁边有人给盛意出馊主意："你让你男朋友让让你呀。"

盛意认真地回答："不行，要靠自己的实力。"

语毕，她抬起头，一双眼睛亮晶晶地看着江妄，虽然她没说话，但眼里的意思分明就是：让我赢呗。

围观的人见状，全在笑："妹子都这样求你了，是男人就让了哈。"

江妄垂眸思索片刻："也不是不能让。"

他还欲再说什么，就见盛意突然从对面小跑过来，停在他面前，微微踮起脚，呼吸喷在他的耳边。

"谢谢江妄哥哥。"她说。

说完，她便转身跑了回去，留下江妄一个人在原地呆立许久。

盛意回去站定后，抬起头，冷不防撞上江妄逐渐幽深的双眸，她神色一僵，回忆着简希刚刚教给自己的"恋爱小秘诀"，深觉自己做得不错。

但羞也是真的羞，窘也是真的窘，明明是自己跑去撩人，最后撩人的人反而比被撩的人脸还要红。

她眨了眨眼——

怎么办，好像玩得太过了？

游戏最终还是盛意赢了，江妄放水放得很明目张胆，口哨一响，他直接站在原地没动。

盛意坐下后，转头，就看见他正站在一边，眼里噙着一抹淡笑看着她。

周遭灯火萦纡，人声熙攘，到处都是起哄的声音，唯独他一个人清清冷冷地立在那里，盛意的心没来由地一动。

那天晚上，他们一直在海边坐到深夜才回去。

晚一点儿的时候，有人在那里放烟花，五颜六色的星火升至最高空，绚烂绽放，又迅速沉寂。

盛意突然想起很多年前的冬天，某个除夕晚上，林昭昭也曾约过她出去看烟花，那次一同去看烟花的还有江妄和李临。但那天她因为想在家里陪小姨，没有和他们一起过去，后来听林昭昭说，他们当晚遇到一个长得很好看的女孩子，那个女孩对江妄一见钟情。

也是很久以后，她才知道，原来他们当初遇到的那个女生就是苏离。

彼时，她已经很久没有跟江妄联系过了，有一次回南城的时候，林昭昭偶然和她聊起江妄，说那天看到江妄发了一张和一个女生的合照，问她看到没有。

林昭昭说这话的时候，盛意一口柠果冰沙刚吃进嘴里，碎冰卡在喉咙里，凉得难受，她停了两秒，才状若无意地摇摇头："没有。"

林昭昭说："不知道你还记不记得我们高二那年冬天，本来要一起去看烟花，结果你没来那次，当时我们不是遇到一个陌生女生吗？我那天看江妄发的那张照片，感觉挺像她的。"

她"啧"了一声："当时看江妄对她那么冷淡，还以为她没戏，没想到最终还是被她拿下了。"

盛意垂下眼，一时不知该接什么话，林昭昭见她似乎对此兴致寥寥，又感慨了两句，便换了个话题。

这会儿，看见漫天散开的烟花，盛意难以避免地又想起苏离。她不知道苏离是不是换了一个微信号，又或者单方面把她删掉了，总之，她已经很久没看见过苏离的朋友圈动态了。

刚上大学那段时间，她还是能看到的，但两人聊得少，她只知道苏离没能考上大学，后来念了一所音乐相关的职业学校。

想到这里，她心里蠢蠢欲动，想问江妄当初跟苏离是怎么回事，可斟酌半响，一句话在舌尖辗转半天，最终她也不知该怎么开口。

他们昨天夜里才刚刚开始谈恋爱，她今天就迫不及待去追问他的感情史，会不会显得太着急了？他会不会觉得她很烦？

她心里顾念太多，左思右想，最终还是托着腮帮，放弃了。

烟花放完，他们就回酒店了，还是走回去的。夜里空气凉，江妄来的时候就十分有先见之明地带了件外套，这会儿外套披在了盛意身上。

他的衣服穿在她身上显得格外大，袖筒也是空空荡荡的，江妄低着头，慢条斯理将袖口给她卷起来，然后顺势牵住她，两人慢慢往回走。

谁知回去的路上，又遇到了酒店里那两个女生，女生们显然也认出了他们，眼里又发出那种神采奕奕的光。

当晚,盛意打开微信,就看到简希发来的微信,是某个论坛里的一个帖子链接,盛意点进去——

主题:帅哥美女好养眼!!

1L(楼主):出来玩,突然遇到一个大帅哥,本来想去要个微信号,结果帅哥有女朋友了(微笑)。

2L:图?

3L:没图你说个什么?

4L(楼主):图这不就来了吗?

5L:好好看!

6L:啊啊啊,男生完全就是我喜欢的类型啊!!!

7L:冷静,人家已经有女朋友了。

8L:……失恋了,心碎了。

9L:女朋友也很好看啊,而且图里看起来好甜好配哦。呜呜呜,甜甜的恋爱什么时候才能轮到我?

10L:男生的背影,还有点像我江神?

11L:楼上说的是望江?那你真的是高估他了哈哈哈,我听我打游戏的朋友说,他长得很丑的。

12L:怎么会?江神那么瘦那么高,一看就是帅哥好吗!

13L:动脑子想一想啊,不丑为什么要戴口罩?你看看陈修然,稍微有点颜值,都恨不得住在直播间里,望江能忍得住不秀?

14L:别拿陈修然跟江神比好不好,他也配?我们江神低调不行吗?

15L:笑死,望江早就不知道死哪儿去了,忘恩负义的小人罢了,还当个宝哪?

16L:话说清楚啊,谁忘恩负义?

17L:当年青焰一手把他培养起来的,现在青焰有难他也不管,撒手就走,连个消息都没有,还不叫忘恩负义?

18L:什么叫青焰一手把他培养起来的?青焰也是他一路拉扯起来的好吧?两个明明就是互相成就,谁也不欠谁。

…………

盛意一路刷下来,倒是没想到帖子的走向会以讨论江妄而收尾。

刚刚上来后,她突然想吃酸奶,江妄就下楼去给她买酸奶了,此时房间里就只有她一个人,她盘腿坐在沙发上,身上裹着一件毛毯。

帖子快浏览完,江妄才回来。除了酸奶,他还买了一些小零食。他把东西放到桌子上,瞧见盛意神色凝重,不由得挑了挑眉:"怎么了?"

盛意说:"你可能遇到了一点儿麻烦。"

江妄走过来坐到沙发上,盛意把手机递过去:"你自己看吧。"

江妄接过手机,盛意换了个姿势,将下巴贴在他的颈窝里,陪着他将帖子又看了一遍。

江妄顺手摸了摸她的头发,他看得很快,一目十行,很快就浏览完了大致的内容。盛意看他脸上并未显出什么着急的神色,忍不住小声问:"没关系吗?"

他"嗯"了声,点开楼主的头像给她发私信,让她把照片删了,发完之后,他也没管对方的回复,就把手机又递给盛意。

他微微转过身,掐着盛意的腰,托着她将她抱进怀里,轻笑:"担心了?"

盛意抿了抿唇,想了想,说道:"我不知道你当时遇到了什么事……"

本来不想追问的,因为上次问他时,他好像不太愿意讲,她怕自己再继续问显得很不识趣。

江妄看着她的表情就知道她在想什么,他不由得屈起一根手指在她额头上点了一下。其实他用的力气不大,但盛意没提防,整个人都往后仰了一下,双臂下意识地环住了江妄。

江妄说:"不是不想告诉你。"

盛意看着他,没说话。

江妄说:"当时之所以离开,其实是因为……"

第十章 · 过往
她脸上的心疼快要溢出来了

1

宋云翊死在了 2019 年的秋天。

那时,江妄已经许久没有回去过了,自从 2014 年春天江清远报警说江妄恶意伤人,宋云翊做了人证之后,江妄便切断了与宋云翊的联系。

他退了学,签约青焰,开始没日没夜地埋头苦练。

其实,倘若有人问他放弃画画跑去打比赛,到底是因为什么,他也说不出来。

后来他们招青训生的时候,他看那些小孩儿一个个眼睛发光说自己的热爱啊,梦想啊,他只觉得陌生。

人人都道江妄是天之骄子,有天赋,又努力,不管做什么事都能够做成佼佼者。

但很少有人知道,他最初去打游戏,不过是因为一时赌气罢了。

他小时候学画画,是苏瑾喜欢,是江清远喜欢,是宋云翊喜欢,他们从小给他灌输思想,告诉他长大后一定要成为一个很厉害的艺术家。

于是他就一直画着。

可是后来,苏瑾死了,江清远整日浑噩度日,跟疯子也差不多了,而唯一他觉得还能够一起相依为命的宋云翊,在他完全没有防备的时候,彻底"背叛"了他。

或许对于现在的江妄来讲,他会觉得无所谓,没那么重要,也没有那么受伤,甚至,再善解人意一点儿,他还会理解她。毕竟,每个人活在这世上,所要面对的一切人物关系都是很复杂的,甚至每件事都是复杂的,不能单纯用对错来评判。

但那时候的江妄，还差几个月才满十九周岁，他年轻、赤忱、血气方刚，眼里容不得沙子。

他给宋云翊找最好的护工，每个月都往她的卡里转大笔的钱，但就是不回去看她，偶尔护工会偷偷发视频给他，他反反复复将视频看好几遍，但从不回复。

宋云翊给他打电话，他也从来不接，只有一次，他还记得，那是2019年的夏天，京市快要下雨，天气闷而潮湿，他刚跟其他几个战队打完一场练习赛回来。

那会儿，青焰已经不像初时那么拮据了，他们换了大房子，是城郊的一处联排别墅，几十个男孩子挤在一起，哄哄闹闹往卫生间走，上完卫生间，还要继续回来复盘刚刚的比赛。

夜色深重，江妄站在另一边的窗口抽烟。

窗户很小，他靠在那里，夹烟的手搭在窗台上，裤兜里的手机突然响了起来，走廊里太吵了，他一开始没听见。

等发现的时候，电话已经被他的手蹭到，接通了。

宋云翊的名字明晃晃映入他眼里。

他沉默了一瞬，本来想挂断的，听筒里却突然传来老人似惊似喜又有些不确定的低唤："江妄？"

他没有小名，从小到大，家里人都是连名带姓地叫他。

他将烟蒂咬进嘴里，低低"嗯"了一声。

宋云翊却又沉默起来。

教练在那边叫人集合了，江妄又等了半分钟，说道："您如果没什么事儿的话，我挂了。"

宋云翊不知道说什么，但是也不舍得挂电话，她吞吞吐吐半天，最后也只是问："你好吗？"

江妄语气很淡："还不错。"

有什么不好的呢？

像每一个在这个城市生活的普通人那样，每日按部就班地工作、学习，获得了好的成绩会欢呼庆祝，成绩不好时，也会丧气自省。唯一不同的就是，他的工作性质特别一点儿，忙时很忙，没有比赛的时候，比起旁人会相对自由些。

宋云翊听完，长长地叹了口气："好就好，好就好。"

她连说了两遍，似是欣慰。

那是他们最后一次通电话。

江妄后来再接到宋云翊的消息，就是护工打来的电话了，她哭得话都讲不清楚，但江妄还是从她的哽咽里拼凑出了一个完整的句子，她说："奶奶走了。"

起初,他没理解"走了"是什么意思,他反复询问,语调一次比一次硬邦邦,而护工只是哭,不讲话。

然后护工的电话被人夺走,紧接着里面传来劈头盖脸的一通大骂。

那是江妄第三次看到江清远哭成这样。

第一次,是在他还很小的时候,江清远终于开始接受自己只是一个平凡的人,天赋有限,成不了大家,在绘画方面的成就只能止步于此。

第二次,是苏瑾去世的那天。

第三次,就是在那天的电话听筒里,江清远字字诛心,骂江妄不孝,骂江妄心肠硬,骂江妄不体谅老人。

江清远哭天抢地,将"不体面"这三个字发挥到了极致,可江妄默然半响,发现自己无从指摘他。

"她病最重的那几天,一直在叫你的名字。"等江清远骂完,电话又回到了护工手里。

江妄声音哽涩得厉害:"为什么那时候不通知我?"

"奶奶说,你要比赛,不能耽误你比赛。"

并不是什么重要的比赛,不过是直播平台和游戏方合作举办的一场小型比赛,根本用不到他上场。宋云翎每周都会托护工帮她查询江妄的行程贴在自己桌前,倘若比赛有直播,她哪怕再困也要撑着精神去看。

"其实,哪里看得懂呀?"

她只能靠解说的解说,来判断江妄打得怎么样,江妄能不能赢。

赢了,她就欢喜拍手;输了,她就沉默着叹气。

…………

江妄回忆到这里,语声停了片刻。他与盛意还坐在外厅那个狭小的沙发里,他们换了个姿势,他坐在沙发上,盛意则头枕着他的腿,躺在上面。

江妄手里还拿着一盒酸奶,边讲话,边用勺子舀出酸奶送进盛意嘴巴里。

是黄桃味的,酸甜而滑腻,口感很好。

盛意听得专注时,会忘记往下咽。她眨了眨眼,心里为江妄疼得要命,但这种时候,她反而不知道说什么。

"后来呢?"

"后来,我回到青焰,一开始还没觉得有什么问题,可几天后跟人对战时,我突然发现,我的心理好像出现了一些问题。"他的语气很淡,不像是在讲自己的事情。

盛意心脏猛地一抽,江妄低头看了看她,虽然她极力克制,但可能情绪太浓,根本就隐藏不了。

她脸上的心疼快要溢出来了。

195

他不由得失笑，拨开她脸上的碎发："别担心，不是什么大问题。"

他的性格一向如此，举重若轻，盛意未敢将心放下来，问他："什么问题？"

"我发现，只要打比赛，我的手就会不受控制地发抖。"

不仅如此，还会犯恶心、干呕，好像本能地抗拒这件事，然后这种症状又延续到了他的饮食上。

江清远口不择言骂的那些话，他以为自己没放在心上，可语言如利刃，最终还是在他心里留下了不可磨灭的伤口。

虽然他用了千万句话告诉自己——奶奶的死跟他打游戏没有任何关系，但内心深处，他还是将那些话听了进去。

江清远说："你就算为了报复我，也不应该拿老人撒气，你不知道她有多喜欢画画。"

她当年望子成龙，将自己的期望寄托在儿子身上，可儿子不争气，她又将自己的愿景寄托在孙子身上。结果孙子好不容易考上了她最梦寐以求的那个学府，还没读满一年，就突然辍学了，然后去打什么电竞。

江清远说："要不是你突然退学，她身体好，心情好，也不至于走得这么快。你害死了这个世界上最疼爱你的人，怎么还有脸自己在那里风光？"

如果是以前的江妄，肯定会立马找出他这些话里的漏洞，但人在经历过巨大创伤后，往往很难再保持理性思考，很容易就会把责任全部往自己身上揽。

他把自己的问题说给战队经理陈驰听的时候，陈驰吓坏了，瞒着众人带他去跟队里的心理医生聊，效果不好，又去联系别的名气比较大的心理医生。

看完之后，江妄的精神状态看着稳定多了，就跟没事人一样，但是那些生理症状却始终得不到解决。

恰逢不久后，那年的秋季赛开赛，他发挥失常，青焰输得惨烈。

结束之后，他们去附近的餐厅里聚餐，那天与他们对战的宇宙飞船也在同一家餐厅里举办庆功宴。

两个包厢离得近，江妄那天心情不好，没怎么吃东西，出去抽烟时，正好碰见宇宙飞船的几个队员在跟大款争执，胜者得意，那几个人大抵是嘲讽了青焰几句，大款听不下去，还口嘴。

两方闹得难看，江妄扔下烟头，本来准备上前去把大款拉走，冷不防听荒原狼冷嘲道："说什么望江奶奶死了他才发挥失常，我寻思着这比赛也不是他奶奶帮他打的啊。他奶奶挑着这个时候死了，说不定就是想让我们帮她教训一下望江这个不肖子孙呢……"

话未落音，江妄的拳头就挥了上去。

…………

夜色渐深，江妄讲到这里，盛意就全明白了。

他不是那种喜欢卖惨的性子，以前就不喜欢将自己的苦难示于他人，所以，原本他是没打算跟盛意说这么多的。

谈恋爱就给对方快乐就好了，没必要将自己生命里那些重量也施加在对方身上。

譬如此时，她听完之后，就好久没说话，但握着他手的那只手却在渐渐收紧。

她垂着眼，应该是心疼得厉害，睫毛一直在颤抖，手里的劲用得很大，甚至快要把他捏疼。

盛意掰开他的手指，一寸一寸去摸他手指的纹路。他的手指皮肤不算非常细腻，骨节虽然大，但手指长得很匀称，指甲修得短短的，很干净。

盛意其实有好多好多话想说。

想说，江清远说得不对。

奶奶对江妄有着深厚的爱不假，但她擅自将自己的梦想压在江妄身上也是真，要感恩，要爱她，但是也不必认为事事都是自己的错。

想说，你没有做错什么，换成任何一个人，遇到那种事都会生气。

所以，可以伤心，可以自责，但不用把所有的错全压在自己身上，更不要伤害自己。

盛意嘴唇动了动，仰头去看江妄的神色，他垂着眼，目光亦定格在她身上。

于是，她满腔的话突然就说不出来了。

江妄都懂的，他本来就是那样聪明通透的人。

她无声地叹了口气。酸奶已经吃完，空盒被江妄放在了茶几上，盛意盯着他看了两秒，忽然说："好想亲你哦。"

停了两秒，她又改口："亲我一下好不好，江妄哥哥？"

自从刚刚在海边叫了一下这个称呼后，她像是打开了什么开关，一声比一声叫得顺口。

满室沉重的气息瞬间被她温软的声音驱散，她双臂环上他的脖子，江妄顺着她的动作，头往下压了一点儿，两人唇齿相碰。

盛意嘴巴里都是酸奶的味道，嘴唇上也是，冰冰的、软软的，她虽然不会接吻，但电影和小说看过不少，而且，还有简希每日在旁边给她言传身教。

她探出一点儿舌尖，小心舔舐着他的唇瓣。她是真的不懂，所以动作做得格外大胆，江妄本来打算浅尝辄止的，结果被盛意这么一勾，火气瞬间就上来了，他的眼神暗了暗，未等她探开他的双唇，他就反客为主，撬开了她的齿关。

他亲得用力，盛意本就是躺着的，整个姿势有些扭曲，她连换气都掌握不好技巧，头脑慢慢发晕。

江妄怕她不舒服，抱起她，她身后的衣角随着他的动作被带起来，男人手指温热，蹭到她后腰的皮肤，痒得要命。

盛意双手撑在自己后面，听到江妄低声呢喃："再叫一声。"

他的呼吸喷到了她的颈窝里，她眨了眨眼，脸上铺满红晕，整个人都呆愣在那里，小声嘟囔："流氓。"

江妄一看，就知道她想到了哪里，他轻笑一声："叫哥哥。"

盛意愣了两秒，意识到自己想歪了，脸霎时更红了。

春日夜晚虽然凉，但两人都被撩起了火，盛意觉得自己额头都沁出汗来，衣服紧贴在身上，泛着潮湿的热意。

她侧身从桌子上又拿了一罐酸奶，拆开，一勺一勺往嘴里送。

她坐得不老实，在江妄身上歪来扭去，吃两口，才想起要问江妄吃不吃，话还没问出口，男人被她蹭得闷哼一声，她愣了两秒，饶是再未经人事，到底也是成年人了，她整张脸瞬间爆红，几乎是慌不择路地从他身上逃了下去，坐到沙发的另一头，身上还裹着一条毯子，眼睛飘忽着不知道要往哪里看。

气氛一时凝滞起来，凝滞中，又飘散着暧昧到极点的气流。盛意机械地吃着酸奶，直想找个地洞钻进去。

男人后背靠在沙发上，整个脑袋往后仰着，他一只手臂遮挡住自己的眼睛，声音听起来闷闷的，又带着几分不大正经的轻笑。

"你撩起来的火，不负责吗？"

"轰"的一声，盛意整个人都麦毛了，但她这个人，身体里不知是不是天生有着一点儿奇怪的叛逆因子，越是这种时候，就越是喜欢讲一点儿刺激人的话。

她努力让自己的语气听起来镇定一点儿，问他："要、要帮忙吗？"

话问出口，男人又是一声轻笑，倾身过来靠近。她整个身子都僵着，眼睛看他一秒就瞬间转开，然后再看他，再转开。

盛意声音小小的、绵绵的，求道："下次再来，好不好？我、我学习一下再……"

她用着最戏的语气，说着最大胆的话。

她闭上眼，看都不敢看他，说完，才发现他已经坐了回去，她连忙往后靠，再次用毯子裹住自己，瞪着眼睛去看江妄。

她眼里水雾还没散，整个人看起来可怜得要命。江妄从沙发上坐起来，盛意怕他后悔，连忙说："你……要不要去、去洗个澡？"

顿了两秒，她又讨好地补充："江妄哥哥。"

江妄应该是已经调整过来了，他站起身，闻言觑了盛意一眼。

那一眼情绪太炙热，盛意被烫得一颤，慌不择路跑进卧室里，猛然关上门。两分钟后，她又悄悄拉开一道缝。

他们刚刚聊天的时候并没有把外厅的灯全部打开，只开了沙发边的落地灯，此时江妄站的那个位置只能照到一点儿光。

他轻轻咳了声。

盛意咬住自己的下唇，又闭了闭眼，随即豁出去般，含糊着道："洗快点哦，哥哥。"

她撩而不自知，特意来说这句话，只是因为忽然想起来，刚刚两人亲吻时，江妄似乎这么要求过。

一句话说出口，江妄刚被压下去一点儿的火气瞬间又被她点燃了。

然而她说完之后就迅速关了门，背靠着门板，她将双手贴在脸上，轻轻吐着气。

她连灯都没来得及开，也没心情去开，门外好一会儿都没有任何响动，她还以为江妄去洗澡了，刚想松懈下来，门突然被人从外面敲响。

江妄停在门口，嗓音沙哑："盛意，开门。"

盛意才不敢给他开，连声音都不敢发出。

江妄又说："开门，我拿个东西，不会对你怎么样。"

他们明明已经是恋人，彼此之间竟然还在进行着这样的对话，盛意觉得有些好笑，她抿了抿唇，问他："真的吗？"

江妄漫不经心地"嗯"了声。

盛意打开门，门外灯光泻进来，江妄姿态懒散地立在门口，身影将她整个人都罩住。

她转身，想去找开关，未料手突然被他钳制住，她仰头看着他，嗫嚅："你说过不会对我怎么样的……"

江妄说："我对自己的女朋友都不能做点什么吗？"

他已经彻底冷静下来，嗓音散漫而低沉，像是打定了主意要将她撩他的仇报复回来。

盛意轻轻地"唔"了一声，下一秒，江妄就松开了她，然后将手探进她的口袋摸出一包烟来。

盛意这才想起，她身上还穿着江妄的外套。

"我下去抽烟，你先洗澡。"完全是命令式的语气，大抵是在俱乐部里领导当惯了，他的气势一拉起来，盛意就完全没有了反抗的余地。

她点了点头，软着嗓子应他："好。"

江妄又说："洗完澡后，锁好门，今晚都不要出来，听到了吗？"

盛意本想问江妄为什么，可对上江妄的眼神，她鼓了鼓腮帮子，再一次乖乖道："好。"

江妄像是终于满意了，声音放缓了一些，须臾，轻轻"嗯？"了一声。

盛意懵懂地看着他。

江妄随手把烟塞进自己裤兜里,眼里蓄起淡淡笑意,提醒她:"还有。"
还有?
盛意愣了两秒,反应过来,张了张嘴,半晌,有些羞耻地道:
"好哦,哥哥。"

2

一直到盛意洗完澡,躺到床上,江妄都没回来。
盛意抱着被子,刚刚的事情给她的冲击太大,她好半晌都没能平复下来。
稍微冷静一点儿后,脑海中不自觉将两人这两天相处的点点滴滴全过了一遍,脸上热意不断腾起。虽然已经过去了一整天,但她还是觉得难以置信。
她真的跟江妄在一起了。
是窃喜的,想跟全天下炫耀,可又半分也不敢炫耀。从头到尾,她只将这件事告诉了简希,甚至连林昭昭也没讲。
期待太久的事陡然成真的时候,人难免会患得患失。一边欣喜,一边忐忑,不敢放声笑,不敢高声语。
盛意无声地叹了口气,许是因为晚上在海边玩得太累了,没过多久,她就睡着了。
中间,睡得迷迷糊糊时,她隐约感觉到有人开门进了屋,随即掀开另一边的被子,钻了进来。
男人身上带着刚刚洗完澡而氤氲的潮气与凉气,盛意眯着眼,头往他的方向拱了拱,含混不清地嘟囔:"不是说不进屋的吗?"说完,也没等他回应,就又陷入了沉沉的睡眠之中。
江妄借着月亮的光去瞧她的眉眼,睫毛很长,嘴巴好像天生有一点儿向上的弧度,脸不是特别骨感的类型,反而有点儿肉肉的,但并不胖,脸型长得很好,所以看起来反而显得很温润,很可爱。
他的手掌按住她的后脑勺,将人往自己怀里推了推,旋即低下头,一个蜻蜓点水的吻落在她的眼睛上。
第二天一大早,两人就坐车回了南城。
江妄的车还停在火车站,他先把盛意送回了景德巷,随后自己才回家。
坐到江妄车上的时候,盛意又有一种恍若隔世的感觉,记得来的时候,他还是她暗恋许久爱而不得的人,而现在,他已经是她男朋友了。
她的手攥着安全带,转头去看他。
他开车时很认真,眼神专注,姿态松弛。
遇到那种很明显的新手,被堵在一边,他也不会有半分不耐烦的样子,他和她认识的大部分男人都不一样。

但是，却恰好是她喜欢的样子，该有脾气的时候很有脾气，该绅士的时候又很绅士。

盛意收回视线，摸出手机想刷会儿朋友圈，忽然，温景的电话打了进来。

盛意接通，温景的声音很快越过听筒传过来："小盛意，你跑哪儿去了，家里怎么没人？"

车里空间不大，又安静，盛意下意识看了江妄一眼，调小了点音量，才说："出差了，刚回南城，现在在回家的路上了。"

"去哪儿出差，在车站吗？要不要我去接你？"

"不用，跟……"她顿了一下，声音放低了一点儿，含糊着说，"有人跟我一起，他开车送我回来。"

她还没有将自己谈恋爱的事跟温景说，怕陡然冒出一个男朋友吓到他，所以想着不如等回头见到他的时候，再告诉他。

但温景到底与她认识太多年了，她的声音一顿，他就察觉到了不对劲："男同事？"

"是。"

温景停了片刻，问："还有多久到家？"

盛意转头看了江妄一眼，本来想问他，还没开口，就听江妄说："五分钟。"

于是，盛意说："五分钟。"

温景说："行，那我在你家门口等你。"

盛意说："小姨今天没在家吗？"

"刚刚敲了门，没人。李叔说早上看到她出门了，应该是去剧团了。"

盛意"哦"了声，挂掉电话后，她又给陈静冉打了个电话，得知陈静冉的确在剧团，她才放下心来。

等挂断陈静冉的电话，车子已经开到景德巷巷口，江妄把车停在路边的停车位上，下去把盛意的行李箱从后备厢里拿了下来。

两人在车边相对而立，这两天他们一直在一起，陡然要分开，还有点儿不习惯。

盛意捏了捏自己的耳垂，说："那我先回去啦？"

江妄单手插在裤兜里，睨着她。

今天景德巷里的游客并不多，春日阳光慢慢变得炽烈，照得人全身暖烘烘的，旁边的糖水铺子前坐了几个女生，看着还是大学生，叽叽喳喳讨论自己最近看的电影。

江妄哼笑一声，问："不解释一下？"

盛意眨了眨眼，一时没有反应过来江妄在说什么，偏他丢下这句话后就没再继续多言。盛意想了一会儿，一个念头浮上心头，她迟疑道："你该不会……

201

吃醋了吧？"

她抿起唇，觉得好笑，心里又有丝丝甜意升起来。

她弯起眼睛，里面的笑意藏都藏不住。

江妄撇开脸："没。"像是怕自己这句话没什么说服力，他又补充一句，"吃什么醋？"

盛意笑得眼睛都眯了起来，解释："是我发小。"

"青梅竹马？"

"也……也可以这么说？"

江妄沉吟片刻："上次在春香楼，也是他的电话？"

江妄步步紧逼，盛意本来还想忍着的，可又觉得江妄此时紧抿着唇装作不在意的样子实在有点儿可爱。

她弯下腰，拉住他的手，晃了晃，撒娇一样拖长了嗓音说："你要是不放心的话，可以跟我一起去见见他。"

江妄斜她一眼，女孩仰着脸看着他，笑得毫不掩饰。

明知这话只是她为了揶揄他的托词，但他还是不由自主放软了语气："下次。"

起码要好好收拾一下自己才可以去见情敌，总之，不应该是这种早早起床，又刚下高速时的状态。

盛意就知道他不会过去，她老老实实松开了他的手，拉着箱子退到一边。

江妄站在车门口，朝她摆摆手："回去吧。"

盛意"哦"了声，转身往巷子里走。走到一半，她停了下来，掏出手机，低头在上面戳戳点点了一分钟。

片刻后，刚坐回到车子里的江妄收到一条微信。

盛意：明天见哦，哥哥。

直到走出很远，盛意脸上的笑都还没散去，她消息发过去后，没两分钟就收到了江妄的回信。

是一条语音，男人语气不耐烦，显得有点儿凶："知道了。"

须臾，他又发来一条："等我来接你。"

盛意收起手机没再回他，想了想，又重新把手机拿了出来，打开微信，先是把江妄的聊天框置了顶，然后又点开了他的名片，想给他改个备注，总觉得"江妄"两个字太干巴巴了，可是，改成什么好呢？

她纠结得要命，眉毛都皱成了一团，各种黏糊糊的称呼在她脑бан里过了一遍，最终还是非常朴素地打了"男朋友"三个字上去。

改完之后，她退回来，盯着两人的聊天框又看了会儿，心里像装了一个橘子汽水瓶。

汽水咕嘟嘟冒着泡，甜意快要将瓶盖顶开。

她边走边看，冷不防，眼前忽地落下一道阴影。

盛意眼睛一亮，连手机都忘记收，猛然抬起头，眼里都是惊喜："温景？"

温景的目光落在她的手机屏幕上，"男朋友"三个字大得刺眼。

盛意顺着他的目光，也知晓他肯定看到了。到底是一起长大的朋友，她面上很快染上一抹红，有些欲盖弥彰地摁灭了手机，小声道："等下再跟你说。"她说着，把自己的行李箱丢给温景，然后摸出钥匙去开院门。

温景跟在她身后。

一向聒噪的男人难得安静了下来，直到盛意打开门锁，两人走进屋里，他才状若无意地问："什么时候的事？"

盛意"欸"了一声，温景说："男朋友，什么时候的事？上次打电话你还说没有男朋友。"他想装作若无其事的，但声音一发出来，到底还是太硬邦邦了。

盛意直觉他现在有点儿不高兴，但又不知道他为什么不高兴，还以为他是工作上遇到了什么问题。她想了想，说："你还记不记得我之前跟你说过，我有一个喜欢了很久的人？"

盛意点到为止。

温景嘴唇动了动，想说什么，可情绪像是根本不由他掌控般，各种无名气流在他的胸腔里横冲直撞，他怕再等下去自己会说出什么后悔的话，于是猛然站起来，在盛意疑惑的目光中，他沉默半瞬，说："还有点儿事，我先走了。"

他在这里等了半天，连坐都没坐一下，一杯水还没喝上，就突然说要离开。

盛意看着他的背影，下意识叫了一声他的名字。

温景走到院子门口，停下脚步，回头看了盛意一眼，终究还是叹了一口气，脸上扬起一抹很淡的笑："刚刚忘记说，恭喜我们小盛意，终于得偿所愿。"

盛意张了张嘴，温景的语气太奇怪，她心里生出一些怪异的感觉，可她又觉得那些想法太荒唐，不敢往深处想。

她轻轻吸了一口气，努力将自己心里那些乱七八糟的思绪压下去，才轻轻"嗯"了声，弯起眼睛，朝他笑了笑。

"你也会的。"她说。

温景顿了顿，没说话，直接开门走了出去。

盛意又在原地站了会儿才走进屋里，刚刚温景帮她提进来的行李箱还孤零零在客厅里立着，盛意有些心不在焉地走过去，打开箱子，准备把脏衣服扔进洗衣机。

还没整理完，突然收到一条微信。

林昭昭：下个月七中五十周年校庆，去吗？

盛意本就不是热络的性子，高中毕业后，除了林昭昭、李临几人，她就几乎没跟当时的同学联系过了。

林昭昭微信刚发完，许是怕她没看见，很快又打了个电话过来。

盛意蹲在箱子边，边整理东西，边与林昭昭讲电话。

林昭昭说："早上老徐在班级群里说的，你是不是把咱们班级群给屏蔽了？"

屏蔽倒是没屏蔽，但是她设置了消息免打扰，平时很少去看里面的消息。

盛意"唔"了声，说："刚从海市回来，没注意看群消息。"

"哦对，你去出差了。"林昭昭顿了两秒，问，"已经谈妥了？"

"嗯，其实也没什么好谈的，之前宋景明就跟他谈得差不多了，这次过去就是走个形式，之后就等两边拟合同了。"

林昭昭又"哦"了声，问："你觉得怎么样？"

"欸？"盛意愣了片刻，反应过来林昭昭大概是问沈致怎么样，她想了想，说，"我觉得还不错。"

她毕竟跟沈致也没相处很久，对他也不算了解，故而，只能从表面去评价他："看起来斯斯文文，感觉人也蛮稳重，安排事情也都很妥帖。"

林昭昭笑："你这评价跟我妈一样。"

盛意弯了弯眼睛，说："你喜欢就好了。"

林昭昭顿了顿，也笑了一声，须臾说："喜欢不喜欢的，随缘吧。"

两人讲了一会儿，盛意见衣服整理得差不多了，就把手机开了扩音放在旁边，把脏衣服丢进洗衣机里，才又听林昭昭问："对了，听沈致说，你跟江妄一起过去的？"

这事儿其实当时盛意跟林昭昭说过，但可能那时候她脑子里都是沈致，没有注意到。

盛意想到自己现在与江妄的关系，想跟林昭昭坦白，可是又不知道要从何说起，总觉得说完以后，林昭昭会立马从文身店里飞奔过来，对她追问到底。

谁知，未等她先开口，林昭昭就自个儿先在那头笑开了。

"说到这个，有个好笑的事，就你们跟沈致见面那天，我第二天早上醒来，就看到沈致给我发微信，问我你跟江妄是不是在谈恋爱？哈哈哈，你们到底做了什么，会给他造成这种错觉？"

林昭昭大概真的觉得这个事情实在太离谱，整个客厅里都回荡着她的笑声。

洗衣机已经开始工作，盛意走回去把箱子合上，想着晚一点儿再提到楼上去，她把手机拿起来，关掉免提，贴到自己耳边。

林昭昭还在笑："你跟江妄，你们俩以前八百年都讲不了一句话，要不是因为李临夹在中间，我怀疑你们整个高中都不会有一点儿交集，况且中间那么多年都没见过了,怎么可能突然谈恋爱?别告诉我是暗恋好多年,突然重逢,然后天雷勾地火……"

她一个人在那儿叽叽喳喳说半天,见盛意一直没接话,她心里突地一跳。

"……不是吧?"

盛意:"我本来正打算跟你说呢。"

林昭昭像是被打击到了,好半晌没说出话来:"这么狗血的吗?"

盛意刚把衣服晾好,林昭昭就杀了过来,文身店平日里工作并不算太忙,她最近又新招了两个学徒,索性把店丢给学徒看着,自己直接跑路了。

家里什么东西都没有,盛意打开冰箱看了一眼,也快到吃午饭的时间,所以思忖过后,两人直接去了之前她们去过的那家日料店,打算边吃边聊。

林昭昭在车上憋了一路,刚坐进包厢里,她就一副兴师问罪的姿态:"老实说吧,什么情况?"

盛意打开湿巾纸,仔仔细细擦拭着自己的手。

其实也没什么好解释的,她心里千回百转的故事,笼统概括起来,无非就是暗恋多年,夙愿成真。

这样的故事,这个世界上每天都会上演千千万万例,所以,也没什么特别的。

她叹了口气,看见窗外芍药已经开放,微风吹过来,粉白的花朵一簇拥着一簇,显得热闹极了。

"其实……"

等她们从日料店里离开,已经是黄昏的光景。她与江妄的故事说来并不算长,她本以为自己很快就能交代完,但话匣子一打开,各种回忆便如潮水般纷至沓来,不知不觉,一下午的时光就过去了。

林昭昭听故事时特别入戏,一会儿哭,一会儿笑,中途还忍不住将江妄狠狠骂了一顿,梗着脖子特别不服气地问:"你这么好,他凭什么不喜欢你?"

盛意听得好笑,垂着眼,音调柔和:"你是我的朋友,对我有滤镜,所以觉得我很好。但是对于那时的江妄来讲,我就只是一个普通同学而已。"

她在心里思索着措辞,给林昭昭描述:"怎么讲呢?他在我眼里,是天上那轮月亮,皎洁明净地挂在天上。但是在他眼里,我只是满天繁星里最普通的那一颗。"

或许因为她现在已经同江妄在一起,所以那些苦涩难明的心事,如今再回想起来的时候,虽然还是会酸、会涩,但是好像已经没有那么苦了。

因为苦里又夹了些甜,像薄荷夹心糖,刚入口时,辛辣呛鼻,但只要咬开一点儿小口,草莓流心就会盈满舌尖,令味蕾获得绝对愉悦的体验。

但因为她在讲述那些过往时,不得已又将自己喜欢江妄的点点滴滴回忆了一遍，饱胀的情绪一寸一寸全压在她的心间，哽在她的喉咙里，她轻轻吐了口气，听到林昭昭还在坚持："但是，在我心里，你也是月亮啊。"

盛意弯起眼睛："嗯，在我心里，我们昭昭也是月亮。"

林昭昭嗤笑："你又敷衍我。"

她们起身往外走，由于两人都喝了一些清酒，所以没再开车回去，两人沿着马路往回走，准备等走累的时候再去打车。

虽然已经讨论了一下午，但林昭昭还是觉得有些不可思议："我是真的没想到你会跟江妄在一起，李临知道这件事吗？"

盛意摇了摇头，不知道江妄有没有告诉李临。

"李临知道的话，肯定也会跟我一样大跌眼镜。"林昭昭说，"快通知你家江妄，先别告诉李临，等校庆的时候我要亲眼看看他的反应。"

关于校庆的事，刚刚林昭昭也都跟盛意讲过了，因为是五十周年，所以这次学校庆典办得还挺大的。

林昭昭说风就是雨，她有意要捉弄李临，不停地催促盛意："你快给江妄打个电话，趁他还没跟李临说，及时阻止他！"

结果，盛意电话还没打过去，江妄的视频电话就先发了过来。

盛意攥紧手机，林昭昭瞥了一眼来电人的名字，脸上露出暧昧的笑，她们已经走到广场边，盛意走到桥上，接通视频。

一打开，江妄放大的脸就映入眼帘。

他应该刚睡醒，眼皮还耷拉着，显得有些睡眼惺忪，但他的五官实在优越，即便是这样从下往上对脸拍的死亡角度，看着也都是好看的。

盛意捏了捏自己的耳垂，林昭昭已经识趣地走到另一边的长椅上坐下。盛意靠在桥梁上，低低唤了一声江妄的名字。

到了下午六点以后，路灯就亮了起来，但天色还没有黑透，整个世界仿佛都被笼在了一片暗橙色的滤镜里。

江妄靠在沙发上，一只手伸上去捋了把自己的头发，淡淡"嗯"了声，才问："在外面吗？"

嗓音哑哑的，隔着耳机，显得格外性感，又格外挠人。

盛意觉得自己的耳朵有点痒，她点了点头，解释："跟林昭昭一起出来吃饭。"她想了想，向他坦白，嗓音又软又黏，"林昭昭已经知道我们两个的事了。"

她不知道江妄想不想让别人知道，怕他觉得她刚刚跟他在一起就开始全世界嚷嚷，显得特别沉不住气，很得意似的。

夜晚的灯火在她眼底落下一片暖色的光，她整个人都被笼在那片光晕里。

说这话时，她始终低着头，说到某两个关键字时，才抬头看一眼江妄，显得特乖，又特别小心翼翼。

江妄一手拿着手机，走到桌边，给自己倒了杯水，瞧见她的神色，眉毛动了动。

"盛意。"他清了清嗓子，让声音听起来清润了一些，看着她，语调仍旧是波澜不惊的，他说，"你是不是害怕我？"

说到最后几个字时，语气里带了点笑，听起来有点儿撩人，又欠欠的，像是在故意缓解她的情绪。

盛意愣了愣，便听江妄又说："我没有谈过恋爱，好像也不太知道怎么去爱人，本来的确不应该这样贸然去耽误你。但我又觉得，我这么多年好不容易遇到一个心动的人，也许这辈子只能遇到这一个，如果放你走了，岂不是会很可惜。"

他说："而且，是你先来招惹我的，你撩我，让我喜欢你，你又开始怕我。"

他恶人先告状，一段话行云流水，还脸不红心不跳。

盛意眼睛都睁大了，反驳的话压在舌尖，就听江妄又说："你是不是……打算对我始乱终弃？"

他说完，还长长叹了口气，似委屈极了的模样。

盛意简直被他气笑了，她抿了抿唇，故意说："是啊，准备始乱终弃了。"

结果，这话明明是江妄先说出口的，最后黑脸的人也是他。

但也不是真的黑脸，盛意从小就看话剧，他的表演处处都是破绽，也完全没有要去掩饰的意思，显然是故意想逗她开心。

盛意转过身子，面向河面，夜色拢下来，一轮月亮晃晃映在波光粼粼的水面上。

江妄见盛意情绪松下来，才说："所以，下午你一直在跟林昭昭解释这个？"

"是啊。"盛意说，"都怪你那时候不喜欢我，害我要解释好长好长。"

她只是随口一说，落到江妄耳里，他却是真的感到遗憾起来，他轻叹："如果有时光机就好了。"

盛意听懂了他话里的意思，笑："现在这样也很好。"

只要最终是你，过程是怎样的，都没有关系。

江妄应该也想到了这一点，轻轻"嗯"了声。

气氛一时沉寂下来，远处广场舞的音乐响起，隔这么远，歌声依旧清晰可闻。

盛意拍了拍自己的额头，清酒的后劲儿上来了一些，她整张脸都红扑扑的，想到林昭昭的嘱托，她又说："林昭昭说，让你先不要告诉李临。"

江妄挑了挑眉，盛意说："她说等校庆的时候再告诉他。"

校庆的事江妄也在群里看到了，他点了点头，不用怎么动脑子就能猜出林

207

昭昭这么做的用意。

盛意脚尖点了点脚下的砖石，要讲的话都讲完了，可是又不舍得挂电话，但林昭昭还在等她，一直在这里讲电话也不好。她蹭了下自己的鼻尖，问他："你突然打电话，有事吗？"

江妄笑："没事就不能给你打电话了吗？"他故意放软声音，拖长调子，听起来像撒娇一样。

盛意便弯起眼睛笑，她说："林昭昭还在等我。"

江妄看了一眼墙上的钟表，问："你们在哪里？"

盛意报了个地名。

江妄起身，说："等下还有事吗，我去接你们？"

盛意本想说不用了，但想到江妄应该还没吃晚饭，想了想，就答应了。

等挂掉电话，迎来的便是林昭昭劈头盖脸的一顿揶揄，听说江妄要来接她们，林昭昭更是啧啧称奇："没想到江妄谈恋爱的时候居然是这样的。"

盛意问："什么样啊？"

林昭昭思索片刻，说道："像只黏人的小狗狗。"

盛意成功被她这个形容逗笑了，她说："等下他来，你敢这么跟他说吗？"

林昭昭立马举手讨饶："你可别害我，谁敢跟江妄说那样的话？"

说完，她一双眼睛亮晶晶地注视着盛意。

盛意一看就知道她在打什么主意，摇了摇头："别看我，我也不敢。"

林昭昭鄙视她："他是你男朋友，怎么还这么怂。"

盛意双手托住腮，轻轻叹了口气。林昭昭看了她一眼，还想说什么，远远却看见马路对面有人正缓缓朝这边走来。

大抵出来得匆忙，江妄身上只穿了件简单的短袖和牛仔裤，头上盖了顶鸭舌帽，个子很高，走路的姿势很散漫，穿梭在人群里，却如同闲庭漫步，扎眼得很。

林昭昭轻"啧"了声，用手肘戳戳盛意："哎，你男朋友来了。"

盛意顺着她的目光转过头，江妄正好刚走到她们这条小道的入口，月色泠泠照下来，盛意下意识地站起身。

四目相对，江妄停顿了一下，才走过来。

林昭昭虽然刚刚说得起劲，但真正见到江妄，却一句玩笑也不敢多开了。

她们没有立马回去，而是又在附近逛了一会儿，走到青年路的时候，林昭昭说她要去那边的老唱片店里买点东西，那家老唱片店早已经换了主人，不卖唱片了，改卖一些手机零件。

盛意和江妄并没有跟着林昭昭过马路，而是留在了马路这边等她。

马路上人来人往，喧闹声一片，到处充斥着人间的烟火气息，盛意循着林昭昭的身影，望向唱片店的门牌。

虽然里面卖的东西换掉了，但牌匾不知道为什么，一直还没有换，老旧的牌匾在风吹与日晒中早已变得陈旧不堪，上面的字迹也有些模糊了，但灯箱还亮着，荡在夜色里，颇有几分 20 世纪老港城的氛围感。

盛意突然想到，她高中毕业那年，有一回，也曾与林昭昭一起走到过这里。

那时马路对面的人还是江妄。

他那天也穿着如今日一般简单的短袖和牛仔裤，耳朵里塞着耳机，头一伸便拐进了店里。

她还记得那天，天气闷热，蝉鸣悠扬，小城里的男孩女孩们面临着人生里第一个分岔口，揣着自己满心的欢喜与忐忑、遗憾与心酸，奔向前面虽被浓雾笼罩着，却又莫名充满希望的未来。

那时她还以为，她与江妄的关系，至多只能那样了——

这一生，只能隔着人山人海远远凝望。

她从没想过，她会有站在他身边的这一天。

想到这里，她微微眯起眼，不由得抬头看向天空。

夜色已经完全降临，但城市的灯火遮挡住了星星的光亮，只留一轮圆月孤零零挂在天上。

盛意往江妄的方向靠了靠，她的手臂还挽着他的，她仰起头，用下巴轻轻蹭了一下江妄的肩膀。

小猫挠痒一般。

江妄侧过脸，微微低下头，嗓音里含着几分淡笑问："怎么了？"

"没事。"盛意摇摇头。

她说："做了一个梦，我把我的月亮摘下来了。"

第十一章·嫉妒

错过的,用未来补回来

1

那晚,他们并没有在外面逛太久就回家了。

江妄和盛意先把林昭昭送了回去,盛意又给陈静冉打了个电话,本来想去接陈静冉回家,但陈静冉说她去见朋友了,不用管她。

盛意点了点头,嘱咐:"有什么事给我打电话。"

陈静冉显得有些不耐烦:"又不是生活不能自理了。"

盛意便没再说话。

挂掉电话后,她把手机收回包里,长长地叹了口气。

江妄侧头睨盛意一眼,盛意随口跟他讲了两句陈静冉的情况:"也不知道她到底怎么样,医生说得很严重,但是她不愿意去住院,平时哪里不舒服也都忍着,不愿意跟我说。"

很小的时候,盛意就知道,陈静冉是那种典型的酷女人,就和她以前偷偷看的言情小说里描述的那些女主角很像,一身逆骨,一生都在追求自由。

她理解陈静冉为什么不愿意住院,与其在医院里蹉跎掉所剩无几的人生,不如用这些时间好好生活,去做自己想做却还未来得及做的事。

只是,理解是一方面,担心却也是一方面。

她是凡人,没有那么多宏大的理想,只想让自己爱的人可以多活一日。

她的叹息声越来越多,车子停在了十字路头,等红绿灯的空当,江妄不由得倾身过来,伸手在她鼻梁上点了一下。

力道不算轻,但也不重。

他的身子保持着半倾着的姿势,目光柔和地看向她。

"盛意,"他说,"一直叹气,会变丑。"

本来是想安慰她的,但这世上很多事,如人饮水,冷暖自知。

劝她不要担心,告诉她各人有各人的命,这些道理她并非不懂,言语太轻,薄如一张纸,江妄思忖片刻,最终还是巧妙地转了话题。

前面绿灯亮起,他发动车子,窗外景象不断倒退,闪烁的霓虹灯光照射在他的脸上,平白为他冷淡的眉眼里增添了几分冶丽。

盛意看着他,没话找话地问:"如果我变丑了,你还喜欢我吗?"

"不会。"

盛意撇撇嘴,就听江妄又说:"不会变丑。"

他转过头,在外面车水马龙的喧嚣声中淡淡开口:"因为我不会让我们盛意经常叹气的。"

他说得一本正经,言毕便又转回了头,一只手搭在方向盘上,目光始终注视着前面的路况。

他面容冷峭,如覆冰雪。

但只有她能够窥见他冷淡里的温柔。

于是,盛意心里的汽水瓶又开始嗞儿哇地往外冒泡。

南城不算大,他们很快就到了景德巷,江妄将车子停在路边,两人一起往里走。这两天景德巷游客格外少,很长很长的路上,偶尔才能看见一两个行人。

盛意双手插兜,亦步亦趋地跟在江妄后面,走到一半,男人突然停下脚步,回过头来朝她伸出一只手。

他微微低着头,眼睛里压着几分不甚明晰的笑。

盛意心里一动,走过去牵住他。

路灯将两人的影子拉得很长,盛意低头看了一眼两人交握在一起的手,心里的甜意快要溢满。

男人的手掌很大,紧紧包裹住她的,盛意又觉得,人有时候渴求的安全感很玄妙,譬如此刻,仅仅是与他握着手,她竟然就能感受到那种久违又陌生的归属感。

想跟这个人一直这样牵着手。

想跟他结婚,有一个家。

想爱他,也想被他爱。

快到门口时,她才发现温景竟然还在门口等着她。

也可能不是在等她,或许只是正好走到了这里,因为他并没有给她打电话。

盛意不是傻子,以前一直没有往那方面想,是因为从小到大温景一直待她很好,可上午那会儿温景表现得太明显了,虽然他极力压制,但感情依旧外泄得厉害。

盛意在心里无声地叹了口气，下意识松开了与江妄握在一起的手。

不是想瞒温景，只是这样的场景实在尴尬，而她面对尴尬境况时，第一反应就是将大事化小，假装无事发生。

她知道这样逃避不好，况且，她和江妄走过来的那一路，长街上没有任何遮挡物，想来温景早就看到了。

但身体的反应已经做出来了，此时倘若再牵回去，未免显得有些刻意。

她蹭了蹭自己的鼻尖，被两人视线包围，一时只觉一个头两个大。

她抬头看了一眼江妄，出乎她意料的是，男人脸上表情竟然看着还好，是笑着的，虽然笑意并未抵达眼底，全身散发的冷气也快要将她冻成冰块，但表面还是在努力维持。

盛意悄悄用指关节蹭了一下他的手背，想安抚安抚他，谁知，刚碰上去，就听男人喉间溢出一声略显冷冽的轻笑。

声音很小，很短促。

然而，盛意满心的不安瞬间就被他这声轻笑抚平了。

明明最开始，是她想要去安抚他。

她放下心来，脸上的笑也真切了很多。

他们已经走到门口，温景靠在门前一棵桃树边，走近了，盛意才发现他手里还牵着一根绳，绳子的另一端，是他家里养的那只大黄狗。

这只狗在他家里待了很多年，盛意记得她初中的时候就在了。

起初它是只流浪狗，跟别的狗打架，被咬得伤痕累累，最后被盛意和温景一起救回去。

大黄年纪大了，半步路也不愿意多走，趴在地上，显得懒洋洋的，看到盛意，它才来了几分精神，蹭上来。

盛意蹲下来，摸了摸它的脑袋，想了想，问温景："来遛狗吗？"

除了最开始，温景的目光从头到尾都没有落在江妄身上，仿佛根本没看到这个人似的。

江妄仍旧站在对面的河边，晚风撩起他的衣摆，夜色掩住了他的神色，令人看不清情绪。

温景闻言，"嗯"了声，笑说："这不是很明显吗？"

盛意便说："大黄越来越懒了。"

温景说："年纪大了。"

他说完这话，两人便没有更多能说的了。盛意想了想，还是走过去牵住江妄的手，给温景介绍："这就是我之前跟你说的，我男朋友。"

温景终于肯抬头，两个男人目光撞在一起，显然都不太待见对方。

温景"哦"了声,连声招呼都不愿意打,就说:"大黄还没吃晚饭,我先回去了,晚些再来看你和小姨。"

他走时,又看了江妄一眼。

等他走后,盛意本想跟江妄解释一下的,谁料男人拿出手机看了一眼时间,却说:"突然想起还有一点儿事,我也先回去了。"

没等盛意反应过来,视线里就只剩下两道一样修长笔直的背影。

她叹了口气,往屋里走去,坐在沙发上的时候,想了想,还是给江妄发了条微信。

盛意:你生气了吗?

江妄没回。

盛意索性丢下手机。

这两天天有点儿热了,她上去把自己的床单全部换掉,扔进洗衣机,又换了套新床单。

刚换好,突然有人敲门,她打开,就看温景正站在门口。

短短半个小时的时间,不知道他到底去干了什么,脸颊和嘴角都受了伤,但精神看上去好多了,起码比刚刚好多了。

没等盛意说话,他直接进了屋,坐在沙发上,颐指气使地对盛意说:"我渴了,有没有可乐?"

盛意狐疑地看了他片刻,想问什么,但又觉得,这才是她认识的温景。两个人从小一起长大,彼此之间太熟悉了,早先那个欲言又止的他根本不像他。

盛意顿了片刻,弯起眼睛,去冰箱里拿出一罐冰可乐递给他,笑问:"你这出去一趟,被打劫啦?"

温景摸了摸自己的伤口,不由得"嘶"了一声:"被狗咬了。"

他那明显就是碰击出来的瘀青,哪里有狗能咬成这样?

但盛意也没有拆穿他,只问:"这次要在家里待多久?"

"明天回去。"

"怎么这么快?"

"嗯。"温景说,"本来没放假的,请了两天,想着回来看看喜欢的女孩,我之前跟你说过的。"

他还以为自己没暴露,话说得极为顺畅,盛意顿了一下,问:"见到了吗?"

"见到了。"

"怎么样?"

"还能怎么样?"温景笑道,"过得很好,不缺吃穿。"他低下头,须臾,像是有些自嘲地笑了声,"当然,也不缺我。"

盛意说:"那肯定是因为她没有福气!"

她故意加大了声音,显得很义愤填膺的样子。温景斜她一眼,半晌,叹了口气,他说:"盛意,我失恋了,现在很伤心,你要不要安慰我一下?"

不等盛意回答,他猛然拉住她,将她整个人都扯进了自己怀里。

盛意身子僵着不敢动,好在温景只是抱了一下就松开了,他从沙发边站起来,说:"我走了。"

他来得突然,走得也突然,盛意说:"不再坐一坐吗,小姨应该快回来了。"

"不了,该走了。"他一语双关。

门外夜风吹进来,凉得要命,盛意不由得打了个寒战,看温景出了门,沉沉夜色再一次被隔绝到了外面。

她又在原地站了会儿,才去阳台上把衣服收了,然后去浴室里冲了个澡。

洗完澡出来,才发现手机里有好几个未接电话,全是江妄打来的,她刚要回过去,门却再一次被人敲响。

她疑惑道:"谁?"

夜色里,传来男人低沉的声音:"我。"

盛意握着手机的手微微一紧,走过去开门。

门外廊灯亮着,怕小姨看不清路,她早先进来的时候就把灯打开了,江妄此时便站在那盏灯下,帽檐遮挡住了他大半张脸。

微凉的春风从门外吹进来,盛意问:"怎么啦?"

话音才落,便感觉一道力扯着她,紧接着,她整个人都被江妄身上的气息包裹住。他在外面站得久,身上尽是凉意,还有令人不可忽视的烟草味。

盛意任他按着她的后脑勺,将她整个人都压在他的胸膛处。他的神色看着平静,心跳却不怎么平静,像波涛拍岸的海。

盛意用脸颊蹭了蹭他胸前的衣服,才伸出手去摸他的下巴。她看不见人,只能胡乱地摸,一双手在他脸上蹭来蹭去。

江妄被摸得不知道是痒了还是烦了,捉住她的手,盛意说:"不是说有事先走了吗?"

江妄:"办完了。"

盛意抬起头,目光落在他嘴角与温景如出一辙的瘀青上,叹了口气,手指按上去。

"疼不疼?"她问。

江妄浑不在意地"唔"了声,声调懒散:"还好,习惯了。"

盛意这才想起,以前高中的时候,他身上就时不时带伤。

她推开江妄,转身想去找药箱,谁知脚步刚迈开,手腕就被他拉住了。

男人还站在原地,后背抵着门框,情绪看起来不怎么高,微低着头,睫毛在他眼下落下一片暗色的影子。

盛意说:"给你涂药。"

江妄便哼笑:"不用,小伤。"

盛意就没再继续走,她又被他拉回来,在怀里抱着。

盛意以前一直以为自己不会喜欢上拥抱的感觉,两个人傻傻杵在那儿抱在一起,怎么看怎么黏糊。

但这会儿被江妄裹在怀里,她又觉出拥抱的好来,被爱人的气息紧紧包围着,两人温度相贴,有一种在别处体会不到的安心。

从小到大,大抵因为父母一直在外地,而她也一直生活在小姨家里,虽然小姨待她很好,但到底不是自己的家,所以总觉得缺少一些归属感,而这份归属感在她研究生后住回父母的房子里时,也依旧未能寻找到。

但此时,她整个人被江妄用力箍住的时候,她恍惚间像是摸到了一点儿感觉。

小时候读诗,谁写过:此心安处是吾乡。

盛意不自觉地在他怀里蹭了两下,不知道说什么,话题又绕了回去,她憋着笑,故意问他:"你也是遇到狗了吗?"

江妄稍一思忖便猜到温景是怎么编派他的了,他闷声"嗯"了声,没说话,盛意就笑:"怎么这么幼稚呀?"

她说:"哥哥这么大了还打架。"

她故意压了嗓音,语调娇嗔,不料下巴再一次被捏住,男人掌控欲强,动作不容反驳,但用的力道其实不大,怕伤到她。

盛意又从他身上看到那些只有用心去看才能察觉到的温柔。

他低下头,嘴唇碰着她的。

"我刚刚看到了。"他说,"看到他抱你了。"

音调依旧是低沉的,听起来有点儿波澜不惊,但天知道他心里压下了怎样的火气,他那时刚进院门,就从窗户里看到自己的女朋友被别人抱在怀里,而那个男人还明确同他讲过自己对盛意的心思。

他自问自己不是什么圣人,所以,即便理解,但心里那股火也的确不可避免地被点燃了。

他沉着脸,在温景走后,又在门口抽完了整整三根烟,才让自己的情绪稍微平复下来,然后才来敲她的门。

他不敢带着气来找她,怕吓到她,也怕伤到她。

想到这里,他又不由得有些自嘲地笑了声,年少的时候,李临同他畅想自己喜欢的女生类型,讲到一半,问他:"你喜欢什么样的女生?"

那时他们才念到高二,十几岁的男生,不可一世得要命,他特酷特跩地说:"没想过。"

李临点头:"的确无法想象你谈恋爱是什么样,你这种性格,谈恋爱会很难投入吧?反正你往那儿一站自然就有人喜欢你了,根本不需要你去花心思。"

李临又说:"不过,我还是挺想看看你为爱发疯的样子,感觉那一定很有趣。"

那会儿李临刚喜欢上盛意,她坐在第一排,他们坐最后一排,每次自习课,他就趴那儿拉着江妄讲闲话。

大多时候都是他在讲,江妄在听,偶尔才会接一两句。

那年刚入夏的时候,每个晚自习李临和江妄都会逃课出去买冰棍吃,有时候盛意发试卷发到他们的位置,李临就把冰棍藏到后面,正襟危坐,正经得不像他。

旁边的损友们都在嘲笑他,他也不以为意,等盛意走了,他才戳戳江妄的手臂,问:"是不是特可爱?"

江妄手里捏了支笔在转,闻言,抬头看了盛意一眼,恰好她也正看向这边,四目相接,她面无表情地转开了目光。

江妄的目光落在她通红的耳垂上,李临还在问:"你就说是不是吧?"

江妄合上书,后背靠到墙上,摸出个游戏机开始玩。

"还行吧。"他说。

他们之间关于盛意的对话其实并不多,毕竟,男孩子其实并不常把恋爱的话题挂在嘴边,他们大多时候都在聊游戏,聊篮球,聊自个儿昨天熬夜看完的足球赛到底有多精彩。

聊女生,但聊很多女生,而不是哪一个女生。

有时他们也会讲一些荤话,江妄大多时候都不参与,就在那儿听着,极少数时候才会插一句,然后一堆人在那儿起哄,说不愧是江哥。

江妄敛起思绪,垂目看向盛意。很奇怪,或许正因为他记忆里有关盛意的片段太少,所以这时候回忆起来,那些片段反而变得格外清晰。

然而,点点滴滴,却又都在很明确地告诉江妄,那都是你错过的她的时光。

是他错过的,盛意的年少时光。

他之前只觉得惋惜,但刚刚在外面,温景同他讲起与盛意一起长大的那些岁月的时候,那些惋惜便仿如长了翅膀的蝶,扑棱棱一起飞起来。

他又想起那时谢乔那句——她喜欢了你很多年。

他嫉妒温景,嫉妒那人与盛意拥有那么多回忆,他甚至嫉妒李临,嫉妒他们那么早就看到了盛意的好。

而他那时候在干什么呢?

他冷淡,疏离,拒她于千里之外。

他给她心酸,眼泪,还有一次又一次的失望。

所以,生气其实并不是对盛意,而是对自己。

火气也不是对她,也是对他自己。

悔意太盛,如火燎原,他必须要抱紧她,才能让自己得到一点儿疏解。

错过的,就用未来补回来。

缺少的回忆,就从今天开始一点儿一点儿填补。

墙上钟表响起整点报时,已经是十点。安静拥抱中的两人被钟声惊醒,盛意推推他,说:"小姨快回来了。"

江妄"嗯"了声,停了两分钟才松开她,他站直,才发现他甚至连门都没真正进去。

两人始终停留在玄关处,盛意低头给陈静冉发了条微信,问她什么时候回来,才叹了口气,跟江妄解释。

"抱了一下……"她说。可这种事情,实在难说清楚,她心里坦荡,也知江妄定然也知道她心里坦荡,质问在这里显然早就变了质,不再是质问那么简单,而是恋爱中的情趣。

盛意最近被简希恶补了太多恋爱小技巧,她脑子里接收了一大堆乱七八糟的知识,偏她学习能力又强,活学活用,她伸手小心蹭了蹭江妄的掌心,问:"哥哥吃醋了吗?"

"哥哥"这两个字她已经叫得格外顺口,本以为江妄会否认,未想他竟然很坦然就点了头。

"你要怎么安慰我?"他问。

这题简直超纲了,盛意脑子里一瞬间划过无数个不能说的念头,她是典型的胆大人怂,只敢在脑子里过过瘾,一旦操作起来,跑得比谁都快。

她索性把问题丢给他:"你想要我怎么安慰啊?"

江妄说:"又是你了。"

盛意改口:"哥哥。"

恋爱中的人连这样无聊的对话也能车轱辘很久。

讲到最后,盛意自己都受不了了,她踮起脚尖,嘴唇轻轻碰上他的,要推开时,后脑勺突然被人按住。

他吻得凶,她根本逃不掉,只能被动地承受着他汹涌倾泻的情绪。

太浓了,像要把她揉进他的骨血里。

盛意被亲时也乖得要命,仰头配合着他的动作,安安静静地承受着他给予的一切暴烈与温柔。

她眼里又溢出生理性的眼泪,眼角压着一片红色,脸也是红的,他的手指轻轻摩挲着她的耳垂。

她的耳朵太敏感了,她瑟缩着,却躲不掉,她几乎站不住了,手指抓着他的衣襟，在那里留下一片片褶皱。

夜好静，门外护城河边有阵阵虫鸣传进来，空气是凉的，但两人身上都变得好热。

不知过了多久，盛意手机突然响起来，荡在夜色里，两人都如梦初醒地松开。

盛意接起来，是陈静冉的电话，她轻轻喘着气，像做了什么亏心事般，心虚到嗓音都在颤抖。

"小姨。"她轻轻唤。

陈静冉说："我喝了点酒，这边不好打车，有时间接我回家吗？"

她很少对盛意示弱，这话说得硬邦邦的。

盛意说："你把地址发我微信，我这就过去。"

"行。"陈静冉说，"路上小心。"

盛意又轻轻呼了口气，说了声："好。"

挂掉电话，瞧见江妄还站在原地，她脸上的热意终于降下来，找回几分理智。然而，理智回笼后，害羞也跟着一起涌上心头。

盛意刚洗完澡，身上只穿了一件很薄的丝质睡袍，他们刚刚情难自禁，衣带都被扯乱，她胡乱理了一下衣服，转身就走进卫生间，"砰"一下把门关上。

卫生间里水雾已经散去，镜子里，她脸色潮红，衣带半解，脖子和锁骨处还有两道暧昧红印。

应该是刚刚江妄咬的。

她的心跳如擂鼓，打开水龙头用冷水冲了把脸，走出去，看到江妄仍站在原地，一向冷淡的眼角也染了一片红。

盛意根本没过脑子，眼睛下意识地瞥了一下他的那个地方，脸不由自主又热起来。

她心猿意马地想去撩拨他两句，但又怕自己承受不住撩拨他的后果，况且，她还要去接小姨。

她抿了抿唇，硬着头皮走过去，说："那我先去、先去接小姨。"

结果，江妄却忽然冷笑一声，他睨着她，语调懒散："这是打算用过就丢吗？"

他刚刚明明都听见她跟陈静冉的对话，这时说这些，明显就是故意在逗她。

虽然知道他的用意，但盛意还是成功被臊到了，她捏了捏自己的耳垂，嗫嚅："我去接小姨……"

江妄就轻笑："走吧。"

盛意瞟了一眼他："你、你那个……需要解……"

江妄似笑非笑地看着她，逼近："怎么，又想帮忙？"

盛意连忙摇头，逃也似的跑出去，跑到一半，才发现自己忘记关门，回头，看到江妄刚把灯关掉，正在锁门，手臂上还挂着一件她之前随手放在门口衣架上的外套。

盛意这才意识到，自己身上还穿着睡衣。

屋里的灯关掉后，就只有头顶那盏廊灯还亮着了，照着他颀长的背影，盛意在不远处注视他片刻，心里忽而就生出一种岁月静好的感觉。

她走过去，从后面抱住他，说："哥哥要跟我一起去吗？"

江妄低着头，笑："怎么这么黏人。"

盛意继续问："一起去吗？"

江妄"嗯"了声，把外套给她穿上，然后问："你想让我去吗？"

让他去的意思是，要在小姨面前坦白两人的关系。

他们锁好门，两人沿着长街往外走，河边灯笼飘摇，晚风阵阵。

盛意说："小姨一直都知道我喜欢你。"

江妄垂下眼睛，不知在想什么，须臾说："那是时候让她知道，我也喜欢你了。"

等他们到时，陈静冉正站在餐厅门口和几个盛意不认识的叔叔阿姨聊天，应当都是陈静冉的同学，一行五六个，有男有女。

陈静冉应该是有点醉了，笑时有盛意鲜见的风情。

盛意没让江妄下去，她独自下了车。陈静冉远远看见她，止住笑，说："我家人来接我了。"

几人一起看过来，盛意礼貌地同众人打招呼。盛意注意到，站在最边侧的叔叔始终没有说话，只在陈静冉走时叫了一声她的名字。

他说："再会。"

陈静冉脚步微顿，半晌说："不必了。"

她没有把自己生病的事情告诉大家，总觉得这样会增添旁人的负担。盛意叹了口气，走到一半时，回头看了一眼那个刚刚说话的人。

长相很斯文，戴眼镜，虽然年岁不小了，但眉眼间依稀能够看出当初的样子。

盛意没话找话地说："这个叔叔以前一定是个帅哥。"

陈静冉似乎是笑了下："你说周原吗？"

盛意点了点头，隐约觉得自己似乎在哪里见过这个名字，随口道："名字也好听的。"

陈静冉没再接话，他们已经走到车边，江妄最终还是下了车，站在那里等她们。

陈静冉抬起头看了眼江妄，盛意有些不自在地咳了声，刚要解释，便听江妄说："小姨好，我是盛意的男朋友。"

言语间,竟然有几分紧张。

陈静冉又看了他一眼,没有表现出过分热情,但也不冷淡。

三人上了车,江妄开车,盛意跟陈静冉一起坐在后排。许是因为陈静冉在场,盛意和江妄倒是没有像来时那样一路贫嘴。

陈静冉应该是累了,一上车就闭上了眼。

盛意一会儿看看窗外的夜景,一会儿去看江妄,有几次两人视线在后视镜里碰上,就开始不约而同地笑。

谈恋爱的人好幼稚啊,眼神一旦对上,笑意就根本止不住,心里也甜丝丝的,像含了一口棉花糖,哪里都是甜的。

等到家时已经快凌晨一点,江妄看时间太晚,本想直接驱车离开,结果盛意却突然拉住他。

她问:"你晚上是不是还没吃饭?"

这一晚上事情太多,江妄完全忘记了这件事。

外面摊贩都关门了,家里还有一些挂面,盛意的厨艺,也只有面条还能拿得出手。

陈静冉回家后就直接回房了,盛意猜测她今晚应该不想被打扰,所以,虽然担心,但也没有过多去问她。

江妄靠在厨房的门框上,看盛意在里面忙碌。

她一直说要把灯换掉,但至今没换,昏黄的光拢着她,令整个画面看起来格外温柔。

江妄的世界里已经许久没有过这样的场景,他从后面抱住盛意,锅里的水在咕嘟嘟冒着泡,盛意一手拿着挂面,一手拿着筷子,冷不防被他抱住,拍拍他的手:"哥哥乖,先自己去玩。"

她把他当小孩儿哄,好在江妄没跟她计较,否则锅里的面要糊成一团。

面煮得很清淡,最普通的西红柿鸡蛋面,江妄在吃,盛意坐在一边看。

她看得专注,他的眉骨他的眼睛,一寸一寸被她用目光描摹。

她想起自己以前从不敢仔细看他,每次都只是匆匆一瞥,怕自己看得太多,情绪暴露,被他发现端倪。

人好奇怪,越是喜欢一个人,有时却好像离他越遥远,反而那些对他没有任何心思的人可以大胆看他,与他谈笑风生。

她的思绪飘得远,回神时,江妄已经把一碗面吃完。

盛意还以为他不会多吃,又怕他的厌食症发作,她悄悄去问过医生,医生说这是心理问题,需要他自己慢慢走出来。

但他今天好像情况还好,吃完以后时间已经很晚了,他出门离开,盛意本想将他送至巷口,但被他拒绝了。

直到走出很远的路，已经看不到盛意在门前目送的身影，江妄才走到垃圾桶边，指节抵着喉咙干呕。

他刚刚一直忍着，其实今天情况还好，没有以往那么激烈，但这种事情从来都不是一蹴而就的。

第二天又恢复了正常的上班日，盛意一进门就接收到孟平的羡慕暴击，他上蹿下跳问她海市好不好玩，有没有给他们带礼物。

特产倒是带了一点儿，盛意放到桌子上让大家去分。

她走到自己工位上，抬头看了一眼办公室，发现江妄已经坐在里面了，正对着电脑在画图。

她大学学的油画，读研究生之后就直接转了专业，没有碰过板绘。她又想，江妄大学时也是学油画，后来书念到一半就离开了，后来比赛又那么忙，那他是跟谁学的板绘呢？

而且，油画和游戏原画虽然有相通的地方，但这中间枝蔓庞杂，他到底是怎么做到这么快就上手的？

正好林小木坐在旁边吃早餐，听见盛意一个人在那儿嘀咕，她惊奇道："盛意姐没看过组长的画吗？"

盛意"欸"了一声。林小木功课做得足，电脑里有个文件夹直接写着江妄的名字，她说："这些都是我跟宋总要的，组长的事也是听他说的。"

盛意望向电脑屏幕，虽然她平时不怎么玩游戏，但有几款游戏太火了，人物立绘经常在她朋友圈刷屏。

"都是内部消息，宋总说这些都是组长画的，不过他没用自己的名字，所以很少有人知道这件事，但'汪酱'这个画师在圈内本来就挺出名吧？"她说到这里，有些狐疑地看向盛意，"盛意姐不是跟组长关系很好吗，怎么连这个都不知道？"

自从大三那次误以为江妄和苏离谈恋爱之后，盛意就很少特意去关注江妄的动态了，非但如此，她甚至还有意去屏蔽与他有关的消息，她怕一看到他的消息就控制不了自己，怕自己会忍不住打探更多有关他的事情。所以，平日里若非刷微博时偶然看到他，她从未刻意去了解过他这些年都做了些什么。

见盛意没接话，林小木又若有所思地看了她几眼，便去做自己的事情了。

盛意写人设写累了的时候，去网上搜了一下汪酱的相关信息，发现他的粉丝竟然还挺多，大多是玩游戏的女孩子，夸他图画得好看。

她顺着网线还找到了江妄的微博，他很少发微博，微博里除了自己的画，就是各种游戏的广告。

只是……她盯着网页上的"汪酱"两个字看了半天，无论如何还是很难将

221

这么可爱的名字和江妄的脸对上号。

不过，江妄这个人以前在学校里念书的时候就很不按常理出牌，用这样一个无厘头的名字做"艺名"，倒也符合他的个性。

盛意想到这里，不由得弯起眼睛笑了笑，顺手点了关注，想了想，又去搜索了一下他打电竞的那个账号，也点了关注。

谁知关注没多久，江妄就发了个微博主页的截图过来。

男朋友：是你吗？

盛意透过落地玻璃看了江妄一眼，男人靠在椅子上，上午的日光越过窗户照在他身上，令他整个人看起来格外干净与柔和。

盛意抿了抿唇，回复信息。

盛意：你是怎么发现的哦？

男朋友：大概是心灵感应？

盛意：哎，认真的。

停了一会儿，江妄又发了个截图过来，盛意仔细一看，是她几天前发的一条微博，应该是她刚跟江妄确定关系的那一天。

她回答了一个问题——被暗恋很久的人表白是什么感觉？

她答：怀疑月亮是不是撞昏了头，居然把光投射到了我这里，生怕他醒来，也怕自己醒来。

怕他醒来是怕他清醒以后，将她的美梦也唤醒。

那个微博是她的生活号，里面的她简直是个小话痨，生活点滴都事无巨细记录进去，以前师兄们就笑过她，说也不知道她一天到晚哪儿来那么多感触，平时学习已经够辛苦。

盛意说："正因为学习辛苦，才要发掘一些小乐趣啊。"

办公室里的花、秋天的第一场雨、夜间的虫鸣，以及春日午后微醺的空气。她几乎从不避讳被人知道这个微博号，但此时看着江妄发来的截图，她还是不可避免地窘了一下。

截图里怯怯又欢喜的人是她，但令她心情如此复杂的人却是他。

盛意有些悻然地捏了捏自己的耳垂，不回他了，停了片刻，手机振动——

男朋友：害羞了？

盛意：……

盛意：你好闲，难道每一个关注你的人，你都要进入人家的主页看一遍吗？

她不着痕迹地转了话题。

男朋友：认出了你的头像。

盛意一愣，才发现她的头像是一张明信片，上面写着：祝万事顺意，前程似锦。

是当年她想要送给江妄，却没送出去的明信片。

她刚回南城那天，整理东西偶然看见它，晚上她又特意将它找了出来，拍了张照片，传到微博里当了头像。

男朋友：认出了你的字。

男朋友：……

盛意点开一看，发现他把自己的账号也换成了和盛意一模一样的头像，片刻后，他又发了一张图片过来，这次是他画的一张画。

昏暗的楼梯口，少年与少女相对而立，少年手里拿了一朵花，女孩抬手正要接过。

是2012年某个冬日夜晚的她和他。

也不知道他什么时候画的，盛意愣了愣。

男朋友：你用这个。

虽然他没有做过多的解释，但盛意还是微妙地理解到了他的意思——你送的明信片我已经收到了，我的花你也要收下。

未及她再多想，手机里就又传来消息提示音，先是"汪酱关注了您"，紧接着又是"青焰-望江关注了您"，再然后是：

汪酱评论了您的微博。

盛意点开。

@汪酱：但愿长醉不愿醒。

她心里微微一动，转头看向办公室，男人也正看向她的方向。

四目相对，盛意兀然被烫了一下，她抿了抿唇，收回视线，把手机摁灭，放到一边，但心里的甜意却怎么也压制不住，好像有一个棉花糖机在她心里炸开了。

2

与他们这里的甜蜜与平静不同，外界却因为江妄的这一个举动而掀起了轩然大波。

虽然只是小众圈子里的狂欢，但这天，汪酱的粉丝和望江的粉丝都惊讶地发现，他们消失已久的偶像突然"诈尸"了。

一上线，什么都没做，就直接关注了一个平平无奇的小号。

他们顺着他的关注将那个号里的所有微博都浏览了一遍，看完以后，除了得出"这个博主真的废话很多"的结论，便没有更多有用的消息了。

盛意平日里上网谨慎，半张自拍也没发过。

倒是江妄那些队友，刚结束训练就在论坛里看到这个爆炸性的新闻。

大款直接给江妄打了电话。他打电话的时候很英勇，可一听见江妄的声音就瞬间怂了，吞吞吐吐半天，最后总结起来就是："我们是不是有嫂子了？"

江妄平日里虽然对他们严厉，但受欢迎也是真的，江妄刚离开那阵子，也不知道是怕打扰他还是怎么样，大家都不敢联系他。

直到最近，可能是觉得风头过去了，众人才开始断断续续同江妄联系。

这会儿，大款的手机被放在中间，一群男孩子围成一圈，屏住呼吸等他的回答。

和他们的严阵以待不同，江妄在这头却很放松，他靠在椅子上，悠悠地吐了口气："嗯。"

他承认得如此坦荡，众人瞬间倒吸一口凉气。

到最后，还是大款试探着问："真真……真的吗？什么人？我见过吗？有照片吗？是干什么的？"

他的问题像连珠炮一样往外冒，江妄随意捡了两条回答：

"你们不认识。

"我高中同学。

"首都艺术研究院的学生。"

"哇哦！！学霸啊！"

感慨完，大款才反应过来，与他们通电话的这位，当初也是庆大美院的学生呢。

大款说："什么时候带给我们看看啊！"

"嗯，等有机会。"

大款关了免提，找了个僻静的地方，又问江妄："所以，什么时候回来？"

江妄想了想："看情况吧。"

"你该不会不打算回了吧？"不等江妄回答，大款又继续说，"之前我听陈哥和教练讨论，说你打算退役了，是真的吗？"

他似乎是怕自己的话被旁人听去了，声音压得很低，停了片刻又说："又不是什么大事，为什么就想退役了？你真的不想继续打比赛了吗？"

他自从入行以来就一直跟在江妄身边，对他的感情比旁人都要深厚些。

江妄从口袋里拿出烟盒，在桌面上磕了磕，倒出一根烟来，语气显得有些漫不经心："我今年二十六岁了，退役是早晚的事。"

"但又不是不能打了，谁说赛场上只能留下年轻人……"大款见江妄承认了，虽然早就做好了心理准备，但还是有些难以接受。

尽管他们都很清楚，虽然大家总说年龄不是问题，尤其是那些鸡汤段子，会告诉你只要喜欢，只要愿意，什么时候做什么事都不晚。

但竞技场上，年龄就是问题。

所以大款讲到后面，不用江妄反驳，自己声音都弱了下去，最后还是哽着声音说了一句:"但你现在还能打,完全可以晚一点儿再退的,而且……"

他语声顿住,虽然没继续往后说,但江妄知道他要说什么。

自从成为职业电竞选手之后,江妄拿奖无数,不管是个人奖还是团队奖他都拿到手软,但是这么多年,每次参加国际赛,他却始终因为各种各样的原因而无缘冠军。

那些人一开始还对他冷嘲热讽,说他是万年老二,尽管他的成绩在国内选手里早已是佼佼者。

但时间久了,连他的黑粉都不禁同情起他来,怀疑他是不是直到退役都会带着这个遗憾离开。

想到这里,江妄不由得又笑了声。

遗憾是有的,毕竟世人惯于追求事情的圆满,他蹭了下鼻子,因为嘴里咬着烟蒂,所以说话有些含混不清。

"你慌什么?"他说,"又不是说现在就要退役。"

大款愣了愣,一时没有反应过来,江妄又接着说:"只是最近身体出了问题,正好又遇上禁赛的事,所以就顺水推舟休息了一段时间。"

他说话慢悠悠的,大约是为了安抚大款,所以声音难得放缓了些。

大款大概很少被江妄这么温柔对待,一时间还有些不适应,讷讷半晌,最后没头没尾来了句:"队长,我发现你变了。"

他说:"看来谈恋爱真的会让人变得温柔。"

说完,像是怕被江妄骂,他迅速挂了电话,挂完,才想起自己话还没有说完,他又给江妄发了条微信。

大款:所以,还会回来的,对吗?

江妄没回。

他又发了一条过来。

大款:所以,至少还会再参加一次国际赛,再退役对吗?

他头铁得不行,见江妄给他一点儿好脸色,就叨叨个没完。江妄勾了勾嘴角,心里已经骂人了,转了下手机,想了想,还是漫不经心给他回了个"嗯"字。

大款:!!!

大款:你刚禁赛那段时间,整天看起来要死不活,我还以为你真的不打算回来了。

大款:唉,不知道说什么,就挺开心的……

他的废话是真的多,一条一条消息往外跳。江妄把手机扔到桌子上,抬头时,正好看到在外面认真工作的盛意。

快到中午,阳光变得炽烈了一些,窗外绿树冒出枝丫,融融春光笼罩着她,他突然想起,那日在海市,他跟盛意说完他禁赛的原因后,她跟他说的话。

225

是在两人闹过一番的深夜了,他从外面回来,洗完澡,钻进被子里。

她笑他:"不是说不进来吗?"

他没说话,她拥着被子,迷迷糊糊像是睡过去了,停了好久,她突然嘟嘟囔囔地说:"我有一个喜欢了很久的人,喜欢他的时候,觉得他像是住在月亮里的人,干净、漂亮、一尘不染,是这个世界上最美好的存在。"

她的嗓音轻软而柔和,如春风般仿佛可以抚平人心里所有的皱褶。

江妄面对着她,他睁着眼,她闭着眼。

他问:"然后呢,他还是你的月亮吗?"

"是,也不是了。"

江妄眉目微动,盛意继而又说:"月亮很远的,伸出手也够不到,所以,他从月亮里跑出来了。"她说到这里,笑了笑,"上帝一定是看我太可怜,所以把他从月亮里放出来了,来救我。"

她用了"救"这个字。

盛意说:"其实,每一个看起来很不起眼的人,都有很多别人留意不到、也无从向别人诉说的苦,会有很多个看似普通的瞬间,突然就觉得自己要崩溃了,撑不下去了。

"可能听起来有点儿虚幻,但那些时刻,我的的确确全是靠着喜欢他,才得以坚持下来。

"所以,不管遇到什么,不管过去多久,只要我还喜欢着他,他就永远是那枚干净、明朗的月亮。"

她睁开眼注视着江妄,目光专注而坚定。

她说:"所以,希望我的月亮不要妄自菲薄,要一直漂亮、美好地挂在天上啊。

"因为,我很需要他。"

…………

江妄敛起思绪,收回视线,把烟捻灭在烟灰缸里,停了会儿,给大款回复:*最开始,确实考虑过不回去了。*

那会儿宋云翊刚过世,他把所有的过错都归咎到自己身上,虽然他总是很轻飘飘地同旁人描述这件事,但他自己很清楚,他其实受影响颇深。

若不是实在控制不了,以他的性格不至于在重要比赛中出错。

然后,他又将输掉比赛的事情也全压在了自己身上。

那段时间,他刚回南城,住在宋云翊的老房子里,每日昏昏沉沉,颓废度日。

江清远也来找过几次他的麻烦,骂骂咧咧的,瞧见他的模样,脸上就扬起讥讽的笑,说他口口声声瞧不起自己,如今不还是变成了一样的人。

后来还是宋景明看不下去了,以需要他的帮助为由,将他拉到了公司工作。

一开始江妄是没放在心上的，他每日按部就班地去上班，完成宋景明交给他的任务，有人来和他交流，他也不会表现得特别消极。

他看起来就像个正常人一样，但了解他的人都看得出来，他是没有热情的，好像打算让自己的人生就这么得过且过下去。

因为自觉自己犯了不可挽回的错，所以有什么资格去过光明而丰盛的人生？

直到后来他遇见了盛意。

一开始他也没怎么上心，就觉得是一个老同学，于是下意识在她身上多投注了一点儿关注。

然而心动其实是一个很玄妙的东西。

好像只发生在一瞬，又好像已经过去了好久。

然后，他才刚发现自己的情动，就猝不及防被她旷日持久的暗恋砸了满头，她的爱意汹涌而赤忱，挤在他的心窝口，胀得他心脏又酸又疼。

他也想爱她，也想回应她，想补全那几千个日夜他错过的每一个她。

尤其是，她还跟他讲，要继续明朗美好地挂在天上啊，因为她很需要他。

他的心里有一个湖泊，平静的水面乍然被荡起一片涟漪，水纹一圈一圈地漾开。

甚至，有几个瞬间，他竟然开始觉得那些乱七八糟的令人心烦的事情，那些命运兜头浇在他头上的冷水，好像也没有那么讨厌了。

起码，倘若不是发生了那些事，他就不会回南城，也就不会遇见她。

等江妄回完大款的消息，已经是十几分钟之后的事情了。

大款大概还是觉得有些意难平，又打电话来叽叽喳喳说了很多话，最后又问江妄："五月那个表演赛，我们要跟宇宙飞船打，你真的不回来吗？"

"又上不了场，去干什么？"

"看看也行啊……"大款垂死挣扎。

江妄靠在椅子上，像是实在被他磨烦了，说："行，给我留个观众票吧。"

"为什么？你直接跟战队一起过去就可以啊。"

江妄用指节蹭了蹭鼻子："懒得见那些人。"

"行吧。"大款想想也是，到时候过来了还要被问东问西，确实挺烦的，他说，"回头我让陈哥给你留个票。"

"嗯。"江妄应了声，又说，"到时候我提前一天过去，回青焰看看你们。"

大款："你当然要回来！难道你之前还打算不回来？"

江妄笑了笑，没接话，想到什么，又问："我记得这个表演赛，会随机抽观众上去打？"

大款愣了一下:"你打算上场?"

"嗯。"江妄懒懒应了一声,"看缘分吧。"

和大款聊完之后,他又给陈驰发了条微信,说了一下留票的事。

没想到陈驰竟然回了个电话过来:"你是打算到时候挑战宇宙飞船的人吗?"

表演赛上,被挑中的观众可以自由向任何一个职业选手挑战。

江妄说:"看情况吧,也不一定就能抽中我。"

陈驰说:"你又不是不了解,这种比赛,好看就行了,其他的没那么正规,你要是想打,我……"

江妄说:"随缘吧。"

陈驰:"行,我懂了,会给你安排好的。"

陈驰顿了片刻,又担忧道:"你的手……"

江妄活动了一下自己的手腕,道:"还有将近一个月呢,怕什么。"

陈驰就喜欢他身上这股轻狂劲儿,当初找他签约,除了看上他的技术,还因为看到了他身上这种野心。

并不是"我一定要成为什么样的人"的野心,而是——

只要我做了,就一定要拼尽全力,要么最好,要么不做。

陈驰点点头:"行,我先安排着。"

那一整个四月,"不玩游戏"的人都在大大小小的会议中度过,因为游戏还在制作初期,所以各种东西都要仔细探讨。

要讨论游戏的框架,也要讨论故事的走向。

框架由江妄来定,故事则由盛意来把握。

有时他们会加班到半夜,宋景明在旁边伸懒腰打击他们:"这算什么,等游戏快要上线之前才叫真的累。"

要一遍一遍地自己测试,然后还要邀请玩家进行内测,要搜集意见,要修改,要等版号。

等游戏正式上了,如果反馈好,就还好,倘若反馈不好,就等于这么多天的辛苦基本上白费。

他看起来经验丰富得很,一句一句恐吓他们,孟平他们显然已经听习惯了,皆是无动于衷,林小木和肖梦被吓得不轻,脸色难看。

盛意终于写好主线的大纲,她摘下鼻梁上的防蓝光眼镜,闻言说道:"现在逃跑还来得及吗?我觉得还是跟在付老身边做研究比较快乐。"

宋景明一噎,连忙说:"其实也没有那么可怕的。"

宋景明还想说什么,被刚忙完从办公室里出来的江妄从后面踢了一脚,他今天一整天都在里面画图,因为太久没说话,嗓子有点儿哑,他轻飘飘地瞥了一眼盛意,才说:"下班了。"

隔天是周六,孟平说:"这周不用加班了吧?"

"不用。"宋景明还没说话,江妄就先替他答了,"这周日七中校庆。"

言下之意,他和盛意要去参加校庆。

但校庆那天,江妄终究还是没能去,因为校庆和表演赛是同一天。

周六下午,江妄就坐飞机去了京市。

去机场时,也是盛意送他过去的,原本她想陪他一起去,顺便去京市看看老师和师兄师姐,这两个月研究室里的进度他们一直实时发给了盛意。

原本这些信息不应该外传,但到底在一起相处了好几年,彼此之间都比较信任,付老一直催盛意回去,但盛意这边游戏刚刚开始,一时半会儿走不掉,加上陈静冉最近身体状况越来越不好……

想到陈静冉的病,盛意不由得又叹了口气,江妄看她眉头紧蹙,不由得也跟着叹了口气。

他这气叹得做作,像是故意要引起她的注意。

盛意偏过头来,江妄说:"就只去两天而已,这么舍不得我?"

他明知她是因为什么而叹气,偏要曲解她的意思,盛意脸颊微红,却也没反驳他。

到机场后,两人也没多耽搁,盛意本来一直送他进去,江妄看了眼天气,怕晚了会下雨,就让她先回去。

盛意也没坚持,驱车往回赶。

晚上十点多,江妄到了,一下飞机他就给盛意打了电话。

那时盛意正在挑选隔天参加校庆要穿的衣服,顺便就问了一下江妄的意见。

两人挂掉电话,盛意把几套衣服的照片发到他微信里,江妄坐进陈驰的车后就一直在那儿低头挑选。

陈驰转头看了他一眼,打趣:"早就听他们几个说你谈恋爱了,还以为你就是玩玩,这么认真啊?"

江妄挑了两件他觉得比较适合盛意的衣服,发过去,收了手机靠在椅背上,随意把自己额前的头发捋了上去。

"你以为我是你吗?"

"怎么还带人身攻击的?"陈驰骂了他一句,笑道,"开始对弟妹好奇了。"

对盛意好奇的不止他一个人,江妄到时,那群小崽子都还没睡,都还在训练室里练习。但他们都知道江妄今晚上到,所以训练得也不入心,一听门响,一个个便都蠢蠢欲动地探出了头,但碍于陈驰在场,一时半会儿没敢闹出大动静。

陈驰被他们的模样弄得又好气又好笑,斥道:"行了,想出来就出来,鬼鬼祟祟的，像什么样子？"

话音才落，江妄就直接被一群人扑倒在沙发上。

都是半大的小伙子，下手也没有轻重，江妄任他们抱着，轻嗤："又不是要死了。"

"但你不要我们了……"有个当初江妄亲自挑到俱乐部的青训生声音弱弱地反驳。

江妄说："我什么时候说不要你们了？"

另一个人说："听陈哥说，队长要退役了。"

对于他这个年龄的职业选手来讲，退役是早晚的事，江妄自己想得通透，也不知道这群小孩儿怎么回事，一个个倒像是比他本人还要意难平。

江妄只好把之前跟大款说的话又重复了一遍："暂时还不走，起码要等再打完一场国际赛再走。"

"真的吗？"听他这么说，众人便放下心来，一群人围着他又开始七嘴八舌地讲起青焰的近况来。

青焰最近几场比赛发挥得都不好，江妄自己私底下其实看过一些回放，大概知道他们的问题在哪里。

他靠在沙发上，说："等回头我带着你们复盘一下，再找找问题。"

众人听到他这么说，皆是一阵欢呼。

陈驰从后面走过来，笑："你退役之后，不如留这儿当教练。"

他们原先是有教练的，奈何前段时间家里发生了一些事情，离职了，陈驰还没能给他们找到新的教练，这也是青焰最近输得一塌糊涂的原因之一。

其余人听见陈驰这么说，一个个目光都看向了江妄，大款说："我觉得这个主意挺好的。"

得到了一片附和。

江妄目前还是想把宋景明那个游戏先做好，毕竟当时宋景明为了帮他走出来，也花费了不少心思。

他思忖了片刻，说："到时候再说。"

陈驰说："行，反正这种事也不急于一时。"

聊完比赛的事，众人注意力又开始放到其他地方，他们七嘴八舌地问江妄："嫂子这次怎么没一起来？"

这个问题他们其实从刚见到江妄的那一刻就想问了，只是碍于江妄平时的脾气，没敢贸然开口。

聊了一会儿之后，发现江妄今天心情似乎还不错，他们才出声询问。

然后，他们就看见那个素来以冷面著称的队长神色一瞬间就柔和了下来，他的语气轻飘飘的，但声音里的愉悦之意还是暴露得明显。

"她明天有事儿，来不了。"

又闹了一会儿之后，因为隔天还有比赛，众人就被陈驰赶去睡觉了。

江妄的房间他们还给他留着，一大早陈驰也让人打扫过了，江妄轻车熟路上了楼，陈驰跟在他后面进屋，想看看他还缺什么。

江妄来的时候也没带什么东西，就一个包，装着一些换洗的衣物，洗漱用品这里都还有，不用特地带过来。陈驰靠在门口，想到什么，问他："对了，最近练习得怎么样了？手还是抖得厉害吗？"

江妄把衣服从包里掏出来，闻言头也没抬："没练。"

陈驰直接睁大了眼："跟我开玩笑呢你。"

"确实没练。"江妄看向他，虽然带着笑，但语气认真。

陈驰没忍住，骂了句脏话："那你明天怎么办？"他急得在屋子里团团转，看起来比江妄本人还忧心。

其实也不是完全没练，只是效果一直不怎么好，所以最终还是决定放弃了。

陈驰又在江妄房间里站了会儿，知道自己此时再多担心也没用，最终只是叹了口气，说："你自己心里有数就行。"

江妄"嗯"了声，想了想，又说："别操那么多心，容易老。"

本来就因为长得过于显老而总是被人误会年龄的陈驰一脸心塞。

南城又下了一夜的雨。

进入五月之后，天气变得更加冷暖不定，前两天还是将近三十摄氏度的温度，转眼间，又降到了二十摄氏度出头。

盛意起来后就收到了林昭昭的微信，问她什么时候出门，到时候来接她，两人一起。

盛意看了一眼时间，已经八点多了。

其实校庆要晚上才正式开始，但因为盛意和林昭昭此时就在南城，就被叫去帮忙布置场地。

陈静冉已经起床，正坐在楼下看书，盛意打着哈欠下楼。陈静冉看了她一眼，指了指餐桌："刚买的，还热着。"

盛意点了点头，去卫生间里洗漱，牙膏刚挤到牙刷上，又想起什么，问陈静冉："今天校庆，小姨不去吗？"

陈静冉当初也是七中毕业的。

她翻书的动作顿了一下："不去了，没什么意思。"

盛意说："你跟那些同学应该很久没见了，不想见一见吗？"

陈静冉抬头看了她一眼，似乎是觉得她今天过分聒噪了。

盛意吐了吐舌头，没再多言。

洗漱完后，她先去吃了早饭，随后才去化妆。

昨天她发给江妄的都是一些比较薄的衣服，今天突然降温，那些衣服是穿不成了。

江妄挑的是一套有点儿暗黑风的短线衫和泡泡裙，是一个独立设计师的品牌，当初盛意逛街时无意间遇到的。一开始她其实没看上，因为不太符合她平日里穿衣的风格，可没想到上身以后竟然意外地好看，她便留下了。

她思索片刻，还是将那套衣服穿到了身上，只是上面又套了件同色的短款上衣，脚上是一双黑色长靴。

她今天的妆容也难得化得精致，因为身上的衣服都是黑的，所以脸上的妆容便也重了些，口红是有些复古的杨梅红，头发在头顶绾了起来，戴了耳坠和项链，鼻头那颗痣被她用眼线笔加重了些，整个人看起来灵动又精致。

她刚从巷子里走出去，等在车前的林昭昭便眼前一亮。

林昭昭一直都知道盛意好看，但因为平时她只化淡妆，也不刻意去收拾自己，一切都是舒服为主要宗旨，所以那些时候她的美是轻盈的，没有攻击性的，但今天的盛意，却好看得让人不敢逼视。

林昭昭今天也特意收拾了一番自己，虽然她的性格很大大咧咧，还开着一间文身店，但其实她长得很娇小，平时的穿着打扮也都是偏少女风的，看起来格外甜美。

她打开车门，两人坐进去。

盛意扣安全带的时候，听到林昭昭打趣："不知道的，还以为你今天要去见喜欢的人……"她说到这里，许是想到江妄了，问，"你男朋友今天居然不来？"

自从知道盛意跟江妄在一起了之后，她每次跟盛意说起江妄，总是说"你男朋友"，盛意一开始还听得耳热，后来也慢慢习惯了。

盛意"唔"了声，解释："他今天有事。"

"也不怕女朋友被别人抢走，当年暗恋你的人可不少。"林昭昭笑了笑，想到什么，忽然道，"我记得今天李临也会过来，你跟他联系了吗？"

盛意已经很久没有跟李临联系了。

她在人际关系的处理上一直是比较被动的那种人，倘若别人跟她联系得频繁，她也可以跟对方日日聊天，但倘若对方断开跟她的联系，她可能半年都想不起来要发一个消息过去。

林昭昭一看她的表情就知道她肯定没有，笑了声，说："说起来，我也很久没跟李临联系了，也不知道他现在怎么样。"

盛意说："过年的时候见过他一次，当时他说他想辞职去京市发展，后来就没听他提过这个事情了，然后就没再联系过。"

林昭昭说:"今天就要见面了,你打个电话问他什么时候过来。"

盛意应了声,拿出手机,谁知屏幕锁还没解开,江妄的视频电话就打了过来。

俱乐部的生活作息都比较规律,大家一大早就被闹钟吵醒,江妄本想多睡一会儿的,但最终被吵得没睡下去。

他睡得不好时就会有起床气,把他闹醒的大款看他绷着脸,一副要发脾气的样子,立刻拿着他的手用他的指纹给手机解了锁,打开微信就是一通电话操作,企图让女朋友来化解他呼之欲出的起床气。

其实他也不确定那个微信到底是不是嫂子的,因为江妄也没给人改那种很明显的备注,名字那一栏就只有一个"太阳"的表情符号。

黄融融的颜色,看着特温柔、特暖。

但那个聊天框是江妄的置顶,能被队长置顶的人,除了嫂子,也没有别人了吧?

大款觉得自己的推测特别有道理,但电话打过去的那一瞬间,他还是有点忐忑,万一这人不是嫂子,他岂不是就相当于当场抓住了队长的劈腿证据?也不知道会不会被暗杀……

在他的忐忑中,视频被接通了,刚开始大概是开了后置摄像头,镜头里是一片混乱的路面,过了两秒摄像头才被翻转过来。

首先映入眼帘的便是一张好看过分的脸,脸颊有一点儿肉肉的,不会显得人胖,反而令她整个人看起来更加生动可爱。她鼻梁很高,鼻尖还有一颗小黑痣,大概是有点儿蒙,嘴唇微微张着,"欸"了一声。

他们平时身边都是一水儿的男孩子,女生都见得少,遑论是这么好看的女生。

大款一时被砸得有点儿晕,话都不会说了,结结巴巴地说:"嫂……"

话还没说完,手机突然被人抽走,江妄穿着一身黑色家居服,因为刚睡醒,皮肤看起来格外苍白,垂着眼,头发有点儿乱。

他身后又涌来一大群人,大概都是闻风来看热闹的,他像是有点儿不耐烦了,瞪了他们一眼,说话毫不客气:"滚。"然后看向盛意,脸上的不耐烦还没收干净,但是脸颊的轮廓显而易见变柔和了。

大款看得牙酸:"以前怎么没看出来,队长这么'双标'呢。"

虽然他们还是很好奇,但江妄的眼神凶巴巴,他们最终还是尿兮兮地出了门,还特别狗腿地给江妄关好了门。

江妄看着他们的动作,走过去把门从里面反锁了,才再次看向盛意,闷声叫了一声她的名字。

他刚起床,声音哑哑的,听起来莫名透着一股性感。

盛意找来耳机塞上,轻轻"嗯"了声,江妄说:"刚刚他们闹着玩儿呢,一群脑子有病的,不用理。"

盛意难得见他如此不客气地形容别人,她不由得笑了笑,说:"他们吵你睡觉了吗?"

江妄说:"很有病。"

他身上每一个毛孔都在诉说着不耐烦,但许是因为刚睡醒,所以身上又透着一股莫名的乖,问什么他就老老实实答什么。

盛意被他这副模样可爱到了。

她问:"那你要不要再继续睡一会儿?"

"不睡了,准备收拾一下就过去会场那边了。"他注意到盛意旁边的背景,问,"这么早就去学校了吗,我记得校庆是晚上?"

"要过去帮忙布置场地。"盛意说,"你们今天比赛是什么时候?"

江妄看了眼时间:"下午两点开始。"

"那还早。"

"嗯。"江妄跟盛意说了会儿话,感觉自己心里那股浊气终于被驱散了些许,他看了看盛意今天的衣服,问,"南城又降温了?"

"是啊,昨天夜里下了好大的雨。"

他们已经进了学校大门,林昭昭把车子停好,盛意看了一眼,说:"我已经到学校了,先挂电话了,晚点儿再打给你。"

因为林昭昭在旁边,她也不好意思讲什么暧昧的话。

江妄像是有些不满,沉声道:"不跟我说一句加油吗?"

盛意从他语气里听出了几分若有似无的撒娇意味,她弯了弯眼睛,从善如流地说:"精神上为江妄同学加油。"

江妄:"还有呢?"

谈恋爱的人真的很腻歪,一个电话都要挂半天,林昭昭看了一眼盛意发红的耳朵,了然地下了车。

盛意对上林昭昭揶揄的眼神,有些赧然地叹了口气。

江妄本来就是在故意逗她,见她在那边叹气,眼里不由得浮起一点儿笑意来,刚想放过她,就听镜头另一边的女孩突然说:"哥哥要加油。"

她抿着唇,声音像是含在喉咙里,绵软得不像话。

江妄觉得自己心里那根弦正被人疯狂地拨来拨去,心绪被搅得乱成一团,但嘴上还是不愿吃亏的,他笑了声,声音里带着几分促狭:"还不相信你男朋友吗?"

盛意全顺着他:"知道了,我男朋友特别厉害。"

说完,就听江妄悠悠叹了口气。

"怎么办?"他说,"才离开一天,我就又想你了。"

………
挂掉电话后,盛意又在车里坐了两分钟,待脸上的热意散去一点儿才开门下车,但还是不可避免地被林昭昭狠狠打趣了一番。

盛意敛着目,听林昭昭问:"和喜欢的人谈恋爱,是不是特别幸福?"

盛意想了想,说:"大概就好像躺在棉花糖里,甜得像做梦一样。"

这个形容成功酸到了林昭昭,盛意瞥她一眼,在她说出更多话之前先发制人道:"我觉得,具体是什么感受,你可以去跟沈致试试。"

话音刚落,她就被林昭昭打了一顿。

那时,她们正在前往阶梯教室与负责组织活动的老师会面的路上,两个女孩子在校园里又跑又笑,春晖落在她们身上,有一个瞬间,盛意恍惚像是回到了她们的高中时期。

等她们终于走到阶梯教室时,里面已经来了很多人,老徐竟然也在列,林昭昭和盛意闹了一路,进门时,脸上还带着尚未散去的笑。

两人平复了一下气息才走过去跟老徐打招呼。

其实这么多年,盛意每次回南城都会和林昭昭一起去看望一下老徐,所以彼此之间倒也不算生疏。

老徐问盛意:"怎么突然回南城了,在付老师那里做得不好吗?"

盛意又解释了一下,说最近家里有点儿事,之后还会回去的。

老徐便放心地点了点头,大抵也觉得留在付老师那里工作更有利于盛意的发展。

等人都聚齐以后,就正式开始干活了。

盛意起初听他们说要在一天之内把整个会场都布置好的时候,就觉得这肯定是个大工程,但真正实施起来,却比她想象中还要辛苦得多。

一整天,她和林昭昭都忙得团团转,甚至累到连午饭都是硬挤出一点儿时间吃的。

下午两点过半时,江妄突然给盛意打了一通电话,当时她正坐在主席台边休息,手边放着一瓶气泡苏打水。

江妄那边很安静,耳边只有很细碎的人声传过来。

比赛已经开始,刚开始是职业选手之间的比赛,要过一会儿才抽取观众上场。

江妄离开了座位,在抽烟区抽了一会儿烟,才拨通盛意的电话。

她那边天朗气清,微风不燥,空气里都漂浮着阵阵暖流。

盛意低着头,声音也温柔,她还以为他已经比完,想问他结果,又怕结果不尽如人意,所以踟蹰着不知道要怎么开口。

江妄靠在墙面上,比赛正酣,大家都在认真观看比赛,这边鲜有人至。

他今天没有戴口罩，头上只压了顶鸭舌帽，偶然有人走过，觉得他身形有些熟悉，但也不敢贸然相认。

毕竟这个世上，长得好看的男人，身形总是有些相似的。

江妄叫了声她的名字，声音压得很低，大概因为刚抽完烟，所以嗓子听起来有点儿哑。

最近，江妄叫过很多声她的名字，冷冽的、温柔的、黏腻的，甚至是撒娇的、戏谑的。

盛意没有什么昵称，盛淮和陈静娴大多时候也都是连名带姓地叫她，盛意早已经听习惯，可每次江妄念她的名字，她又总觉得不一样。

明明是很平常的两个字，但可能因为她对他抱有太多绮念，于是她的名字在他唇齿间便总有一种别样的缱绻。

但此时他的语气又变了，喉咙里好像压了万千话语，但是又无从开口，卡在那里，引人好奇。

盛意敛起神色，软着嗓子应了一声。

江妄说："我马上就要上场了。"

虽然他语气听起来很平静，但盛意还是从里面微妙地捕捉到了一点儿紧张。

她知道他为什么紧张。

刚开始决定要去参加表演赛的时候，盛意其实看他练习过几次，在老街那间略显陈旧的院落里，春日尚有些冷峭的天气，他喘息都剧烈起来，额上沁出一层又一层的汗意。

他始终无法克服自己的心理障碍，盛意有心想要帮助他，但又无从下手。

这会儿，她低着头，笨拙地在脑海里搜寻鼓励人的话语，平日里靠文字过活的人，这一刹却翻遍词汇也找不到最合适的说辞，最后只好讷讷地说了一句："要加油呀。"

她说："加油，江妄。"

她的声音温软却坚定，就如那天晚上，她在江清远面前，以保护者的姿态为他与江清远争论时，也是用着这样的语气说："是，我的确喜欢他。

"喜欢一个人，不仅要享受他的优点，也要接受他那些或许不那么光彩的过往。

"虽然，那些事情，在我心里根本就称不上是不光彩的。"

江妄低下头，像是笑了声，胸腔震动着，想说什么，突然又听盛意说："加油的意思，不是说你一定要赢，不是说你一定要取得怎样的好成绩。

"因为不管是赢了这场比赛的你，还是输了这场比赛的你，在我心里，在很多人心里，你始终是那个令人无限骄傲又无限安心的望江啊。"

她好像总有这样的能力,三言两语便能令他的心平静下来。

江妄走到旁边打开水龙头,把手机放在一边,撩起水洗了把脸。盛意听着那边簌簌的水声,半分钟后,江妄再次拿起了电话,他的声音里好像也带上了湿湿凉凉的水意。

"盛意。"他突然叫她的名字。

盛意应了一声,江妄说:"怎么办,我又想你了,才半天的时间,就想了你两次。"

平日冷淡的人讲起情话来最要命,盛意攥着气泡水的瓶子,水有点儿凉,浸得她手心都是凉的。

她抿了抿唇,说:"才分开一天而已,而且,早上才视频过。"

她盯着自己的脚尖,尽量让声音听起来平淡一点儿,但尾音还是颤了颤。

江妄就闷声笑:"是啊,总算明白了古人说的'一日不见,如隔三秋'是什么意思了。"

他还想说什么,那边似乎有人催促他快回去,盛意也听见声音了,问:"是不是快轮到你上场了?"

"嗯。"

盛意说:"那、那等你比完,再……"想了想,自己那时候可能正忙,估计没时间讲电话,又改了口,"晚上给你打电话。"

江妄说:"好哦。"

他学盛意的语气讲话,语气柔和下来,便显得格外酥软,挠着盛意的耳郭,她的耳尖不受控制地又热起来。

那边催促得急,江妄抬起脚步,往会场走,边走边嘱咐盛意:"晚上聚餐的时候,不要喝酒。"

"好。"

"有什么事给我打电话。"

盛意说:"知道了,江叔叔。"

她是说他啰唆得像长辈一样,江妄听出了她的话外之意,不大正经地"嗯"了声,语气悠悠然地:"行吧,回见,小姑娘。"

大概碍于在外面,他最后一句话声音压得格外低,有点儿气音的感觉。

盛意拧开苏打水喝了一口,起身,准备继续去干活。

装在口袋里的手机突然又响起来,她打开,是江妄发来的一条新消息。

一条语音。

盛意点开,将听筒凑到耳边,男人应该是被谁撞到了,先是低低地"唔"了声,旋即才开口,嗓音里带着几分笑。

他说:"忘了说,我们盛意今天很好看。"

盛意愣了一秒，脸上不由得又染上薄红，她收起手机没再回他，又继续往前走，没走几步，到底还是没忍住，又把手机拿出来。

片刻后，江妄收到她的新消息。

盛意：知道了，好好比你的赛吧。

他摁灭手机，轻扬起眉，脑海里已经浮现出电话那头小姑娘恼羞成怒的样子。

他脸上的愉悦藏都藏不住，陈驰看着他，问："跟谁聊呢，这么荡漾？"

江妄走到会场门口，推门的动作顿了两秒，侧头觑他一眼。

陈驰："行，我知道了，别说了。"

江妄悠悠叹了口气："为了不伤害你，我才没说的。毕竟，你这种没有女朋友，单身了三十年的人，不会懂和喜欢的人打电话是什么感受的。"

他眉间轻蹙，好像真的在为陈驰感到惋惜似的。

陈驰："弟妹怎么受得住你？弟妹知道你这么不要脸吗？"

3

一直到下午四点多，盛意他们才算是真正将现场布置好。

活动被安排在了室外篮球场，篮球场空间很大，前面还搭了个台子，听说在读的学弟学妹们很多天前就开始排练节目，到时候会上去表演。

台下摆了很多桌椅，每个桌子上都放有甜点、酒水和鲜花，还有各种各样的时令水果。

活动要五点半才开始，布置会场的人终于得了空能休息一会儿，大家先一起去吃了顿饭，然后又回来。

盛意和林昭昭全程跟老徐在一起，几人共同话题不多，讲着讲着，不由得又聊起班里那些同学。

到底是班主任，老徐知道的情况比其他所有人都多，如数家珍地跟她和林昭昭"科普"，前不久谁谁结婚了，谁谁又在去年出国了，如此尔尔。

盛意和大家都不算太熟，毕竟她高三开始就没和二十四班那些人相处过了，好在林昭昭一直在旁边接着话，才令气氛不至于太冷清。

他们就在学校附近吃的饭。

盛意记得当初他们刚迁到这个校区的时候，四面还很荒凉，连店铺都少，马路也破败得不行，如今四周商场林立，霓虹闪烁，热闹得令她有些陌生了。

她站在傍晚的微风里，对着他们当年去画室的那条路拍了张照片。

当时她开始学画画时，这条路已经简单休整了一下，铺了水泥地面，旁边也安了路灯，但路边只有一间检察院，以及一个刚刚开始施工的商场。

商场的另一边是一所私立高中，盛意记得，当年苏离就是在那个学校念书。

现在，商场早已经建好，里面已经有很多商铺入住，而苏离那个学校，听说也在前几年并入了七中。

时间走得悄无声息，在他们不经意间，竟然已经有这么多东西发生了改变。

盛意站在那里，心里陡然又生出一股浓浓的物是人非之感。

她叹了口气，拍完之后随手将那张照片发到了朋友圈。

路明明看到了，给她评论：搁这儿怀旧呢。

男孩子有时候真的很破坏气氛，盛意问他："校庆你没来吗？"

路明明说："最近工作忙啊，想回去，力不从心。"

他们又随口聊了两句，盛意陡然想起，上午林昭昭说要给李临打电话，结果江妄的电话突然打进来，之后她们一直在忙，就忘记了。

她走过去问林昭昭："你跟李临联系了吗？"

林昭昭一拍脑门，显然也是忘记了。

走到学校门口之后，老徐就去忙别的事了，盛意和林昭昭站在学校门旁的飞檐下给李临打电话。

用的是林昭昭的手机打的。

虽然这些年，盛意断断续续也一直跟李临有着联系，且后来李临也谈过几次恋爱，但当年少年的心事她并不是完全不知晓，尤其是现在她正在跟江妄谈恋爱，所以总觉得自己面对李临时要避嫌。

林昭昭大抵也能猜出她的用意，并没有多加询问就径自拨通了李临的电话。

他应该还在路上，那边喧闹得不行。林昭昭问他："在哪儿呢？"

"还在路上。"李临说，"估计不能按时赶到了。"

"那什么时候才能到？"

"七点左右吧。"

林昭昭笑："再晚一点儿，就可以直接去吃饭了。"

李临说："你以为谁都像你那么闲的呀，你不知道我最近有多忙。"

林昭昭说："是是是，李老板，全天下就你最忙。"

他们两个以前就喜欢斗嘴，到现在这个习惯还是没改掉。

盛意听得好笑，走到旁边小卖部里买了两个棒棒糖，递给林昭昭一个，又听她问："怎么不坐飞机回？"

李临说："跟几个朋友一起，他们非要来南城玩玩，就一起开车过来了，累死人。"

林昭昭说："活该。"

李临那边大概又骂了林昭昭几句，林昭昭笑得前仰后合，等她笑止住了，李临才问："对了，盛意来了吗？"

林昭昭看了盛意一眼，她刚拆开那个棒棒糖，糖果鼓在腮帮子里，正低着头数脚下的砖块玩。

林昭昭说:"来了。"

李临应了一声,林昭昭说:"有件事……"

她欲言又止,李临问:"什么?"

林昭昭叹了口气:"算了,等见面再说吧。"

等挂掉电话,距离校庆开始也不远了,两人看了眼时间,便一路往篮球场的方向走去。

其实校庆对大多数人来讲,就是一个大型的同学聚会,只是由单纯的一个班级的同学聚会,改成了整个学校的大聚会。

盛意和林昭昭进场后,看到二十四班所在的那个区域里已经坐了不少人,她们两个一过去就立马被人围在了中间,其实他们主要是围着盛意,因为这些年她几乎跟他们完全断了联系,加上虽然并非她所愿,但她当年到底顶着"班花"的称号。

人们对于自己记忆里鲜花满身的耀眼人物总是有一些好奇的,想知道她后来的故事——过得好不好,工作怎么样,有没有嫁人……

倘若知道对方比自己过得好,不由得就要感叹一句,有的人果然天生得上帝眷顾。

倘若知道对方过得不好,则免不住要落下一声叹息:你看,她/他当年那么风光,现在还不是这样了?

于是,盛意刚坐下,就全方位被这些问题环绕住。

她随手从桌子上拿了一只枇杷,慢慢剥开,耐着性子回答他们的问题:

"嗯,目前在南城工作。"

"什么公司呀?"

"一个游戏公司。"

"南城能有什么好的游戏公司?怕不是……小作坊吧?"

孟盼儿说到这里,自觉要给盛意留些面子,又补充道:"不过,留在南城也好,离家近,没有那么大的压力,不像京市,那房租,贵得哟。"

班长接:"但是京市有发展前途啊,前段时间不是说你跳槽去了钟氏?那可是大企业,听他们说要求超级高的。"

"是啊。"孟盼儿像是有些不好意思地低头笑了笑,"当时一起去面试的人特别多,经理说他就看我能力好……"她顿了一顿,问盛意,"对了,我记得你当初在首都美院念书?"

盛意应了声:"是的。"

"我手底下有几个实习生就是首都美院的,说不定她们还认识你呢。"孟盼儿笑了笑,又说,"不过,你一个首都美院毕业的,怎么最后留在南城一个不知名的小公司了?"

她表面是在夸盛意,但明眼人都看得出来,这分明是明褒暗贬。在座的都是成年人,大家都听得懂这话里的意思,但不想惹上麻烦事,故而都没有多嘴。

孟盼儿又说:"不过,你们宿舍里的人都挺厉害的,我之前在京市见过一次张遥,听说她现在在京市广播电视台上班。听说赵南希考了公务员,在做政府的一些宣传工作……"

盛意之前在京市和张遥也见过几次,还是因为他们台里要采访付老,盛意与那边对接的时候遇上了张遥。

张遥应该没把她的事告诉孟盼儿,不然孟盼儿也不至于问她这么多。

林昭昭大概是看不惯孟盼儿那副炫耀的样子,忍不住要出声替盛意反驳,被盛意拦下了。她怕万一说完了,他们肯定还要继续追问她为什么要离开付老的研究室,选择回到南城,到时候她如果说因为小姨生病了,旁人还要想方设法安慰她。

如果她不说小姨生病的事,只含糊着说家里有事,他们恐怕又觉得她在找借口。

左右旁人的想法对她而言也不重要,没必要非去跟他们多费口舌。

好在几个女同学问了一圈,发现盛意现在"果然过得不好",互相交换了个眼神,就对她的事情失去了兴趣。

林昭昭将大家的神色看在眼里,忍不住叹气:"人长大了怎么就变成这样。"

以前他们坐在一起时,每日谈论最多的话题也就是门口那家糖水铺子又做活动了,你今天这个衣服很好看,在哪个店买的,我也想去看看。

但成年人的世界好像复杂很多,有车子,有房子,还有无限膨胀的虚荣心。

与她的唉声叹气不同,这一切其实也在盛意的预料之中。

毕竟很多年没有见过了,当年那点儿情谊早在时光的洪流里被冲刷干净,剩下的便只有对已然陌生的故人的纯然好奇。

他们聊了一会儿工作之后,又不可避免地开始聊感情生活,盛意刚刚就发现了,今天来参加校庆的人里,也不乏带着爱人和小孩儿的。

孟盼儿看着那些怀里抱着小孩儿的同学,有些不屑地撇了撇嘴:"这么快就结婚了,这一辈子也就这样了。"

她的声音不大,但盛意还是听到了,盛意垂下眉眼,淡淡地道:"每个人对幸福的定义不同。"

她点到为止,没有多说。孟盼儿看她一眼,脸上又扯出一抹笑来,问:"对了,你谈男朋友了吗?"

盛意直觉孟盼儿对她似乎过于关心了些,而且言语间总有一种莫名的敌意。

她皱了皱眉,又想不通孟盼儿为什么会对自己怀有敌意,毕竟以前她同孟盼儿的交集并不多,后来毕业后更是联系稀少。

她压下心中的疑虑,怀疑是自己想多了,转瞬脑海里又浮现出江妄的脸,也不知道他比得怎么样了,她捏了捏自己的手机,又想给他打电话了。

她的神情落在孟盼儿眼里,孟盼儿挑了挑眉,故意揶揄道:"看你这表情,肯定是谈了吧。"

盛意也没否认,淡淡"嗯"了声。

孟盼儿说:"倒是很好奇,我们班花的男朋友会是什么样的人。"

孟盼儿这话里像是夹着刺,盛意心里又生出一种怪异感来,她皱了皱眉,手机突然亮起来,是林昭昭发给她的微信。

她转头看了一眼林昭昭,才点开消息。

林昭昭:你是不是得罪孟盼儿了?

盛意:我以前都没跟她说过几句话……

林昭昭:那她为什么很针对你的样子?

盛意:我也觉得很奇怪。

回完消息,她一瞥眼,恰好看到孟盼儿背包上挂着的一个挂件。瞧见她的视线看过来,孟盼儿脸上的笑容僵了一瞬,旋即不动声色地将那枚挂件塞进了包里。

盛意突然想起一件很久远的事。

高二下学期时,盛意生日前后那几天,是一个异常寒冷的晚秋。

那天晚自习下课后,她和林昭昭本来都回了宿舍,可快到零点时,李临突然给她们打电话,让她们下楼。

那会儿七中的宿舍楼还没有门禁,她们很轻易就出来了。

楼下秋风习习,她们身上穿得薄,冻得瑟瑟发抖。

林昭昭嫌冷,同李临讲话时便没有了好态度:"到底要干什么,赶紧说。"

李临神秘兮兮地说:"带你们去个地方。"

其实也不是什么特别的地方,就在艺术楼后面的长廊里,江妄早就等在那儿了,路灯还开着,拢着他修长的身影,旁边的椅子上放着一个不算很大的蛋糕。

盛意愣了愣,猜到他们的用意,李临看了一眼时间,说:"还有几分钟就是盛意同学的生日了,祝我们盛意同学生日快乐!"

她被拱到几个人中间,李临走过去,把蜡烛插到蛋糕里点燃。

江妄手边还放着一个尤克里里。

还差一分钟到零点的时候,李临看了江妄一眼,语气兴奋:"音乐!音乐!"

并没有弹什么很复杂的曲子,就只是一首朴素得不能再朴素的《生日快乐》,

他边弹边跟着哼唱，紧接着李临和林昭昭的声音也加了进来。

后来盛意回想时，发现那天晚上江妄其实并没有跟她讲过什么话，全程一直都是李临和林昭昭在说，他只安静听着，直到吃完蛋糕，大家准备各自回宿舍时，他才往她手里塞了一个礼盒。

盛意回到宿舍后才打开。

那时已经熄灯，她和林昭昭不敢闹出太大的动静，蹑手蹑脚钻进被窝里。

原本打算第二天再看的，可她翻来覆去，内心始终无法平静，最终还是起身拿过那只小礼盒，在被子里用手机照着亮打开。

是一个背包挂件，吊坠是一个长得很丑但艺术感满满的黏土小人。

她不懂这种东西，后来在网上搜索很久，才知道那是当年限量版的一个手办。

可惜那个挂件她没用多久就不小心遗失了，然后她现在又在孟盼儿这里看到了它。

当年她查找资料时，关于挂件的详情页里明确写着，这一系列手办全是手工制作，每一个都不相同。

那是江妄送她的第一个礼物，所以她记忆深刻，不会认错。

那么，这个东西为什么会出现在孟盼儿手里，是孟盼儿捡到了吗？捡到了，为什么不还给她？

还是说，孟盼儿也喜欢江妄？

她皱着眉，正想得入神时，冷不丁后面的男生发出一连串的惊呼。

盛意转头看过去，听到其中一个人惊讶道："望江居然是江妄？！"

所以说，他们同学之间的联系是真的很稀疏。

当年江妄去打电竞的事，除了加了他微信的那些同学，其他人大部分都不知道。

尽管他们偶然在直播里看到江妄时觉得有些眼熟，但是也很难将江妄和望江联系起来。毕竟，江妄当年高考成绩那么出众，直接进了庆大，没有人会放弃庆大而选择去打游戏。

他们理所应当地用着自己的逻辑去揣测他人，所以此时才会如此诧异。

孟盼儿听到江妄的名字，也不再与盛意纠缠了，她转了转自己的椅子，问："怎么了？"

先前说话的那个男生道："今天《曜之星》和赞助商那边联合举办表演赛，望江坐观众席里观战的时候被抽到上去跟职业选手打，然后他挑战了宇宙飞船的人。"

《曜之星》就是江妄他们正在打的那个游戏名。

另一人问："他不是被禁赛了吗？怎么还能打？"

"所以是作为观众去打的啊,不得不说这个主持人真会抽,怎么那么巧就抽到了望江。"

"所以?"

"他今天没戴口罩。"说话的男生显然很激动,把手机屏幕朝向众人。

盛意眯眼看过去——

应该是一个赛后的采访现场了,试图偷偷溜走的江妄被记者团团围住,他斜立在那儿,像是有点儿无奈。

记者说:"江神怎么会坐在观众席,是想体验体验粉丝的视角吗?"

江妄个子高,那些话筒一个个只能杵到他的胸口处,他说话时,身子就不得不往下低一点。

他微微勾着头,眼睛上挑,笑:"嗯,不过没体会成。"

底下记者也笑:"想到自己会被抽上来吗?"

"倒也不是没想过。"

"为什么这次选择挑战宇宙飞船?"

这个问题就有点儿尖锐了,江妄视线下瞥,望向说话的记者,声音懒洋洋的:"上次输了。"

他这样坦荡,倒叫人不好再继续为难他,记者说:"这次赢回来了。"

江妄笑了下:"嗯,侥幸。"

底下的记者闻言,无一不满脸黑线。

哪里是侥幸?后半程,他简直把人虐得毫无还击之力。

不过——

记者说:"最开始的时候,好像有点儿生疏?是因为太久没打了吗?"

"记者这话说得还挺委婉。"屏幕外,校庆现场,有人从后面走过来,接道。

盛意回头一看,是李临,他刚刚应该走得很急,这会儿还剧烈喘着气。

他看到盛意和林昭昭,径直朝她们走了过来。林昭昭看了眼时间,"哟"了声:"比计划中还早到了呢。"

李临想说什么,盛意眼看他们又要开始斗嘴,连忙温声问道:"你刚刚说记者说话挺委婉,什么意思?"

李临坐了下来,从桌上捞过一杯冰可乐,就着吸管喝了两口,才说:"我刚刚在车上无聊的时候看了会儿他们的比赛,正好江妄刚上场。"

虽然他跟江妄关系好,但因着性格的原因,江妄很少跟他聊自己的那些心烦事,所以他其实并不知道江妄最近对打游戏生理性的抗拒问题。

他说:"刚开始的时候,我简直怀疑江妄是不是被人调包了,操作差得一塌糊涂,不知道的还以为是新手来赛场上锻炼心态的。"

当时直播弹幕里也都吵疯了,密密麻麻全是骂江妄的字眼,脏得简直不能看。好听点的,是说江妄这几个月是不是养老去了,技术怎么堕落成这样?脾气大点的,难听的话满天飞。

也有一些相对比较理智的,说江妄被禁赛之前的最后一场比赛,当时的操作也特别不稳定,也说不定是生病了。

"青焰的粉丝承认现实吧,望江就是年纪大了呗,不然你们要怎么解释他这两场的反常表现?"

"但是就算年纪大,总会有一个过程的吧,他这突然之间水平下降,我看更像是生病了。"

"什么病要几个月还没好?"

这句话一出来,众人陷入片刻的寂静中,然后下一秒,就听解说异常激动地骂了一句脏话——

"天,我刚刚看到了什么?刚刚是望江吗?不行不行,我要回看一下。"

另一个解说瞧见他激动的样子,笑道:"不用回看,就是他,那么骚的操作,除了他,也没有第二个人能做得出来了吧?"

"哈哈,也是,不过我们可以看到,从刚刚开始,望江好像已经完全找回了以前的状态,不得不让人怀疑,一开始他是不是睡着了……"

这两个主播性子比较活络,一唱一和地调侃。而赛后的采访里,记者也在问这个问题。他们问得都比较含蓄,江妄顿了两秒,笑问:"你们是不是觉得我一开始是故意的,在戏弄宇宙飞船的人?"

记者互相对望一眼,就听江妄慢悠悠说道:"原来在你们眼里,宇宙飞船这么弱。"

"救命,望江这也太腹黑了吧哈哈哈哈哈,一点儿打击报复的机会也不放过。"

"我真的笑死了,宇宙飞船的人看到了估计想杀人吧?"

记者沉默两秒,大概是怕自己再继续问下去,江妄又会说出什么让人无言以对的话,于是转了话题:"所以,江神这半年在做什么呢?怎么突然想起要过来看比赛?"

"还不是大款又哭又闹说太想我了,我就来看看他们。"

莫名中枪的大款:"……"

江妄又说:"这半年……"他顿了一顿,目光望向镜头的方向,又像是在透过镜头去看别的什么人。

这是江妄第一次在镜头前露脸,虽然以前粉丝们不知道江妄长什么样,但经常采访他们的记者还是见过几次的,虽然老早就知道他是个帅哥,但此时被江妄那双过分好看的凤眼一盯,还是略微有些招架不住。

记者不动声色躲开他的目光,就见他说到这个问题时,不知想到了什么,清冷的脸上忽地绽开一抹笑容。

他微眯着眼,微微上卷的衣领遮挡住一点儿下巴,他看着镜头,语调也是散漫的,但又莫名透出几分愉悦之意。

"实不相瞒,这半年,去谈了个恋爱。"

视频播到这里戛然而止,播视频的男生往下翻了翻评论,全是粉丝的哀号:

"姐妹们,快打醒我,告诉我,这真的是江神吗?江神真的长这么好看吗?我不相信!"

"心碎了心碎了心碎了,刚在茫茫人海中找到我老公,就得知他已经有了女朋友(大哭)。"

"虽然看完直播已经过去很久了,但我还是难以置信,望江居然长得这么好看?以前是谁告诉我说他是满脸痘痘的死宅男的?没有说长痘痘的宅男不好的意思。"

"我也是!当时在直播间里,他一开始上场的时候,我们大家都觉得他跟望江身形好像啊,但是都不敢相信望江会长得这么好看,直到他自我介绍……"

"对对对!他说'好久不见啊,我是望江'的时候,我真的狠狠被'苏'到!呜呜呜,所以他年纪轻轻为什么要谈恋爱,我刚心动就失恋了。"

"我现在就想知道他女朋友到底是何方神圣,到底有什么能耐能够站在这种又'苏'能力又强的大帅哥旁边。"

…………

虽然以前就经常看到大家对江妄狂吹"彩虹屁",但那时候盛意还只是一个偷偷喜欢他的人,所以看到那些话语的时候,她心里只觉得赞同,恨不得给每个人都点个赞,因为江妄就是那么优秀的人。

但此时,江妄是她的男朋友,故而,为他骄傲的同时,她心里又不由得生出一种隐秘的羞赧之意。

尤其是此时,林昭昭看完以后还暧昧地用手肘戳了戳盛意的手臂,盛意捏了捏耳垂,睨了她一眼。

林昭昭知道盛意大抵是不想被旁人知道她跟江妄的关系,于是附在她耳边小声道:"你男朋友真会谈恋爱。"

盛意脸热得不行,周围的人这会儿也不再讨论那些有的没的,话题全变成了江妄。

"没想到江妄竟然会谈恋爱。"

"那有什么想不到的?以前追他的女生就很多吧,他不谈恋爱才奇怪。"

"也是,说起来我当年还偷偷喜欢过他哈哈哈,就是会故意从他旁边经过,做一些自以为聪明的小动作,想吸引他的注意,现在想想真的很幼稚。"

"上学那会儿喜欢一个人不都这样,不过,我真的挺好奇他会跟什么样的人谈恋爱，那得是天仙了吧？"

盛意坐在旁边，拿出手机看了一眼，发现江妄自从下午那个电话之后就一直没有给她发过消息了，而她因为一直在忙，也没有去找他。

她看了林昭昭和李临一眼，站起身说："你们先聊着，我去一下卫生间。"

林昭昭看她手里攥着个手机，将她心里那点儿小九九猜得明明白白，挤眉弄眼地朝她摆摆手："去吧，别迷路了。"

盛意笑："我又不是第一次来。"

林昭昭本就是开玩笑，闻言就说："快点去吧，估计马上表演就开始了。"

盛意"嗯"了声，正要走的时候，孟盼儿忽然说："等我一下，我跟你一起过去。"

盛意愣了愣，点点头，孟盼儿便走过来挽住了她的手臂。

篮球场对面就有一栋教学楼，她们直接去了那栋教学楼里的卫生间。

因为没在上课，教学楼里没有开灯，好在一楼都是感应灯，她们一走过去，走廊里的灯就亮了，不过卫生间的灯还是要她们自己动手开。

盛意本来就是想过来打电话的，到地方以后，她就跟孟盼儿说："我先到旁边打个电话。"

孟盼儿看着她，问："给你男朋友打吗？"

她这话问得有些逾矩了，盛意皱了皱眉，但还是"嗯"了声。

孟盼儿说："这么恩爱啊？"

她的语气里有股说不清的别扭，盛意不知道她到底想说什么，站在原地没接话。

孟盼儿又说："说实话，我还挺羡慕你的，你现在有了新的喜欢的人，听到刚刚那样的消息，也不会再感觉到难过。你告诉我，到底怎么样，才能让自己忘记他，喜欢上别人？"

她这些话说得没头没尾的，但因为盛意本来就对她喜欢江妄这件事有所怀疑，因而，即便她没讲明白，但盛意还是听懂了。

盛意皱着眉，没接孟盼儿的话。

孟盼儿又说："我小学的时候就跟他一个学校，初中、高中又都在一起念书，我以前一直觉得我是这个世界上最了解他的人，别的女生只是喜欢他身上的那些光环，一旦我向她们透露一点儿他的不堪，她们就会立马后退。只有我，我爱他的光环，也爱他的不堪。"她像是有些痴迷了，这副状态不像是正常的喜欢，甚至有些病态了。

盛意张了张嘴，想说什么，突然又听她道："你也是，不是吗？"

她说："包括唯一被他另眼相待的你，也知道了他那些不那么光鲜的事情，对吗？所以你转头奔向了别人。"

孟盼儿这话说得讥讽，盛意脚步定在原地，第一反应是装傻，假装不知道说的到底是谁，因为她实在不喜欢将自己的私事暴露于旁人的眼光之下，成为对方茶前饭后的谈资。

但听完孟盼儿最后一句话，她蹙起眉，猝然抬起头来："不光彩的事情，是指什么？"

话音落，孟盼儿看向盛意的眼神里讥讽之意更甚："你知道我指的是什么，何必装傻，他……"

她还没说完，盛意下一句话就紧随着落了下来："我的意思是，原来在你心里，在口口声声喜欢着他的你心里，那些事情，竟然是不光彩的吗？"

不远处的晚会应该已经开始了，舞台上灯光亮起，长相稚嫩的高中生充当主持人正在台上活跃气氛，台下众人觥筹交错，聊得正欢。

盛意往那边瞥了一眼，回头，见孟盼儿听完她那句话后表情像是有些怔忡，她抿了抿唇，无意多说，转头就走。

走到一半，她想到什么，又慢慢走了回来，停在孟盼儿面前。

"对了，我的东西，可以还给我了吗？"

盛意平日里表现得都非常温柔，很好说话的样子，孟盼儿第一次见到这么强势的她。

她的个子比孟盼儿要高一些，看人时，眼睛下瞥，莫名给人一种居高临下的感觉。

孟盼儿躲开了她的视线："什么东西？我不知道你在说什么。"

盛意的目光转向孟盼儿挂在臂间的背包上，那枚挂件虽然被她塞进了包里，但是挂绳还露在外面。

盛意轻轻叹了口气，思索片刻，忽而弯下腰，在孟盼儿的注视下直接捏住了挂件的挂绳。

孟盼儿看着她，似乎没料到她会有这样的操作，一时竟然忘记去反抗。

盛意低着头，慢条斯理将挂件从孟盼儿背包上解下来。

"这个东西，是江妄送给我的十七岁生日礼物，不知道你是在哪里捡到的，也不知道你知不知道它的来历。

"我知道也理解你喜欢一个人的心，但是——"她终于把挂件解了下来，这些年孟盼儿应该将这枚挂件保存得很好，上面的色彩和纹路都没有什么磨损的痕迹。

她又仔细检查了一遍，确认的确是当年江妄送给她的那一枚，才将东西握进掌心，语气淡淡："但是，拿着喜欢的人送给别的女生的生日礼物，真的不会感觉很怪异吗？"

本来心里是有点生气的，但话讲到嘴边，到底还是留了点情面，因为自己太知晓暗恋一个人的苦，所以即便难以认同孟盼儿的喜欢方式，但她还是无法让自己说出更难听的话。

但她也不想跟孟盼儿再有更多交集就是了。

语罢，她转头继续往篮球场的方向走，没走两步，又被孟盼儿叫住。

孟盼儿说："你已经有男朋友了，还留着江妄的东西，不觉得很没有意思吗？"

盛意侧头看了孟盼儿一眼，想说什么，最终还是叹了口气："那就跟你没有关系了。"

等她回到篮球场，才想到自己刚刚被孟盼儿扰乱了思绪，竟然忘记给江妄打电话就直接回来了。

她想了想，低头给他发了条微信，等了一会儿没等到他的回复，她便将手机收了起来。

晚会很无聊，台上的人在表演，台下的人都在聊天。

好在那些学弟学妹唱的都是一些怀旧金曲，大家听着听着，也能跟着哼唱两句。

节目准备得不长，快结束时，校领导们开始上台讲话。

校长准备了长长的稿子，从建校伊始一路回顾到现在，等领导们讲完话，晚会也到了尾声。

晚会结束后，就差不多到了吃饭的时间。

学校周围的餐厅差不多都被他们包了下来，艺文班并没有单独搞聚会，所以盛意全程都是跟二十四班的人在一起。

饭吃到中途，林昭昭接到电话，临时有事，先离席了，盛意便一直在跟李临讲话。

他们两个平时交集并不多，说的也都是自己的一些近况，听到盛意和江妄现在在同一个公司时，李临眼神闪了闪，说："倒是没有听江妄说。"

盛意便笑："他一直这样。"

她提起江妄时，话语里的熟稔与亲昵之意太明显，李临说："看来你们现在关系不错。"

盛意这才想起，她还没有跟李临说自己跟江妄已经在一起这件事。

哭着嚷要看戏的林昭昭忘了说，只剩下盛意尴尬地面对这个场景，大家相识多年，且关系一直还不错，盛意不想瞒他。

可若说的话，她又不知道该如何开口。

自刚刚从卫生间回来以后，孟盼儿就没再和盛意说话了，满桌人酒杯相碰，盛意本不想多喝，但到底不好扫兴，于是也只好跟着大家一杯一杯往嘴里送。

倒是李临见状提醒了她两句："你酒量不好，就别跟着大家喝了吧。"

宋飞白闻言，在一旁笑："临哥过了这么多年还是这么体贴。"

宋飞白也是在他们吃饭的时候才到的。

成年人的时间都像是海绵里的水，要硬挤才能挤出一点儿来，他今晚过来，吃完饭后就要坐车回去，明天下午还要上班，所以他没有喝酒。

李临因为还要开车，也没喝。

盛意也只喝了一点儿度数比较低的果酒，她垂下眼，假装没听出宋飞白的话外之音，笑着说："大概是怕我喝醉了发疯，比较麻烦。"

宋飞白浑不在意地说："那有什么麻烦的，让李临送你回去呗。"

宋飞白还想说什么，坐在另一边一直没说话的孟盼儿不知又抽什么风，突然说："宋飞白你就别乱点鸳鸯谱了，人家盛意有男朋友了。"她说，"怎么，盛意，你还没把你有男朋友的事情告诉你的好朋友李临吗？"

她的语气阴阳怪气的，说话时也没有刻意去压低嗓音，正在互相攀谈的同学们闻言，视线不由得都朝盛意投了过来。

李临也看向盛意，盛意叹了口气，说："本来正要跟你说。"

不待李临说话，旁边有女生问："真的吗？男朋友是干什么的？多大？也是南城的吗，有照片没？"

盛意张了张嘴，这时，她放在桌边的手机突然亮了起来。

众人的目光又不约而同全瞥向屏幕，上面明晃晃的三个字：男朋友。

群众都爱起哄，盛意顶着大家暧昧的目光，想了想，还是硬着头皮找了个僻静的角落才接起电话。

江妄似乎猜到了她这边的窘境，等听筒里终于安静下来了，才问："聚会还没结束呢。"

"没，还在吃饭。"盛意小声道。

江妄说："在哪里？"

盛意朝旁边看了看，报了店名，又问："刚下飞机吗？"

"嗯。"江妄笑，"猜到了？"

盛意说："你没接电话，也一直没回微信，就猜到了。"

江妄说："女朋友太聪明了怎么办，都不能给点儿惊喜了。"

他今天忙了一天，声音里压着淡淡的疲意，盛意说："你如果累了，就不要过来了，反正这边也快结束了。"

"喝酒了吗？"江妄不答反问。

盛意没反应过来，"欸"了一声，须臾道："喝了一点儿。"

江妄说："怕女朋友喝太多，要去接女朋友回家。"

盛意嗫嚅了一声："就只是一点儿果酒而已。"

江妄说："我之前让孟平把我的车送到机场了，现在开车过去，等到的时候,你那边应该也要结束了。"

盛意想了想,说:"路上小心。"

江妄又应了一声便挂了电话。

盛意回到包厢里,里面的人话题已经换过一轮,见她进门,有人随口调侃了句:"男朋友这么黏人吗?"

另一人说:"还蛮想知道班花的男朋友长什么样的。"

盛意含糊着应付了两句,坐下时,听到旁边的李临说:"还以为你要继续单两年,怎么突然想谈恋爱了?"

他的语气淡淡的,听不出什么情绪。盛意想了想,说:"是一个喜欢了很久的人。"

李临一顿:"江妄吗?"

盛意"欸"了声,转头,神色略显诧异地看向李临。

李临说:"别人看不出来,我还看不出来吗?"

每次几个人一起出门,虽然她极力掩饰,但只要用心观察就能发现,她每隔几分钟就要看江妄一次,但不会看江妄的脸,只敢瞟一瞟他的衣角啊、背影啊之类的。

每次大家分别提出了不同的需求,她记得最深的也总是江妄的,且无论如何都要拐弯抹角地去满足他的愿望。

还有……

还有,那年元旦晚会,江妄在台上唱歌的时候,因为气氛太好,他下意识地转头去看她,但视线里并没有出现他想象中的,那些言情小说里描述的那种心照不宣的相视一笑。

他的目光所及之处,是女孩仰着头,于一片昏暗光线中,专注地看着前方,眼角有细弱泪光闪过。

情绪浓烈到,即便是他,也被感染到心脏猛地往下沉。

他叹了口气,说:"以前一直觉得,江妄那样的人像块石头,你焐不热,总有一天会自觉没趣就离开了,没想到你会喜欢他那么久。"

他说这话时,眼里带着笑。他应该是真的放下了,所以听到盛意谈恋爱时,虽然心里还是会有淡淡的遗憾,但并不觉得难过。

听说她的恋爱对象是江妄时,遗憾的同时,又感到一阵唏嘘。

青春期的喜欢,像夏日一场无疾而终的疾风骤雨,来时热烈,走时悄无声息。

也只有在经年之后回首往事,想起曾经那份激动,怀念的同时,又落下一声释然的叹息。

他对盛意的喜欢便是如此,很多人的喜欢都是如此。

他本以为盛意对江妄的喜欢也是如此。

但上帝有时候大抵真的会眷顾那些持之以恒的人吧，这个世上，遗憾已经够多，总要有人，能如愿以偿。

等江妄来时，席宴已至尾声。

他本来没想进来的，毕竟在快散场的时候突然添了个新人，总难免会延长聚会的时间线。

谁知他车子刚在门口停下，一个出来透气的同学围着他的车窗转了两圈，仔细辨认之后，他就被拉了进去。

他进门时，盛意正在跟李临说话，关于恋爱的话题聊过去之后，萦绕在两人心间的那点若有似无的心结好像也随着这一次开诚布公，终于烟消云散。

之后，两人便如真正的老友般，从自己的近况，讲到身边遇到的各种趣事。

盛意的座位是背对着门的，故而，包厢里忽地静下来时，她一开始还没有反应过来，直到李临也跟着转过头，愣了片刻后，开始对她挤眉弄眼，她才意识到什么，回过头去。

还是与平常没什么区别的黑色外套，他单手揣在裤兜里，闲闲立在那里，虽然被众人注视着，却半点也没有被人围观的害羞或窘迫。

许是因为刚下飞机就赶过来了，他人看起来有点疲惫，但并不显得颓废，反而令他整个人都透着一股略显倦意的慵懒感来。

在座的这些人显然也都很久没有与江妄联系过，一个两个惊讶过后，虽然跃跃欲试，但一时半会儿竟然没有一个人敢同他打招呼。停了大概一分钟，才有一个男生说："你下午不还在京市打比赛呢吗？怎么这么快就回来了？"

江妄的目光落在盛意身上。

盛意心跳一滞，下意识地转开了目光。

唯一知道他们俩关系的李临不说话，其余人压根儿没注意到他们两人之间的微妙气流。那个男生说完，立马从旁边拿了套干净的餐具拆开，说："你来这么晚，总要罚几杯吧？"

江妄走过去，就站在盛意的后面，盛意僵着身子，鼻息间似乎已经能够嗅到他身上的香水味。

江妄语气淡淡："不喝了，等一下还要开车。"

那人说："打车回去就好了啊，或者找个代驾也行。"

江妄说："不了，来接女朋友，没有自己喝酒以至于开不了车的道理。"

话音落，包厢里又是一静，众人你看看我，我看看你。

虽然他们刚刚在赛后采访里就已经知道江妄谈恋爱这件事，但是，听江妄这语气——

"你女朋友今天也在这里吃饭？"

"是。"江妄语声里带了点儿笑，视线下瞥，再一次看向盛意。

盛意瞬间全身神经都绷了起来。

"女朋友不让我跟她相认。"不待众人说什么，江妄就再次出声，若仔细听，还能从中听出一点儿委屈意味。

盛意无语。

他这根本就是胡扯，她什么时候不让他跟她相认了……

她不由得抬起头，悄悄瞪了他一眼。

在座的众人也都来了好奇："为什么啊？女朋友这么强势的吗？"

"她……"江妄还想说什么，就见盛意忽然伸出一只手小心地拽了拽他的衣角，她紧抿着唇，许是被他刚刚满嘴跑火车给气到了，腮帮子微微鼓起来，耳朵也红得要命。

特别软。

特别可爱。

江妄勾起嘴角，顺势捏住了她拽着他衣角的那只手，指腹摩挲了两下她的手背。

旁边的人已经看到他们的互动，爆发出今天的第二声惊呼。

与此同时，另一边传来一道玻璃杯落地的声音，盛意抬目看去，孟盼儿右手还悬在半空中，有些愣怔地看着他们。

盛意收回视线，她自己心里都慌乱得不行，也没空去关注旁人的情绪，她叹了口气，小声问："不是说不进来吗？"

江妄顺势拉了把椅子在她和李临中间坐下，其余人也都坐回了自己的座位，七嘴八舌开始追问他们的恋爱过程。

江妄一边漫不经心地回答着，一边同盛意与李临说话。

"被陈听遇到了，就只好进来了。"

盛意点了点头，众人问完他们的恋爱过程，又开始讨论江妄比赛的事情。

江妄靠在椅子上，一只手搭在盛意的椅背上，半拢着她，显得占有欲十足。

班长又让服务员送了一些新菜上来，盛意低着头，边听他们说话，边专心地吃东西。

刚刚光顾着跟李临聊天，没好好吃饭，这会儿两块山药入口，她才后知后觉地感觉到饿。

她吃得专心，余光里瞥见旁边的人手臂从她身后撤开，然后微微倾下身，没两分钟，一只剥好的虾就被放进了她面前的盘子里。

她愣了愣，抬起头，男人并没有看她，一会儿抬头跟别人说话，一会儿低头继续剥虾，仿佛在做一件再普通不过的事情。

她抿了抿唇，用筷子将那只虾夹起来，又见自己手边的梅子酒被人拿走，换成了一杯牛奶。

自从确定关系之后,他像是打通了什么任督二脉似的,撩人的手段一次比一次厉害,照顾人的手法也一个不落下。

这些事情他做得再自然不过,但落在旁人眼里,一个个皆抖落一层鸡皮疙瘩。

"我的眼睛要瞎了。"

"怎么参加个同学聚会也要吃狗粮?"

但江妄终究还是没能躲掉喝酒的命运,众人无论如何也不愿放过他。江妄无奈,大抵也是不想扫大家的兴,最终还是端起了酒杯。

因为他的加入,本来早就应该结束的聚餐一直持续到了后半夜,原本他们还想继续去唱歌,但很多人明天要上班,斟酌之下,最终还是草草散了场。

餐厅门口停满了出租车,江妄本来想找个代驾把两人送回去,可晚风拂在面上的时候,盛意见夜色实在好,心血来潮地问他:"我们走路回去好不好?"

七中新校区距离景德巷和老街都不算近,盛意说完之后,就觉得自己又在异想天开了,她吐了吐舌头,说:"算了,我们还是……"

"走吧。"话未说完,垂在身侧的右手突然被人握住。

盛意愣了愣,男人已经抬步往前走,她快步跟上去。

热闹散去,这一片陷入空前的寂静里。

但风好温柔,夜色也温柔,五月的路灯下,已经有扑扇着翅膀一遍又一遍撞向灯罩的飞蛾。

盛意仰着头去看那些飞蛾,她没有看路,放心地将自己的安全交给身边的男人。

他们两个都没有说话,但气氛奇异的和谐。

"小一点儿的时候,觉得飞蛾很可怜,一遍又一遍,撞了南墙也不回头,追逐着自己心里想要的那个结果,即便付出的代价可能是被灼得遍体鳞伤。"盛意另一只手在自己眼前圈成一个圆圈,絮絮叨叨地说。

江妄侧过头,目光落在她嘴角微微扬起的温柔弧度上。

"后来呢?"他问。

盛意说:"后来又觉得,飞蛾其实也挺酷的,那样坚定又赤忱,不计后果地追逐着心中的梦,哪怕被人嘲笑,被人看轻,但也从来没有想过要放弃。"

她抬头看向他:"很酷不是吗?很少有人能做到这样。"

他们的手指紧紧交织在一起,江妄的手臂比她的要长很多,她心情愉悦,无意识地轻轻晃动着手臂,像个刚刚谈恋爱的学生。

"是很酷。"半晌,江妄说,"每一个用尽全力追逐自己目标的人,都很酷。"

"是啊。"盛意点了点头,将身子转向后方,另一只手也握住他,晃呀晃,倒退着走路，她轻轻笑了笑，说，"我也很酷欸。"

她说："喜欢了你这么久这么久的我，也很酷。"

许是因为今晚故地重游，见了许多故人，又喝了一点儿酒，所以她压在心里的那些日积月累的情绪，不知怎么又跑了出来。

那些情绪积压得太深，也太多，即便与他在一起之后，她已经慢慢让自己从那种境况里走出来，但那段岁月到底太长了，一时半会儿还未能驱散干净。

他每对她好一分，她就多想起当日的苦一分。

并不是伤心，也不是想要卖惨，就仅仅因为眼前的幸福太满，又太窝心，令人不由自主想起当初的那些不易来。

觉得庆幸，也觉得后怕。

幸好她一直坚持下来了。

幸好她等到了。

她的语气温柔，没有任何抱怨的意思，好像就仅仅是一句普通感慨，说完，她又指着前面的路，说："当初我们每次去画室都会路过这里，那时候你跟一大群男生走前面，我就在后面偷偷看你。"

她笑："偷偷看你的时候，没想到有一天我们还能这样一起走这条路。"

她停下脚步，像是有些得意地抬起两人的手。

江妄垂目看着她，明明她是笑着的，可他心里又涌起无边的后悔与无边的心疼来。

如果早一点儿喜欢她就好了。

那些难挨的青葱岁月，如果能和她一起走过就好了。

她的态度太坦荡，讲起以前的暗恋情愫也丝毫没有羞赧的意思，因为结局已经圆满，所以回忆起来的时候，那些酸涩里好像又被人偷偷塞了糖心，只要咬开表面一层，就有甜腻的流心流出来。

江妄握紧她的手，良久，轻轻叹了一口气。

他说："盛意，你是不是故意的？"

盛意问："什么？"

江妄说："故意说这些，让我后悔。"

盛意抬起头，两只眼睛都弯起来，弯成了月牙儿："你后悔了？"

江妄闷声"嗯"了声。

盛意就笑了，很开心似的，像偷吃了糖果的小孩儿，她说："那，十七岁的盛意，也算圆满啦，因为——"

因为，二十六岁的江妄，已经偷偷回去，喜欢了她无数回。

第十二章·醋意
哄女朋友哄了好久

1

那晚,走到一半,他们终究还是打了车回去。

因为时间太晚,盛意想了想,给陈静冉发了条微信,说自己不回去了。陈静冉应该是睡着了,并没有回她的消息。

他们到老街时,已经快凌晨三点。

夜里的老巷很安静,所有人都陷入了睡眠。江妄让车子停在了巷口,低头看时,盛意已经枕着他的腿睡了过去。

她搂着他的腰,脑袋侧压在他的腿上。

她虽然只喝了一点儿酒,但果酒后劲儿大,直到现在她的脸还红着。

江妄微微弯下腰,想叫醒她,但想了想,手还是伸到了她的腋下,另一只手托着她的腿弯,将她抱了起来。

司机回头看着他们,想说什么,被江妄用眼神示意噤了声。

夜风撩起女孩的头发,蹭到他的下巴上。

她好瘦,腰也是细细的一把,因为睡姿不好,衣角往上卷起一点儿,他的指腹刚好蹭在那里。女孩皮肤好,细白滑腻,她的手臂无意识地搂着他的脖颈,半张脸都埋在他的胸膛里。

许是被风吹得有些冷了,她迷迷蒙蒙睁开眼,小声嘟囔:"到了吗?"

"嗯。"江妄说,"到家了。"

盛意无端被他那句"到家"戳到,侧脸又往江妄胸膛上蹭了蹭,想说什么,身后突然传来一阵咳嗽声,盛意这才发现司机还没走。

江妄是背对着司机的,盛意越过他的肩膀刚好与司机的目光对上,她后知后觉意识到自己还在江妄怀里，脸不由得热了热，推了推江妄："你先放我下来。"

她的声音软得要命，调子拖得特别长，虽然从小就鲜有人能让她撒娇，但被宠着的人好像都会无师自通这个技能。

江妄又被她这副模样可爱到了，他看着她，非但没将她放下，反而还托着她的腰，又将她往上掂了掂。

也不知这人什么恶趣味……

盛意咬了咬唇，本想放弃挣扎，但身后司机的目光又实在灼热，她还没有那么厚的脸皮，在陌生人的注视之下能坦然地被江妄公主抱着。

她低低"唔"了声，想了会儿，才又重新抬起头，眼睛水汪汪的，看着江妄，用口型对他说："求你，哥哥。"

小动物似的，耷拉着耳朵，眼里全是羞耻，又强忍着报意与他对视。

江妄觉得自己的心脏又被挠到了，软软的、痒痒的，想把眼前的人揉进自己的骨血里，变成自己身体的一部分，可碍于此时还有外人在场，只能强忍着放她下来。但放下后，他也不放她走，手紧紧攥着她，心里要撩起了火，但面上依旧表现得很云淡风轻。

站在旁边吃了一吨狗粮的司机就见他们两个在那里暗潮涌动，推来拉去，心里刷过第不知多少条"江神真的好崩人设啊"的时候，才见江妄终于转过身，疑惑地看向他。

明明刚刚还在心里吐槽他呢，可一对上他的眼神，司机不知怎么就反了。

"请问，你是……你是望江吗？"一米八的大高个，也是一个成熟男人了，与人搭讪时竟然也结巴起来，司机的脸热了热，有些不好意思地挠了挠头。

江妄一只手揣在自己裤兜里，另一只手牵着盛意。盛意就在旁边，一会儿看看天空，一会儿看看他们。

"是。"江妄默然片刻，答道。

其实这个问题根本不用问，他这张脸实在太好认了，但听到他的肯定回答时，司机还是不可抑制地兴奋了一下。

司机弯腰从车里拿出一张明信片，上面赫然是青焰当年出过的一个周边——望江的卡通形象卡。

盛意最近悄悄补了江妄的很多画，故而一眼就认出了那是江妄自己画的，那套明信片是限量版的，早就绝版了。

司机察觉到他们的目光，解释道："这套明信片我当初没买到，这张还是今天一个朋友送我的，没想到这么巧，出门就载到了本人。"

他说："所以，大神可以帮我签个名吗？"

他应该是真的觉得自己很幸运，讲这些话时脸上充满了兴奋之情。

江妾接过明信片，司机又递来一支中性笔。

司机是比较活络的性子，大抵是不想让气氛冷下来，又在一旁慢慢地说道："我喜欢你好久了，从你打第一场比赛开始就注意到你了。

"那时候我还在读高中，但是成绩不太好，有段时间其实挺迷茫的，觉得自己一事无成，这辈子是不是就只能这样了。所以一开始整天沉迷游戏，是因为想要逃离现实的生活。

"然后，大概是高二的时候吧，就是你第一次拿到国际赛的直通卡那次，我记得你一开始排名并不算很高，卡位拿到的比赛资格。

"当然，也很厉害了，能获得资格去参加比赛本身就已经是行业内的佼佼者了。但在全是大神的国际赛里，就好像还挺吃亏的，反正当时我看大家都说不看好你。

"结果你一路逆袭，决赛的时候直接拿了个世界第二回来。虽然不是第一，但作为新人已经是非常罕见的好成绩了，很多在国际上很有名的大神都没赢过你。

"那次的赛后采访，有人问你是怎么做到的，你的回答我记了特别久。

"你说，你也没有想那么多，就只是认准了一个目标，就去做了。你说人活着本来就要全力以赴。

"其实也是很简单的道理，但对当时的我来讲，真的是醍醐灌顶。"

"反正，怎么说呢？"司机一口气说了一大串，顿了顿，有些不好意思，"我一直都挺感谢你的，我现在都大学毕业了，那时候要不是你，我肯定早就不读书了。"他笑了笑，"所以，我觉得不管你现在遇到什么，就包括你那时候被禁赛，我看很多人都挺担心，但我一点儿也没有担心，我知道你肯定会回来。你还要拿国际赛的冠军呢，我知道你肯定会拿到的。"

他说完，许是觉得自己话题讲得太宏大了，想了想，又绕了回来，开玩笑说："就是没想到你是南城人，早知道的话，我早就来找你了。"

爱很奇妙，明明是素不相识的陌生人，却在不知不觉间，竟也可以为对方带来无限能量，而今天，这些能量又以另一种方式全部回馈给了他。

江妾早就签完了，笔帽都没盖上，始终保持着签名的姿势，认真听司机讲话。

男人看着冷淡，但在某些时刻，内心又似乎格外柔软，譬如司机明明只是找他要个签名，但在他方才滔滔不绝的讲述中，盛意看到，江妾在签名旁边又添了一行字。

是当年文理分班，大家不知道该如何选择时，老梁在黑板上的那句诗：

"长风破浪会有时，直挂云帆济沧海。"

虽然他没有明说，但他想，对方应该懂他的意思。

盛意也懂，她攥着他的手不由得又收紧了些。她喜欢的那个优秀少年，经历过岁月的洗礼，并没有被泥淖与风雨侵蚀得枯萎掉，反而生得越发挺拔，越发耀眼。

直到司机彻底说完，江妄才将明信片和笔递过去。江妄低着头，声音浅淡，却又真挚赤忱："谢谢。"

司机愣了愣，"嘁"了声："我谢你才对。"

眼看司机又要絮叨起来，盛意抬腕看了一眼时间，及时出声道："你早一点儿来也没有机会啦，你偶像从高中那会儿开始就被我预定了。"

却是接上了他前面那句话。

她这个人，天生没有什么幽默细胞，话说出口，司机一下子还没反应过来，等反应过来后，脸瞬间爆红："哎，我不是……"

他解释得太认真，盛意反而忍不住笑起来："跟你开玩笑的。"

司机也醒过神来，又抬手挠了挠自己的头发，盛意便说："很晚了，快回吧。"

司机点点头，转身驱车离去。

大概因为刚刚在车上眯了会儿，所以盛意现在精神还可以，他们又在原地站了会儿，才牵着手往江妄家里走去。

春光正好，春夜静谧，江妄用钥匙开院门的时候，盛意靠在旁边的门框上看他。

她目光太专注，江妄手下动作未停，问她："看什么？"

盛意说："看我男朋友好厉害。"

江妄便笑："你才知道吗？"

盛意说："早就知道，但好像比我想象中还要厉害一点儿欸。"

她的"彩虹屁"不要钱似的往外蹦，江妄只笑，没接她的话。

盛意默然了片刻，又说："但是，也可以不这么厉害的，我当然很希望你拿冠军，虽然我也不懂这个冠军到底是什么。"她笑，"但是好像大家都说你一直有这么一个愿望，那我就必须要祝你如愿以偿了。"

她说："我的男孩，一定要如愿以偿，就像我一样。

"但是，还是那句话啊，大家的喜欢、期待，固然是很好的东西，因为那都是出于对你的喜欢和信任，我很感谢大家一直给予你鼓励和支持。"

大约是觉得这句"感谢"由她来说有些越俎代庖了，盛意忍不住低头笑了笑，才说："但我不希望这些东西变成压在你肩膀上的重担。你拿冠军也好，没拿也好，总之，像你自己说的，全力以赴，不辜负自己，其他的，随缘就好了啊。"

她说："我男朋友已经够厉害啦。"

"超级厉害。"她又补充。

门锁已经被打开，院子里没有开灯，两个人只能就着外面路灯一点儿昏暗的光往里走，走到堂屋门口时，又要继续开门。

盛意被刚刚司机那番话激起了倾诉欲，絮絮叨叨同江妄讲了很多。

堂屋的锁有些旧了，钥匙插进去很久才拧开，盛意边说话边往里走，谁知还没走两步，手臂突然被人扯住，紧接着她整个人都跌落进一个温暖的怀抱里。

木门被江妄从里面关上了，屋里很暗，因为是春季，南方的老屋里时时刻刻都氤氲着一阵潮湿而陈旧的气息。

江妄一只手按在盛意的脖子上，手指滑过她裸露在外的皮肤。

盛意被他弄得有点儿痒，忍不住缩了缩脖子，正要出声，忽而听到头顶的男人压低了嗓子唤道："盛意啊。"

他的声音低沉，似是喟叹。

他说："好像真的很喜欢很喜欢我们盛意，喜欢到不知道拿你怎么办才好了。"

他应该不擅长讲这样的话，这一句话说得别扭，盛意愣了愣，又听他说："我以前从来都不知道，喜欢一个人的时候怎么是这样的呢？好像怎么喜欢都不够，怎么表达都是隔靴搔痒，不尽兴。"

他的语气闷闷的，抱她力气用得很大，盛意觉得自己的肩膀都被他抱疼了。

但她没有躲开，任他将下巴放在她的肩膀上，他的嘴唇擦过她的耳朵，像燎原的春风，带起一片火野。

盛意轻轻吐了口气，想了想，把手放到了他的后脑勺上。

他的头发很短，但软，盛意说："我也很喜欢我们江妄哥哥。"她的声音里带了笑，荡在夜色里，温柔得不像话。

江妄说："我知道。"

盛意一直笑。

等江妄抱够了，才把门边的灯打开，屋子里亮起来，但两人还是保持依偎在一起的姿势。

屋子里有淡淡的酒意晕开，夜间的空气有点儿凉，盛意忙了一天，感觉浑身黏腻得要命，想去洗澡。

但江妄无论如何也不放开她。

盛意便学着他先前的语气说："我以前也从来没有想过，江妄同学谈起恋爱来，竟然这么黏人。"

话音落下，江妄忽然捏住她的后脖颈，往后一提，她的脑袋又被迫仰了起来。

江妄语气沉沉，若有所指地看着她："还可以更黏人。"

他们的目光撞在一起，盛意微妙地听懂了他话里的意思，她有些慌张地躲开了他的眼神，说："明天还要……还要上班。"

江妄轻声笑:"你的意思是,不上班就可以了吗?"

盛意说:"那也不行。"想了想,又改口,"好像也不是不行……"说到后面,她自己的脸先红起来。

江妄的手指又在她的后脖颈上摩挲了两下,才说:"去洗澡吧。"

等他们两个收拾好,已经很晚了,只剩下不到四个小时的睡眠时间,盛意第二天早上起来时,觉得自己的黑眼圈快要和大熊猫有得一比。

因为江妄的车还停在七中那边,那天早上他们是打车去的公司,在楼下时碰到了孟平。孟平看到他们两个从同一辆车里下来,先是愣了一瞬,然后很快就找到了解释的理由:"你俩这是在路上碰到了?"

盛意无言了片刻,含糊着应付过去了。

到电梯里时,孟平才后知后觉地想起什么,转身面对江妄,目光直直瞪着他,也不说话。

看着孟平直瞪瞪的眼神,盛意心里发毛,问:"你这么看着他干什么?"

然后就看到孟平又猛然转了身,恰好这时电梯到了,他飞快跑出去,一溜烟就不见了身影,留下盛夏和江妄面面相觑,摸不着头脑。

直到江妄进了自己的办公室,孟平才不知道从哪里又蹿出来,扭扭捏捏地问盛意:"姐,老大真的是……真的是江神吗?"问完,又自己先摇了头,"嗐,我怎么来问你了,你又不关注这些。"

他直接把盛意到嘴边的一声"是"给堵了回去。

他咳了两声,想了想,换了个问题:"我以前在老大面前,是不是表现得很傻……"

盛意看了他一眼,不知道如果告诉他他现在就挺傻的,会不会被他骂。

好在这时候别人也进了门,稍微给盛意解了围。其余人显然也都知道了江妄的身份,一个个兴奋得要命,七嘴八舌地讨论,但就是没有一个人敢敲江妄的门向他确认这件事。

他们以前还敢跟他开两个玩笑,但此时知道他就是自己的偶像后,勇气好像瞬间就被人抽走了。

林小木平时不关注这些,她只发现办公室里这些男人今天都特不对劲,像兴奋的孔雀,又像缩着头的鸵鸟。

好在肖梦似乎对这些消息稍微了解一些,低声在她旁边解释了句什么。下一秒,盛意就听到林小木发出一连串的:"天!真的吗?也太厉害了吧!"

林小木平时虽然话多,但好歹会注意一下自己的形象。

盛意摇了摇头,给江妄发微信:你今天吓到不少人。

好不容易来趟公司的宋景明也在骂江妄:"今天公司的军心全被你打乱了!"

江妄斜斜靠在椅子上，手里捏了支笔在转，闻言，嗤了声："关我什么事？"
宋景明说："怎么突然想起露脸了？"
江妄说："想露就露了。"
宋景明说："那以前为什么不露？"
江妄："不想。"
宋景明："为什么现在想了？"
他们的对话仿佛进入了一个死循环，江妄可能是觉得他无聊，没再接他的话。
宋景明拉了把椅子坐到江妄对面，又说："你是不是准备回京市了？"
江妄挑眉看着宋景明，宋景明说："再过不久夏季赛就要开始了，你肯定要参加的吧？"
毕竟，赢了夏季赛，才能拿到国际赛的名额。
江妄坐直了些，手里的笔又转了一圈，才漫不经心"嗯"了声。
宋景明问："什么时候走？"
江妄顿了顿，说："你这边……"
"我这边你瞎操什么心？你真以为我离不开你啊？要不是当时看你一副不准备活了的样子，你以为我会管你？"他抬高了一点儿嗓音，一脸"我真伟大"的表情。
江妄轻声笑了，等着他的下文。
果然，宋景明又说："但你技术都那么好了，肯定能抽出时间画两幅画的吧？就当是打游戏累了放松一下？"他的语气贱兮兮的，明明有求于人，还一副"这都是我给你机会"的样子。
江妄说："打游戏累了可以陪女朋友逛街、聊天，为什么要画画？"
"搞什么！"宋景明说，"你不要重色轻友，要不是我招来盛意，你能有女朋友？"
江妄："我记得好像是用我的照片招来的。"
宋景明还想说什么，就听江妄悠悠道："也不是不能画。"
宋景明眼睛一亮，江妄顿了片刻，说："盛意性子软，耳根子也软，我不在南城的这段时间，你帮我照应着点她。还有她小姨的事情，如果出了什么问题，你能帮的话就帮个忙。"他补充，"画的钱我就不收了。"
虽然盛意平时嘴上不说，但他看得出来，她表面对人情好像很冷淡的样子，但其实心里对自己身边的人在意得要命，每次给陈静冉发完微信，她都要坐在那里长吁短叹好一会儿。
想到这里，江妄不由得叹了口气，抬头，宋景明正一脸稀奇地看着他。
宋景明说："除了奶奶，真的第一次见你这么在意一个人。"

江妄勾了勾嘴角，想说什么，最终还是冷冷道："你可以滚了。"

宋景明说："行，第一次见人叫老板滚的。"

但语毕，他还是开门走了出去。

2

一直到六月，江妄才离开南城去往京市。

那会儿他的禁赛限制也到期了。

走之前，江妄在春香楼请大家吃了顿饭。

吃完饭后，孟平因为喝多了，哭着抱着他不撒手，说好不容易找的偶像，怎么突然就要走了。

最后江妄看他哭得太凶，斟酌片刻，还是又在附近的酒吧里给他们开了个场子，让他们造作。

恰好酒吧里当时没有别的客人，他直接将酒吧包了下来，孟平他们虽然遗憾，但江妄能继续回去打游戏，他们还是很开心的。

于是，一群人把江妄围在中间，对他讲着各种祝福的话，江妄淡笑着一一接收。

中间他去了趟卫生间，回来时，在舞台旁的角落里被林小木拦住。

女孩脸上露出窘迫，但还是鼓着勇气对他说："组长，我、我怕等你回京市之后，就没有机会说了，我其实……一直很喜欢你。"

极擅言辞的人这时也无措起来。

她今天特地好好化了妆，也换上了自己平日上班时不会穿的露肩礼服裙子，她抿着嘴角，眼睛灼热地看向江妄。

江妄垂目看着她，半晌，轻轻叹了口气，说："我记得我说过，我有女朋友。"

林小木说："这么多天，我们从来没有见过你的女朋友，说明你们感情并不好，不是吗？"她这话说得小心翼翼，声音里还压了些哭腔。

江妄转头望了望另一边喧闹的人群，他们不知在玩什么游戏，盛意被困在中间，一群人正围着她起哄。

江妄眼神柔和下来，淡淡说道："不，我很喜欢她。"

林小木顺着他的目光，也看到了盛意。

盛意的长相太优越，可能因为最近心情比较好，所以整个人越发显得容光焕发起来。

林小木神色一顿，福至心灵道："是……盛意姐吗？你女朋友？"

江妄转头看了林小木一眼，林小木本以为他不会回答，可他几乎是没有犹豫地说："是她。"

就连这两个字,他都说得很温柔。

林小木怔了怔:"为什么?盛意姐之前一直说你们不熟……"她像是无法接受这个现实,声音一时哽咽起来,"她并没有那么喜欢你,性格也平平,不是吗?而且,她今年也不小了,却还窝在'不玩游戏'这种小公司里,做一个不知道会不会有前途的游戏……"

林小木心里太意外了,又其实没有那么意外。

这些天江妄和盛意虽然没有对外公开他们的关系,但也没有刻意去避讳,所以其实大家早就有一些猜测。

但此时这个结果明晃晃摆在她面前的时候,林小木还是觉得难以接受。

她自己都不知道自己在说什么,因为心里太乱了,下意识便想要去说两句贬损对方的话,明知道这样不对,可她控制不了自己。

然后,她就看见江妄脸上的笑慢慢收了起来。

他不笑的时候看起来真的有点儿严肃,气场强大到林小木瞬间就噤了声,她甚至不敢再看他,垂下眼睛。

停了片刻,她忽然又听到江妄轻声笑起来。

他说:"她不像我喜欢她那样喜欢我,又怎么样呢?总归我喜欢她就够了。"

酒吧里的灯光光怪陆离,蓝紫色光线有一下没一下地跳跃在他的脸上,林小木本以为他听了那样的话会有心结,未料他却给了她这样一个答案。

没有不满,没有怨愤,反而像一个痴情到了极点的人。

——就算她没那么喜欢我又怎么样呢?只要我喜欢她就够了啊。

林小木一时语塞,旋即又听江妄淡声说道:"而且,有一件事你可能误会了。"

他说:"你看我时,看到的只是我可能还算看得过眼的那一面,觉得我好像还不错,但实际上的我,脾气其实很差,也会做出跟人赌气赌好几年这样幼稚的行为,我也会像每一个普通人那样,心里很多时候也会冒出一些暴烈情绪,虽然全被我努力压制下去了。"

"我消极,实不相瞒,甚至还产生过厌世的心理,身上有着各种各样的毛病……总之,我没有那么好。"

他虽然用着如此晦暗的词句形容自己,但语气里半点儿消颓的意味也没有,反而透着股淡淡的暖意。

"盛意她……她看过我每一个灰暗面,但她仍然愿意喜欢我。

"你说她性格平平……我不知道什么样的性格是好的,什么样的性格是不好的,但如果是盛意,我想,怎么样的她,都很值得别人去喜欢。"

"我很喜欢她。"

她那样温柔,那样坚韧,虽然有时会有一些让人怒其不争的圣母心,但他也能从那一点圣母心里窥到她的可爱。

是无论被人欺骗多少次,无论被这个世界怎样伤害过,都仍旧愿意怀抱一颗赤忱而温暖的心去面对别人。

"而且,"他说,"关于盛意的工作,你可能没有听说过,她本科在首都美院学油画,后来跨考了首都艺术研究院的戏剧戏曲学,硕士毕业后就一直留在付恩锦老师的研究所里工作,最近因为家里长辈生病,她才回到南城。她远比你想象中好。"

说这些话时,他的目光始终望着盛意的方向,语气淡淡的,没有被冒犯到的生气,也没有成功反驳他人的快意,就只是云淡风轻地在陈述一个事实。

语毕,也没有等林小木再说什么,他就直接走回外厅,走到了盛意旁边。

盛意刚输了一局游戏,正被弹额头。

她简直是游戏黑洞,这么一会儿已经连着输了好几局,明明也不是什么复杂的游戏,就是摇骰子,猜点数。

江妄坐到盛意的左手边,这样,便是他摇,盛意来猜。

盛意看了他一眼,随口问:"怎么去了这么久?"

"去抽了根烟。"江妄答道。

盛意便"哦"了一声,江妄弯腰接过骰子,姿态懒散地靠在沙发上,手腕晃动的幅度很小,但可能因为长得好看,这样的动作由他来做便显得格外撩人。

盛意目不转睛地盯着他的手。

这种游戏,她就算玩一万遍,也摸不着门道。

江妄侧睨着她,瞧见她认真得过分的样子,眼里不自觉浮起一丝笑意,摇定之后,手指在玻璃桌上轻点几下。

一开始盛意没注意,倒是孟平看见了,骂了句脏话,控诉:"不带这样的啊,老大你怎么还放水呢?"

其余人也注意到了他的动作,七嘴八舌地开始吐槽。江妄斜了孟平一眼,脸上一点儿也没有作弊被人抓包的不好意思,而是换了个姿势,手臂搭在盛意的座椅靠背上。

是占有的姿态。

其余几人互视一眼,这会儿也摸出了一点门道,孟平道:"……我就知道。"

"我早就觉得你俩不对劲了!"

"之前在公司的时候就一直眉来眼去的,我问宋总你俩是不是有什么猫腻,他还说是我想多了!"

"怎么,现在不藏了,是要走了,所以宣誓一下主权吗?"

几人七嘴八舌,轮番轰炸。

江妄始终好整以暇地坐在那里，仿佛他们控诉的对象压根儿不是他一样。

盛意本来还想学习他八风不动地坐着，可听了一会儿，到底还是有点儿不好意思了，她端起旁边的酒杯，轻轻抿了一口。

好在他们说了一会儿之后，见两个当事人都没什么太大反应，许是觉得没意思，就停下来了。

接下来，一群人又继续玩了两局游戏，便散了。

盛意早前就跟陈静冉说自己今晚不回家了，故而，结束以后，她直接跟江妄一起回了老街。

原本江妄想过要不要将苏瑾留下的那套房子收拾出来，搬到那边去住，那样盛意来找他的话，空间也大一些。

但考虑到他马上就要回京市了，收拾出来也是闲置在那里，只好暂时作罢。

但老街的房子，最近也被盛意添置了很多她的东西。

护肤品和化妆品全都如同复制粘贴一般，也在这里置办了一套，还有各种茶具、杯垫、四件套也全被盛意换上了新的。

自从上次表演赛过后，盛意能明显感觉得到，江妄在努力地从过去的情绪里走出来，他最近吃饭也很少会有不好的反应了，所以，她其实有意地在将那些容易令他触景生情的东西藏起来。

她并没有扔掉，而是收进了一个小匣子里，因为无论好坏，那些都是他的回忆，是他某一个阶段的成长印记。

她想要把每一个时期的他都好好珍藏起来。

小小的院落被布置得很温馨，渐渐有了一些家的样子。有一次宋景明过来，看到被盛意种满了花的院子，还以为自己走错了地方，拐回去仔仔细细又看了半天的门牌号，确定自己没走错，才轻声感慨：“谈恋爱真好。”

他说：“一开始撮合你和盛意，我就是闹着玩儿，想给你找点儿事做，没想到你们真的能走到这一步。”

他一感慨起来，话就说个没完，江妄靠在沙发上，脸上盖着一本书，在他的声音里沉沉进入了睡眠。

这会儿，盛意洗完澡，坐在沙发上一勺一勺刮着刚刚趁她洗澡时，江妄出去给她买的炒酸奶。

到了六月，南方城市就开始逐渐进入了夏季，空气里到处氤氲着一片湿黏的气息。

盛意夜里不敢多吃，只吃了几口就放在那里，等江妄出来再把剩下的解决了。

她走到窗边，打开窗户，窗外一株月季开得正好，在月色下泛着一层幽冷的光。

四下寂静，两旁的人都已经睡下，盛意靠着窗户，听着外面不绝于耳的虫鸣与风声，无端感受到一阵来自晚春与初夏交接之时的蓬勃生机。

一切都在努力向上，一切都在慢慢变好。

正看得入神，身后响起一阵错落的脚步声，紧接着，她头上便被搭上一条吸水的毛巾，江妄的手指压在毛巾上，漫不经心给她擦着头发。

他刚洗完澡，身上还氤氲着浓浓的水汽，两人靠近，那阵水汽好像也越过空气晕染到了盛意身上。

等头发擦得差不多了，江妄才停下动作，把毛巾放到旁边的椅子上后，伸长手臂关上窗户，淡声解释："夜里会下雨。"

盛意转过身，这样，她整个人便好像被他环抱在了怀间。

江妄关上窗户，没有收回手，盛意低着头，没有看他。

这些天，两人一直都在一起，乍然要分开，盛意虽然一直没有说，但其实心里还是有些不舍。

之前她一直压着自己的情绪，总觉得倘若表现得太在意，会显得很不懂事，在他面前，她总想要呈现出自己最好的一面——

温柔、大度、通透、善解人意。

她一直以为自己就是这样的人。

以前没有谈恋爱的时候，她每次听简希分享一些恋爱苦恼，都觉得怎么会这样呢？陷入恋爱中的人，也太矫情了吧。

如果是她，肯定不会这样。

但最近她才发现，恋爱中的人，其实多多少少都是有些相似的，因为很难做到绝对的理性，都被感情支配着，越是喜欢对方，矛盾和纠结便越多。

因为爱情本就是感性至极的东西。

她抿住唇，深吸了一口气，调整着自己的情绪，谁知，嘴角才刚扯出一点儿笑，下巴就突然被人捏住。

江妄一只手撑着后面的墙面，一只手钳制着她的下颌，令她抬起头。

盛意眼里水雾还没散干净，就这样猝不及防撞入了他的眼帘，她下意识移开了视线，听见他语声冷峭地命令："看我。"有点儿凶，又有点儿无奈。

盛意顿了两秒，犹豫地看向他。

江妄的拇指摩挲着她的下巴，语调还是散漫的、清冷的。

"不开心？"他问。

盛意眨了眨眼，下意识地否认："没有。"

"舍不得我？"他又问。

这次盛意没有说话。

江妄盯着她看了片刻，捏着她下巴的手突然用力，又将她的下颌往上抬了点儿。

她穿的是一件吊带睡裙，头发从她肩膀上滑落下去，露出一片细白的皮肤。新换的沐浴露是前不久她和江妄一起去买的，樱花和牛奶混杂在一起的香味，她刚刚在浴室里还心血来潮用了一下随沐浴露附赠的身体乳，也是樱花气味，涂在身上，有一些亮闪闪的不知道是什么成分的东西。

随着她的下巴抬起，灯光照到她的锁骨上，那些闪片争先恐后闯入江妄的眼。

盛意对这一切毫无所觉，在被江妄频频逼问之后，她心里的情绪又一次达到了顶峰，他太知道如何将她的情绪激发出来，每次都能精准无误地戳到她的心里。

盛意有些无奈地叹了口气。

她抬起眼，然后在江妄没有防备的时候，突然踮起脚，轻轻咬住他的下唇。

馥郁的樱花香味盈入两人的鼻间，江妄仍旧保持着先前的姿势，低垂着眼，静静地看着她。

她亲了一下，看他没有反应，顿了片刻，又伸出舌尖小心舔舐着他的嘴唇。

她的嘴里还有炒酸奶的甜味，是荔枝味的，透着初夏的清爽甘甜，探过唇缝，抵入他的齿间，她的动作很轻，呼吸也是轻轻的，羽毛似的，扫在了他的脸上。

这动作很生涩，但生涩里又透着几分无所顾忌的大胆，似铆足了劲儿一定要撩到他，一定要打破他表面的矜持与冷淡。

他的嘴唇很薄，但很软，冰冰凉凉的，盛意边亲，边伸手去解他的扣子。

他的个子实在高，她的动作做得困难，一颗扣子解了半天，手指在他喉间不断蹭着，还没撩到江妄，她自己就先不耐烦了。

"你动一动啊。"她说。

因为觉得委屈，怎么她都这么主动撩他了，他还是波澜不惊的？

于是，她声音也是软的，又压着几分不自知的埋怨。

她这话说得有歧义，语毕，她自己也意识到了，故而没有等江妄答话，她就慌忙伸出手捂住了他的嘴。

她脸上娇嗔之意太浓，脸红得几乎能滴出血来，江妄眼里终于浮出一点儿笑意，那笑容里戏谑之意太明显，盛意的耳尖不由得又更加热了起来。

但她又觉得不服气，既然已经开始，就万没有中途停止的道理。

她咬了咬唇，低低唤他："江妄。"

他没应声，她又唤："哥哥。"

她的手指从他的嘴唇滑到他的下巴，又从下巴滑到他的喉结，她踮起脚，搂住他的脖子，嘴唇刚碰上去，下颌忽然被人紧捏住，她整个人被往后推了一点儿,后背抵上身后的窗棂。在灯光的映照下,江妄的呼吸沉重,眼沉得厉害,像裹了浓浓风暴,是阴雨天来临前的征兆,云层压得很低,四处黑沉沉一片,情绪也在天地间酝酿着,冲撞着。

他的嗓音也跟着低了下来,喉咙喑哑。

"盛意。"他唤她,"你知道自己在干什么吗?"

明明是问句,可他根本没有等待她回答的意思,不待她反应,他的吻就落了下来。

他每次吻她时都不一样,有时是温柔的、蜻蜓点水的,有时是细腻的、绵长的,也有浓郁的时候,但许是顾及着不想吓到她,所以他总压着自己的情绪。

可这会儿,那些被他困在心底的欲望全被放了出来——汹涌、激烈的、深重的、迫不及待的,他的手换了方向,改压在她的后脑勺上,另一只手搂着她的腰。

她整个身子完全被他掌控着,她逃不掉,只能被迫着承受他给予的一切爆裂与温柔,初夏泛着凉意的空气撞到她的皮肤上,惊起一片战栗。

第二日醒来时,盛意压根儿不记得自己究竟是什么时候睡着的,只知道到后来,她的眼睛都睁不开了。

想到这里,她的心脏又开始咚咚咚地狂跳。

她轻轻吐了口气,拍了拍自己的脸,才发现身边空荡荡的,江妄不知道去了哪里。

天还没有亮透,天色是泛着点青的白,客厅里有簌簌的水声传出来,不知是不是因为昨晚两人的亲密,又也许是乍然从梦中醒来,且天将明未明,人会变得格外敏感脆弱……盛意觉得自己这会儿好像特别黏江妄。

她下了床,打开客厅的门。许是怕吵到她,他连客厅的灯都没开,只开了厨房那里的灯,围着围裙,不知道在里面忙碌什么。

听见开门的声音,他转头看过来,目光落在她光着的脚上。

他走过来,拦腰抱住她:"怎么醒这么早?"

盛意说:"你怎么起这么早?在做饭吗?"

江妄说:"九点的飞机去京市。"

话音刚落,盛意就沉默下来。

小姑娘的情绪毫不掩饰,全写在脸上,江妄把她放到床上,自己则蹲在床边,抬目看着她,笑道:"昨天还说不是舍不得。"

盛意说:"如果我说舍不得,你就不走了吗?"

江妄说:"那你说一声看看。"

盛意低头看着他,半响,她说:"不要骗我。"

"不要给我希望，又告诉我做不到。"她又补充。

她鼓着腮帮子，这副要气不气的模样实在可爱。江妄牵起她的手，一寸一寸抚过她手上的皮肤，他说："现在坐飞机很方便，我会经常回来看你，或者你去看我也可以。"

"我每天都会给你打电话，早晚都给你发微信。"他笑，"希望你不会觉得我很烦。"

他说："你觉得烦也没用，我也很想你，舍不得你，想时时刻刻都跟你在一起。"

应该是感觉到了盛意心里的不安，他讲话越来越直白，坦诚地把自己的所有感情都剖白给盛意听。

盛意别开脸，嘴角已经翘起来，嘴上却说："那确实挺烦的。"

江妄抬手捏了下她的脸，站起身说："早饭已经做好了，洗漱完了来吃饭。"

盛意心里窝着情绪，可劲儿地"作"起来，她说："昨晚太累了，要哥哥抱过去。"

说完，不知道有没有撩到对方，她自己的脸先红起来。

江妄低头看着她，轻声笑："那要不要哥哥给你刷牙？"

他把她抱起来，走进浴室，却没有立马放下她，而是拿了条毛巾先把盥洗池擦干净，才把她放到旁边的台子上。

盛意仰起脸，任他捏着她的下巴，像照顾小朋友那样，认认真真给她刷牙，洗脸，然后又手脚笨拙地给她涂护肤品。

等两人折腾完，半个小时已经过去了，江妄本着做事做到底的心理，又把她抱到了餐桌边。

外面的天已经大亮，巷弄里又热闹起来，盛意双手托腮，等着江妄把煮好的粥端到她面前。

男人已经换上出门要穿的衣服，但身上还系着条浅色的围裙，这样的形象特别有一种反差感。盛意回到卧室找到自己的手机，对着他的背影拍了一张照片，想了想，上传到了朋友圈。

传完，她就收了起来，没再管。

她走过去，从后面抱住江妄，脸颊蹭了蹭他的后背，语气无奈。

"怎么办啊？"她说，"被你喜欢过，好像再也看不见别的人了。"

她调子拖得很长，分不清是单纯感慨还是遗憾。江妄挽着袖子，闻言，问她："你还想要看见谁？"

他的关注点总是奇奇怪怪，盛意便笑："有你在，我谁都看不见了。"

江妄说："你的意思是，等我去了京市，你就要看别人了？"

这人，破坏气氛第一名。

盛意不跟他闹了，她接过盛好的饭，端着走回餐桌。

他看起来不像是会做饭的样子，但煮出来的东西竟然比她想象中要好吃，起码比她和陈静冉的厨艺要好。

盛意想起，以前小一点儿的时候，每次盛淮和陈静娴回来，一家人坐在一起的时候，他们都会开玩笑说以后她一定要找一个会做饭的男朋友。

那会儿盛意满心里都是江妄，压根儿没有找男朋友的想法，还曾说自己要单身一辈子。

因为从未想过自己能真的站在这个人旁边，比起嫁给他，那时的她竟然觉得自己单身一辈子的概率要更大一些。

想到这里，盛意不由得低头笑起来，还没笑两声，就被江妄轻轻弹了下额头："好好吃饭。"

"哦。"盛意乖乖应道。

江妄又问："想到什么了，这么开心？"

盛意说："想到……我爸妈如果见了你，肯定很喜欢你。"

她很少提到父母，江妄挑了挑眉，盛意说："以前他们给我制定找男朋友的条件时，就说必须要会做饭。"

江妄说："原来是看上了我的厨艺。"

盛意说："相信他们对你的脸也很满意。"

她说到这里，本来是在开玩笑，转念才想起好像还没有跟盛淮和陈静娴说过自己恋爱的事，她下意识就想摸出手机去跟他们讲，又想起还在吃饭，只好暂时作罢。

吃完饭后，江妄就打车去了机场，而盛意直接开着他的车去了公司。

临走时，江妄把老街这套房子的钥匙和苏瑾那套房子的钥匙都留给了盛意，车钥匙也留给了她。

盛意到公司后，众人看到她开着江妄的车，脸上皆露出心照不宣的笑。

盛意一一接受着他们的注视，到中午时，付恩锦突然给她打了电话，大意还是问她什么时候回去。

最近研究所里在编写教材，付恩锦想让盛意也一起跟着做一做，盛意简单解释了一下她这边的情况。

其实大多时候，陈静冉都是不需要她的。

从以前起，陈静冉就是个特别要强的人，很少在盛意面前展现出自己脆弱的一面，但盛意能感觉出来，她的身体已经很不好了，有一次她洗澡的时候，不小心在浴室里摔倒，盛意去扶她的时候，感觉她瘦得好像只剩下了一把骨头。

盛意也不敢表现得太难过，怕原本陈静冉没什么感觉，反而被她带得心情不好了。

她只能装作若无其事地扶陈静冉起来,斟酌了好久才问:"小姨,你要不要先去医院里住几天?"

她心里太担心,总想为陈静冉做点儿什么,来对抗一下病魔。陈静冉闻言却冷嗤一声:"怎么,嫌我烦了?"

盛意说:"你知道我不是那个意思。"

陈静冉沉默了一会儿,说:"我不喜欢医院。"

后来,盛意便没有再跟她提过这件事。

付恩锦说:"虽然这样说可能不太好,但是你留在那里,其实也是给你小姨压力。这样说可能不太恰当,在你小姨心里,可能会觉得你在等着她走,等她走了,你再恢复正常生活。"

盛意不是没有感觉到这一点儿,但是——

她说:"我就是想多陪陪她。"

刚吃完午饭,她比别人回来得早一些,这会儿办公室里只有她一个人,说到这里,她的声音不由得哽咽起来。

付恩锦叹了口气:"我懂你的感受。"

她还想再说什么,最终还是作罢。这种事情,从来都是如人饮水,旁人很难说得清楚,最终只是安慰:"总之,这边的功课也别落下了,无论如何,还是希望你小姨能越来越好。"

盛意说:"知道的,谢谢老师。"

付恩锦又叹了口气便挂了电话。

盛意在座位上坐了会儿,其余人才陆陆续续回来。

盛意调整了一下情绪,去冲了杯咖啡。

宋景明前段时间不知是良心发现还是怎的,终于舍得买了个咖啡机,还为此特地辟出一小片空间作为茶水间。

盛意从茶水间里出来,瞧见孟平和徐楠几人正欲言又止地看着她,她抿了一口咖啡,问:"怎么了?"

徐楠犹豫片刻,递来自己的手机,吞吞吐吐道:"老大和……和一个女生被……被拍了,都说是他女朋友……"

盛意接过手机看了一眼,背景看起来像是在机场,江妄身上还背着早上出门时盛意给他收拾出来的那个黑色腰包,对面的女生弯腰笑着接过了他手里的行李箱。

行李箱也是盛意和他一起打包的,衣服和鞋袜都用了单独的袋子分开装着。男人虽然独立生活多年,但在照顾自己这方面到底还是比较粗糙,盛意一件一件给他把衣服装起来,边装边吐槽:"没有我你可怎么办哦?"

其实都是玩笑话,但谈恋爱的人好像格外喜欢讲一些黏糊糊的垃圾话。

江妄便轻声笑:"这下完了,离不开你了。"

当时的场景还历历在目,可此时行李箱已经握在另一个女生手里,盛意的目光落在女生的脸上,与此同时,林昭昭也给她打了个电话来。

盛意把手机还给徐楠,走到角落接起电话,林昭昭说:"你看微博了吗?"

江妄好歹在电竞圈算是顶级的选手了,所以,哪怕是不玩游戏的人,对他多少也都有一点儿印象,加上他长得又好看,甚至有很多小女生还特地为了他去玩游戏。

上次表演赛的时候,他其实就上过几个热搜,其中有一条就是讨论他女朋友到底是谁。

也有人顺着他的微博关注列表扒到了盛意的账号,然后紧接着他们又发现,盛意和一个叫"汪酱"的画师疑似在谈恋爱,于是就把她排除在外了。

虽然,也有一小部分人疑惑过为什么汪酱和望江的名字这么像……但他们也觉得这不过是巧合罢了。

所以,此时江妄被拍到和一个女生在一起,而且那个女生长得还很漂亮,众人顿时对此猜测纷纷。

盛意听完林昭昭的话,把通话切到了后台,打开微博,这条新闻在热搜榜上的排名竟然还挺高。

她点进去,第一条就是那几张偷拍的照片,女生的正面也被拍了下来——苏离将头发都绾到了脑后,脸上化着很精致的妆容。

林昭昭问:"上次不是说是误会吗?怎么江妄跟苏离还有联系?"

盛意应了一声,又往下翻了翻网友的评论,大部分都是说女生挺好看的,只有少数的人质疑道:

"感觉不是女朋友吧,你们看望江的手,明显在避着这个女生啊,而且他表情也过分冷淡了。"

"望江什么时候不是这副死人脸?"

"但他上次提起他女朋友的时候明显很温柔啊,感觉如果旁边这位是他女朋友,他不太可能是这副表情吧。"

等不到盛意的回答,林昭昭又说:"之前的事你问江妄了吗,他跟苏离到底什么情况?"

盛意说:"没具体问。"

"你真的是……"林昭昭像是有些恨铁不成钢,"这种事你怎么能不问清楚呢?"

盛意抿着唇没说话。办公室里也很安静,许是都猜到她这会儿可能心情不好,所以大家说话也都改成了窃窃私语。林昭昭还想说什么,但她那边好像来了客人,她只好说:"晚点儿再跟你说,你记得问问江妄。"

盛意说:"好。"

林昭昭又说:"反正,别多想,就只是接个机而已,又不是怎么样了。"

盛意又应了一声"好",林昭昭才不放心地挂了电话。

挂掉电话后,盛意又在原地站了两分钟,才回到自己的工位上。

周围的人看见她,估计是想安慰,但是又不知道该说什么,每个人的眼神里都带上了几分同情。

盛意揉了揉自己的脸。

其实她不是不信任江妄,相反,她特别信任江妄,知道他不可能是那种朝三暮四的人。但苏离在她与江妄的关系中是一个太过特殊的存在,所以她很难做到完全不受影响。

她叹了口气,虽然林昭昭千叮咛万嘱咐让她问问江妄,但不知是出于怎样的别扭心理,她始终没有发问。

她和他的对话还停留在上午他登机前,她将两人的对话框来来回回刷了几遍,坐在旁边的林小木突然推来一块抹茶千层。

是外卖小哥刚送上来的。

盛意侧过头,林小木颇有些不自在地说:"请你吃蛋糕。"

蛋糕还冒着冷气,盛意接过勺子,没有拒绝她的好意,笑道:"谢谢。"

林小木想了想,又说:"其实,怎么说呢?虽然我对组长喜欢你这件事感到很不服气,但是我觉得,你不用管那种新闻,组长他不可能对除你以外的女生有什么意思的。"

她刚开始还吞吞吐吐显得矜持得很,说到后面,直接把自己的椅子拉到了盛意旁边,语气特别豪放地说:"实不相瞒,那天我们聚会的时候,我跟他表了个白来着。"

盛意睁大了眼,这个她倒是没有听说。

林小木看盛意惊讶,说道:"你看,你不知道这件事吧,组长压根儿不愿意让这种事打扰到你。他肯定也没说他那天是怎么夸你的……"

她学着江妄的语气,将江妄那天说的话又学了一遍,虽然中间有些句子与原话有一些出入,但大体上就是那么个意思。

林小木说:"我当时真的无语了你知道吗?我不过就是表个白,结果,表白失败了就算了,还被他喂一嘴狗粮!"

说到这里,她又看了盛意一眼:"不过,说这些不是因为我认同他夸奖你的那些话,我就是觉得,他那种人,感觉能让他动心就已经很难了,更别说让他去欺骗、玩弄别人的感情,搞劈腿这一套。"

"不可能的。"她又补充。

坐在旁边的肖梦不知道什么时候也凑了过来,深有同感地点了点头。

盛意打开抹茶千层，挖了一勺送到嘴里，抹茶的清杳瞬间在她嘴里四散开来。她弯了弯眼睛，说："你说得对，如果他是那样的人，那天晚上不可能拒绝你的。"她语调松软，说得煞有介事。

林小木的脸红了红："你怎么知道我本来想说这个？"

肖梦在一旁无言地叹了口气，然后扯着林小木的椅子把她抓了回去。

办公室里的其他人见盛意脸上终于露出笑容，也都松了一口气，斟酌片刻，都开始七嘴八舌地安慰她。

大概意思都是说江安不可能是那种人，其中肯定有什么误会。一向抠门的孟平甚至还给整个办公室订了下午茶，盛意看着自己办公桌上堆满的甜品，一时有些哭笑不得。

但哭笑不得的同时，又觉得很窝心。

当时来这里工作，一是为了江安，二是想给自己找个临时的事情来填充这段时间的空闲，没想到竟然能收获到这么多珍贵真心。

那天他们下班也很早，因为早上走得匆忙，盛意先是回到老街简单将那里收拾了一下才回自己家里。

收拾东西的时候，许是因为早上两人还在这里你侬我侬，此时却只剩下自己一个人，加上江安自从离开后就一直没有联系她，所以盛意又难免心情低落起来。

她搬了把椅子坐在院子里看了会儿夕阳，正要走时，突然有人敲响院门。

盛意打开一看，竟然是红毛。

他这么多年变化也挺大，头发染成了黑色，个子好像也拔高了一点儿，身形瘦而长，这样看起来，竟然很清秀。

她一开始其实没认出是红毛，但他一眼就认出了盛意，犹豫着唤道："嫂……嫂子？"

盛意迷茫地看着他，红毛道："我，原初南，忘记了？"

盛意在脑海里搜寻很久原初南这个名字，才模模糊糊摸出一点儿头绪来。

原初南将头往里探了探，问："江哥呢？"

盛意说："去京市了。"

"这么快？"原初南说，"我刚从外面回来，听说他最近在家，本来以为能见见的。"

盛意说："今早刚走。"

原初南看了她一眼，问："嫂子最近住在这里吗？"

盛意说："过来帮他整理一下东西。"

原初南点了点头，又说："没想到这么多年了，你们竟然还在一起。"

他当年就误会了他们的关系，盛意张了张嘴，想解释，又觉得解释起来太

275

麻烦,只好说:"嗯,你变化倒是很大。"

原初南闻言,许是也想起了当初两人初次见面的场景,有些不好意思地挠了挠头,说:"那时候小,不懂事儿。"

盛意也笑了。

太阳已经落了下去,路灯渐次亮起,小巷里又被拢在了一片焦糖色的滤镜里。

晚风吹过来,盛意探头往院外看了一眼,这个巷子里住的大多数都是老人,几个爷爷拿着收音机,正从巷口的水果摊往家走。

应该是到了吃晚饭的时间,老人的集会结束了,要回家吃饭了。

偶有儿童背着书包从远处跑过来,身后跟着大人的叮嘱:"跑慢点儿——"

盛意想起,以前念书的时候,老师总爱用各种词汇极尽渲染,说这一片太乱了,坏人很多,让他们不要单独过来。

然而,这里生活的也不过都是一群普通人罢了。

原初南顺着她的视线也看了过去,他说:"小时候,最最开始的时候,江哥其实不住在这边,差不多每个周末的时候才会过来,那时候附近的小孩儿都可羡慕他了。

"他从那时候开始就跟我们这里的所有小孩儿都不一样,总是穿着干干净净的衣服,头发也梳得一丝不苟。

"后来苏姨去世,江清远又发疯。"

以前他称呼江清远,好歹还会说一声"江哥的爸爸",这会儿竟然直呼其名了。

他说:"那时候,小孩子吧,看着自己心里高高在上的人摔下来了,难免会幸灾乐祸一番,所以当时江哥在这一片还挺受欺负的。

"一开始他白白净净瘦瘦小小的,被欺负了也不知道要还手,但他也不去跟大人告状,也就奶奶经常对着他身上的瘀青流泪,然后一家一家去敲门,让大家管管小孩儿。"

"但小孩子——"他笑,"反正当时大家表面上答应了,但私底下欺负他欺负得更凶了。然后有一天,他不知道是烦了还是怎么回事,突然反扑回来,他当时那个样子……

"怎么说呢,特凶、特狠,不顾一切的样子,拿起旁边的木棍就直接下狠手打,而且还是那种伤敌一千自损八百的打法,不要命似的,当时所有人都被他吓到了。

"那之后,再也没有人敢欺负他了。"

他的语调很慢,人们会自动在脑内为回忆添加一层美好滤镜,所以,说这些话时,他其实是笑着的。

但盛意却听得心一阵阵揪着疼。

她想起她第一次在这里遇见江妄，他身上就带着伤，看着挺严重，但他仿佛毫无感觉似的。

而在她未曾遇见他的那些日子里，小小的少年，又是经历过多少难挨的时光，才长成后来的样子呢。

原初南在江妄家没待多久就离开了，盛意拿好自己的东西，锁好院门，开车往景德巷走。

还在路上的时候，陈静冉给她打了个电话，说家里的止痛药没了，让她去药店买点止痛药。盛意欲言又止，想了想，还是问道："最近感觉怎么样？"

"还能怎么样？"陈静冉问道。

盛意沉默了一会儿，陈静冉直接把电话给挂了。

距离景德巷不远的地方就有一个药房，盛意先找了个地方把车停好，随即才走着去药房。

拿完药出来的时候，江妄的电话正好打了过来。

药房开在马路边，路上都是来往的行人，盛意走到边上，看了一眼手机，想了一会儿，没有立马接电话。

主要是不知道该如何面对他。

说不介意是假的，而且，早上出门的时候，他明明说到地方以后就会给她打电话，可明明他下午就到了，但直到现在才联系她。

她的手机之前在公司的时候设了静音，直到现在还没改回来。

这会儿，她就看着屏幕静默着亮起，又自己灭掉，然后再次兀自亮起。

3

陈驰坐在对面，看着江妄窝在椅子里，脸上情绪看起来不太好，一遍一遍拨着电话。

热搜上的新闻他也是才看到，主要他们都不是喜欢网上冲浪的性格，还是大款突然说江妄上热搜了，他们才发现这件事。

接到江妄之后，他们先去联盟那边办了点事，然后几人又去吃了饭才回俱乐部。

江妄的手机在路上没电了，一直没找到地方充，刚刚才连上，就听大款说了这个事儿。

热搜已经降到末尾了，但江妄的手机刚开机就收到了来自好几方的质问——孟平他们几个的、李临的，还有谢乔的。

江妄按了按额角，第一反应就是给盛意打电话。

虽然她总是表现出一副很大度很善解人意的样子，但江妄看得出来，小姑

277

娘其实很敏感，有什么心事喜欢往自己肚子里吞，怕他会觉得她多事。

虽然，他最近已经很努力地给她安全感，但这种事情从来就不是一朝一夕能促成的，不然，她也不会一整个下午都没有主动来问他这件事。

结果他电话打过去，她没接。

他又打了一个，她还是没接。

江妄叹了口气，给她发了条微信。

男朋友：下午手机没电了，刚刚才充上电。

男朋友：我看到热搜了，不是那样。

盛意指尖停在输入框里，看到他又发来一条。

男朋友：盛意，接电话。

盛意收回打字的手，果然，下一秒他的电话就打了过来。

盛意犹豫了片刻，接通。

她已经走到家门口，却没有立马进门，而是走到河边的长椅上坐了下来。

这个点景德巷很热闹，到处都是来往的游客。

江妄见她终于接了电话，松了一口气。

他低声叫她的名字："盛意？"

盛意"嗯"了声。

江妄低着头，手里捏着一颗薄荷糖在玩，他抬眼，淡淡扫了陈驰一眼，陈驰立马心领神会地出了门。

直到陈驰把门关上，江妄才轻声问："生气了？"

"没有。"

江妄说："我不知道她会过去。"

都是陈驰，苏离求了他两句，他就把江妄的行程透露给了她。

江妄说："也没发生什么，就说了两句话，然后陈驰他们就来了，我就跟着他们走了，之后也并没有在一起。"

盛意不说话，他就主动解释："从以前到现在，从来都没有对除你以外的人有过什么想法。"他说到这里，陡然想到，那天晚上谢乔说，听简希说，有一天不知道盛意究竟发生了什么，那天晚上她哭得凶，眼睛肿了好几天才好。从那之后，她就没再主动关注过跟他相关的消息了。

他皱了皱眉，一段快要被他遗忘的记忆陡然涌入脑海。

好像是他加入青焰的第二年还是第三年，俱乐部办庆功宴，然后不知道苏离是怎么跟陈驰认识的，总之那次陈驰把苏离带了过来。

玩游戏的时候他输了，惩罚是发一张他和苏离的照片到朋友圈，并配上一个心形的表情，他当时没想那么多，发就发了，过了游戏要求的时限，他就又顺手删除了。

当时也有几个朋友跑来问他是不是谈恋爱了,他也一一给他们回了过去,说只是在玩游戏,但没有在朋友圈特地去解释这件事。

他性格就是如此,那时坦坦荡荡一个人,没有顾虑,因而并没有把这些细节放在心上,却没想到,自己那时无心的一个举动,却约等于直接摧毁了一个女孩坚持多年的信念。

爱很牢固,但有时又很脆弱。

江妄张了张嘴,话哽在喉咙里,心里情绪一时复杂万千,竟然不知道要怎么开口。

确定自己喜欢盛意这件事之后,他就觉得自己生命里的遗憾越来越多,太喜欢一个人的时候,好像怎么喜欢都不够。

江妄倾身将那枚薄荷糖扔到桌子上,转而把桌边的打火机拿了过来。

盛意却好像能猜到他要干什么似的,她说:"你又要抽烟。"

江妄烟盒刚掏出来,闻言动作一顿,笑道:"怎么知道的?"

盛意说:"听声音像。"

她应该是把他的话听进去了,情绪听起来好了一点儿。江妄把烟盒和打火机又一起扔到桌面上:"不抽了。"

盛意说:"你抽不抽跟我也没有关系。"

"怎么没有关系。"江妄说,"怕你生气,所以心情很烦,烦了就想抽烟。"他的嗓音拖长了点儿,像撒娇一样的。

盛意说:"你不要道德绑架我。"

江妄就笑,外面有人敲门,几个青训生将门扒了个缝正往里面看。江妄皱了皱眉,给他们递了个眼色,其中一个人用气音小声地说:"队长,需要您、您的帮忙!"

江妄笑骂了一句:"刚来第一天就不让我闲着。"

盛意问:"你那边要开始忙了吗?"

江妄有些无奈地"嗯"了声,又说:"不是道德绑架,是在哄女朋友。"

这人,给他一点儿好脸色,他就又开始不正经。

盛意把装药的纸袋搭在自己的腿上,垂下眼睛说:"我要回家了。"

江妄问:"还在外面吗?"

"在门口,刚刚去给小姨买药。"

"小姨最近身体怎么样?"

"说不好。"说到这个话题,盛意的情绪不由得又低了下来。

训练那边催得紧,江妄跟着那几个青训生往走廊另一头的训练室走,走廊里很安静,只能听见几个人"哒哒哒"的脚步声。

江妄疑惑,安慰的话压在嘴边,就又听盛意说:"今天下午,我其实没有生气,我一直都……相信你的。但是,可能因为苏离也喜欢你,嗯……我不知道怎么说,反正就是,我并没有生气,但是我也不知道自己到底怎么回事,好像还是有点儿不开心,但不开心不是针对你,是我自己的问题。"

她说:"虽然总觉得自己即便谈恋爱也肯定是一个特别理性的人,但是抱歉啊,我好像还是做不到完全的理性,会因为一点儿小事而有小情绪,虽然我已经努力克制了,但那些情绪还是会悄悄跑出来,到头来还要你来安抚我。"

盛意低着头,一点儿一点儿试着同江妄剖白自己的想法。

虽然她常常兀自纠结、烦恼,但同时,她又是那种不喜欢把所有事情都压在心里的人,尤其是面对喜欢的人的时候。

但也正因为面对的是自己喜欢的人,所以她下意识地便要从自己身上找原因,生怕自己稍微任性一点儿,就会消磨掉对方的耐心。

江妄脚步微微一顿。

他已经走到训练室的门口,那几个青训生见他停下来,也跟着他一起停了下来,江妄摆了摆手,示意他们先进去。

他往后退了几步,靠在墙边,看着对面贴满他们海报的墙面。

"盛意。"半响,他哑声道,"你是不是……"他话说到嘴边,又改了口,他无奈地叹了口气,声音里压着点低低软软的笑,"你是不是,故意想让我工作不下去?"

训练室的门虽然关上了,但在外面仍旧能听见他们切切嘈嘈的说话声。

江妄低着头,目光落在自己的鞋尖上。

夏天越来越近了,他们的俱乐部在郊区的一处山脚下,山风习习,晚上能听见虫鸣声。

虽然盛意已经努力让自己的语气听起来很漫不经心了,但一字一句仍旧如硕大雨点一样落在江妄心头,水珠带着股沁凉的温柔,她的语气也是柔和的,说到某些字眼时,许是为了让他不要有压力,所以她会刻意带上一点儿舒缓的笑意。

江妄的心忽地被揪得很紧,若有似无的心疼一点儿一点儿侵蚀着他的胸腔。

他顿了片刻,又往旁边走了些,走到一处小小的回廊处。

盛意听完他的话后,有些迷茫地"欸"了一声,江妄说:"其实我有点儿生气。"

"我的女孩那么小心翼翼,明明不是自己的错也要往自己身上揽,这是对我们感情的不信任。"他的嗓音压得很低,通过微弱电流传过来,莫名蛊惑人心。

盛意靠在椅子上,身后人潮熙攘,她的心脏倏地往下一沉,她抿了抿唇,不知要如何接话。

江妄说:"但我生气想要发脾气的时候,突然意识到,这是我自己的问题,没有给到喜欢的人该有的安全感,明明是我的错;被拍到跟别的女生一起,还上了新闻,被人错误解读,却没能第一时间跟女朋友解释,也是我的错。

"明明是我的错,却还要我们盛意来跟我认错,怎么会有人能够忍受我这种男朋友。

"很怕时间久了,盛意同学觉得累了,烦了,就离开我了。所以,可不可以请我们盛意以后尽情对我发脾气,不开心了就尽管让我跟你一起分担,被欺负了也尽管找我告状,如果欺负你的那个人是我,你就放心放肆地来骂我。

"如果敢不承认错误,我就是狗。"

最后一句话带了笑,声音里带着浓浓的轻哄意味,但他的态度又那样认真。

盛意眨了眨眼,又听江妄说:"小姑娘很爱哭啊。"

虽然隔着千山万水,但他好像已经能够完全猜出她的反应。盛意吸了吸鼻子,破涕为笑:"谁哭了?"

江妄说:"我。你没有接电话的时候,我快急哭了。"

盛意说:"是手机的错,都怪它没电了。"

"嗯,等一下就把手机扔了。"

盛意说:"你不要想趁机换手机。"

江妄就轻轻地笑,盛意回头看了一眼自家的门,问他:"你是不是要去忙了?"

"嗯。"江妄开门看了一眼,小崽子们表面都在专注着自己面前的电脑屏幕,眼睛却早就飘到了他这里,他说,"小孩儿都在看我怎么哄女朋友呢。"

盛意捏了捏自己的耳垂,说:"我要挂电话了。"

江妄说:"好。"顿了顿,又道,"记得看一下微博。"

盛意"嗯"了声,挂断电话,推门进去。

陈静冉正靠在沙发上小憩,盛意打开灯,她被盛意闹出的动静吵醒了,眯起眼睛。

盛意问:"怎么不回房间睡?"

陈静冉问:"几点了?"

"快八点了。"

"这么晚了……"陈静冉嘀咕了一声,"本来要做饭的,太晚了,吃点儿外卖吧。"

盛意把药放在桌子上,去厨房里洗了洗手,说:"外卖也要等,我简单炒两个菜好了。"

陈静冉想了想,应下了。

简单的家常菜不费什么时间，差不多半个小时，盛意就做好了。等吃完饭回到房间，她才想起之前江妄让她看微博，她竟然忘记了。

这会儿，消息那一栏已经红成一排。

盛意的生活号里平日没什么人关注，这会儿突然多了许多关注的人，私信框里还不停进入新消息。

盛意点开看了一眼，发现刚刚两人打电话的时候，江妄发了条微博。

@青焰-望江：都怪你们瞎配对，哄女朋友哄了好久。@再不写论文就吃胖

底下的配图是两人的通话界面截屏。

盛意的微博名字还是她硕士毕业那一年改的，后来一直用着。

此时评论区被一排排感叹号刷满，盛意打开自己的微博，最新那一条的评论区也被大家刷爆了，说的话都差不多，大意就是：围观嫂子。

盛意退出来，给江妄发了条微信：我看到微博啦。

他估计在忙，没有立马回复。

盛意关上两人的对话框，发现苏离给她发了一条微信。

看着这个很久没有在她的聊天框里出现，久到她还以为对方已经把她拉黑了的头像，盛意脸上神色复杂了一瞬，点开。

苏离：在吗，聊聊？

盛意叹了口气，没有回复她。

等了一会儿，许是看盛意没回复，苏离又自顾自地发了一串消息过来。

苏离：我听江妄说了，你们在一起了是吗？什么时候的事儿啊，感觉好突然，记得前不久问他，那时候还是单身。

苏离：今天的事，我听陈驰说你生气了。你别介意啊，当时我就是听说他回京市了，想见见他，不知道他有女朋友了。

苏离：他这个人也真是的，有女朋友也不提前说，圈里人之前都不知情，也没人告诉我，不然他也不会发生今天这样的误会。

她那边还显示着正在输入，盛意顿了两秒，把之前表演赛后江妄的采访链接发给她。

盛意：不知道你说的是哪个圈子，但他说过的，可能你们都不喜欢看新闻吧，哈哈。

随之，盛意又把江妄今晚那条微博也截了图，发过去。

盛意：至于今天的误会，你也不要放在心上啦，江妄已经跟我解释清楚了。

一口气发完，她就摁灭了手机，仰面躺在床上，深深地叹了口气。

苏离那些话，表面看起来是在跟她解释，但话里又分明藏着很多陷阱，不知道苏离是以为她看不出来，还是有意硌硬她。

她平日里是懒得跟人计较，但也不代表就喜欢被人欺负到头上。

可能因为白天太累了,她在床上躺了一会儿,不小心竟然睡着了。

半梦半醒间,她又梦到了那年在浔江学画画时的一些场景。

那年冬天下了很大的雪,苏离来浔江找江妄,晚上因为没有地方去,盛意收留了她。

那天晚上两人断断续续聊了很多话题,最后苏离对她说:"盛意,你不能喜欢江妄。

"如果你喜欢江妄,我就祝你永远不能得偿所愿。"

盛意猝然睁开眼,梦的最后,苏离一直在重复这句话,一会儿是她高中时的样子,一会儿又是她现在的样子。

盛意抚了抚胸口,压下梦境带来的心悸,转头看了一眼床头的钟表,竟然已经十一点多。

陈静冉应该已经睡下了,楼下的灯都关上了,外面的游客也没多少,只有零零散散几个人还在夜色里行走。

盛意拿起手机看了眼时间,发现江妄在十分钟前给她打了电话。她眯了眯眼,给他回过去。江妄说也没有什么事,就是看她一直没回微信,以为她发生了什么事。

盛意把通话切到后台,打开微信,才发现江妄给她发了好几条消息,都是工作结束后发的,也没有什么重要的事,都是一些琐碎的闲话。

她应了一声:"本来在等小姨洗完澡后再去洗澡,没想到等着等着就睡着了。"说着,她看到两个小时前,苏离也回了她微信。

苏离:那就好。

估计是看她没回,等了一会儿,苏离又发来一条。

苏离:我刚刚突然想起来,你还记得我们高中那会儿吗?那时候你还骗我,说你不喜欢江妄。

苏离:我当时就感觉你对江妄很不一样,果然被我猜对了。

盛意攥着手机的手微微一紧,江妄察觉到她的情绪不对,问:"怎么了?"

许是因为梦中惊醒,人就会变得格外脆弱,盛意抿了抿唇,说:"没什么,做了个噩梦。"

"梦到什么了?"

"梦到回到了高中的时候,有个人跟我说,如果我喜欢你,就让我永远不能如愿。"

因为心里的惊惶太甚,她的嗓子也跟着干得厉害,江妄顿了片刻,说:"梦都是不准的。"

不等盛意说话,江妄又说:"能不能如愿,不是别人说了算的,是你和我。"

盛意说:"嗯。"

江妄:"不要害怕。虽然我以前一直觉得爱情没有什么好的,你看,我父亲其实很爱我的母亲,但是他还是做着伤害她的事情。我一直害怕我变得和他一样,所以对爱情始终没有什么向往。但是,那时发现喜欢你,我也没有去抗拒……"他笑了,"总之,我就是觉得,这么好的人,我怎么抗拒得了啊。我应该遇不到第二个这样的人了吧?"

他将声音拉长了些,音调好软,语气里带了几分做作的撒娇意味。

盛意也忍不住笑了起来:"你还想遇到谁哦?"

江妄说:"嗯,不可能遇到了,所以,不可能变的,也不可能存在什么不能如愿。"

转来转去,还是为了安抚她。

盛意缓了一会儿,因为噩梦而乱起来的心终于平复了一些。她抿了抿唇,想到什么,忽然问:"老实说,你真的从来没有喜欢过苏离吗?对她一点儿也没有动过心?"

江妄闻言,微微拧眉:"为什么会这么想?"

盛意顿了顿,说:"我就是突然想到,高二那年有一次英语竞赛,那天出考场的时候,你突然问我是不是跟苏离走得很近……"

原本她都快把这一茬儿给忘记了,许是因为刚刚突然梦到高中时候的事情,于是,关于苏离的一些片段又一次浮现于她的脑海。

江妄默了片刻,记忆里好像是有这么一回事。那几天,苏离频繁在他面前提起盛意,但并不是什么夸赞的话,那些话表面听起来很普通,但字字句句又分明在抹黑盛意的形象。

那天考完试他跟盛意一起去画室,突然想到这件事,便出声提醒了她一句。

到底是女孩子之间的事情,他不便多说,只隐晦地这么问了一下,还以为盛意日后跟苏离相处时会稍加留意一下,未想她的理解全偏到了另一个方向上。

江妄叹了口气:"没有,我从来没有对除你以外的任何人动过心。"

他又将这句话重复了一遍。

江妄说完,压在盛意心头的那块大石头终于完全落了下来。她不由得弯了弯眼睛,软着声音说:"我知道啦。"

他们又聊了几句就挂了电话。

挂了电话后,盛意看到苏离又发了新的微信过来。

许是因为刚跟江妄打过电话,所以那些先前还令她惊惶不已的话语,这时好像突然间全失去了效力。

她这会儿再看苏离那些话,只感觉到一股深深的无奈与疲惫。

她想了想,回复了。

盛意:是,我那时就喜欢他,但没有谁规定,喜欢一个人,就必须要昭告全世界。

　　盛意：所以，我想，我并不需要针对那时的保密而对你有什么歉疚，正如你选择告诉我一样，我也可以选择不告诉你。毕竟，你告诉我，也没有经过我的同意不是吗？

　　盛意：另外，如果想祝福，我收下，其他的，就算了吧。

　　发完，她就把手机留在卧室充电了。

　　陈静冉已经睡下，怕把她吵醒，盛意蹑手蹑脚下楼，洗澡的动静也都是小小的。

　　洗完以后，她拿起手机，发现苏离果然没再回她。

　　她吐了口气，倒向床上，睡前，给江妄发去一句"晚安"。

第十三章·未来
江妄会喜欢你很多年

1

六月中旬,山海联盟职业联赛夏季赛就正式开始了,赛程一共持续了两个多月,虽然中间经历了一些小波折,但青焰还是如愿拿到了参与国际赛的资格。

结果出来的时候,盛意刚从公司里出来,正在去机场的路上。

公司最近加班特别多,因为宋景明想尽快将这个游戏推出,有好几次,他们几乎熬了通宵。

中间休息的时候,盛意就窝在茶水间里给江妄打电话。

其余人路过听到里面的声音,都心照不宣地笑,等盛意回去后,林小木就在那儿感叹:"谈恋爱真好,好想谈恋爱。"

盛意瞄她一眼,说:"孟平不错啊。"

孟平最近对林小木展开了穷追猛打,像他们这种理工男,不开窍则已,一开窍,势头就特别猛,林小木的桌子上每天都放着一束鲜花。

盛意有一次跟江妄说起这件事,男人的胜负欲不知怎么就被勾了起来,第二天盛意去公司时,座位差点没被鲜花淹没。

盛意还没说话,孟平直接无语了,拿着手机就去控诉江妄,盛意只隐隐约约听见一句:"老大,我这追人呢,知道你跟盛意姐很恩爱了,够了吧……"

盛意揉了揉额角,无言半天。

那日,其实在江妄的电话打来之前,盛意就已经知道他们晋级的事情了。

国际赛一共就选出三个队伍去国外参赛,青焰正是其中之一。年初那段时间,青焰因为种种原因输了好多场比赛,这一次拿到国际赛资格,终于扬眉吐气了一番。

一堆人撺掇着陈驰去聚餐当作庆功宴,陈驰心里也高兴,不用他们说,他也早订好了餐厅。

结果要出发的时候,怎么都找不到江妄了,大款找半天才在陈驰的办公室里找到他。

陈驰不在,就江妄一个人在,靠在窗边,手里拿了一根烟,没点着,就在手里把玩着。听见开门的动静,他抬眼往这边看了一下,嘴里还在跟电话那头的人聊着天。

"嗯,你第一天才知道我厉害吗?"

有点儿得意的语气,像开屏的孔雀,大款的牙酸了一下,撇撇嘴,又听江妄说:"是,等下要去聚餐。"

"不好玩,这群人真的很无聊。"

"我也想你。"

声音越来越软,语调越来越黏,顺带着还人身攻击了一下他们。

大款站在门边狠狠翻了好几个白眼,才指指墙上的钟表,示意他可以出发了。江妄不耐烦地叹了口气,才对盛意说:"要准备去聚餐了。"

盛意说:"好,我也准备回家了。"

江妄说:"结束了再给你打电话。"

盛意"嗯"了声:"晚点儿见。"

那时,江妄还以为,晚点见的意思就是晚上再打电话,结果,等他们聚完餐回去,车子停在俱乐部门口的时候,大老远,大款就瞥见别墅门口似乎站了个人。

是个女生,个子不算矮,但也不算很高。

八月末的时节,夏天还留有一些余韵,但山里的温度普遍要比市区里低一些。

盛意来的时候只穿了一件针织短袖和长款阔腿裤,这会儿站在风里,有点儿凉。

她边用手搓着自己的胳膊,边跟林昭昭聊着天。林昭昭自从知道她大晚上的跑去了京市以后,就开始打趣她:"哟,千里追夫啊。"

盛意最近被她揶揄习惯了,口才也好了一些,回击她:"比不上沈致,看他朋友圈,又来南城了,他这个月来几次了?"

这话一出,林昭昭果然沉默下来。

盛意说:"我看他也挺真诚的,你也喜欢他,到底在犹豫什么?"

林昭昭说:"我也不清楚,总觉得没有安全感。"

盛意"欸"了声,林昭昭说:"我一直没跟你说过,他以前其实有个白月光,他一直跟我说他跟那个女生早就没有联系了,我问过他身边的人,也的确很久不联系了。

"所以,我也不是没想过跟他在一起的,我本来都下定决心了,那天去海市找他,我本来就是想说这个事,结果在机场看到他跟他那个白月光在一起,他手里还提着人家的箱子人家的包,忙前忙后,别提多贴心了。"

她顿了顿,又说:"他没看见我,我也没跟他打招呼,后来也从来没跟他说过这个事。他对我就还是这样,你也看得到,我知道他对我很好,但是那件事就像一根刺,卡在我喉咙里……"

听到这里,盛意就懂了,她想了想,说:"你有没有想过跟他问清楚呢?"

林昭昭说:"也不是没想过,但是……"

盛意说:"与其这样拖拖拉拉,不如问清楚,及时把刺拔掉,不管结果怎么样,总要有一个明确的结果。"

林昭昭沉默了一会儿,说:"我再想想。"

盛意"嗯"了声,还想说什么,远处便有刺目的车灯照过来,伴随着的,还有隐约的车声与汽笛声。

青焰人多,一共开了四辆车出门,车窗开着,山风呼啦啦吹过,大老远就能听见他们嘻嘻哈哈的说话声。

大款探着头,他视力不太好,仔细看半天,怎么看,怎么觉得别墅门口那个人看着有点儿眼熟,但又实在想不出来在哪里见过。他转头问旁边的人:"连我们都有'私生'了?"

"狗屁。我怎么觉得那人有点儿像大嫂呢?"

"你这么一说,还真是。"

大款从包里摸出眼镜戴上,边看,边用手肘去捣坐在旁边的江妄。

江妄最近太累了,一上车就歪那儿睡着了,刚刚那么吵他都没醒。一般这种情况下,是没人敢吵他的。

但大款太激动了,一时忘了他的忌讳。江妄被弄醒,皱了皱眉,不耐烦的眼神瞥过来,大款才一个激灵,弱弱说道:"大、大嫂来了。"

江妄脸上冷然的表情还没收,顺他的手指看过去,一眼就看到不远处路灯下正低着头不知在跟谁讲电话的女生。

电话应该已经讲到尾声,因为下一秒江妄就看到她把手机从耳边拿了下来,对着手机又捣鼓了一会儿,然后无聊地在路灯下来回走着。

她今天扎了高马尾,细细碎碎的刘海儿在额前浮着,因为距离太远,看不清她的面容,只看得见随着她的动作,马尾辫在身后也跟着一跳一跳,整个人看起来格外灵动可爱。

大款就眼看着江妄脸上的阴郁如夏日突然而来的一阵乌云一般,瞬间被风吹散,紧接着露出下面一层柔柔的光辉来。

江妄薄唇微抿，须臾，沉声道："停车。"

其余人直接将车开进了地下车库，等几辆车全从自己面前驶过去，江妄才不紧不慢地走向盛意。

结果没走几步，口袋里的手机就响了。

盛意刚刚注意力全在那几辆车上，许是没想到他们会直接进车库，怕跟江妄错过，她想了想，还是给他打了个电话。

江妄接通电话，听盛意问："你在哪里呢？"

她其实还不知道要怎么跟江妄说自己过来找他了，所以想先从别的话题切入。

夜越来越深，山风越来越凉，盛意的声音才发出来，便听见身后传来一阵落叶被踩碎的声音。

她微微一顿，福至心灵地想到什么，果然，下一秒便听男人低声说道："回头。"

盛意转过身，手机都忘记放下来。

江妄出门出得匆忙，也没有好好打理一下自己，就穿着一件黑色短袖衬衫，头上盖了顶渔夫帽。

渔夫帽是前不久盛意给他买的，她在网上无意间看见，觉得适合江妄，就去下了单。

盛意歪了歪头，目光落在他的帽子上，走过去，踮脚摸了摸他的帽檐，说："果然适合你。"

江妄顺手握住她，拉着她往别墅里走，问："怎么突然想起过来了？"

自从上次分开，虽然他们总说见面的机会很多，但真正忙起来后根本抽不开空去见面，每天能抽出一点儿时间打打视频电话都是奢侈了。

在江妄来之前，盛意其实设想过无数种两人见面时的场景，她觉得自己应该跳过去拥抱他，然后两人紧紧相拥互诉衷肠。

可真正见到后，她反而平静下来，心里的欢喜与思念好满好满，快要溢出来了。

可情绪越多，越不知道如何表达。

她站在一边，看江妄漫不经心开着锁，是指纹锁，他录入的恰好是牵着盛意的那一只手。

但他没松开，就保持交握的姿势，抬臂，开门。

进去时，那帮小子还没上来，江妄顺手摁开旁边的灯。

他们这一顿饭吃得久，加上来回在路上的时间，一共用了差不多五个小时。

因为走之前特意让阿姨收拾过，所以屋子里还算干净，江妄直接带着盛意去了楼上他自己的房间。

门刚关上,他就把盛意压在了门板上,男人的吻气势汹涌,还夹杂着几分将散未散的酒味,以及夏末秋初的淡淡凉意。

盛意压根儿没反应过来,提在手里的包落了地,手腕也被他钳制住,他汹涌的情绪毫无保留地朝她涌来。

盛意心里突地一跳,她被他咬得低低嘤咛了声,反应过来后,安抚似的,手反握住他的,乖乖仰起头,睫毛轻轻颤抖着,凭借本能去给他回应。

她的模样太乖软,又是许久未见,江妄的欲望来得突然,但现在不行,等一会儿,那帮小崽子上来,肯定要闹腾。

他有些烦躁地"啧"了声,松开盛意,但又不想跟她分开,想黏在一起,于是,他半个身子都压在她肩膀上。

"怎么突然来了?"他又问了一遍,这次,声音哑得更厉害了。

"想……想来亲自为你庆祝。"

江妄便低头闷笑:"原来是想我了。"

盛意抿了抿唇,目光在他的房屋里睃了一圈,旋即转头,谁知嘴唇正好擦过他的耳尖。鬼使神差地,她张开嘴,在那上面轻轻咬了一下。

男人的耳朵肉眼可见地红了起来,同时,整个身子也都跟着僵住,他紧紧握住盛意的手。

"盛意,不要再撩我了。"

盛意眨了眨眼,辩解:"我没有……"

江妄还想说什么,外面忽然响起一阵哄闹声,下一秒,他的门便被敲响。

他们动静大,盛意的后背都被震得麻了一下。

隔着这样一道门的距离,羞耻便好像瞬间被放大了般,盛意脑子"嗡"的一声,手想往后抽,偏偏江妄还不放手。盛意快急哭了,踮脚去亲他,从鼻尖亲到嘴角,再到下巴。

"求你。"她说。

她只是下意识想要讨好他,未意识到这样的行为只会更加激发他的欲望。

江妄本来只是想逗逗她,谁知被她毫无章法的行为弄得火气更甚。他有些哭笑不得地叹了口气,放开她,嘴唇落在她的额头上,轻声喟叹:"真的拿你没办法。"

盛意一得空,就连忙从他怀里跑了出来,一直站到距离他一米远的地方才停下。

江妄本来都打算开门了,瞧见她的动作,心里那股不爽突然就冒了出来。

要不怎么说谈恋爱会让人变得幼稚呢?

江妄卸下手腕上的手表,不紧不慢地走向盛意。盛意看他的表情就知道自己又闯祸了,她可怜巴巴地看着他,咬住下唇,特别没骨气地唤他:"江妄。

"江妄哥哥。"

"我错了。"

一声比一声软。

江妄问："哪儿错了？"

盛意想了一会儿，说："等、等他们走了，随便……随便你怎么样……"

她羞耻得全身都在轻颤。

江妄隔着一小段距离似笑非笑地觑着她："随便我？"

盛意只想他快点开门，连忙胡乱地点点头。

江妄又看了她两秒，还是走了过去。

盛意已经退到了他的床边，再往后，就没有更多可退的空间了。

她瞪大了眼睛看着他，然后就看见江妄在她跟前停了下来，低下头，又一次捏住了她的下巴。

"深呼吸。"

盛意不明所以，江妄的拇指往上移了移，蹭了下她烫得吓人的脸颊："这里太红了，他们看到，肯定要以为我们在里面怎么了。"

盛意的脸腾地更红了。

江妄乱撩一通的结果就是，那一晚上，在回房间之前，非必要情况，盛意都没有搭理他。

因为一直等不到他们两个出门，大款等人互相对视一眼，就直接去楼下等了。

五分钟之后，众人才看到他们家队长慢慢悠悠下来。盛意跟在他后面，虽然刚刚她已经努力让自己的脸看起来别那么红了，但这种东西不是她想降就能降下来的，最后，她只能整理一下自己被江妄弄乱的衣服和头发，跟着他走出去。

大家都是血气方刚的年纪，平日里在一起，除了聊一些游戏与比赛相关的事，也会讲一些没边儿的浑话。

等江妄的过程里，他们虽然不敢说出来，但在群里早就聊开了。

"队长真的不是人。"

"就是就是，这么一会儿的时间都不放过。"

于是，等江妄下来时，就看到这几个人皆用着一种奇异的眼光看着他，一旦他瞥回去，他们就立马将眼神收起来，转而看向盛意，脸上长了花似的，一个比一个笑得甜。

"大嫂好！"

"大嫂来庆祝我们进国际赛的吗？"

盛意平日里跟在付恩锦身边出席一些讨论会时，其实也会面对这种场面，故而，除去最开始的害羞之后，她很快就掌控了整个场子，游刃有余地跟大家聊起来。

众人之前就知道她不怎么玩游戏，故而也有意地避开了游戏的话题，转而去讲一些关于京市的旅游趣事等，但偶尔不小心带出一点儿游戏的话题，出乎他们意料的是，盛意竟然也能毫不怯场地接几句。

大款越跟盛意接触，就越觉得他们这个大嫂真不错。他转过头，看到自从大嫂来了以后就被冷落在旁边贵妃椅上无人问津的队长，长长叹了口气，问出了他从很早之前就很想问的一句话。

"大嫂到底是怎么看上我们队长的？"

虽然他们队长人长得很帅，又有钱，但谁不知道他性格差得要命，之前每一个接近他的女孩，都因为跟他聊天聊不下去而放弃了。

而且，他们这个工作吧，虽然现在的年轻人普遍都能接受了，但父母辈的人其实都觉得很不稳定，所以往往，即便女孩子觉得跟他们在一起很好，有时也会被父母劝退。

盛意听见大款的问话，下意识侧头瞟了江妄一眼。因为心里还憋着气，她本想故意"抹黑"他两句，谁知还没开口，忽而听见江妄淡声道："嗯，特别不容易。"

"怎么说？"

江妄说："第一次跟她表白的时候，还被拒绝了。"

他一点儿也不怕被人当成八卦对象，坐在那里慢条斯理地将他与盛意是如何在南城重逢的，他又是如何喜欢上盛意的，后来两人一起出差，他又是怎么被盛意拒绝的……一一给他们讲了一遍。

这些心路历程盛意自己都没听江妄说过，她一时愣在了那里。

等江妄讲完，已经差不多凌晨一点了，众人意犹未尽地离去，客厅里便只剩下盛意和江妄两个人。

许是太累了，盛意听到后面，到底是没扛住，睡着了，江妄走过去抱起她，沿着楼梯往上走。

可能因为最近加班加得太多了，她好像又瘦了一点儿，腰本来就一双手就握得过来，现在好像又细了一点儿。

江妄的手停留在她的腰上，心里已经开始思考明天要带她去吃什么东西。

走到一半，又听见她不满地嘟囔："江妄，你又欺负我……"

竟是连梦里都在控诉他。

江妄无声地笑了笑，开门的时候，许是因为睡得不舒服，盛意终究还是悠悠转醒。

二楼走廊里的灯没有开，他们每个房间都有独立的卫浴，盛意眯了眯眼，就着昏黄的灯光去看江妄。

因为刚睡醒，她还没弄清楚眼前的状况，伸手摸了摸江妄的下颌骨，软声唤道："江妄？"

男人低头，"嗯"了一声。

盛意说："我是不是在做梦？"

她鼓着腮帮子，这副模样傻气得可爱。

江妄扬了扬眉，毫不留情地道："不要以为你装失忆，我就会放过你。之前说过随便我怎么样的，嗯？"

男人精力旺盛，那天晚上，两人一直折腾到很晚才睡着。

好在其余人也都睡得很晚，第二天集体都起迟了，他们两人的晚起便也没有那么突兀。

因为周一还要上班，盛意在京市待到周日晚上就回南城了，其间她去研究院看了一下付恩锦，以及研究院里的师兄师姐们，江妄那两天刚好也空闲，就陪她一起去了。

师兄师姐们之前就听说过盛意谈恋爱的消息，一开始盛意在群里说自己会带着男朋友过来的时候，这帮人就说要好好整蛊一下她男朋友，结果一看见江妄的脸，他们心思就全都歇了。

尤其几个师兄还是望江的技术粉，见到人后，便兴致勃勃拉着江妄开始讨论游戏战术，连饭间也不停歇。

盛意压根儿听不懂，无聊地坐在一边，又担心江妄光顾着说话没空吃饭，便故意跟付恩锦告状："师兄，是不是想跳槽啊？"

师兄瞪她一眼："这么护短？"

盛意夹起一块排骨放进江妄碗里，故意做出一副无可奈何的模样："自己的男朋友，当然要宠着。"

酸得几个人直翻白眼。

吃完饭后，大家又沿着长街散了会儿步。他们好几个月没见，有很多话要聊，但说的最多的还是研究所里最近的工作进度，盛意仔细听着，又怕江妄无聊，时不时就跟他解释两句专有名词。

他们吃饭的地方离盛意的学校不远，与付恩锦一行人分开后，盛意又带着江妄在学校里走了一会儿。

这个点校园里的人还很多，十几二十出头的少男少女并排走在夜色里，盛意挽着江妄的胳膊，穿梭在人群中间，一一给他介绍自己当初上课的地方。

讲到某些好玩的地方，她眉飞色舞，眼睛发亮，江妄一会儿看路，一会儿侧头去看她。

盛意被他盯得脸颊发烫，话讲到一半，突然伸手去遮他的眼睛，谁知手指刚碰上他的眼皮就被捉住。

江妄说:"感觉错过了我们盛意很多好时光。"

他语带喟叹,似是真的很遗憾的样子。盛意愣了两秒,弯了弯眼睛,说:"没关系呀,以后还有好多好多好时光。"

话虽然这样说,但回南城那天,她还是情绪低落了好久,低落到江妄差点要忍不住立马买张机票跟她一起回去。

人真的很奇怪,没在一起的时候还没有什么感觉,可一旦确定自己真的喜欢一个人后,好像就再也受不了她受委屈了。

不愿她有一丁点儿的不快乐。

他这样想着,竟然真的拿出手机开始查机票。

盛意被他逗笑,制止了他的动作,她低头摆弄着他的手指,问他:"国际赛什么时候开始?"

"九月中旬。"

"快了。"盛意说,"虽然很舍不得男朋友,但男朋友不仅是男朋友啊,男朋友同时还是很多人的江神。"

——是给很多人带去力量与勇气的望江。

她补充:"希望江神旗开得胜,能拿到自己想要拿到的好成绩!"

她眉眼轻弯,整个人看起来格外温柔与明媚。江妄垂着眼,说:"怎么办,好像更舍不得了。"

这次换成盛意给他承诺:"我会经常给你打电话。"

"每天都要视频通话。

"有什么事都要跟我讲,我不希望从别人那里听到你的消息。"

她语气柔和,跟哄小孩儿似的,江妄便笑,想了想,又说:"等比完赛,我就退役了,到时候可能回去继续做游戏,也可能留在青焰做教练,总之,那时时间就多了。"

盛意说:"那样的话,每天都见我,你岂不是会厌烦。"

其实心里并没有这么想,她完全就是在没话找话,江妄沉默片刻:"可能是你更快厌烦我。"

江妄开始翻旧账:"记得刚进公司的时候,你说,看我这张脸早就看够了。"

盛意自己都不怎么记得这件事了,没想到他竟然还记得,盛意"欸"了一声,想说什么,广播里已经催促登机,她收了话头,拉起自己的箱子,说:"我回去了。"

江妄说:"一路平安,到了给我打电话。"

盛意说:"好。"

她转身往里走,走到半路,突然想到什么,又回头叫他:"江妄。"

男人还停在原地没有走,单手插兜,遥遥看着她。

盛意说:"尽力就好,不要强求。"

她没有说这句话到底是指什么,但江妄听懂了她的意思,他愣了一瞬,点点头。

盛意顿了顿,忽然又跑回来,从口袋里掏出一张不知什么时候藏进去的字条,她递到江妄手里,然后才头也不回地走进安检口。

江妄低头,字条大概在她口袋里装久了,已经有些皱巴巴,但上面的字迹仍旧干净而娟秀。

他展开,看到上面是盛意用蓝色滚珠笔写的:

"我永远期待你。"

2

后来,那张字条被江妄塞进了一枚红色的锦囊里,比赛期间一直带在身上。

一开始大款他们还以为那是江妄去哪个寺庙里求的平安符,一个个皆在背后讨论,说江妄这次真的很重视这场比赛,竟然还特地去求了签。

结果有一次江妄换衣服的时候,锦囊掉了出来,大款好奇,拾起来看了一眼,才知道原来是大嫂写给队长的祝福。

于是一群人又酸溜溜地揶揄了江妄一番。

比赛之前,他们的训练反而没有那么密集,比起游戏,他们做得更多的其实是身体训练以及心理疏通。

国际赛决赛每年的场地都不同,今年的比赛安排在了韩国。

青焰的人提前两三天就坐飞机过去了,走之前,盛意原本想去送送他们的,然而公司的游戏早在一周以前就约好了配音老师录音。

因为角色众多,所以他们约的配音演员不在同一个城市,盛意先去了海市,紧接着才去了京市。

等她去京市的时候,青焰的人都已经走了。

那段时间盛意一直在搞配音的事情,录音看似简单,其实特别消磨人的耐心,每一句词每一段故事,她都要细细跟对方讲解,语气多一分太油腻,少一分又不够撩。她每天回到酒店时都累得快要吐血,原本以为即便不能去现场,好歹还能看看他们的比赛直播,但现在也因为这突如其来的工作看不了了。

好在网络上信息更新得快,盛意中途得空的时候看过两眼。

结果那天她打开微博,就发现首页几乎被"青焰输了"刷了屏。

很奇怪,电竞说小众很小众,但有时候又好像占据着人们生活的很大一部分。

盛意的目光触及其中几个字眼,心脏就开始突突直跳,她点开那条微博,仔仔细细将上面的文字看了一遍。

国际赛一共有六场，前面五场是小组赛，小组赛排名靠前的队伍才有资格进入决赛进行冠亚军角逐。

六场比赛一共分为三天完成，每天下午和晚上各一场，而头一天的两场比赛，青焰都以失败而告终。

这样的结果，对于青焰以及青焰的粉丝来说，无疑是致命的打击。

盛意打开微博的时候，第二场比赛刚刚结束，而网上已经质疑声一片。

"青焰这是……骄傲了吗？挺进国际赛就觉得自己很了不起了吗？最近真的有好好训练吗？"

"训练个屁，我看望江光顾着谈恋爱去了吧？今天的操作和战术真的不敢恭维。"

"有病吧，这关谈恋爱什么事？"

"有一说一，其实今天青焰的操作和战术也没什么大问题吧？赛场上输输赢赢都是正常的啊，各种意外情况都可能发生，也不必因为这一次就否定掉人家所有吧。"

"没有赢，只有输，谢谢。"

"楼上提醒我才想起来，望江可不就是从来没拿过国际赛的冠军，万年老二吗？这就是他的正常水平呗。是不是上个月夏季赛表现太好，让你们飘了，以为他多厉害呢？"

…………

盛意只看了几条就看不下去了。

网络世界就是这样，一朝把你捧成神，也能瞬间把你从神坛上拉下来，踩进淤泥里。

她攥紧手机，下意识站起身，想找个僻静的地方给江妄打电话。

结果刚调出江妄的号码，工作人员就来通知，说下一场录音要开始了。

工作不是她一个人的事，所有的流程和人员都在等着。

她犹豫了片刻，最后还是把手机收了起来。原本想给江妄发条微信，可心里乱糟糟的，一时半会儿也不知道说点儿什么比较好，故而只好暂时将这件事搁下。

等这一天的录音彻底结束，已经快到零点了，配音老师抬腕看了眼手表，说要请他们去吃夜宵。

人家盛情难却，盛意不好拒绝。

坐在车上的时候，她才拿出手机看了一眼，发现两个小时前，江妄给她打过电话。

盛意抬头看了一眼，车里除了她，还坐了几个工作人员，不是讲电话的好时机。她抿了抿唇,有些心不在焉地看向窗外的街景。

这个点街上已经没有什么行人了,只有零零散散的车辆疾驰而过。他们选的餐厅是一间广式餐厅,一进去,盛意就找了个理由从包厢里出去了。

可电话拨通以后,她又担心江妄这会儿会不会已经睡着了,如果他已经睡着,岂不是又被她吵醒。

正犹豫间,电话突然被人接通,男人低沉的声音通过微弱电流鼓荡着她的耳膜。

"盛意?"

语气听起来还算正常,没有她想象的沮丧与低落。

盛意提着的心稍微放下来一点,给他解释:"我刚刚在工作,刚结束。"

江妄说:"猜到了。"

盛意"嗯"了声,顿了顿,又埋怨道:"好累哦。"

这样的深夜,餐厅里的人竟然还不少,都是深夜加班的人,盛意刚刚路过其中一个桌子时,还听到两个女生在讨论电视台节目制作相关的事情。

城市里的人,好像永远都在为生活奔忙。

她低头看着自己的鞋尖,在车上的那一路,自从看到江妄的电话,她就在心里思索着安慰他的措辞,可听到他的声音后,她突然又觉得那些话语全都变得多余起来。

她喜欢的那个人,本就是一个哪怕荆棘满身,也能令荆棘开出一朵花来的人啊。

这一点儿小小的打击,对他来说根本不算什么。

但明白这个道理是一回事,他坚强坚韧,那都是他的事,作为喜欢他的人,她还是难免会觉得心疼。

尤其是看到网络上那些污言秽语全朝他涌上的时候。

她虽然什么也没说,但江妄却从她微妙的沉默中捕捉到了她的点滴情绪。

他们正在复盘今天的比赛,已经到尾声了,盛意的电话打来时,他刚刚给他们分析完今天比赛的每一点失误与错判。

大概是真的被连输两场打击到了,大家兴致都不太高,整个房间里的气氛都死气沉沉。

江妄回头看了他们一眼,沿着走廊往自己房间的方向走,边跟她说话,边用卡刷开了门。但他没有开灯,屋子里黑漆漆一片,只有未拉上窗帘的窗户外透出一点清冷的月光。

江妄靠在门板上,从口袋里摸出一根烟,抖落着点燃,衔在嘴里,漫不经心问:"看到热搜了?"

许是因为嘴里含着烟,他说话的声音有些含混不清。盛意本在发呆,被他

297

突然这么一问，吓了一跳，那些压在她喉间的话语终于找到机会说出口，她嗫嚅着："看了，但是……"

她想说什么，可下一秒，便听见江妄轻轻地一笑，他说："嗯，输得很难看。"

他的语气里听不出什么情绪，可即便只是这样简单的一句话，就令盛意的心被狠狠揪了起来。

"不难看。"她下意识就想去安慰他，语气轻柔，"能进国际赛，本来就已经很厉害了。"

江妄说："我每次都能进。"

盛意说："那你每次都很厉害。"

江妄说："以前都没输这么难看过，很明显退步了。"

他的语气低沉，盛意说一句，他便反驳一句，明明是有点儿丧气的话，可盛意从他的语气里却半点丧气的意味也没有听到，反而越到后面，语气越轻松，语调越悠扬。

盛意沉默了片刻，刚刚她心里被担心压得太满，一心想着怎样才能安抚他，这会儿反应过来了，也知道自己又被他逗弄了。

她一时有些哭笑不得，想骂他，又舍不得。她轻轻地"唉"了一声，又听江妄问："心情好点了？"

"欸？"

江妄说："虽然眼睛看不见，但我脑子里的盛意同学，这会儿嘴唇已经翘得能挂上一个油瓶了。"

他的声音里含着笑，很温柔的样子。

盛意喉头一哽。

这人，怎么这样啊……

明明是他工作遇挫，明明该她绞尽脑汁来安抚他，可到头来，竟然是他在想尽办法让她别为他的事而苦恼。

盛意咬了咬唇，以前喜欢他的时候，她常常会在心里想象，他喜欢一个人时会是什么样？总觉得像他那种性格的人，哪怕喜欢一个人，应该也都很被动，很冷静，不太会有什么爱意过甚的时刻。

可近来她却时常会有一种被他绵密的爱意包裹着的满足感与安心感。

她恍然才惊觉，原来他喜欢一个人时是这样的。

也会把整个身心都扎进去，毫无保留地去爱。

盛意走到窗边，京市最近天气很好，月朗星稀，晚风温柔，他们来的这家餐厅在市中心，放眼望去，一片闪烁的霓虹。

她叹了口气，心里有千言万语要对江妄讲，想问他接下来的比赛怎么打算，想问他有没有信心，还想告诉他不要有这么大的压力。

可这会儿，这些好像都不重要了，她吸了吸鼻子，说："好想你哦。"声音更软了一点儿，撒娇似的。

不等江妄说话，她又问："比赛什么时候结束？前几天我又吃到一家好吃的泰国菜，想跟你一起去吃。

"还有老街巷子里乱跑的那只小橘猫，自从我上次喂了它一盒猫罐头以后，我每次去老街，它就一直跟着我，不如我们收养它好不好？"

她絮絮叨叨，漫无边际地讲着一些平常琐事。

江妄手里的烟早已经燃完，他走到茶几边将烟蒂捻灭，顺势坐到了沙发里，头仰着，一只手臂盖在眼睛上，认认真真听她说话，不时会应上一声。

一起配音的工作人员大抵猜到了盛意正在跟男朋友讲电话，意外地都没来催她。

这通电话打了将近四十分钟才挂断，等盛意回到包厢后，无疑又引来大家的一阵揶揄。

第二天京市下了雨，这天的录音工作不算繁重，盛意趁着休息的空当爬上直播间去看了会儿比赛，她看的时候，还没轮到青焰上场。

她觉得无聊，又去刷了会儿游戏论坛。

这帮人虽然昨天骂得凶，但大多数人都是因为爱之深，所以才会感觉很失望。

过了一晚，理智的话语明显增多了，很多帖子都在分析昨天青焰失利的主要原因，也有一些人开了一个赌楼，赌青焰今天能不能逆袭。

可惜她刷了一会儿，还没有等到青焰上场，那边的工作人员又开始催她干活了。

然而不知是不是因为昨天录得太多了，今天配音老师的状态明显不佳，一句话反反复复录了很多遍仍然找不到感觉，盛意给他分析游戏剧情分析得口干舌燥，中间去端水喝的时候，突然看到自己放在桌子上的手机亮了起来，是孟平发来了微信。

孟平：赢了！！！

孟平：赢得好漂亮啊！！！一洗昨天的耻辱！

许是怕她心情不好，昨天比赛结果出来之后，这帮人都没敢找她聊天，也没人敢在他们公司的群里讨论这件事情。

今天，许是觉得扬眉吐气了，群消息不要钱似的一条一条往外蹦。

盛意呼吸一滞，拿起手机点开新闻，确认青焰的确是赢了之后才松了一口气，继续去工作。

但她的工作状态明显好了很多，连配音老师都觉得讶异："去喝了个水而已，怎么突然这么兴奋？"

可不就是兴奋，两只眼睛一直弯着，嘴角的笑意压都压不住。

配音老师说："中彩票了？"

"差不多吧。"盛意说。

旁边有人接话："那得请我们吃饭。"

请就请。

那天他们结束得早一些，还没到晚上九点就收工了，盛意早在之前就收到江妄的微信，说晚上那一场他们也赢了。

网上的舆论已经变了，一眼看过去，全是褒奖声。

网友们还自动给他们找了个理由，说昨天输了是因为一时还没找到状态，今天一找到状态，就瞬间秒杀。

盛意把一些比较有趣的评论截图给他，附带着的还有一连串的"彩虹屁"：

"我们江神好厉害啊。"

"江神到底是吃什么长大的，怎么做什么都能做得这么好？"

她靠在车窗上，心情愉悦地在聊天框里刷屏。

其实那些话都是从他的粉丝那里学来的，她越发越来劲，一句比一句讲得夸张。

然后，大款等人就看他们一向喜怒不形于色的队长，靠在椅子上，眼睛一直盯着手里的手机在看。

所有的人都在吃东西、胡侃、吹牛，就他在看手机，光看还不算，脸上表情还变幻莫测，一会儿皱眉，一会儿撇嘴，一会儿轻笑。甚至，服务员上菜上到他身边时，他头都没抬，伸手就去接，要不是大款反应快，恐怕江神那只神之手明天就没办法在决赛里大杀四方了。

大款有些后怕地抚了抚胸口，趁江妄不注意，偷偷探头过去看他的手机，然后就看到一个备注为小太阳符号的人，给他们队长发来一条：你是电，你是光，你是唯一的神话！

没两秒，就又跳出一条：全世界你最美丽，全世界我最爱你！

大款："？"

什么玩意儿？

大款无言了片刻，旋即低头，心情复杂地在他们几个人的小群里发出一条：没想到大嫂的画风是这样的……

想了想，他又换了个语气发了一条：震惊！联盟之神望江竟然喜欢这样的女孩！

结果，这条发错了群，发到了有江妄的那个群里。

刚发完，他就接收到来自旁边一道冷飕飕的目光。

江妄看了他片刻，须臾，轻轻叹气。

"大款,"他说,"我觉得你可以谈恋爱了。"

大款:"?"

你以为是我不想谈吗?

第二日的小组赛第五场,他们也几乎没有悬念地赢了,直接拿到了决赛的直通卡。

而盛意那边的配音工作也终于到了尾声。

收尾工作比较难做,他们弄到凌晨两点才下班,下班之后,几个人以庆祝为由去吃了顿深夜的火锅。

盛意之前在工作间隙就收到消息,说江妄他们决赛拿了第一名,而江妄更是拿到了全场单人第一。

这是青焰第一次拿国际赛冠军,国内微博热搜直接爆了,等盛意有时间看一看新闻时,热度已经冷却一些。

深夜的火锅店里只坐了稀稀落落的几桌人,他们旁边那桌是几个大学生模样的男孩子。

盛意刚坐下,就听到他们正在激烈地讨论着今晚的这场比赛,基本上全是夸江妄的,说这场比赛是如何如何的凶险,江妄又是如何如何力挽狂澜。

她靠在那里,觉得坐在这里以一个路人视角去听别人讨论自己的男朋友,其实是一件很奇妙的事情。

内心里有小小的窃喜与骄傲,但是又不敢表现得太过,只能用力压着嘴角。

但又实在高兴,压不下去,于是她只好跟身边的人随便讨论着一些无关紧要的话题,好让大家以为她是因为那些话题而笑,并不是无缘无故在发笑。

火锅的热气不断往上腾着,盛意没多吃,之前太忙,没找到机会跟江妄说话,还没有好好跟他说一句恭喜。

但来之前她给江妄发过一条微信,他可能也在忙,或者是睡了,一直没有回复。

盛意叹了口气,发现当处于这种热闹环境的时候,自己就格外想念江妄。

自从上一次分开之后,两人又有大半个月没见了,虽然她这两天会在一些比赛的赛后采访里看见他,但到底隔着屏幕,无法触碰,非但不能缓解思念,反而还有一种饮鸩止渴的感觉。

越见他,越想念他。

吃完火锅已经是凌晨四点了,天空陷入了黎明前最黑暗的那个时刻。

盛意这几天都是住在家里的,盛淮和陈静娴又是很久没回来了,好在盛意过来之前提前约了阿姨去打扫,虽然只是简单清扫了一下,但好歹能住人。

吃火锅的地方离她家里不远,配音老师开车将她送到小区门口就离开了。

盛意先是去小区门口的便利店里买了两罐酸奶,才慢吞吞地沿着两边的意大利柏树往里走。

已经进入初秋,北方城市天凉得快一些,柏树长得很高,很茂密,被风一吹,树叶哗啦啦作响。

几只流浪猫在夜里发出嘶哑的叫声,盛意捶了捶自己的脑袋,忍不住又想拐回去给猫咪买两罐罐头。

手机在这时突然进来一条新消息,是简希发给她的链接:青焰夺冠,望江获奖感言!

她之前一直在忙,后来去吃饭的时候,在火锅店里,她也没好意思拿手机看视频,故而直到现在,她都还没来得及看一看江妄的比赛回放,以及赛后采访。

她给简希回了条语音:"怎么这么晚还没睡?"

简希:"别提了,打工人不配早睡!"

停了会儿,她又说:"看视频了吗?你男朋友也太绝了!"

盛意本来打算回去再看的,简希这么一说,她不免来了兴趣,停下脚步点开视频。

应该是青焰的集体采访,几个人并排站在台上,江妄在最中间。

主持人也是韩国人,这些年,江妄他们不少去韩国参加比赛,故而在交流上已经不成问题。

这个视频特地为大家配了中文字幕,视频很吵,全是各种人的尖叫,应该不是官方拍摄的视频,观众的声音完全没有被消掉。

盛意戴着耳机,调小了一点儿音量,才听主持人让他们几个分别说一下获奖感言,然后又单独问江妄,之前一直被大家称为万年老二,对于这次终于拿到冠军有什么感想?

镜头对准了他一个人。

他的五官真的长得很优越,这样对脸拍的角度,非但没有有损他的颜值,反而好看得更加令人难以呼吸。

盛意没关弹幕,还没反应过来,就见各种夸赞的话直接刷满了屏幕,几乎要把他的脸整个盖住。

"江神长这么好看,到底为什么不出道啊?"

"还是别了吧,那样联盟会丢失一颗巨星的!"

因为拿了奖,粉丝终于能够理直气壮地夸奖他,盛意捏了捏自己的耳垂,虽然很想看大家夸他,但为了能专心看视频,她还是把弹幕关掉了。

这种比赛,舞台上的灯光都很朴素,就是最普通的顶光灯,江妄站在灯下,眉眼清隽,眼神漫不经意扫向台下。

"其实也没有什么感想。"他笑了笑,语调显得有些懒散,但又透着股说不上来的狂气,顿了两秒,他才又继续说,"也不算惊喜,就只是有一种终于走到了这一步的感觉。"

主持人说："你的意思是,知道自己肯定能拿冠军?"

"嗯,是吧。"

盛意听见拍视频的人含含糊糊像是骂了句脏话。

"真不愧是望江。"旁边的另一个人接道,"真……"

那人还想说什么,台上的江妄突然又清了清嗓子。

他站直了些,收敛住了先前漫不经意的神情,但还是笑着的,不过脸上神色明显柔和了很多。

他的目光望向镜头,又好像在透过镜头看别的什么人。

盛意的目光隔着屏幕与他对上,心脏突地一跳。

"但是,如果非要我说感想的话,就来段可能有点……"江妄笑了笑,一向在赛场上游刃有余的望江,竟难得地露出了几分不好意思的神情,他说,"实不相瞒,其实有段时间,我真的不想打比赛了,觉得无聊,没意思。"

"怎么说呢……"许是意识到他可能要说什么比较重要的事情了,台下的人全都停下了说话声,整个场内寂静一片。

江妄说:"我这个人,一直觉得自己其实没有什么特别值得人喜欢的地方,就……挺没有理想追求的,虽然靠着点儿运气考了所不错的大学,心情不好打游戏玩儿的时候,又被陈驰捡到,把我拉到了青焰。

"也运气好地拿了些奖。

"我经常看到那些小姑娘夸我的话,说我努力啊、上进啊、热爱啊……我其实都挺羞愧的,我知道我身边的很多人是真的热爱,怀着一腔赤忱一腔热血来做这件事,我其实很羡慕他们。

"因为我自己好像对什么事都很难有绝对的热情,我之所以努力做好,就仅仅因为我认为既然选择来了,就必须要努力去把它做好,当然,也不是不喜欢,不然不可能有耐心做这件事做那么久,但是我没有你们说的那么高尚。

"但我也很开心,能成为很多人关键时刻的力量。"

说到"关键时刻的力量"时,他不知想到了什么,嘴角缓缓溢开一点笑意。

底下大胆的观众问他:"望江你说这么多,是不是想退役了?"

场里安静,这一声问话问得突兀,话音落下,场馆里立马又喧嚣起来。

江妄轻咳了声,所有人的目光都注视着他。

江妄轻声笑了,有些吊儿郎当的:"哎,节奏被打乱了。"

虽然他在开玩笑放松气氛,但底下并没有感到半点儿放松,甚至有人已经开始哭泣。

江妄大抵也不大会应付这种场面,他立在那里,轻轻叹了一口气,半响,还是选择用一种轻松的语气去和大家交流:"虽然退役,但我又不是再也不打

303

游戏了,以后会换一种方式和大家见面的。"

"什么方式?"

"还没想好。"江妄侧了侧头,"但是,肯定会有的。"

不等台下的人再说什么,他又说:"你们不要再打乱我的节奏了,我还没跟女朋友表白呢。"

他一个炸弹一个炸弹往下扔,全然不管别人能不能接受。

坐在后台看着屏幕转播的陈驰在屋里转了两圈,脑海里的脏话已经能绕地球转大半圈了。

"骚死你吧。"他无情吐槽。

虽然吐槽,但他还是站直了身体,目光直直看着屏幕,眼睛里含着他自己都未曾注意到的欣慰。

他又想起他第一次见到江妄时的场景。

那会儿,他跟几个朋友想组个战队,正在到处招人。

起初注意到江妄,是在韩服上,还是个新号,但游戏打得特凶特野,没玩多久就在小范围内出了名。

他挖不起大神,目光便投向这种潜力股,结果消息发过去之后,很长一段时间都石沉大海。

但他这个人,最大的优点就是特别有毅力。

一开始是天天给江妄发,后来就改成每隔一个小时给江妄发一次,直到江妄终于不耐烦地回了消息。

当知道江妄是庆大的学生时,陈驰还以为他不会答应自己的邀请,毕竟倘若训练的话,时间密集,学业恐怕要暂时停下。

没想到江妄竟然点了头。

陈驰当时就知道,江妄这种人,肯定能带着他走到他想要去的那个地方。

这么多年,他们俩虽然说是合作关系,但到底认识太久了,他打心眼里把江妄当成自己的一个弟弟。

这会儿看到他遇见自己喜欢的人,甚至,更进一步,遇见自己生活的目标与动力,陈驰是真的为他开心。

陈驰拧开旁边的饮料喝了一口,看见江妄挺直了脊背,低头认认真真理了理自己的衣服,看着镜头,结果,还没撑两秒,就自己先笑场了。

"哎。"江妄揉了把自己的头发,笑了,"好像也没什么可说的。"

许是太难见到这样的他,场馆里的悲伤气氛几乎全被他这一下弄没了,大家全在起哄。

江妄停顿了片刻,才说:"就是刚刚突然想到,因为要退役了,所以,现在应该是我前面这小半段人生里最耀眼的一个时刻。所以,就特别想要跟喜欢的人分享这一刻的荣耀。"

他说:"我这一生走到现在,虽然也没有很长时间,但做过的事,遇见过的人,好像也挺多。

"但是,喜欢盛意,似乎是唯一一件,让我会对生活也充满热情的事。

"小时候总听人家说,有一些人的存在,会让你觉得这个世界好美好,能来这个世界上走一遭,真的是一件很好的事。

"以前我不懂,最近突然懂了。

"所以,我很想要一直喜欢盛意,也希望有机会,能喜欢盛意很久很久。"

他前面语气还有点晦涩,后面越说越顺畅,盛意站在初秋的夜色里,久久未动。

简希见盛意一直没有回复,给她又发了一条新消息:看了吗?

其实江妄的话并不长,几分钟就讲完了,但盛意中间一度哽咽得看不下去。

她心里乱得要命,缓了一会儿才点开简希的消息框,正要回复,身后突然响起一阵轱辘滚地的声音。

人在某些时刻好像真的能感应到什么,盛意神思一顿,回头,看见男人戴了顶鸭舌帽,正朝这边走来。

其实还隔着一段距离,他低着头,大刀阔斧的,一步一步走向她。

盛意还未从刚刚的视频里走出来,一时有些愣怔,男人显然也看到了她,停在了距离她三米远的地方。

可能最近训练太累了,他看起来瘦了一点儿,穿着一件黑色的帽衫,衣角被风吹得飘了起来。

他不知道盛意才看过他的采访,但即便隔着一段距离,他依然能够看出,她眼睛红了。

他还以为她被谁欺负了,眉头微蹙,放下箱子,走到她跟前,低头看着她。

盛意也低头,鼻头忽然酸得厉害,眼泪啪嗒啪嗒往下掉。

原本没看到他时,眼泪还是能忍住的,但此时他突然出现,她的情绪忽然就绷不住了。

江妄低垂着眉眼,身形没动,就着这样的姿势抬手擦掉她的眼泪,结果越擦越多,眼泪就像开了闸的洪水一般,怎么也擦不干净。

"怎么了?"江妄又问了一遍,嗓音竟也跟着有点儿哽涩了。

盛意说:"我看到你的视频了,刚刚。"

她的声音压得低,蚊子哼哼似的。

江妄愣了片刻,喟叹似的:"那怎么还哭?"

他说着,手掌揉了下她的脑袋,随即将她压上他的胸膛,他就只穿了一件单衣,衣襟很快就被她的眼泪浸湿了。

305

明明是她在哭，江妄却觉得自己整颗心都被揪了起来。

凌晨时分，远方的天空已经稍微透出一点儿亮光来，鸟雀从他们头顶飞过。

他没有说话，就只是抱着她，任她在他怀中发泄情绪。

直到她哭够了，他才一手拉着行李箱，一手扶着趴在他后背上的她。

盛意眼眶通红，不愿见人，整个脑袋都埋在他的后脖颈里。

晨光渐渐透出，两边的人家也渐渐亮起灯来，但夜色还没走远，四周仍旧昏沉。

从他们的位置到达盛意家并不算近，但也不算很远。

江妄背着她，听她在他身后闷着声音发问："怎么突然回来了？不是还要办庆功宴？"

江妄说："怕你想我想到发疯。"

"屁，明明是你想我想到发疯。"她刚哭过，情绪还是外放的，讲话也比平日里大胆了些。

"嗯。"男人从善如流地点点头，"是我想你想到发疯。"

盛意说："你说那些话，很肉麻，我是被你肉麻哭的。"

江妄说："我知道。"

盛意说："我明天要睡到中午。"

江妄说："好。"

他们有一搭没一搭地闲聊着，盛意环抱着他的脖子，可能是哭累了，她说了几句话后就觉得困了，闭着眼睛在他背上假寐。

中间半睡半醒间，她恍惚又想起他们艺考的那一年，在那趟火车里，她睡着的时候，他将衣服搭在她的身上。

那时候自己隐隐约约闻见的好像也是这种气息，像是青橘，又像是柠檬，酸酸甜甜的，很干净。

昔日的她，敏感、骄傲，小心怀揣着自己的喜欢，不敢昭示于人。

之后的很多年，她为他鼓起勇气过，狼狈大哭过，也曾尝试过放弃喜欢他，可兜兜转转，最终还是因为放不下，而听天由命地将他在心底珍藏。

她本以为自己的这份喜欢永远都不会有结果，毕竟这世上，从来都是得偿所愿者少，遗憾抱终者多。

她从未想过这样的好运气，有一天会降临在她的头上。

她仰起头，看见天边月亮还没落下，透亮的一片月牙儿只剩下一点儿微弱的影像。

但依然干净、皎洁、明亮。

她眨了眨眼，忽然又想起前两日某个论坛给她推送的消息。

她捏了捏江妄的耳朵，问他："如果有一天，你能够回到过去，你会对十七岁的自己说什么?"

　　江妄想了想:"喜欢你吧。"

　　"那对我呢?"

　　"你吗?"

　　"嗯,十七岁的盛意。"

　　"会对十七岁的盛意说,虽然当下的江妄没有看到你的喜欢,但这并不是因为你不够好,更不是因为你的喜欢不够好,只是因为江妄暂时还没有福气体会到你的这些好。

　　"而你眼前所经历的这所有的酸与苦,终有一天,时光会加倍偿还给你。

　　"最最重要的是,希望你相信,江妄会很喜欢你。

　　"会喜欢很多年。"

正文完

番外一

我醋我自己

主题：大胆开麦，有的人真的很厉害，一边和知名电竞选手大秀恩爱，一边又跟大神画师暧昧不清，这是啥打算吗？

楼主：说的就是咱们颜可压娱乐圈所有女明星、才可压清北所有学霸的全世界最单纯善良清纯可爱的"女明星"盛意咯。

1L：哈哈哈，笑死。看得出楼主被盛意无休止的营销弄烦了，一个素人，每隔几天粉丝就要在娱乐论坛开个贴自我吹捧，自己吹就算了，还拉踩别人，真的受够了。

2L：啊这……要不是你们天天挂人家，人家会在论坛这么有存在感吗？人家有自己的本职工作，稀罕你们论坛这一点热度吗？除了多一点人议论她以外，也没什么好处吧……

3L：你看，粉丝这不就来了？

4L：笑死，所以只准你们骂她，就不准别人还嘴，是这个意思吧？

5L：只有我一个人还在关心楼主说的脚踩两只船是什么意思吗？盛意跟望江的事我知道，大神画师又是谁？

6L：我好像知道楼主说的是谁……的确是很大神的一个画师，最近几年流行的游戏，有五分之一的原画都是他主笔的。

7L：对个暗号，汪？

8L：这已经不是暗号了吧哈哈哈哈，这都直接把人名字说出来了。

9L：什么啊，看不懂，汪是什么意思啊？汪……汪酱？

10L：不好意思刚刚去整理了一下资料。楼上已经有姐妹解码了，我说的画师就是前段时间特别红的那个游戏《寂静之都》的画师，说到这个应该就有很多人知道了。

然后，因为我大学本来就是学油画的，大学之后想接触原画这一块，所以很久之前就关注了汪酱。他平时还挺低调的，很少在微博里发自己生活相关的东西，然后有一天，他突然关注了一个陌生小号，还去评论人家的微博，你们自己看吧。[截图]

11L：啊这……这真的不是在谈吗？给看不到图的姐妹描述一下截图内容。

问题：被暗恋的人表白是什么感觉？

盛意回答：怀疑月亮是不是撞昏了头，居然把光投射到了我这里，生怕他醒来，也怕自己醒来。

然后汪酱评论说：但愿长醉不愿醒。

12L：无语，这就是在谈吧？

13L：顶锅盖说一句，有点儿甜……

14L：这也能嗑起来？

15L：啊，我记得那一次，那天汪酱和江神同时关注了盛意，因为两人我都关注了，所以记忆还挺深刻，我记得当时我们群里还讨论过这件事来着，但也没多说，后来就不了了之了。

16L：我看了一下，那时候盛意跟望江还没有公开恋情，但没多久就公开了……

17L：最神奇的还是这两人是同一天关注她的吧，哈哈哈哈，不得不说，这姐真的蛮厉害的，想跟她学学到底怎么才能同时钓到两个大神，并且还能不翻车。

18L：首先，你得有她的脸。

19L：其次，你得有人家的才华。

20L（楼主）：不是吧，怎么还夸起来了？在这儿夸的人，祝你们喜欢的人谈恋爱都遇到一个劈腿的女朋友！

21L：不过，我刚刚去翻了一下这几个人的微博，老实说，我有一个大胆的想法……

22L：都知道自己很离谱，就别说了。

23L：就没有人怀疑汪酱和望江是同一个人吗？（对不起实在忍不住，还是想说一说）

24L：确实离谱。

25L：也不是没有可能的哎，你们看过江神的资料吗？他之前本来就是庆大美院的学生，而且，没人觉得"汪酱"就是"望江"的谐音吗？

26L：大一都没上完就辍学的学生吗？

27L：认真说，人家是主动休学，和辍学还是不一样的，学籍还留着呢。

28L：笑死，能不能不要这样生拉硬扯啊……

29L：谐音梗什么鬼？怎么，申请专利了吗？

30L：但是真的好巧啊……

31L：而且跟望江公布恋情之后，盛意跟汪酱也经常有互动，我截图了。你们看一下，这是上个月21号两人分别发的微博，同一天哦，背景都一样的。

如果你们非说这个只是巧合，你们可以自己去他们微博看看，我懒得截图了。

反正上上个月5号、13号，还有上个星期六，他们两个都在同一个地方打了卡，除了这些还有很多，明眼人一看就懂了吧？

32L：望江这也能忍？这真的很明显了吧！

33L：开始怀疑盛意和望江是不是合约情侣了，其实各玩各的？

34L：笑死，当他俩是明星呢？

35L：看完了，我现在开始相信他俩是同一个人了。

36L：怀疑我们被监视了，刚刚盛意和汪酱又猖狂地互动了。

37L：？

38L：这两人真的……当望江是死的吗？

39L：懒得去看了，有人搬运一下吗？

40L：就也还好吧？就只是一起去吃了顿饭？

41L：只是吃了一顿饭？你仔细看看两人的合照，没看错的话，这是情侣装吧。

42L：！！！

43L：还真是……

44L：我看到望江的粉丝已经开始发疯了哈哈哈，盛意和汪酱的评论区都被屠了。

45L：我真的笑死了，刚刚看到一个汪酱的粉丝说，望江自己留不住女朋友，粉丝还来怪别人太有魅力，什么道理？我一时间竟然不知道该怎么反驳。

46L：你们也太敏感了吧，不就是一起吃个饭吗？不就是经常约会吗？不就是穿了个情侣装吗？不就是……好的，我编不下去了，这真的很让人震惊。

47L：搞不懂盛意到底在想什么啊，放着江神那么一个又帅又有能力的男朋友不去喜欢，非去喜欢一个肥胖死宅男？

48L：讨论就讨论，干什么人身攻击？你才肥胖死宅男！

49L：我说的就是实话啊，还是说你们听不得实话，这种男画师就是十个里面九个胖啊，而且其中一大半都是宅男，没人反驳吧？

50L：地图炮的都给我滚啊！美术生表示，我们班帅哥很多！

51L：反正目前为止也没人见过汪酱吧？如果他真的长得好看，会连一个自拍都没有？我记得之前长汀有个漫展邀请他去过，那时候他人去是去了，结果站在一个屏风后边，连个头发丝都没露，不就是怕见人吗？

52L：人家是画师，又不是靠脸吃饭的，为什么要露脸啊？

53L：以前望江不也每次都戴着口罩？没记错的话，当时你们也说他肯定长得丑来着……

54L：救命，上热搜了！哈哈哈哈这下精彩了！

55L：看了一下实时，大部分人都在骂盛意。

56L：她不该骂吗？江神对她多深情啊，我粉了他那么多年，就没见他这么上头过，天知道那时候国际赛结束的时候，我正为他拿了冠军而高兴着呢，转头就听见他在那儿跟盛意表白，我的内心有多复杂，粉丝的心是钢铁做的吗？

他今天被人劈腿也是他自找的，我早就看盛意不是什么安分的人。

57L：大可不必，人家是打游戏的，又不是明星，怎么，还不能谈恋爱了？

58L：以及，在事情还未下定论之前，就这么诋毁一个女生也不太好吧？

59L：真的不值得，作为江神的老粉，说实话，一开始看他谈恋爱是很为他开心的，当时也是抱着嗑糖的心态关注盛意的，结果就看到盛意经常跟汪酱互动。

其实你们扒的那些东西，粉丝都比你们知道的早，但是大家都憋着没敢说，今天真的忍不住了。

我的宝贝以为自己遇到了良人，全心全意真诚对待，结果……

60L：真的，我现在好难受，心疼江神。

盛意到现在还没有回应，她当初做这些事的时候就应该知道会有被扒出来的这一天，拖拖拉拉又有什么意义呢？早晚是要面对的。

我只心疼江神一腔深情错付。

61L：我天！你们猜我看到了谁！

62L：？

63L（姑妈）：上个码，让我冷静一下，我现在——

64L：我晕了，最烦说话说一半的人。

65L（姑妈）：对不起太激动了，一不小心就发出去了，我慢慢说。首先，我遇到江神和盛意了。

66L：？？？

67L：！

68L（姑妈）：我现在在……地址不方便透露，反正就是一个游乐园，然后这个游乐园里很多设施都是小孩儿玩的，我带我弟过来，正在排队。然后我一抬头，突然看到一个长得好帅的人。

69L：怎么又说一半，然后呢？

70L（姑妈）：因为在排队，打字不太方便，大家谅解一下。

我前面说过，这个游乐场其实大部分设施都是给小孩儿玩的，当然，可能因为场景好看，所以来玩的大人也挺多的。

加上今天天气好，真的是人山人海，每一个项目门口都排了好多人。

所以一开始我其实没看到他们，就听到后面的女生一声惊呼："好帅！"

你们知道，电竞毕竟还是小众项目，所以很多人是不认识江神的，但帅哥大家还是爱看的啊。

我当时顺着她的视线看过去，一眼就看到拿着两个冰激凌从远处走来的江神……

说实话，不愿承认那是他。

71L：正看得激动呢，怎么又断了？

72L：为什么不愿承认？

73L（姑妈）：[图片]随便放个图你们感受一下，谁愿意承认这个戴着兔子耳朵的人是我们冷酷帅跩大杀四方的江神？（微笑）

74L：疯了？

75L：假的吧！

76L：但是，有点儿可爱哎……所以，他对面那个应该是盛意咯？只有个侧脸认不太清。

77L（姑妈）：除了盛意，你见过江神对别人这么笑过？

78L：好的，是我僭越了。

79L：啊，有点甜哎，这么热的天，跑那么远去给女朋友买冰激凌，不知道有没有人懂，虽然只是一个普通小事，但那是江神哎！

80L：哪里甜了，忘记汪酱了？

81L：对哦，盛意中午不还跟汪酱一起吃饭？下午就跟望江一起去游乐园了？

82L：慕了，盛姐厉害。

83L：不是，江神今天这个衣服……

84L：我正想说，江神今天这个衣服，跟刚刚汪酱发在微博里的那一身，是我的错觉吗，怎么这么像？

85L：就是同一件。

86L：？

87L：同款吧。笑死，该不会是盛意买了两件，一人送一件吧？

88L：学到了，一套情侣装，和不同的人都可以穿，还省钱，真不错。

89L：好笑吗？看到这里真的气死了好吗？姑妈跟江神能搭上话吗？能不能悄悄告诉他，让他看看微博啊？全世界都知道他绿了，只有他自己不知道！

90L：笑归笑，但是赞同姑妈去提醒江神，他真的是惨到路人都要怜爱的程度……

91L（小小设计师）：这衣服，好像是我老师设计的。

92L：所以呢？

93L（小小设计师）：我老师设计这款衣服的时候，我有幸去打了个杂，只能说，这款衣服的花纹不是定点印花，都是随机的。也就是说，每一件衣服的花纹，都是独一无二的。

94L：！！！

95L：啊？

96L：总觉得好像发生了什么了不得的大事。

97L：等一下，我看到有人扒出了盛意的小号……

98L：给我看看。

99L：叫啥，好奇。

100L：我晕厥了，小时不识月是盛意？

101L：嗯？这不是我关注了很多年的宝藏博主吗？

102L：那是谁，怎么你们好像都认识？

103L：是一个暗恋博主，我关注了大概有七八年吧，其实她微博更得很少，中间还断更过挺久。

如果她一直经营，估计现在早就红了，但哪怕她天天不更新，粉丝也还是蛮多的，不过大部分都是很多年前就关注她的人。

是一个很温柔的小姐姐。

104L：啊，小时不识月暗恋了很多年的人，我记得也是画画的……

105L：……

106L：我现在真的想哭，我不知道要怎么说了，我真的关注了小时不识月好久好久好久，她的每一条动态我都会评论的那种。

最开始关注她是因为我那时候也正好有一个暗恋的男生，当时搜关键词的时候，无意中看到她的微博。

那会儿她微博粉丝还不多，她更新得也很频繁，就像写日记一样，细细碎碎的日常全都会发，但每一条都和她喜欢的人有关。

她真的好喜欢好喜欢那个人啊，我也真的好喜欢好喜欢我当时喜欢的那个人啊，我看到她的微博，仿佛也从里面看到了自己，这么多年，我是真的希望她能有一个好结果。

去年春天，我看到她发微博说跟喜欢的人重逢了，那时候她其实已经断更很久了。

　　重逢之后，她又恢复了微博的更新，这次终于不再像多年前那样晦涩，我眼看着她守得云开见月明，终于如愿以偿，我是真的很为她开心。

　　我到现在也很为她开心，但是我只想问，江神算什么呢？

　　江神也是我的宝贝啊，凭什么一腔爱意要被人这么糟蹋啊？

　　107L：我现在也是，我内心好复杂，感觉三观都碎了。

　　因为真的关注了小时不识月很多年，虽然大家素不相识，但是因为关注太久了，所以其实对她的感觉早就不是一个遥远的博主了，而是像朋友一样。

　　我印象里，她一直是一个很温柔很热爱生活的女孩子，我真的无法把她和"劈腿"这两个字联系起来。

　　108L：所以，就相信你自己看到的她啊，在一切还未下定论之前，为什么不相信你自己眼里的她，而要去信别人用恶意去揣测的她呢？

　　109L：什么叫恶意揣测？她跟江神在谈恋爱不是事实？她在跟江神在一起后，还在跟汪酱暧昧不是事实？

　　110L：不是，你们冷静点。我的问题是，她明明跟江神谈的恋爱，为什么微博里要说自己跟暗恋的人在一起了？

　　111L：对哦！

　　112L：我那个大胆的想法又来了。

　　113L：而且，江神今天跟汪酱穿得一样。

　　114L（小小设计师）：哈哈，你们终于想到这一层了是吗？看得我急死了，我刚刚的提示还不够明显吗？汪酱和江神穿的衣服花纹根本就是一模一样的好吗！

　　115L：天啊，真的假的？

　　116L：所以，盛意喜欢的人就是江神，盛意喜欢了江神将近十年？

　　117L：还是暗恋。

　　118L：我刚刚去翻了一下小时不识月的微博，妈呀，我哭晕了呜呜呜！仿佛看到了我自己，可是我喜欢的人至今也没有喜欢我（大哭）。

　　119L：我也是，你们讨论的时候，我一直在抹眼泪，谁懂？

　　120L：哎，她描述的画面感太强了，我刚看到"他好像有女朋友了"这里，她在评论里说"以后就不能继续喜欢他啦"，我哭到隔壁邻居来敲门。

　　121L：还有那句：很多次都想，如果可以不喜欢他就好了，但又觉得喜欢他也很好。不舍得不喜欢他。

　　122L：天啊，"不舍得不喜欢他"，这句话也太绝了吧！代入感太强了，已经在哭了。

　　123L：唉，没有暗恋过什么人，但一条一条读下来，真的觉得暗恋一个人也太苦了吧。想起之前看过的一句话,说你什么都不用做,我就已经失恋了无数回。

124L:是啊,暗恋就是一个人的独角戏啊。

125L:呜呜呜,盛意真的好喜欢江神啊,一个人怎么能这么喜欢另一个人啊?我看到读书时期的江神不喜欢盛意,甚至想跑过去骂他一顿。

126L:倒也不必。

127L:其实很正常啊,你喜欢他的时候,他是星星啊。但是在他眼里,你跟这世上别的人并没有什么差别,就是一个路人而已,他怎么会对一个路人投注关注。

128L:话虽然这样说,但还是觉得太不公平了,你的世界被他占满,但他的世界里你只是一粒尘埃。

129L:爱情本来就没有公平不公平一说。

130L:终于理解之前那个姐妹的感受了,我刚刚一直看到最后,看她苦苦暗恋,看她放弃无数次,又自我重塑无数次,看着这些苦的时候,我没哭,反而是看到最后两个人终于在一起,她终于得偿所愿的时候,我的眼泪突然不受控。

131L:就是觉得太不容易了吧。美梦成真,光是这四个字就已经足够让人流泪了。

132L:好心疼又好羡慕,我也好想体验一下暗恋成真是什么感受哦。

133L:虽然很不忍心打断大家,但还是要说一句,你们怎么就确认汪酱就是江神?

134L:其实也不是很确定,但是上面那个小设计师不是说了吗,衣服的纹路啊。

135L:感觉没有更能说服我的锤哎,我还是持观望态度好了,劝大家也不要太真情实感,免得到时候自己又受伤害。

136L:嗯,不过,盛意的文笔真不错。

137L:能不好吗?首都艺术研究院的戏剧戏曲学哎!付恩锦老师的得意学生哎!

138L:连这么优秀这么好看的盛意都有暗恋别人的时候,看来也并不是长得好看就能横着走的。

139L:但是,人家暗恋成真了。

140L:呜,其实我还是很希望汪酱就是江神的,这样我的"房子"就不会塌了。

141L:不是泼冷水啊,我其实觉得希望不大,不然怎么解释他们到现在还不出来解释?已经发酵了有一会儿了吧。

142L：姑妈呢？能不能播报一下，盛意和江神现在在干什么呢？

143L（姑妈）：你们是在我身上装了摄像头了吗？刚玩完一个游戏下来，不得不说，陪小孩儿玩游戏太累了。

好巧，江神和盛意刚好跟我们分在了一组，气死了，这两人，根本就不是来玩游戏的吧，哈哈。

144L：详细说说？

145L（姑妈）：我们玩的这个项目可能是升级版的漂流？

反正就是四个人一组，两两比赛，我自然是跟我弟一组，盛意和江神一组，我们从这上面滑下去，一路上还有一些阻碍，反正过程里要给对手制造困难，争取让自己先到达目的地。

总之，其实挺无聊的。

然后，江神估计也是觉得无聊，站那儿很冷酷的样子，但盛意就很感兴趣，两眼冒着星星，一直在小声跟他讲自己的战略。

江神个子很高，盛意跟他说话的时候，他身子会往下倾一点儿，眼皮上挑，上一秒还在冷酷，下一秒嘴角就扬了起来。

发现我在看他，他嘴角就立马压平了。

无语。

结果，根本就压不下去！哈哈哈哈看起来好好笑，整张脸就在那儿抽搐。

但还是帅的。

146L：无语！跟老婆说话就这么开心吗？天天听都听不够？

147L（姑妈）：最好笑的是，他头上还全程戴着那个兔子耳朵，兔子耳朵是白色的，中间是粉的，可爱得有点儿过分了。

他不知道说了什么，盛意就瞪他，假装生气的样子。

他看盛意生气了，就伸手去搜她的衣袖，盛意躲开了，他看着她，突然抬起手晃了晃自己的兔子耳朵？

江神你知道你这样很崩人设吗？

148L：？

149L：妈呀，晃兔子耳朵什么的也太甜了吧！江神这是在撒娇吧！是吧是吧！

150L（姑妈）：他一晃耳朵，盛意就憋不住笑了，也太没定力！

然后她踮起脚可能是想摸他的兔子耳朵，但她够不到，江神就半蹲了下来，把自己脑袋在她手心里蹭了蹭……

真的，我不知道要说什么。

151L（姑妈）：继续说。

最绝的还是玩游戏的时候。

原本是两个人并排坐的,结果工作人员刚喊完开始,我还没开始行动呢,他就直接把人家盛意抱进了自己的怀里,全程护着,我都傻眼了!

然后我输了,哈哈。

152L:笑死,感受到了姑妈的傻眼。

153L:救命哈哈哈哈,真的要报警了,江神谈恋爱怎么是这种画风的?

154L(姑妈):啊,我现在在游乐园里一间牛排店里吃饭了,我又碰见他们了……

155L:?

156L:盛意/江神:这个人该不会在跟踪我吧?

157L(姑妈):不是,我好像听到他们说什么微博什么汪酱的,他们是不是知道了热搜的事?

158L:啊,那是不是要发微博了?

159L:紧张。

160L:我也好紧张,怎么会这样?

161L:发了!!!

162L:天哪!

163L:啊啊啊啊啊啊!

164L:是一个人!!天啊!!!我真的要昏过去了!!

165L:呜呜呜江神怎么这么会啊,我真的今天要哭晕在这个帖子里。

166L:江神发了一个截图,截图内容好像是盛意2013年在小时不识月那个账号里发的一条仅自己可见的微博,内容大概是讲,致十年后的盛意,那时候你还喜欢江妄吗?那时候的江妄变成了什么样呢?

江妄是江神的名字吗?

然后江神的配文是——

写给2013年春天的盛意的回信:

虽然还没有到十年,但希望十年后的盛意能够依然喜欢江妄,关于江妄那时的变化,我想——

我想,一定会比现在更爱你。

番外二
忽然间黄昏

1

那个春天,周原频繁失眠,有时是被窗外的鸟鸣声吵醒,有时则是被吵着要吃食的小猫咪吵醒。

只有一次,他是被一个陌生电话吵醒,那几天他恰好在外地出任务,环境恶劣,两个人挤一个房间。

凌晨五点的光景,天光越过薄薄的窗帘投射进来一点微弱的光。

电话铃声响在这样的黎明显得格外刺耳,他皱眉接通,听到同伴含糊着声音问:"谁?"

"不知道。"接通电话后,那边一直没有人说话,他清了清嗓子,又"喂"了一声,过了两秒,电话突然被人挂断。

"骚扰电话吧。"同伴随口猜测。

"可能是。"

他收起手机,望向窗外。

外面雨声簌簌,南方地区又进入了漫长的梅雨期,细雨连成丝,无穷无尽地往下落。

整个世界仿佛都是潮湿而黏腻的。

他叹了口气,说道:"又下雨了。"

"嗯,不知道什么时候才会停。"

他们又简单聊了几句,就像往日里每一个被吵醒的普通清晨一样,转过身,便又再次陷入沉沉的睡眠中。

那时的他尚且不知晓,在那个不经意的瞬间,他已错过此生与她的最后一通电话。

2

陈静冉十六岁这年和周原坐同桌，刚刚从京市转学过来的少年，爱穿白衬衫，黑色长裤，耳朵上有一个小小的黑色的痣，那还是陈静冉无意间发现的。

他们的座位靠窗，自他来后，她便总假借着看窗外风景的名义去看他，但她装得不好，眼神直白又不加掩饰，被他发现了，他转过眼来，眉毛微微扬起。

"好看吗？"他问。

陈静冉慌慌张张收回视线，蹩脚地扯着闲话："学校里的迎春花全开了，垂在道路两边的石墙上，这会儿起了风，应该是很好看的。"

语毕，便听到男生轻轻笑了声，他的喉结轻滚，想说什么，大抵又不想理会陈静冉的胡言乱语，于是又噤了声。

便是在这个时候，陈静冉看见了他耳朵上那颗痣。

"像颗小小的星辰。"那天下课后，她与朋友说起这件事，绞尽脑汁地给朋友描述，"就在耳垂上，远看时我还以为是一枚耳钉。怎么有人连颗痣都是好看的。"

她的嗓音轻软，带着少女特有的软糯与烂漫。

朋友便笑她："我看你是痴了。"

痴就痴，陈静冉才不在乎。

她九岁起便跟在傅明月身后学戏，那会儿他们有一场戏需要一个小演员，寻来寻去，最后选中了陈静冉。

那是陈静冉第一次接触戏曲，嗓音都捏起来，有模有样地跟老师学动作。后来傅明月觉得她有天赋，又肯努力，便收她做了学生。再后来，她觉得自己对话剧更感兴趣，又跟着剧院的其他老师去学了话剧。

故而，从很小的时候开始，她便开始接触那些话本、小说，看得多了，难免对那些千回百转的爱情产生了一些向往。

她才不怕受伤害，她只怕自己活过一生，从不知道爱是什么。

她在日记本里写下这样的字句，熄了灯，夜间梦里也是周原。

周原也住在景德巷，就在陈静冉家隔壁，他搬来那天，那年的第一场春雨刚刚落下。

天还是冷的，陈静冉捧着一个烤红薯从外面走来，远远就看见撑着一柄黑伞立在门口的他。

她当时还以为他是来串门，后来才从母亲的口中知晓，他父母都去世了，来投奔姑妈。

"可怜哟——"母亲说完之后发出这样的感慨。

后来陈静冉出门再碰见他时,心里便也不由得生出了几分怜惜。

年轻女孩子的心肠软得要命,知晓了别人的秘密,便总想分给对方一点儿温暖。

再遇见时,他正靠在门前站着。

夜间巷子里灯光昏暗,他微微低着头,半张脸隐没在黑暗里,但仍能看出眼尾泛红,整个人显出一种难以言明的孤独来。

陈静冉本来要出门买汽水,路过他时,脚步便怎么也挪不动了。

她其实和他还并不熟悉,但他长得实在很好看,有种落拓的美。

陈静冉顿了片刻,脚步转了个弯,走过去,仰着头。

夜色下,女孩眼睛清亮,她说:"你要来我家坐坐吗?"

后来,陈静冉每每回想那一幕,都觉得自己可能是被周原的美色冲昏了头脑。

其实刚说完,她就后悔了,气氛尴尬得让人想立马从这个星球消失。

陈静冉的脸瞬间就红了,她抿了抿唇,想解释,旋即便听男生轻轻笑了声。

他好像很爱这样笑,他的嗓音很沉,笑声是清冷的,荡在夜色里,却又有种莫名的性感。

陈静冉的心脏不知怎么就狂跳起来。

"现在?"周原视线下瞥,语气有些漫不经心,"可以吗?"

陈静冉转身就跑。

没想到第二天在学校里又碰见他。

他跟在班主任后面,面容冷淡,站姿挺直,半点儿也看不出昨晚那副消颓的样子。

他一进门就因为那张过分好看的脸获得了满室的赞叹声,班主任让他自己挑座位,他掀起眼皮,随意一扫,指尖便落在了陈静冉旁边。

陈静冉坐直身体,心里又没来由地生出一股窃喜来。

但他坐过来后,陈静冉却并没有主动同他讲话。年轻女孩有一些旁人无法理解的骄傲,她矜持地低着脑袋认真解题,写到一半,却有一只手从旁边探过来,点了点她的试卷。

"错了。"他的嗓音清冷,语调依旧是懒散的,身子靠近她时,她闻到一阵很淡的柑橘味的洗涤剂气味。

他说完,便从旁边拾起一支笔,将她写错的地方一步一步重新写出来。

他的字也好看,温润里暗藏锋芒,就像他这个人一样。

她的思绪飘得远,半点也没将他的话听进去,直到耳边倏地一静,她才回过神来,一抬头就对上少年似笑非笑的目光。

陈静冉的脸不由得又红了，她咳了声，胡诌道："我是在想，你突然给我讲题，是不是想让我帮你保密？"

瞧见周原面露不解，她凑近他，补充道："昨晚哭了的事。"

因为怕被旁人听见，她的声音压得很低，身子离他很近，讲话时，呼吸轻轻扫过他的耳尖，像被猫咪的尾巴轻轻扫过一般，又软又痒。

周原转笔的手一顿，身子往后退了些。他垂下眼，目光所及之处，女孩像是发现了什么了不得的大秘密般，说完，还点了点头，自己给自己鼓了把气，眼里闪烁着兴奋的光芒。

她是真的小说看太多了，脑子里稀奇古怪的想法多得要命。想到这一层，她越说越觉得自己的猜测很有道理，又继续在那里絮絮叨叨："我……我理解你，每个人都有不开心的时候，你放心，我肯定……"

话音未落，突然听见男生说道："一般知道太多的人都是什么下场，你知道吧？"

他的嗓音本就低沉，说这话时，又刻意压得更低了些。

陈静冉微微一愣，语声顿住，可能因为刚刚说得太专心，太沉浸在自己营造的那个小世界里，故而她一时间真的被周原唬住了。

她眨了眨眼，下意识地服软，伸手扯了扯他的衣襟，小声保证："我真的会帮你保密。"

"乱说出去就罚我……罚我……"

她吞吞吐吐半天也没说出个所以然来，最后还是周原一锤定音。

"晚上你跟我去个地方。"

那年七中还没开设晚自习，下午放学之后便没有别的事了。

陈静冉跟着周原走进车棚，他的车子是姑妈用旧的，很老式的一辆自行车，黑色的，又高又大，骑在马路上会发出咣当咣当的响声。

陈静冉惜命得很，怕摔倒，坐上去后便紧紧抱着他的腰。

少年清瘦，看起来薄得像一片纸，没想到腰上竟然还有腹肌，陈静冉的手掌碰上那块肌肉，便下意识一缩手，谁知还没收回来，手腕便被他捉住。

他拍了拍她的手背。

"抓紧我，掉下去了我可不负责。"依旧是有些吊儿郎当的声音，里面夹杂着些漫不经意的笑声。

迎面吹来一阵风，鼓荡起他的白衬衫，蹭到陈静冉的脸上。

她的手再次搭上去，脑海中一瞬间浮现出很多看过的电影画面。

那两年，有一半的夜晚，陈静冉都是同周原一起在酒吧里度过的。

他寄人篱下，想经济独立，便在课下找了个酒吧驻唱的兼职，但是又怕自己频频晚归，姑妈怀疑，就拉了陈静冉一起。

在后来的很多年，陈静冉每次想起周原，脑海里最先总会浮现出那段时光来。

其实大多时候都是周原在前面唱歌，她在后台写作业。酒吧里很吵，即便装了隔音墙也并没有很好的效果，她一开始还不习惯，每每被歌声扰得分神，后来时间久了，那些声音就全变成了她写作业的背景音。

好在他每日驻唱的时间并不长，半个小时就够了。

但许是因为他长得好看，每日来看他的人格外多，他也不在意，唱完了就走。

有时陈静冉提前完成作业，也会悄悄走出来听他唱歌。酒吧里灯光光怪陆离，好像带着一种天然的暧昧，所有人都吵吵嚷嚷挤在一起，唯有他清清冷冷坐在上面，膝上架着一把吉他，轻拢慢捻，唱着一首又一首深情又缱绻的歌谣。

陈静冉从不敢多听他唱歌，尤其是情歌，她总觉得他在歌声里偷偷放了蛊人的钩子，一不小心就会陷进去。

她虽然从不排斥全心全意地投入爱意，但又本能地想要远离这种危险。

唱完歌后，他们通常会一起先去吃个夜宵再回家。

那阵子，南城所有在夜间开放的餐馆几乎全被他们尝了个遍，但大部分还是一些比较清淡的吃食——豆花、酒酿、馄饨之类的。

到了夏天，他们便把夜宵改成了糖水。

夏日的夜晚，连风都是热的，街上行人变得稀少，空气又湿又黏。

陈静冉怕热，吃起凉来没有节制，没承想正好撞上生理期，她的小腹痛到走路都艰难。

那样的年代，男孩子懂的没有那么多，见她不舒服，起先周原还以为她在故意闹他，后来看见她额上都是汗，嘴唇也跟着泛了白，他才意识到不对劲。

那天他没骑自行车，两人一路沿街走回去，他在她面前蹲下，女孩颤颤巍巍攀上他的背。

因为身体不舒服，她难得安静下来。

那条路很长，他们走得无聊，陈静冉怕他担心，努力让自己声音里晕开一点儿笑意。

她弯着眼睛，撒娇似的问他："可不可以唱首歌来听听啊？"

她明明日日听他唱歌，但那些歌都是唱给别人的，她想有一首歌，他只唱给她听。

少年脚步微顿，慢慢开口："共你有过最美的邂逅，共你有过一些风雨忧愁，共你醉过痛过的最后，但我发觉想你不能没有。"

是那两年红遍大街小巷的一首歌，陈静冉听过很多次。

可如今那字字句句由他唱来，又仿佛带了点与旁人都不同的温柔意味来，陈静冉双手交握在他的胸前，脸颊紧贴着他的后背。

那夜月色很好，莹润皎洁，温柔明亮。

陈静冉听着听着，不知道什么时候睡着了，只记得梦里也是他的声音。

那是1995年的夏天，亦是她认识并喜欢他的第二年，他们日日一同上学下学，一起去做兼职，一起走过深夜寂静的长街，一起在夏日悠扬的蝉鸣声里吹着破旧的小风扇复习功课。

那时的时光好像过得很慢，每一瞬间都被拉得无限长，那时迫切想要长大的陈静冉，以为自己这一生会一直这样平淡却又温暖地过下去。

十七岁的她尚且不知道，长大的代价，是失去他。

3

周原是在他们高考结束之后消失的。

陈静冉清楚地记得，那天他还去参加了他们的毕业聚会。

聚会办得热闹，很多个班级的人凑在一起，陈静冉考得还不错，那日心情很好。

她一个人喝掉了整整半瓶梅子酒，醉得晕晕乎乎的时候，据说还拿着麦克风跑到了台上去唱歌。

陈静冉记得她那天唱的歌也是那天晚上周原唱过的，张学友的那一首，《只想一生跟你走》。

"很想一生跟你走，就算天边海角多少改变，一生只有风中追究。"

大抵从小学戏的缘故，她唱歌很好听，即便是流行歌也能被她唱出一股古雅的味道来。

许是因为喝了酒，她那晚的胆子好像格外大，唱歌时，目光一眨不眨地看着周原，台下所有人都察觉到了异样，然后在众人的注视下，周原突然走了出去。

后来陈静冉在楼下的窄巷里找到他，他倚在那里，低着头，面容被拢在一片烟雾后面。

他明明也才十几岁，却有一种别样的性感，巷子里灯光不亮，令他看起来有一种落落寡合的美。

她刚刚的态度已经表现得那样直白，他的拒绝也这样明显了，如若是平时的陈静冉，应该早就转头走了。可那晚她醉了，胆子也大了，她在那里看了他片刻，心里忽然就生出一股不服气来。

凭什么？

凭什么他不喜欢她？

她从小便顺风顺水，想要什么东西，哪怕过程偶有曲折，但最终的结果总是好的。

她的人生还没有受到过这样真正的挫折，所以，那时候她一直以为喜欢他也一样。

况且,在过去的一年多里,他明明也对她那样温柔、耐心、照顾有加。

她一直以为两个人的关系就只差捅破一层窗户纸了。

她踩着自己并不习惯的高跟鞋哒哒哒走过去,他个子实在高,即便她穿了五厘米的鞋子,看他时,还是要努力仰起脸。

他低头看她,脸上依旧挂着抹淡笑。

他抬起手,轻轻蹭掉陈静冉嘴角没擦干净的一点奶油,她鼻子上、脸上都有,是刚刚别的同学抹上来的。

周原因为出了门,恰好躲掉了这个环节。

他擦得耐心,指腹上还有淡淡的柑橘味,陈静冉的眼泪忽然就掉了下来。

她嫌自己这时候落泪实在没面子,顿了一顿,便将自己整张脸都埋进了周原的胸膛里。

他只穿了一件衬衫,胸膛硬得要命,上面都是骨头。

其实不太舒服,陈静冉把眼泪全蹭了上去,呜咽着说:"我还以为你喜欢我。"

她从来都是这样直白又坦荡,语气里还带着几分她自己不曾察觉的娇嗔。

周原的两手垂在身侧,任她抱着他,听见她的话,他微微侧了侧头,似是笑了声。

女孩的重量全压了下来,在她身体滑下去之前,他弯下腰,抱住她。

她闭着眼,眼角泪痕还没干,湿漉漉的,嘴唇微微鼓着,即便醉过去了,依然带着醒时的委屈。

周原叹了口气,嘴唇落在她的额头上,女孩的睫毛轻颤。

他轻轻"嗯"了声,想说什么,最终还是又叹了一口气。

是喜欢的,他想。

但是啊,他不能喜欢。

第二天陈静冉醒来时,周原已经离开了。

陈静冉去找他,只能听见姑妈喋喋不休的抱怨声:"真是没良心,在这里待这么久,走了连声招呼也没打。就留了一张字条,让我别担心,我担心他什么?"

女人说到这里,却又落下泪来:"他爹妈被歹徒报复,临死的时候也没交代一句什么,后来r看到遗书,让我好好照顾他,你说我这……"

她说到这里,许是觉得自己在小辈面前失态了,转身抹掉眼泪,才又继续说:"小孩子是真的可怜。"

陈静冉很少听周原讲起自己父母的事情,只有一次,那天他的心情似乎格外不好,意外地旷了酒吧的工,也没跟陈静冉说一声,就一个人回家了。

后来她去隔壁找他,姑妈正拿着个收音机坐在院子里听广播,看见她,指了指天台的方向:"回来以后就一直在那上面坐着,也不知道怎么了。"

陈静冉沿着楼梯爬上去,晚春初夏的时节,夜间的风还是凉的。

他坐在天台上,双腿搭在外面。陈静冉有点儿恐高,不敢坐过去,只敢隔着一段距离与他搭话。

陈静冉抿了抿唇,问他:"你怎么了?"

周原没应声。

她鼓着勇气,慢吞吞地走近他,但也不敢离天台的边缘太近,只敢躲在他后面。

她说:"周原,我们下去好不好?我害怕。"

这回周原说话了,他的声音淡淡的,语气显得有点儿冷:"你先下去。"

陈静冉说:"秀椿街新开了一家豆花店,我想去尝尝,你陪我去呗。"

"不去。"

"但我听说特别好吃,班长他们都去尝过了,肯定……"

"陈静冉。"话未说完,却被周原打断,他终于回过头,拧着眉毛,他说,"让我安静一会儿。"

陈静冉再次问:"你怎么了?"

她平时很少问别人这个问题,她这个人,典型的外热内冷,好像跟谁都关系不错的样子,但其实很少有人能真正走到她内心去。

所以她很少对别人的事情刨根问底,第一是因为她确实不关心,第二则是因为,她觉得别人倘若想说,根本就不需要她主动去问。

她从来都将这个分寸拿捏得很好,可事情到了周原这里,那些她严格遵守的分寸好像全都化为了泡沫。

她的声音小小的,里面的关心意味毫不掩饰,眼睛亦充满关切地看着他。

周原凝目注视她片刻,本想拒绝的,可话到嘴边,不知怎么就松了口,他叹了口气,说:"今天是我妈妈的生日。"

永远温柔美丽的女人,年华也永久停留在了温柔美丽的时刻。

后来陈静冉才想起,她其实是看过关于他父母的新闻报道的。

永远战斗在一线的警察遭歹徒报复,双双丧命,只留下了一个十几岁的儿子。

缘分这种东西有时很奇妙,在真正相遇之前,我们好像会在无数个转角处错过。

等相识已久之后,再回过头来看,才恍然惊觉,原来我那时就见过你。

她当时仓促一瞥,未曾想过自己后来会与故事的主人公产生那么多交集。

325

那一年,他们填报高考志愿的时候,周原其实回来过一次,只是他填报的时间与陈静冉去学校的时间刚好错开了,等她抵达学校时,他已经离开了。

那年的通信还没有那么发达,他离开后也没有留下什么联系方式,很久以后陈静冉才从别人口中得知,他后来到底还是继承了父亲的衣钵,去念了警校。

他身上流淌着那样的血液,从小在那样的环境里耳濡目染,况且,父母的遭遇,注定他终究会踏上这条路。

警校在一个很偏远的地方,从南城坐火车过去要整整二十几个小时。

陈静冉并不是没想过要去找他,但她觉得高考结束那天自己已经将心意表达得很明显,她已经往前迈了九十九步,停在最后一步,是她在他面前最后的尊严。

后来他们其实也见过几次面,有一年春天,他回南城办事,那天陈静冉正好放了假,正在家里练琴。

她出门买东西时,撞见他,两人隔着巷弄里一方窄窄的天光相对而立。

那时,距离他们上一次见面已经过去将近三年。很奇怪,明明以前那么亲密无间的两个人,隔了一些时日不见,却反而比普通人还要陌生。

他其实变化不大,虽然念了警校,但整个人看起来还是很斯文,戴眼镜,穿白衬衫。看见她,他微微愣了愣,手指挠了挠鼻头。

"我回来办点儿手续。"他轻声解释来意,陈静冉便"哦"了一声,两人一时间相对无言。

春风吹过来,有嬉闹的孩童从后面跑过来,陈静冉没注意,小孩儿差点撞到她。

就是在这一刻,周原突然快步往前,拉住了她的手臂。

她没提防,半个身子撞入他怀中。

那天她穿的是一件蓝色印花的旗袍,旗袍的样式将她的身形勾勒得格外好看,他的手臂搭在她的腰上,她虽然瘦,但身上其实是有肉的,他的手刚碰上去就立马像烫到似的拿开了。

两人距离拉近,陈静冉鼻息间全是他身上洗涤剂的清香。

过去这么久,他还是不爱喷香水,爱用柑橘味的洗涤剂,整个人身上透着一阵微微发苦的甜。

那两天她带他去逛了她的大学,邀请他去看了她最新的话剧,话剧结束后已经是深夜,他们又一起去吃了夜宵。

天渐渐暖起来,有一天,温度骤然升高,一起去吃豆花的时候,陈静冉走在他后面,温热的风拂在脸上,恍惚间,她觉得他们仿佛再一次回到了十六七岁的时光。

那时亦是这样,他在前面走,她在后面跟着。

夏夜蝉鸣声都停了下来,偶有推着小推车的小贩路过,她虽然已经吃了很多,但还是忍不住盯着人家车上的糕点和糖水。

每到那时,周原总会笑她。

他虽然笑,但还是会摇着头拦住小贩,在那时所有的小食中,陈静冉最喜欢的是一款绿豆糕。

糕点做得并不精致,甚至有些粗糙,但口感很好,入口即化。

后来可能是因为口碑太好,那个老板在秀椿街盘下了一家门店,每日排队的人从早等到晚。

有一回陈静冉心血来潮,排了很久的队终于吃上一口,但绿豆味浸入舌尖,再也不是当初的味道了。

那一次周原在南城停留了挺久,每日陈静冉得空了,便跟他一起出去玩。

他们一起去看过西山的花,邻市的海,也曾在深更半夜爬到山顶等日出吞没黑暗。

等他离开时,夏天已经彻底来临,她送他去车站,两人在月台边告别,他们只字不提年少的喜欢,两人都默契地对这件事缄默不言。

偶尔在某个失眠的夜晚,陈静冉也很想跑去问问周原,他对她究竟是怎样的想法。

但她的体面与自尊心不允许她这么做。

之后他们又断断续续见过几面,一起聚过餐、吃过饭、喝过酒。

他们越来越生疏,面对彼此时越来越礼貌,但每次见完他后,她总是整夜整夜地睡不着。

她喝酒、放声唱歌、独自跳舞,以及,思念他。

她长得好看,起先剧团里的老师们也常常会给她介绍男朋友,但她总是拒绝,旁人问起,她只说有喜欢的人。

但她始终不结婚,周原也没有结婚。

有几次同学聚会时,有人有意将他们凑对,周原与她分坐在桌子的两端,闻言,他眼里漾起一抹潋滟的笑。

"我工作那么忙,就别耽误人家了吧。"

他的语气淡淡的,咬字有些慵懒。

旁边的男生捶了他一下:"怎么,舍不得花花人间啊?"

他低头笑,没否认。

几人对视一眼,话题很快又扯向了别处。

再后来,他们年纪越来越大,同学们再相见时,话题早就由自己的生活转向了谈论各自的子女，对他们的感情生活再也投不出多余的关心。

只有一次，陈静冉那段时间状态格外差，那次同学聚会，她破天荒地喝了很多。

中途，她去卫生间时，偶然碰见他在抽烟区抽烟，她脚步微顿，大概因为醉酒，记忆有些错乱了。

她慢吞吞地走向周原，问他："那次你回南城说有手续要办，但我后来问过你姑妈，你当时根本没有什么东西要办，所以你回来的真正原因是什么？"

这个问题她压在心间许久，一直没有问出来。

周原静静地看着她。

直至这时，他才发现，她真的不年轻了，他也是。

他们的眼角都散开了淡淡的细纹，皮肤不再像从前那般光滑，但她还是美的，她身上有着一股历经千帆却依然天真的美。

就像此刻，她脸颊微红，眼里水汽氤氲，他张了张嘴，明明有一千句让她失望的话，可句子滚到嘴边，他突然就不忍心了。

他的嗓音干涩，语声微哑。

"那次，是想看看你。"他叹了口气，最终还是说了实话。

那段时间他们出去出任务，同组的两个队友直接跌落悬崖，他侥幸逃生，黎明的日光照下来的时候，他突然很想她。

她的眼泪随着他的声音一起落下，她咬着唇，本来想忍一忍的，可到底还是忍不住了。

她蹲下来，小声地呜咽着，哭到蹲都蹲不稳。

周原把烟捻灭，弯腰去扶她，隐约听见她夹在哭腔里的那句话是——

"太晚了。"

她于生命弥留之际终于等到她想要的答案，可这句话，终究来得太晚了啊。

4

周原四十三岁这年夏天，收到一个昔日同学寄来的包裹。

包裹很小，他打开看，里面是一卷标签已经泛黄的磁带。

同学同时给他发来微信，大意是讲，前两日收拾旧物，偶然间翻出这个，思来想去，还是觉得寄给他最合适。

他家里没有收音机，东西收到后便搁在那里了，等他想起来时，已经又过了两个季节。

那时临近年关，他又去了一趟南城，去街上给姑妈购置年货时，正好碰见同样来逛街的同学。

同学问起那盘磁带，他微微发愣，这才想起还有这样东西来。

那次他走时，将自己少时用来听听力的收音机也一并带了回去，当天晚上他吃完饭，打开收音机，将那盘磁带放进去。

刺啦刺啦的声音过后，突然响起一道清亮而婉转的女声，是十七岁的陈静冉。

她唱："但求你未淡忘往日旧情，我愿默然带着泪流，很想一生跟你走。"

他的动作微顿，脑海中蓦然想起春日里那通无人说话的电话来。他翻了好久的聊天记录，找到那个号码，拨回去，响了好多声才有人接通，是一道年轻的女声。

他张了张嘴，以为自己打错了，正要挂电话时，听见对面的人问："您好，您找我小姨吗？"

像是怕他没听懂，她又解释："这是陈静冉的电话。"

他轻轻"嗯"了声，一句"可以麻烦让陈静冉接下电话吗"还未说出口，便听到女生哑声说道："小姨走前让我不必对外广而告之她的事情，以免为他人带来困扰，但我想了想，还是留下了这个电话，以便告知那些关心她的人关于她的消息。"

她说："小姨已经在几个月前，因病离世了。"

应当是仍旧无法接受亲人离世的事实，她说到这里，声音微微哽咽起来。

周原握着电话的手猛然一紧，大脑几乎一瞬间空白了，他机械性地问她："什么时候？"

"今年春天。"

像是为了宽慰他，她又补充："那天天气很好，小姨走时正坐在窗前看花，好像还给想念许久的人打了电话，总之……应当是没留下什么遗憾的吧。"

她的声音温柔，一下一下抚在他的心间。

挂掉电话后，窗外忽然落了雪，北风呼啸，他走到窗边，好像想做点儿什么，可是又无论如何都想不起自己究竟要做点儿什么。

他想起他去念警校的第一年，有一次无意间被老师知晓了他与陈静冉的事，老师问他为什么要放弃自己喜欢的人。

他当时是怎么回答的？职业凶险，不想她受伤害。

老师当时轻轻叹气，后来每一次见到他，都要问他一句后不后悔。

他心里装着厚重的梦，这些年救了无数人，帮了无数人，其实没什么可后悔的。倘若父母在天有灵，看到这样的他，一定也感到宽慰。

可直到这时，他才隐隐约约理解了老师当时说的"后悔"是什么意思。

人之一世，每人对圆满的定义不同，有人活过百年仍如一天，有人得偿所愿，哪怕只有一天的欢愉，也足以支撑自己走过余生漫长的孤寂岁月。

他因着那些尚未来临的危险，将她推离自己的世界，可这些年，她过得并不快乐。
　　他轻轻叹了口气，听见收音机里的歌声仍在轻响。
　　"很想一生跟你走，在我心中的你，思海的你，今生不可不能没有。"
　　女声婉转，带着浓浓的向往，浓浓的情意。
　　而今歌声穿过漫漫岁月，终于再次传递到他这里。
　　可那又怎样呢？
　　他与她这一生，终究还是错过了啊。

番外三
假如江妄回到以前

1

十月的风凉凉的，秋老虎在林叶间用力撕扯着吼完今夏最后一点儿余力。

李临坐在自行车上，单脚搭着地，上身微微弓着，拇指不断地拨弄自行车车铃。

不知拨了多久，才有一个男生从楼道里姗姗来迟。

男生个子很高，穿着简单的白色短袖，头发显然刚刚洗过，还没来得及吹干，衣领上被水泅开一小截深色水迹。

李临的目光落在他那张白得过分的脸上，笑着打趣："你不行啊江妄，今天怎么起这么迟？"

江妄随手把手机揣进兜里，没有像往常一样怼回去，反而是有些心不在焉地"嗯"了声。

李临换了只脚支地，察觉到江妄的反常，狐疑道："怎么，发烧了？"

楼道旁边就有专门停放自行车的地方，江妄走过去打开自行车锁，没有回答李临的话，反而问："今天是不是要转班？"

"你才想起来？我昨晚不是给你发过短信吗，今天要搬教室，所以得早点儿去学校。"李临拿出手机看了眼时间，蹬起自行车，"得赶快了，我们现在过去肯定得迟到。"

江妄若有所思地看着他的背影，沉默了片刻，也跟着跨上了自行车。

虽然已经做了一早上的心理建设，但他还是觉得难以置信，明明昨天他还在跟盛意商讨婚礼的事宜，怎么一觉醒来，突然回到了从前。

2

2011年十月末的这一天,对于南城七中二十四班所有学生来讲,都是十分难忘的一天。

整整一个早自习,大家都在哐哐当当地搬教室,整个高二年级的教学楼里全是大家的嬉闹声。

盛意和林昭昭来得早,两人坐在座位上百无聊赖地聊天。

林昭昭朝教室里睃了一圈,不知想到了什么,突然用手肘戳了戳盛意:"对了,我之前听说江妄也选了文,你说,他会转到我们班吗?"

那时早自习已经接近尾声,教室里已经很久没进新生了。

盛意的动作微顿,抬眼看了看已经快要坐满的座位,摇了摇头:"我也不知道。"

下课后,她陪林昭昭去买早餐。

等待的空隙里,她拐进旁边的小卖部买笔记本,选择困难症正发作,身后突然掠过一阵风。

她没提防,身子被撞得趔趄了一下,转头看过去,早秋柔和清亮的光线里,男生逆光站着,一头灰蓝色的头发格外惹眼。

四目相对,他微微愣了一下,脸上方才还有些冷峭的表情瞬间化开,他张了张嘴,似乎想说什么,身后突然有人略显嫌弃地"啧"了一声。

"晕,江妄你那是什么表情?你这样笑起来可太瘆人了。"男生说着,走过去迅速揽住他的肩膀,两人笑闹着离开。

盛意看了一眼他们的背影,转头从货架上抽出两个笔记本,回到教室时,看到江妄已经在最后一排靠门的位置坐好。

她进门时,他正好看过来,目光相接的那一瞬间,他的眼睛忽地一弯。

他的表情太熟稔,有一个瞬间,盛意甚至有一种错觉,仿佛两个人已相识多年。

她捏了捏耳垂,整只耳朵都在发烫。

林昭昭回头看到她脚步顿住,问:"怎么不走了?"

盛意仓促地收回视线,摇了摇头。

目睹了全程的李临不由得又"啧"了一声,拿肩膀撞撞江妄,揶揄道:"怎么,看上人家啦?"

他眯了眯眼,还想再说什么,突然听见江妄轻轻"嗯"了一声。

江妄的目光仍落在盛意身上。

这是2011年的秋天,盛意穿着干净的衬衫和裙子,讲话时声音细若蚊蝇,偶尔会拿眼睛偷偷看他,但面对他时又从不肯外露半分情绪。

是他错过的、她万分之一的酸涩而隐秘的暗恋时光。

他摸了摸鼻子，脸上浮起一丝李临从未在他脸上看到过的温柔神情。

分班没多久就是新一轮的月考了，考试之前老徐就说过，这次考试成绩将作为排座位的依据。

排名公布出来的时候，李临看着江妄名字后面紧跟着的"第六名"，疑惑地皱了皱眉："怎么，考试失误了？"

走廊里闹闹哄哄都是人，江妄倚墙而立，漫不经心地垂下眼，目光落在第五名盛意的名字上。

他记得之前盛意就考到了第六名，那次他是第一名。

而如果他这次考得比盛意低1分，就恰好排在她后面一名，当时考试时他严丝合缝地计算过，多一个题目都没做。

试卷刚发下来的时候，老徐还把他叫到办公室谈了一下，问他为什么空那么多题没做。

他勾起嘴角，懒声说道："睡着了。"

老徐被他气得不行，又骂了他两句，就挥挥手让他回教室了。

这会儿，盛意已经进了教室，因为她的名次靠前，所以里面还有很多空座位，她想了想，选了倒数第四排靠窗的位置。

时已进入深秋，窗外的树叶已经泛黄，微风吹过来，卷起几片落叶。

她把书包放在腿上，慢条斯理将里面的东西一样一样拿出来，正专心整理，冷不防听到老徐大声念道："下一个，江妄！"

她的动作一顿，抬起头来，男生恰好走进教室。

他们的视线短暂对上，男生像是习惯性地弯了弯眼睛。

他的眼睛本就好看，向下弯时有道狭长的弧度，眼里水光潋滟，盈盈闪着波光。

盛意耳尖一热，她捏了捏耳垂，仓促地收回视线。

她发现自己最近好像总是会无意间和江妄对视上，这次在二十四班遇见，她觉得他好像变了很多。

虽然以前她同他的交集也很少，但记忆里他是个冷淡的人，对什么事好像都不大在意，身上总裹挟着一股不好接近的气场。

就像前不久在校门口的小卖部里遇见时，他那满头蓝灰色的头发一般，是不羁的、自由的，青春气逼人。

可最近的短暂相处中，她却觉得他好像跟她之前认知的样子有一些差别。

怎么说呢，他好像很自来熟，同她讲话时有一种天然的亲昵感，以至于连林昭昭都问她是不是跟江妄早就认识。

她正思忖间，男生已经走到她后桌坐下。

班里人多,每个座位都很狭窄,他长手长脚,坐下去后,桌子不受控制地往前挪动了一些,但很快又被他拉了回去。

他的手指碰上她的后背,盛意整个脊柱都僵住了,男生压着嗓子,声音里含着几分浅淡笑意。

"同学,你好。"

盛意回过头去,映入眼帘的是一枚红色的平安符。

平安符很小,摊在江妄的掌心里。他垂着眼,温声给她介绍:"这是我前几天去求的,作为新前后桌的礼物,祝你在未来的日子,喜多过忧,甜多过苦。

"即使月暂晦,天暂暗,但长夜终有尽,你所想的,最后一定都会得偿所愿。"

他的语调缓慢,如春夜里落在屋檐上的雨水一般,温柔又坚定地敲击在盛意的心脏上。

盛意抬起眼,心里忽然地生出一股非常奇异的感觉,仿佛她与江妄已相识多年,仿佛他们已经共同走过一段漫长而温暖的岁月。

她的眼眶忽然地有些湿润,那些没来由的情绪冲击着心脏。她深吸了口气,接过那枚平安符。

"谢谢。"

江妄"嗯"了声,目光落在她泛红的眼角上,他的神色一顿,几乎是下意识地想伸手去碰她的眼。

可伸到一半,手又缩了回来。

教室里的人渐渐多了起来,他叹声气,转头看向窗外。

秋意浓浓。

那时是盛意主动坐到他前面,这次,就换他来主动走向她吧。

那个周末,盛意、江妄、李临以及林昭昭,四个人本来约了一起去吃饭,结果当天江妄不知道因为什么事,并没有来上课。

但他们三个依然按计划一起去吃了饭,吃完饭后,又顺便去附近的一家练歌房里唱了会儿歌。

中途,温景给盛意打来电话,盛意出去接电话时,突然看见江妄好像拐进了旁边的巷子里。

那片巷弄是南城有名的灰色地段,盛意心里好奇,等反应过来时,人已经进了巷子。

巷子里很黑,走到一半时,她听见旁边有几个人正流里流气地讲一些垃圾话,她的脚步顿住,犹豫了片刻,谁知那几个小混混见她进来,未等她有所反应，他们却先一步往后退了一点。

虽然他们都没说话，但盛意能够明显读出他们眼神里的意思：别怕，我们不会伤害你。

要是搁在以往，她肯定是要警惕几分的，可这晚不知是正在跟温景讲电话的缘故，还是因为对江妄太过担心，她几乎没怎么思考就相信了那几个人。

等她走过去，身后才有人压低了声音问旁边一个染着一头红毛的少年："老大，江哥为什么要让我们保护这个女的啊？"

红毛闻言，一巴掌拍在那人脑袋上，恨铁不成钢地骂道："你那脑子是摆设吗？"

他们叽叽喳喳的声音荡在夜风里，全被吹散了，盛意一句也没听到。

她刚刚等了一会儿才进来的，待她进来时，江妄已经不见了。

她边放低了声音和温景聊天，边往巷弄深处走，到达最里边那个院子门口时，里面突然传来一阵激烈的骂人声。

男人声音高亢，难听的话一声一声往外冒。

虽然他没有说任何关键词，但盛意莫名觉得，这就是与江妄有关。

温景显然也听到了她这边的动静，他停下自己先前的话题，问盛意："你那边怎么了？"

盛意张了张嘴，正要答话，院子里突然走出一个人。

男生穿着一件黑色卫衣，帽子拉过了头顶，大半张脸都隐没在黑暗里，虽然看不清表情，但盛意莫名觉得他现在是极度愤怒与不开心的。

看见她，江妄的神色却并未见有多意外，他的目光定在她的手机上。

手机那头的温景见她久未答话，唤道："盛意？"

盛意低应一声，视线始终放在江妄身上。

很奇怪，明明平日里她一撞见他就会下意识地隐藏自己的情绪，可也不知道是因为此刻夜色太好，还是因为此刻他的模样太过狼狈。

盛意一时间竟然无法挪开视线。

她抿了抿唇，看见从方才起就一直沉默着的江妄突然再次抬起了脚。

他拉下帽子，缓步朝她走来。

昏暗的灯光照在他的脸上，盛意心脏突突直跳，男生的气息压下来，她本能地往后退了几步，后背贴上身后的冷硬墙面。

她的嘴唇嚅动了下，下一秒，手臂突然被人拉住，紧接着，她整个人都跌入一个温暖的怀抱中。

她的右手还举着电话，整个人都愣在那里，完全不知该做什么样的反应才好。

偏偏男生还在得寸进尺，他把下巴压在她的肩膀上，嘴唇有意无意地贴近她的手机听筒。

"盛意。"他低声唤她,声音微哑。

盛意整个思绪都紊乱起来。

月色朗朗,院子里间或还会有一些骂骂咧咧的声音传递出来,可江妄此刻的心却格外宁静。

他轻轻嗅了嗅她发间的气味。

"盛意。"他又叫了一声她的名字,"之前送你平安符的时候,有一些话我还没有讲完。"

他说到这里,语声里不由得压了几分笑意:"如果,如果你现在或者以后,遇到了一个你很喜欢很喜欢的人,也许过程会很苦,但是我希望……"

"但是,我恳请你,"他改了口,央求一般地轻声呢喃道,"但是,我恳请你,不要放弃他,好不好?"

他说:"无论哪个时空,都想能和我们盛意好好在一起。"

3

江妄醒来时,是凌晨五点,室内一片昏暗,月色与晨光照进来,满眼皆是素白。

嗅到房间里浓郁的消毒水气味时,江妄才反应过来,自己现在大概是在医院里。

他动了动身子,全身如车轮碾压过一般泛起疼痛,先前的记忆才后知后觉地涌入脑海。

他和盛意试完婚纱回去的时候,后面一辆货车失控,撞上了他们的车。

他皱了皱眉,虽然那时候他下意识地护住了盛意,但因为他当场就昏迷了过去,所以,也不知道盛意后来怎么样了。

想到这里,他抬起手便想要去拿自己的手机,谁知才刚刚开始动作,手指突然触碰到一片软软的皮肤。

他艰难地转过头,借着外面的光,才看见盛意正坐在病床边的椅子上,脑袋压在双臂上睡着了。

应该是被他的动静吵到了,她轻轻皱了皱眉,不到半分钟,整个人突然腾的一下从椅子上坐起来。

四目相对。

她眨了眨眼,一时间像是尚未反应过来。

停了片刻,她才张了张嘴,轻声叫他:"江妄。"

声音刚出来,她眼眶就跟着红了。

她伸手去摸他的脸,声音里带着浓浓的哭腔:"你感觉怎么样了?你昏睡了三天,我担心死了。"

她的身子也倾下来,嘴唇碰上他的额头、他的脸颊、他的嘴。

江妄慢慢回应着她,忽地想起那个他做了一半的梦来。

梦的最后,也是在这样一片昏聩不明的天光里,他紧紧拥抱着她,让她无论以后遇到何种困难,请一定不要放弃喜欢他。

他知道自己这个要求很自私,在那些他不曾窥见的漫漫岁月里,盛意因着这一份喜欢,一定经历过无数次他无法想象的绝望与痛苦。

但是——

但是,就让他自私一回吧。

人生苦短,他不想错过她。

他弯起眼睛,晨曦一寸一寸没过她的眼。

"去见你了。"半晌,他说。

盛意整理旧物时,突然翻到一枚以前她从未见过的红色护身符。

护身符看起来应该有些时候了,布料已经不复往日的鲜亮,一开始她还以为是小姨的东西不小心放到了她的箱子里,可她拿起来仔细端详时,却发现护身符的玉坠上隐约刻着一个"妄"。

是江妄的"妄"。

她盘腿坐在地上,转头叫正在厨房里煮饭的江妄。

男人盖好锅盖,走出来。

盛意仰着头,递出那枚护身符。

男人目光一凝,似乎有些诧异。

盛意说:"这应该是你的东西?怎么会在我这里?"

江妄弯下腰,把盛意从冰凉的地板上抱起来放到沙发上,盛意顺势抱住他的脖子,叉着腿坐在他的腿上。

江妄重新将那枚平安符放入盛意的掌心。

"是你的东西。"他说。

"哎?我完全不记得了,而且这上面写着你的名字。"

"可能时间太久,你忘记了。"

"不可能。"她默了片刻,补充,"我的意思是说,如果这上面是你的名字,我不可能不记得。"

江妄随手拨开她额前有些挡眼的头发,盛意低头看着他,玩笑道:"该不会是你送给我的吧?"

"是。"

"哎?"

"什么时候啊？"盛意没太认真地继续开着玩笑。

"可能是在梦里吧。"半响，江妄说。

在梦里，我又从头爱了你一回。

番外四

爱是天时地利的迷信

江妄和盛意的婚礼定在了这年春天,百花齐放,万物复苏。

婚礼前一晚,两人被要求不能见面,盛意只好坐在景德巷的院子里晒太阳。

原本陈静娴和盛淮的意思,是希望婚礼在京市举办,但盛意觉得她和江妄是在南城相识相伴,最后又重逢、恋爱,这里有他们太多太多的回忆。

所以在讨论之后,婚礼最终定在了南城。

简希提前了一天到来,就住在盛意的家里。这个家以前就冷清,只有盛意和陈静冉,现在就剩她一个人,显得更加冷清了。

好在陈静娴和盛淮最近几天也住在这里,家里才稍微有了那么一些烟火气。

房子早就布置了起来,贴了红色的楹联,挂上了红色的小灯笼,简希搬了个凳子坐在盛意旁边,侧目看向她静谧柔和的面庞,唏嘘了大半天。

"虽然你已经跟江妄恋爱很久了,但说实话,我还是觉得有点儿恍惚。"

少女长达十余年的暗恋在彼此的印象里都太过于根深蒂固,此时夙愿成真,美好得让人觉得不真实。

盛意早已经过了这样的阶段,她眯了眯眼,抬头望向天空。

她说:"我第一次见到江妄,也是在这样一个春天。"

只不过那天下了雨,他借给她一把伞。

十几岁的少女,心动来得突然,后来她开始默默关注他,听旁人提起他的名字时,也忍不住驻足片刻。

"那时候并不知道这就是喜欢,就是凭本能去靠近他。"

简希说:"是啊,只有年纪小的人才会这样无所顾忌,全凭感觉去爱恋。"

盛意便侧头问她："你当初也是这样喜欢谢乔的吗？"

"什么啊！"简希伸手要打她，"当初明明是他迷恋我！"

女孩子讲起自己喜欢的人，眼里又露出娇嗔。

两人打打闹闹半天，最后简希又忍不住感慨："好快哦，你都要结婚了。"

"是啊，要结婚了。"

简希说："你竟然要跟江妄结婚了，我记得大学那会儿……"她讲到一半，许是想到了当日的境况，自己眼睛先湿润起来，只好用笑容将情绪掩盖。

她说："盛意，我好开心哦！明明不是我自己的事情，但是我觉得比我自己结婚的时候还要开心，怎么讲呢？

"也不全是为你开心，除此之外，好像是被'美梦成真'这件事情本身打动了。原来上天真的会给持之以恒的人奖赏。"

讲到这里，她自己却笑起来，旋即，转头捏了捏盛意的脸。

盛意脸上的婴儿肥褪去了不少，下巴越发尖俏起来，衬得一双眼睛更加清凌凌水润润。

简希说："盛意，你一定要幸福呀。"

语毕，她又长长叹了口气，双臂搭在脑袋后面，学着盛意的模样看向天空。

天朗气清，惠风和畅，门外孩童嬉戏路过，笑闹声不绝于耳，巷弄深处渐渐升起烟火气，门外水波荡漾。

第二天，江妄便是在这样的景象里，从景德巷接走了盛意。

他们举办的是中式婚礼，南城的婚礼一般在下午举行，他们到酒店时，里面已经坐满了人。

因为本身性子淡，加之跟江妄在一起也将近两年的时光了，所以盛意一开始以为自己不会有太大的情绪波动。但当她站到台上，听着亲友致辞，望着台下满眼的殷切祝福时，眼眶到底还是没有忍住泛起酸来。

她深吸了一口气，试图将泪意压下去，趁林昭昭讲话的时候，江妄的手却偷偷钩住她的手指。

有点儿幼稚的行为。

盛意没反应过来，眼眶通红地转头去看他。

江妄目视着前方，薄唇微动，他说："想确认一下是不是真实的。"

那会儿，林昭昭刚致完辞，从他们的学生时代一路回忆到现在，中间李临还各种插科打诨，两个人跟讲相声似的一唱一和。

众人一边被他俩逗得笑得肚子疼，一边又不由得在眼角挤出泪花。

最后林昭昭说："就是没有想到，这两个人啊，在我们不知道的时候，竟然一直在暗度陈仓！"

言毕，底下又是一阵哈哈大笑。

林昭昭却在这片笑声里哭得妆都花了,她转头看看盛意,又看看江妄,最后目光落在两个人交握在一起的手上。

要是搁在以往,她早就调侃了,可她此时情绪满溢,只好吸了吸鼻子,嗓音哽咽,她说:"江妄,你要好好对盛意。"

"好。"出乎意料的,男人答得很快,语气坚定而柔和。

林昭昭继续说:"要好好爱她、护她,不能欺负她,我们家盛意在意的人不多,每一个都不能辜负她。"

她以前就不爱读书,先前那些致辞写了好多日子才完成,这会儿临场发挥,不免词穷起来,但话语里的情意又那样深重。

江妄回答得也很郑重,他说:"放心,不舍得。"

不舍得辜负盛意的。

林昭昭一啰唆起来就没完没了,流程被她拖得很长,最后等婚礼彻底散场时,黄昏已至,暮色四合。

厅堂里的宾客都散去了,盛意换掉礼服,穿上自己日常的衣服。为了应景,陈静娴给她准备的依旧是一件小裙子,嫩嫩的粉色,衬托得她整个人更加明媚端艳。

原本他们是要直接开车回家,但盛意走出酒店,望着远处橙粉云朵压下来的春日黄昏,心血来潮,悄悄问江妄:"想不想去散步?"

两人说风就是雨,等陈静娴和盛淮反应过来的时候,他们已经走远了。

近几年南城旅游业发展得还不错,即便是这样的时刻,街上依旧人流如织,盛意和江妄手牵手穿梭在人群里。

因为这个地方于他们而言太过于熟稔,仿佛每一处都是回忆,盛意便絮絮叨叨同江妄讲自己从前的一些趣事。

不过她从小性子就寡淡,能拿出来讲的事情少之又少,她长长地叹气,说:"我突然发现,长到现在,我做过的最值得一提的事情,好像就只有两件。"

"一件是考上了还不错的学校,另一件——"她仰头,灿烂的灯光映到她的眼睛里,"另一件就是喜欢了你好多好多年。"

她弯起眼睛笑起来,因为被他的爱意绵密包裹着,所以从前令她酸涩发苦的过往,此时好像全化作了蜜糖,如今她已经能够坦然地同他谈论起那些晦涩的时光。

江妄垂目看着她,又听她说:"你长到现在,值得一提的事情应该很多哦。"

江妄便说:"是啊。"

他这一生,光环满身,荣耀满身,但是——

"但是,最值得一提的事情是,被我们盛意喜欢了很久很久。"

"最后悔的一件事是,没有早点儿喜欢我们盛意。"

他的语气里带着浓浓的喟叹与浓浓的遗憾。

周遭人潮熙攘，人声鼎沸，盛意捏了捏耳垂，抿唇轻笑。

那些暗恋他的岁月，她痛苦过、迷茫过，也暗自甜蜜过、沾沾自喜过，当然，更多的是在放弃与坚持之间徘徊，在无数次破碎与重塑之间游离。

会因他一句话而天光皆暗，亦会因为他的一句话，曙光突至。

爱真的很奇妙，有时会带给人无限的痛苦，有时也会带给人无穷的力量。

她深吸了一口气，手在身侧被他攥紧，须臾，又听他说："所以，接下来的日子，希望我们盛意少喜欢我一点儿。"

因为，我会更爱你。

比你爱我更爱你。

比爱我自己更爱你。

番外五

我的女孩

南城七中六十周年校庆的时候,盛意作为优秀毕业生代表被邀请上台演讲。她做事向来认真,演讲稿写了好几晚。

那几天,四岁的小江翊被陈静娴和盛淮接走了,江妄和盛意难得空闲,结果大好的时光全被盛意用来写演讲稿了。

江妄坐在旁边,小朋友似的,不停地弄出响动。

一会儿喝水,一会儿煮牛奶,一会儿磨咖啡豆,一会儿又和扫地机器人进行无聊的对话。

盛意被他弄得没了脾气,站起身,把他往书房外面推:"你去客厅打游戏好不好?"

结果走到门口的时候,手腕反被江妄扣住,男人嘴唇凑过来,像只大型犬,温柔舔舐着她的唇瓣,她的眼镜也被他拿了下来,随手丢到一边,男人钳住她的下颌,稍稍用了点力,她皮肤一如从前那般细腻,很快覆上一片红,她不由得嘤咛一声,未来得及说出口的埋怨又被他吞进喉咙里。

后腰也被他箍住,她整个人被抱了起来,穿过客厅,走上楼梯,最后被放到了卧室的床上。

卧室里没有开灯,窗户没有关,初春的风沿着窗户吹进来,带着淡淡的花香。

屋里气温渐升,布料摩挲的声音与细碎的说话声一起响起,月光照在床头摆放着的盛开的玫瑰花上,在夜色里莫名透出一股颓靡的意味。

盛意精疲力竭地被江妄重新抱起,卫生间的灯被打开,江妄将她放进浴缸里,试好了水温才往里面放水。

温柔的水流淋在盛意身上,她半闭着眼,埋怨:"我演讲稿还没整理完呢。"只写完了初稿,还需要再整理删减一下。

"明天就是校庆了。"她又继续说。

结果下颔却又被江妄轻轻捏住,他倾身下来,拇指摩挲着她的唇瓣,有点儿狎昵的动作,可他神情冷淡,嗓音低沉。

"盛意。"他说,"你变了。"

不待盛意回答,他又继续控诉:"自从有了江翊之后,你整天的关注点都在他身上了,这几天他好不容易不在家里碍事,你所有的时间却都用来写那个演讲稿。"

三十好几的大男人,这会儿像小孩子一样吃醋,偏他还丝毫不觉,话说得认真。

"我就说,当初就不应该要江翊。"

他们刚刚结婚那会儿,两人都没有要生小孩儿的打算,盛意是怕痛,江妄是怕盛意痛。

因此,一直到他们三十岁都冒了头,才渐渐开始想要有一个爱的结晶。

盛意是因为自己本身喜欢小朋友,江妄想得就远了,他希望假若将来自己比盛意先走,还有人能够成为她的依靠。

小江翊的出生顺理成章,虽然江妄嘴上嫌弃,行动上却一样也没落下。

各种衣服鞋子婴儿用品早早就准备好了,趁战队那段时间没什么重要比赛,他干脆直接请了个长假,盛意觉得自己快要被他养成衣来伸手饭来张口的"废人"。

后来小江翊出生,他也是能自己带就尽量自己带,给盛意留足休息的空间。

起先是半夜要喂奶粉,他总是定好闹钟蹑手蹑脚起床,闹钟还不敢用响铃,而是震动模式,握在手心。

后来江翊长大了些,他直接请了阿姨在家里,有时是阿姨带,有时候陈静娴空闲的时候会接到她那里去,有时候江妄干脆直接将江翊带到俱乐部,一群小男生嗷嗷叫着逗江翊玩。

这会儿,盛意听见江妄这声抱怨,忍不住"扑哧"一下笑出声,她从浴缸里坐起来,仰头笑问:"我们江妄小朋友今年多大啦?"

明显在嘲笑他。

江妄垂眸轻哼,指节又落在她的耳垂上。

盛意耳垂敏感,连忙往后退想躲,却被江妄钳制着动不了。

他挠盛意痒,盛意整个人避无可避,嘴里不停求饶:

"我错了。"

"江妄。"

"哥哥。"

她几个称呼轮换着叫他,声音好软,撩人而不自知。

等被江妄又掐着腰抱到身上,她才知道自己又闯了祸,眼睛清凌凌晕着水光,攀上他的脖颈去亲他,跟他讨饶:"明天还要参加校庆,放过我好不好?"浓密的头发在脑后散落开来,可怜巴巴的。

她说:"参加完校庆,你想怎么样都可以。"

江妄手指依旧捏着她的耳垂,听见这声,手上动作总算停下来,低下头,威胁似的:"记住你说的话。"

"你等着。"

校庆那天,学校里来了很多人,十年一次的大型校友聚会,这一次比十年前办得更隆重。

盛意早早就来到了后台,摄像机全程记录了整个校庆的过程,准备等结束以后剪辑一下放到学校官网上。

台下的学生按照班级分别坐好,江妄也在台下坐着。

他们那帮同学,如今已经全部人到中年,男人们大多大腹便便,女人们脸上也渐渐留下了岁月的痕迹。

唯独江妄仍旧同从前一样,清清冷冷坐在人群中间,手边捏着只玻璃杯,神色倦懒,像冬日夜晚的月光,孤高而美好。

李临端了杯酒坐到他旁边,禁不住感慨:"时光好不公平,怎么这么多年你好像一点儿没变。"

江妄闻言,偏头看他,嘴角轻轻扯了下,想说什么,四周忽然安静下来,主持人上台,说邀请到一位优秀的学姐作为学生代表上台讲话。

江妄的语声蓦地顿住,目光望向台上。

是春日的光景,万物复苏,绿叶在枝头上抽出新芽,夜晚的风裹着不过分冷但也并不温热的气息,<u>丝丝缕缕</u>拂在人的面庞上。

江妄将酒杯放下,目光望向舞台的方向,身子挺直,看得专注。

盛意今天穿了一件浅青色的礼服裙子,外面罩了一层轻纱,肩膀的地方被人用手工缝制上去了两枚白色芍药,是用缎布折叠而成,整个人都透着一股如梦似幻的气息。

两边人声又渐起,全是惊叹声,说怎么这么多年过去,盛意还是这么漂亮。

江妄的胸腔轻轻起伏着,许多难言的情绪在他心间激荡。

有那么一个瞬间,他好像忽然间理解了当年的盛意,忽然间理解了她那时总是站在熙攘的人群里,抬头看他时的心情。

喜欢一个人原来还会有这种感觉，会忍不住想要仰望她。

这世上人潮汹涌，唯独她是他想要踮着脚、抬着头去看的。

他拿出手机，对着舞台的方向，由下而上的视角，拍下一张照片。

片刻后，正在网上冲浪的小朋友们，刷到一条江妄的新动态，他发了一张图片。

他的微博已经改回了自己的本名，简简单单的两个字。

@江妄：我的女孩。

不管过去多久，不管这个世界如何风云变幻，她永远都是他的女孩。

是他在这个世界上最爱的人。

本书由甜嘤委托长沙大鱼文化传媒有限公司正式授权花山文艺出版社，在中国大陆地区独家出版中文简体版本。未经书面同意，本书的任何部分不得以图表、电子、影印、缩拍、录音和其他手段进行复制和转载，违者必究。